图样先森

著

你是不是想赖账

Winter Agreement

湖南文艺出版社
HUNAN LITERATURE AND ART PUBLISHING HOUSE

博集天卷
CS-BOOKY

娇蛮、柔和、冷冷清清，翻脸比翻书还快。

高傲、冷漠、一丝不苟，像一台机器似的。

Winter
Agreement

———— ✳ ————

"你学过地理没有？北是哪边都不知道？"

"我只知道上北下南左西右东，

然后北极星在正北面，但是现在下雪，我看不到星星。"

目录

CONTENTS

你又不是
想赖账

Winter
Agreement

图样先森

-作品-

你是不是想赖账

Winter
Agreement

第 1 章

棒打鸳鸯

　　德国诗人里昂·瓦格纳新出版的中译诗集《钻与石》作为出版社明年的重点书籍，其中扉页上译者第一顺位的署名并不是盛柠，而是导师戴春明的侄女。

　　在提前拿到的样书上，译者栏上只有戴春明侄女戴盈盈的名字。

　　翻译是件累人的活，既要还原原文中的意境，又要利用汉字的博大精深使其内涵更上一层楼。为了翻译这本诗集，盛柠整整熬了几个月，不断地查阅资料，修改问题，就为了能交出最完美的中译稿。

　　图书网站上懂德文的读者都在夸"神仙翻译""中文把原文的意境拔高了不止一个档次"，尤其是在知道译者身份后。

　　"听说译者才大四在读，这么一整本独自完成翻译，属实牛 ×。"

　　盛柠直接去找戴春明要说法。

　　"这事啊，是老师没跟出版社那边谈拢，对不住你，稿费的话盈盈这份都补偿给你，你看怎么样？"戴春明先是安慰她，再又转了话题，关心道，"不过你最近不是要忙着考口译证吗？老师建议你还是把注意力先放在大事上，别拘泥这么个小小的署名。"

　　盛柠觉得她导师这话术，只干翻译着实屈才。

　　成果被拿来给一些"皇亲国戚"脸上贴金这种事情也并不只有盛柠遇到过，但大部分人都选择了忍气吞声。

　　她很想做那个不畏强权抗争到底的小部分，但可惜，她没那个本事。

　　从教导楼出来，高翻学院整个沉浸在深秋的凉意中，冷风呼啸而过，像活生生的现实，又像是几个响亮的巴掌，牢牢扇在盛柠的脸上。

她下意识缩了缩脖子，裹紧外套，包里的手机不断振动，她拿出来一看，是师兄师姐发过来的消息。

几个师兄师姐都劝她忍耐，千万别跟戴春明闹翻脸，他上面有人。

心情郁闷至极，时间接近中午，盛柠却完全没有吃饭的心思，但和她约好吃饭的人来了。

"姐。"

一辆白色宝马 MINI 朝这个方向开过来，停在盛柠面前，驾驶座上的人按下车窗。

盛柠只好把爽约的念头摁进肚子里："怎么这么快就过来了？你上午没课？"

"有啊，选修课，我怕下课赶不过来，叫别人替我去答到了。"盛诗檬拍了拍副驾驶的软垫，"上车，我已经选好地方了，说好给你庆祝的。"

盛柠直接上了车。

车子开出高翻学院，远离了校园，周围都是车流声，她气沉丹田，终于大声骂了出来："戴春明！你不配为人师！等着！等我出人头地'衣锦还校'，我他妈让你好看！！"

盛诗檬紧抿唇，不用问都知道是什么结果。

她等盛柠骂完后才问："那稿费呢？"

盛柠冷静下来："给了。"

"那还好……有多少啊？"

"没多少，要真有那么多，他肯把他侄女那份也补偿给我？"盛柠忍不住失落的口气，"如果要买博臣花园的房子，连首付的零头都不到。"

念书这几年各种兼职接活，再加上她亲妈施舍的巨额生活费，盛柠攒了个小金库，打算等工作几年便在这里落户，有了购房资格，再买套小产权房，也算是在这个城市有了个自己的小家。

有时候兼职干累了，就会抱着做梦的心态，在购房网上看房子。

反正也不指望这么快就能买上，当然专挑豪华的地段看。

其中博臣花园就是她看的所有房源中的极品，地段、交通、精装修标准、绿化率，只要是买房的人会考虑到的条件，它都是满分。

当然，价格也是满分。

盛柠对它念念不忘，总爱用博臣花园的价格做金钱计量单位。

毕业生嘛，走上社会前谁还没点不切实际的梦想，譬如在天子脚下买套房。

盛柠突然问："有没有能够迅速搞到钱的方法？"顿了顿，她又立刻补充：

"钓凯子除外。"

盛诗檬弱声说："……那没了，只会这招。"

盛柠一脸"我就知道"的表情侧头看向盛诗檬。

盛诗檬长得特像她亲妈，她亲妈以前是当小学老师的，年轻时身上书卷气很浓，小白兔似的长相，白白净净的，像戴望舒的诗里撑油纸伞的姑娘。

一般男人很难拒绝拥有这样长相和气质的女人，所以盛诗檬的亲妈成功上位当上了盛柠的后妈，而长大后的盛诗檬继承了她妈的优点，也很成功地在异性中来去自如。

她看盛诗檬的同时，盛诗檬也睨了眼她。

盛柠不一样，她长得像她爸，五官标致柔和，清清冷冷的。尤其是盛诗檬刚刚开车在路上看见她，整个人站在这阴凉的天气里，身形清瘦纤细，越发像路边落着雾凇的梧桐树。

在盛诗檬看来，盛柠看上去冷冰冰的，对谁都不太热络，包括家人，因此身边没什么特别亲近的同性朋友，但是脸蛋够漂亮，所以很适合当欲擒故纵型的小狐狸精，对男人来说会有种反差的妩媚感。

不过她姐现在一心只想搞钱买房，没那个心思。

盛柠心情不好，盛诗檬赶紧转移话题。

"姐，你看我这辆车帅吗？"

盛柠问："嗯。男朋友送的？"

"Bingo（答对了）。"盛诗檬强调，"跟我们学校那些富二代的大方程度完全不是一个档次吧！"

盛柠面无表情地调侃："那你现在还觉得改钓上他亏大了吗？"

"肯定亏大了啊，要是钓的是温征他哥，别说这区区一辆宝马，就是你想要的博臣花园的一套房，我撒个娇就能帮你弄来。"

说来盛诗檬和她现任男友的缘分，也是起源于盛柠想买的那套房子。

是盛诗檬看到盛柠包里有张博臣花园的广告单，自己虽然还是学生，但在帝都名校混日子，因此周身不少富二代，对这个房地产品牌也有所了解。

她当时就问盛柠："你得奋斗多少年才买得上啊？"

盛柠说了个年数，盛诗檬直接倒吸一口凉气。

盛诗檬劝她："要真想买这套公寓，还是去问你妈要赞助吧，她那么有钱。"

"不要。"盛柠皱眉，直接拒绝。

盛诗檬转了转眼珠子，突然笑着问："要不我想办法弄一套送你吧？"

盛柠也笑了，完全没当真。

"你怎么弄？别跟我说为了送我套房，你还要去泡博臣花园的老总。"

盛柠一语成谶，盛诗檬还真托室友搞到了博臣花园的房地产开发商兴逸集团的实习资格，而且是总部的实习资格，雄赳赳气昂昂地开启了她的攻略之旅。

可是她在那儿足足打了两个月的工，连老总的裤脚边都没摸上。

这次还真是盛诗檬天真了，现实生活中的大老板跟电视剧里演的完全不一样，底层的实习员工除了正好撞上大老板来公司开会，坐电梯上下楼外，平常根本不可能有机会见到。

后来他们温总的弟弟来公司开股东大会，才有了现在的对话。

"我听温征说他爸身体不好，现在就是个挂名董事。唯一的亲外孙女跟他一样，志不在继承家业，所以他们家从里到外，全是他哥一个人做主。"

说完硬条件，盛诗檬话锋一转，小女生似的笑起来，语气开始变得有些飘忽："再加上，他哥是真的长得好帅，不光是长相。温征说他哥在继承家业前，是从军校毕业的，他还给我看过他哥那时候的军装照，阅兵式姐你看过吧？"

盛柠语气恹恹："嗯，看过。"

"我这么跟你说你也想象不出来。"听出她敷衍的态度，盛诗檬摆手说，"哎呀！反正等你哪天见到本人就知道我一点没夸张了。"

她对温征他哥到底有多帅没兴趣，反正跟她八竿子打不着，她只对他哥现在所掌管的兴逸集团旗下的房地产品牌——博臣花园的房子非常感兴趣，如果她肯努力奋斗，还是有希望买上的。

"行了。"盛柠提醒妹妹，"别吃着碗里的还看着锅里的。"

盛诗檬立马抗拒地摇头："温总在公司就没给过我好脸色，我还想多活几年呢。"说到这儿，她半开玩笑道："姐，要不你去钓我们温总吧？"

盛柠觉得荒唐，也非常抗拒："别，没那亲上加亲的癖好。"

姐妹俩对男人的态度截然相反，倒是对温征他哥不约而同地唯恐避之不及。

到了吃饭的地方，盛诗檬熟练地叫了几道菜，边和盛柠聊天边等上菜。

直到戴春明的一通电话，再次把盛柠好不容易转晴的心情又给破坏殆尽。

戴春明的声音很急，问她在哪儿。

听到她在外面吃饭，又立刻下命令："赶紧回趟高翻学院。"

心里把戴春明骂了个狗血淋头，嘴上却还是只能答应。

盛柠掐掉电话，手捏着拳，几乎是咬着牙说："我先回高翻学院了，戴春明找我。"

"搞什么啊！"盛诗檬有点蒙，"菜还没上呢，吃完了再回去不行吗？"

盛柠摇头，表情烦躁："抱歉，你叫个朋友来陪你吃吧，这顿我请客。"

看盛柠这一脸为生活不得不低头的样子，盛诗檬再次问道："姐，要不你还是考虑一下钓凯子这条捷径吧？"

盛柠敷衍道："等我能摸到他的裤脚边再说吧。"

火急火燎回到高翻学院，盛柠刚上楼就被个同系师妹给围住了。

师妹一脸兴奋。

"师姐牛 ×！大佬特意点名找！"

"什么大佬？"

校长？院长？学院书记？还是系主任？

"温衍啊！"

盛柠以为自己听错："谁？"

难道是和博臣花园老总同名同姓的人？

师妹眼冒红心，已经有些语无伦次："就是兴逸啊，兴逸的老板，老师在课上给我们放过的！"

做翻译的，各种行业知识当然都要学一点，像师妹这种还没来得及外出实习的学生，对温衍这个名字的认知主要来源于课上老师给他们发的一些集团公开的商务会议原件，并布置作业让他们翻译成外文。

盛柠头上冒出一个大大的问号。还真是盛诗檬现任男友温征的亲哥，钻石王老五中的战斗机——温衍。他来高翻学院找她干什么？

盛柠觉得自己和温衍的交集仅限于她近十余年的终极梦想——一套博臣花园的公寓，而温衍恰好就是博臣花园的老板。

半信半疑走进办公室，除了戴春明，还有个男人坐在会客椅上，手里端着戴春明的紫砂茶杯，喝着戴春明不知道从哪儿收来的极品六安瓜片。

果然是贵客。

戴春明开口："盛柠啊，快过来，我给你介绍一下，这是兴逸集团的温先生。"

跟在戴春明屁股后面打了两年杂，盛柠很懂这其中的人情世故，乖巧叫了声："温先生好。"

"你好。"男人开口，声线低沉。

相当年轻的声音啊。

感受到了温衍的注视，盛柠抬眼，对上了男人的目光。

短发干练的男人，十分英俊，眉眼轮廓分明，瞳仁色浓稠深邃，即使抛去英俊的外表，也很帅。

靠着沙发，背直直挺起，坐着也显得高大，不是那种小男生的帅，而是那种有气质加成的，高傲的、成熟的、矜贵非凡的帅。

这样的男人平时在学校里根本见不着，就算是在职场上也属于稀世珍品。

盛诗檬真的没夸张。

盛柠短暂地愣了一下，等她回过神来，男人已将目光平静地从她身上挪开，三言两语要打发走戴春明。

"哎，好的，那您和盛柠聊。"戴春明恭敬地笑，接着转身离开，在和盛柠擦肩而过时小声严肃地说，"好好表现，别丢我的脸。"

办公室瞬间就只剩下两个人。

戴春明一走，温衍淡淡垂眼，示意盛柠在他对面坐下。

这还是第一个来高翻学院找人，对戴春明的讨好视若无睹，而是直接要和她一个还没毕业的学生单独谈话的权贵人物。

盛柠刚坐下，来人立马单刀直入。

"盛小姐，今天我来找你，是为令妹盛诗檬的事。"

男人一说长句就带些京腔，不过分拽的程度，低沉的嗓音配着卷舌，听着接地气，但又很疏离。

盛柠不动声色，明知故问："您怎么认识她？"

怎么的？不是说连裤脚边都没摸到吗？怎么都直接找上她这个做姐姐的了？

好家伙，真就俩兄弟一个都不放过，全都要是吧。

盛柠还在脑补一出三角恋大戏，结果下一秒，温衍出乎她意料地，扯着唇不咸不淡地说："一个小实习生，我能认识她也的确是很可笑。"

暗讽意味十足，这不是一个对盛诗檬动了心的男人该有的态度。

"令妹和我弟弟在三个月前认识，原本我以为他们年轻人，走得近，玩玩而已。我弟弟不着调儿，身边的姑娘一直来来去去，所以没打算多管。"温衍皱眉，声音不悦，"但他最近打算带令妹回家见我父亲。"

带女朋友见家长，傻子都知道是什么意思。

"我弟弟年纪轻不懂事，以为几个月就能决定一辈子的婚姻大事，我这个做哥哥的也只好来找盛小姐帮忙，希望盛小姐能理解我的苦心。"

盛柠蒙了。

好……好家伙。

盛诗檬一个把谈恋爱当过家家玩的人，竟然让浪子回头了。

而眼前这个钻石王老五自诩他们温氏血统高贵，家里有皇位要继承，看不上盛诗檬的平民身份，于是来找她棒打鸳鸯。

简直是豪门文学照进现实。

盛柠盯着眼前这个男人，透过他英俊的外表看到了他更吸引她的地方。

他手腕上的表，可以抵博臣花园一套公寓的首付。

他身上的西装，可以承包她全屋的软装。

就连他领带上别着的那个银色领带夹，都可以换一台65英寸嵌壁无缝电视。

她在燕城待了六年，看着燕城这几年发展迅速，地皮越来越少，聪明的资本家们就把地往天上挪，高楼大厦一幢幢地盖，他们的钱包越来越鼓，而她却没资格拥有这一万六千平方千米其中的一平方米。

对眼前这个男人除了"泡"的老套路，还有另一种。

——卖妹求荣。

温衍垂下眼，低头抿茶，给足她时间琢磨出一套话术，请求他不要拆散这一对有情人。

清清冷冷的文静样子，这种姑娘通常表面上看着没脾气，实际上犟得很。

终于，姑娘说话了："那我有什么好处吗？"

"……"

神色淡漠的男人先是迷惑地蹙起眉心，在理解了她的话之后，微不可察地抽了抽嘴角。

盛柠鼓足了勇气才说出这句话。

做人要有起码的道德观，他人的感情别插手，管好自己就行。

但是有钱能使鬼推磨，道德又不能当饭吃。

她有点心虚，一是从来没干过这种事，平时看电视剧，里面的反派威胁主角索要好处的时候面不红心不跳，而如今她有样学样，虽然面上淡定，心里却怕被看穿。

二是她不知道对方会有什么反应。

毕竟有钱人好找，肯让她薅羊毛的冤大头难找。

都这么有钱了，人肯定不傻。

男人迟迟不给出明显反应，但目光一直在她脸上停留。

她被看得微微撇过了头，温衍这才开口。

他言简意赅："说个数。"

"！！"

这么好薅?!

盛柠缓下心神，尽力保持着淡定的语气问："无论我说多少您都给吗？"

温衍微挑眉："你说呢？"

男人又把皮球踢了回来，盛柠也不是不懂，心里在盘算要多少。她总不能说要一套三环内的四合院吧，估计他会直接报警。

以博臣花园一套公寓的百分之三十首付计算，折合成现金，就是盛柠心中的最佳数目。

一整栋楼都是这位温先生的，他应该不会在乎其中的一套……的首付。

但是……

"温先生，我能不能申请把钱换成别的？"

温衍撩了下眼皮，示意她继续说。

"您看，现在通货膨胀这么严重，打个比方，二十年前的五百万和现在的五百万根本不能相提并论，五百万连博臣花园一套公寓都买不起。"盛柠先是委婉地跟他分析了一通有的没的，接着下了结论，"钱只会越来越不值钱。"

温衍堂堂一个混商界的老总，怎么可能听不懂她的话，还没走出学校大门的学生故作成熟地跟他抖机灵，听着有些滑稽。

"盛小姐想要房子？"

盛柠抿唇，马屁拍得十分含蓄："跟您说话真不费劲。"

这话终于有了那么一点"讨好"的意思，温衍微微眯眼，沉声问："你觉得你妹妹值这么多钱吗？"

这是值不值的问题吗？早些年的电视剧里反派要钱就已经是七位数打底，七位数对温衍这种级别的有钱人来说不过就是拔根汗毛的程度而已。

她很轻地笑了笑，那股精明劲装得特别真："她不值，但您弟弟值。"

气氛沉默下来，盛柠默默跟空气较劲。

"盛小姐很会说话。"温衍面无表情地说。

"温先生过奖了。"

虽然知道他说的是反话，但她只要装天真无邪听不懂，他就没辙。

果然，她看见温衍的嘴唇比刚刚又抿紧了一些，他这样的有钱人虽然眼高于顶，看不起平民，但素质不错，对方耍赖皮装傻，又是个姑娘，他心里再不快也得继续维持风度。

她听到他说："留个电话，我会再联系你。"

盛柠答得很快："好的。"

谈话结束，温衍起身，盛柠立刻也跟着起身。

他今天来找盛柠谈的是私事，所以没让助理跟着，人在楼下车里等他，盛柠自然就代替助理站在了温衍后方几步的地方，像小随从似的送他离开。

兴逸集团的老总来高翻学院找人的消息在群里传开，整个学院上到教职工下到扫地阿姨都知道了。

盛柠送温衍下楼的时候，整条路走得那是相当风光。

路过好几个认识的同学，纷纷冲她比起了大拇指。

还有人跟她比唇语。

干口译这行的，语言能力都很优秀，盛柠看懂毫无压力。

牛×啊盛柠，牛×！

盛柠冲他们挑了下眉，有点爽，想到了电视剧里那种医院院长查房、总裁开会，一帮人乌泱泱往前走的镜头，不光走最前面的人风光，跟在后头的狗腿子也是风光至极。

她跟路过的同学互动的微动作被走在前面的温衍察觉到，回头看她。

盛柠立马又端正了表情。

面瘫资本家喜怒不形于色，也不知道对她狐假虎威的虚伪行为是何感想，反正看了她一眼，转过头面无表情地又继续往前走了。

送人到车子旁，早上没吃早饭，午休时间都过去了，还没来得及吃午饭的盛柠的胃终于开始叫嚣。

她有点尴尬，不过声音小，心想别人应该没听到。

事与愿违，温衍听到了，还问了一句："饿了？"

盛柠被他突如其来的一个家常问题问得有点蒙，下意识回答："嗯。"

不会是要请她吃饭吧？

温衍语气很平淡："反正钱只会越来越不值钱，盛小姐这会儿没必要连个饭钱都省。"

"……"

搞半天是为了讽刺她，偶像剧太害人了。

盛柠为自己的自作多情羞愧了几秒，但"富贵能淫"，房子没到手之前，她愿意哄着这位大老板。

她还没毕业，还没有燕城的购房资格，他肯定能搞定吧？

之所以要房不要钱，就是因为这该死的购房资格，燕城的限购令很严，外地户籍需要交满五年社保才有买房资格，而且有了资格还要摇号。

自己没学过投资，收益和风险成正比的期货股票不敢冒险，买些金融产品就算顶天了，钱拿在手里，不知道怎么分篮子放，也就永远都不可能靠存款发家。

但她甘愿做个守财奴，亲妈这些年给她的生活费，除去必要的生活开支，剩下的全攒了下来，外人她不放心，就紧紧地把所有的钱都攥在手心里。因为任何的人情只要沾上了钱，那所谓的道德感就成了对人性的考验。她自己在见到温衍后就没通过道德考试，更不想冒这个险。

还是要房子最安心省事，只要房产证上的名字是她的，那就是她的，更何况还是燕城的房子，可比钱珍贵多了。

盛柠只想快点在这座城市有个自己的小家，然后彻底告别那个有爸爸和后妈的家。

不敢多要什么，要多了资本家反手告她敲诈，那就得不偿失了。

盛柠闪过很多想法，最后这些都化成了她眼中看向温衍所露出的笑意："谢谢温先生关心，温先生慢走啊。"

温衍看着她，神色令人捉摸不透，而后转身上了车。

盛柠当然能听出来温衍是在讽刺她，但同行一块儿送温衍离开的戴春明就不知道了，听着温总和自己学生聊这么家常的话，内心不由得一惊，疯狂猜测他们到底是怎么认识的。

低调不张扬的黑色商务车行驶在马路上，温衍坐在后座凝神想事。

他突然开口："陈丞。"

坐在副驾驶位置上的助理回头："在呢，温总。"

"让张秘书去找博臣花园的负责人过来。"温衍说，"记得拿上博臣花园的房源文件。"

"好的。"

助理效率很高，立刻就拨了电话过去。

比起那个在他和他弟弟面前永远只知道摆出一副楚楚可怜样子的盛诗檬，这个明明白白只图钱的姐姐显然要好沟通得多。

一听到他松口答应她的条件，看着清冷的姑娘那态度立马就亲切起来了。

不过到底还只是个学生，聪明确实聪明，轴也有点轴，精明又单纯。

兴逸集团自2000年后开始涉足房地产，发展到现在，旗下跨省市的房产高端品牌无数，有邻省上亿的临海住宅，也有符合如今钢铁森林架构的高层小区楼。

还以为会狮子大开口要多少，没想到就只是一套小公寓。

一个普通的大学生，只要他安排，她就甭想从燕城出去，搞不出什么幺蛾子。

直接给钱还怕她只拿钱不办事，到时候钱没了，就是给她丢进局子里也未必能从她嘴里撬出金子来。但房子不一样，就在他眼皮子底下，哪怕温征和盛诗檬没分成手，他也有的是办法再把公寓收回来。

算计他？

温衍闲适理着袖口，轻轻嗤了声。

"温总，人已经通知到了。"坐在前排的陈丞说。

"嗯，让他来了直接去我办公室。"

车子平缓行驶在车流中，温衍随意往窗外看了眼，某个女明星的巨幅广告海报映入眼中。

笑得特别甜，以温衍对这位女明星的了解，这是典型的在镜头前才会露出的假笑。

又想起刚刚在高翻学院看到的那位盛小姐。

笑起来眼睛弯弯的，漂亮、不轻佻，但很假。

女人就没一个不会演戏的。

温衍蹙眉，收回目光。

负责经理到总部大厦的时候，温衍在办公室忙别的事。

他眼睛和手都没得空闲，手放在鼠标上，眼睛在盯着电脑屏幕，只有耳朵是闲着的，让人直接说情况。

经理对温总突然问起博臣花园也有些惊讶，又不缺小洋楼大平层住，怎么会注意起公寓来。

"D栋还有一套三十三楼的复式，房主的征信记录出了问题，贷款银行没给批下来。"经理说，"不过负责那套房的置业顾问刚跟我汇报，说那套房有人已经看好，还在犹豫，等决定下来了就交定金。"

"嗯，不用再等他犹豫了。"温衍神色淡漠，"那套给我留着。"

经理睁大眼睛。

"公寓我要送人，你去准备手续和合同，过几天我让人去你那儿签约。"

经理迅速反应过来，打开手机备忘录说："那我得先记下名字和手机号，还得麻烦温总告诉我一声。"

"盛柠。"温衍顿了顿，说，"手机号等会儿让我助理给你。"

经理琢磨了半天，没忍住好奇，问出了口："……先生？还是女士？"

温衍："女士。"

经理继续试探："那公寓的软装部分和生活用品要帮这位盛女士准备好吗？"

温衍大部分心思都在电脑屏幕上，目光专注，眼睛都没往外瞥一下，三心二意地回答："随便，费用走我私人账户。"

房子都给了，哪儿还会在乎这点装修布置费。

博臣花园是兴逸集团旗下非常有名的房地产品牌之一，位于使馆区，主推高层奢侈公寓，即使有高昂的商用水电费和物业费，但不愁卖也不愁租。

有不少非本地户籍的明星买，来燕城拍戏或者录综艺就暂住这里。网红一般都是租，虽然租金高，可住在这儿一是有排面，能满足虚荣心，二是每天上下楼碰上的邻居非富即贵，谁知道能不能勾搭上一两个，再把自身阶层往上提一提。

再就是有种高频客户，就是有钱富商，买了不住，纯粹放着等升值，或者用来金屋藏娇。

公寓不适合安居也不适合养老，但在快节奏的现代都市背景下，却是年轻人最理想的小家。

经理心里升起某种猜测。

他职位不低，但够不上总部，平时都在营销中心那边打转，根本没机会见到温总。如今被叫过来总部，怎么也要争取在温总面前崭露头角。

看着眼前这个年轻的顶头上司，如果不是在职场，走在路上他这个做经理的还得被自家老总叫一声哥。

没法子，毕竟出身不同，没人家的好运气投好胎，就只能找机会往上爬。

有房贷要还，有老婆孩子要养，他绝不能错过这个机会。

琢磨了半天，他鼓起勇气："温总。"

还好，得到了上司冷淡的回应："嗯。"

"我想冒昧问问这位盛女士的年龄。"

温衍闻言偏头，乜一眼过去，看到经理一副求知若渴的模样，觉得莫名其妙，他哪儿知道她几岁。

但还是答了："还在念书。"

意思就是具体年龄你自己琢磨吧。

竟……竟然还是学生啊？温总真是……

不过喜欢年轻姑娘是大部分男人的共同特征，温总还年轻嘛，喜欢学生妹再正常不过。

反复地打探，终于让经理确定了他们老总突然对这套公寓感兴趣的原因。

金屋藏娇。

这种地段金贵、装修豪华、物业顶级，从里到外都是各种网红打卡点，上班购物也无比方便的公寓，谁最喜欢？当然是年轻姑娘了。

"好的，我马上去办。"经理语气自信，"保证布置得让您满意。"

温衍蹙眉。

又不是他住，跟他满不满意有什么关系？

但他没那闲工夫问，抬腕往外撇了撇手，示意人可以走了。

经理反应很快："那您没别的事交代的话我就先回了。"

坐电梯一路下楼，碰着好几个总部高层，都是精英做派，衣冠楚楚。

他内心十分激动，笑意挂在脸上藏都藏不住，心想自己离总部的晋升之路终于要提上日程了。

出集团大门，就赶紧打了通电话。

电话刚被接起，经理大着嗓门吩咐道："小琴啊，赶紧找几个女孩，你们几个出趟外勤，去逛商场。什么衣服、鞋子、包包、化妆品、香水之类的，就你们年轻女孩喜欢的那些个乱七八糟的东西，尽管挑好看的贵的，走咱老总的账。啊？哪个老总？入职培训没告诉你咱上头最大的老总是谁吗？"

电话那边不知道说了什么，经理嗤笑了声。

"做什么美梦呢，这是工作，叫你们去就是做个参考。"经理挑眉，语气精明，"我一个大老爷们儿不懂，你们年轻女孩最知道年轻女孩喜欢什么，好好选啊，要保证把咱老板的小女朋友哄得开开心心的。"

送走了资本家，盛柠实在是挨不住饿，打算回宿舍点个外卖吃，结果又被人叫住。

"盛柠。"

他们专业每年一共就十人的招生指标，能从面向全国乃至国外的笔试面试中脱颖而出的人，未来的光明几乎板上钉钉。盛柠刚考进来的时候，每天铆足了劲学，戴春明也最器重她，重要会议一般都带上她旁听，现在被自家导师阴了一道，盛柠实在没办法再对他毕恭毕敬。

盛柠垂着眼皮不说话。

而戴春明"叭叭叭"就是一顿输出。

"才跟你说了要把注意力都放在口译考试上，还没毕业呢就别老想着那些个名名利利、虚头巴脑的东西。你毕业后能去哪儿，这都得看你自身的专业能力，要是连一个口译证都拿不出手，就算跟大老板交上朋友了又有什么用？"

说了一堆，铺垫够了，戴春明终于问到点子上："你跟温先生是怎么认识的？"

盛柠："这跟您没关系吧。"

见盛柠面色不爽，似乎很不服他的管教，戴春明也低沉了声音，带着几分威慑："怎么？老师平时带着你去见了多少世面，你问问咱们院还有谁会议实习的机会比你多的？就为了署名这么个小事还在跟我小心眼？"

盛柠表情淡定，夹枪带棒地讽刺回去："拿了我的心血给您侄女铺路，您本来就是理亏的一方，我希望您别理所应当地觉得我就活该吃这个亏。"

"什么意思？"戴春明猛地一顿，语气变紧，"上午还好好的，温先生一来就又不服要跟我对着干了？你难道能让他来找我谈？"

她知道戴春明故意说这些话，就为了拐着弯问她跟温衍到底什么关系。

盛柠故意答非所问："怎么？您怕了啊？"

"……"

戴春明瞳孔缩紧，脸色变了。

兴逸集团的老总特意找上门来，还指定找盛柠，这事确实古怪。

盛柠本科是笔译专业，考到燕外高翻学院来后才开始系统学的口译，需要现场口译的中外会议场合都得他引荐她才能去。有温先生参与的会议她以前都没去过，能有什么本事在别的地方认识到温先生。

至于缘由，温先生那边没跟他透露半点，他也确实不知道，所以才来问盛柠。

怕的就是不为公事，为私事，他的学生和温衍有私底下的交情。

戴春明的表情让盛柠意识到，原来出了高翻学院，即使是戴春明这种有背景，资历也足够的教授也得对温衍这种资本家伏低做小。

辛辛苦苦熬了几个月的东西，凭什么用来给戴春明的侄女当垫脚石。

她不甘心。

只是这样模棱两可地卖关子而已，居然就能达到震慑戴春明的效果。

她就像寓言故事里的狐狸，明明惧怕老虎，却非要走在老虎身前，就为了仗着老虎的威严，拿回属于自己的东西。

狐狸在从古至今的故事中并不是什么好动物，她也是。

盛柠低下语气，阴沉地说："老师，署名权这件事，没完。"

在戴春明略显惊恐却还在强撑的眼神下，盛柠转身离开，直奔回寝室。

寝室里就她一个人在，室友暑假就被戴春明派到外省实习去了。当时本来应该是她们一起去，但戴春明把她留下，就是为了让她翻译稿子，还说看重她，对她多好，只要书卖得好，等毕业后工作，简历上她作为译者的名号可比去外面实习的经验值钱多了。

暑假两个月的时间，盛柠别的没干，就窝在桌子前埋头苦译，结果倒好，署名权没她的份儿，实习也没去成。

坐桌子前发了几分钟呆，盛柠又继续写她的申诉信。

光吓唬戴春明没用，还是要做点实事，万一人间有正道呢？

再说了她没利益置换的本钱，温衍也不可能会帮她，自己还没那么天真。

写论文都没写申诉信这么投入，斟字酌句地写着，就忘了今天到现在为止，自己还没吃过东西。

还是盛诗檬和室友吃完了饭，发了个消息说给她带了东西吃，盛柠这才感到饿意，下意识摸了摸肚子。

盛诗檬："快到你寝室楼下了，准备开门迎接。"

盛柠突然想起以前念高三的时候，为了不浪费宝贵的学习时间，她常常会忘记吃午饭，窝在教室里写试卷。后妈知道后打电话提醒了她好多次，她都当没听见，然后盛诗檬每天中午下课后就多了项任务，帮盛柠从食堂带饭。

班里的同学都在羡慕她有个好妹妹，但盛柠的态度却很冷淡，盛诗檬并不在意，依旧每天来送饭。

盛柠想了会儿，还是给盛诗檬回了消息。

"我想跟你说件事。"

过了几天，盛柠在学校都没什么行动，戴春明也就逐渐放心了，以为她那天说的话只是吓唬他。

课依旧好好地上，但盛柠每回再叫他老师的时候，但凡脸上挂了点笑，戴春明就觉得心里发怵，不知道自己面对着这个带了两年，看着没背景也没人脉的学生，他究竟在怕什么。

而盛柠将终于写好的申诉信直接投进了校方邮箱。

不管结果到底怎么样，她起码不像师兄师姐那样，选择忍下来，而是迈出了为自己维权的第一步。

写完申诉信她就瘫倒在了床上，盛诗檬来给她送饭。

刚好这时候室友季雨涵外出实习回来了。

季雨涵进门第一句就是："盛小柠同学！我听群里说前几天我们翻译稿上的那个大佬亲自过来找你了?！老实交代怎么认识的——"

话未落音，然后就看见盛柠她妹妹。

盛诗檬打招呼："雨涵姐好。"

"你好，你姐呢？"

盛诗檬指了指床："睡觉。"

季雨涵瞅了眼阳台外的光线，虽然是阴天，但确实是白天，盛柠的用功程度她是知道的，绝不会如此荒度时光，大白天的就在睡觉。

盛诗檬边整理保温盒边说："我姐熬了好几天。"

"熬什么？"

早就被季雨涵吵醒的盛柠睁开眼睛，轻声说："申诉信。"

"申诉信？"季雨涵想了想，反应过来，"靠，老戴真把你阴了?!"

盛柠"嗯"了声。

"我预感到，一开始老戴让你负责翻译那本诗集，说要把他侄女的名字给加上，这附加条件听着就有鬼。"季雨涵突然叹了口气，感叹道，"我以前觉得跟你差距挺大的，但再有差距也差不到哪儿去，你能拿国家奖学金，我努力学也能拿个二等奖学金，你雅思能上9，我也能有个8，但现在就连你都栽了。"

"念书有什么用，出身才是大部分人一辈子都没办法越过的鸿沟。"季雨涵说，"就比如戴盈盈，有个当教授的叔叔，她爸妈一个在政府工作一个做生意，我们怎么比？"

盛诗檬忍不住开口："但我姐她妈妈——"

盛柠及时打断："听人说话。"然后又看向季雨涵，状似随意地问："那温衍呢？你觉得我们跟他之间的鸿沟有多深？"

"这不是深不深的问题了吧。"季雨涵耸肩，"他跟咱们不是一个次元的啊。"

季雨涵这个暑假外出实习，在学校听到的和在学校外听到的八卦，那都不是一个量度的。

就比如温衍，院里的人都知道这位大佬很牛×，但到底多牛×，谁也说不出个具体来。

他一出生就站在了云端之上，居高临下地睥睨着下面的所有人。

温衍的父亲温兴逸是国内最早富起来的那一批企业家，他眼光独到，20世纪末发现外贸合作商机，于是开始做境内外贸易，并靠此发家。做生意讲究机遇和头脑，这些温兴逸都有，他同样也有运气。发展到现在，企业和政府之间的联系已经抛不开，温氏盘踞在国内的商业根基不可动摇。

温兴逸的发妻走得早，好多年都没再娶，后来为了生意才又娶了第二任太太。

第二任太太也就是温衍的母亲，是实打实的富家千金，祖父那辈早在民国时期就发了家，那时候国家打仗需要资助，祖辈出钱又出力，后来国家安定下来，整个家族光耀门庭，赫赫军功在身。这也是温兴逸即使忘不了发妻，也依旧想也不想就娶了第二任太太的原因。

这就是温衍的出身。

任谁听了温衍的出身不说一声命好。

季雨涵拍了拍盛柠的肩膀，激动地说："塞翁失马焉知非福。所以盛柠，能认识他，你，牛 × 大发了。"

盛柠心里清楚她跟温衍究竟是怎么认识的，遂看向盛诗檬。

盛诗檬张着嘴，一脸呆愣。

季雨涵说完这些，嘴皮子也累了，连着也感到了身体上的疲倦。

"你继续睡吧，我洗个热水澡去。"

等室友离开，盛柠还没开口，盛诗檬就主动交代了。

"我以为他就是个普通小开，没想到他家这么厉害。"她抿唇，有点烦，"怪不得温总不让我跟他弟谈恋爱。"

不是不让谈恋爱，开放社会谁还会管谈恋爱，是不让结婚，哪怕有一点苗头都不行，盛柠说要一套房，温衍连眼睛都不眨就同意了。

"其实买房子是我一个人的事，你没有义务替我出力。"盛柠顿了顿，垂着眼说，"我现在的行为说白了就是在有钱人身上捞钱，你确定要给我当帮凶？"

"温总的目的就是让我和他弟弟分手吧？只要你能拿到报酬，我就如他所愿跟他弟弟分手，这是公平交易啊。"盛诗檬摇头，说，"而且我本来也没打算跟温征一直谈，早分晚分都一样。"

盛柠再次问："你到底喜不喜欢他？"

盛诗檬语气纠结："还行？"

对盛诗檬来说谈恋爱就跟玩过家家似的，她一开始也是追温衍无果，才退而求其次，所以对温征没多上心，因而也就谈不上喜不喜欢。

温征很会讨女孩子欢心，盛诗檬也很会哄男人，两个情场高手碰在一块儿，规避了所有恋爱中男男女女会说错的话，会做错的事，没有任何矛盾，和他在一起确实很开心，但这种开心仅限于她和温征之间是恋爱关系，而不是别的。

盛柠突然觉得良心一痛，她和盛诗檬一个骗钱一个骗心，温家那俩兄弟着实是有点惨。

她拍拍胸口，将这种负罪感尽力往心底压。

比起盛诗檬动个嘴皮子说分手，像她这种为钱铤而走险的"碟中谍"，被温衍那吃人不吐骨头的资本家发现了以后不知道会是什么下场。

法治社会，应该不至于缺胳膊少腿。

大不了跑路，跑远远的，不信温衍还能把她抓回来。

"姐，你手机响了。"

直到盛诗檬把手机拿到她眼前晃，她才从亡命天涯的想象中回过神来。

她看了眼来电，温衍的。一定是房子的事情。

盛柠呼了口气，接起电话。

不是温衍本人，是他助理的声音。

这几天盛柠在忙申诉信的事情，温衍也要上班，正好外出间隙，在车上让助理给盛柠打了通电话。

陈助理的表达能力十分优秀，三言两语就把情况给盛柠解释清楚了。

她不是本地户籍，没有购房资格，房子没办法给她。

才听到季雨涵说了温衍的出身背景，如果封建制度还在，他们温氏就是绝对的贵族门阀，温衍一定有别的门道，她不想就这么放弃。

盛柠好声好气地跟陈助理说，不肯挂电话。

电话那头的姑娘声音文文弱弱的，陈助理没他老板那么冷血无情，也不大好意思挂电话。

坐在后排的老板发话了："还没跟她说清楚？"

"温总，要不您亲自跟盛小姐解释吧？"

温衍拿过手机，和助理说了一遍差不多的内容，只不过他说的更简洁，也更敷衍一些。

他一副事不关己的冷淡态度："盛小姐，我不是玉皇大帝，没那么大本事。你要想拿到房子就赶紧把购房资格的事解决了。"

"我是无神论者，不信什么玉皇大帝，况且对我来说，"盛柠真心实意地说，"求玉皇大帝还不如求您。"

温衍淡淡说："盛小姐太看得起我了。"

隔着电话，盛柠即使心虚作祟，说话声毫无底气，听着软趴趴的，马屁也依旧是张口就来："我是真心的，温先生您在我心里比玉皇大帝还神。"

估摸着温衍这辈子还从来没听过这么厚脸皮，同时又这么诚恳的马屁，而且是个年轻姑娘跟他说的，因此沉默了很久很久。

她听见他问："你有没有男朋友？"

盛柠一下子被他这个问题问蒙了。

车里的陈助理和司机也被温总的话惊着了，司机甚至一下没看见前方的缓冲带，直直加速开了过去，整个车身都轻轻颠了下。

偶像剧竟在我身边?!

温衍稍稍拿开手机，沉声冲前面的司机说："不会看路？"

司机连忙道歉，眼睛专心盯着前方，但耳朵已经快竖到老板跟前。

另一头的盛柠有时候真觉得，温衍的脑回路比她的还奇怪，总能在气氛特别严肃的时候问一句不相关的话，跟玩冷幽默似的，打得人措手不及。

　　她蒙蒙地回："没。"

　　"没有就去找个本地户口的男人结婚。"温衍语气平静，"这样房产证就能写上你的名字了。"

　　"……"

　　陈助理和司机又是默契地对视一眼，纷纷放下心来。

　　不是冒牌货，是老板本人没错。

第 2 章

糖衣炮弹

在盛诗檬的强烈要求下，盛柠一直开着免提。那句问有没有男朋友的话，盛诗檬也听到了，并且成功地想岔了。

所以在打电话的间隙，盛柠就看着盛诗檬跟突然中了邪似的，嘴巴咧得老大，无声地傻笑，并用唇语对她说："偶像剧！！比我还偶像剧！！姐！牛×！"

再然后温衍的下一句话，又把盛诗檬给甩回了冰冷冷的现实。

反倒是盛柠长长地舒了口气，并用唇语告诫她："你平时能不能少看点偶像剧。"

为什么在遇上温衍之后，某些篆刻在记忆中的偶像剧情节，就通通往另一个奇怪的方向发展了？

遭受现实打击的盛诗檬失落地点头："哦。"

盛柠看她的面部表情从大起到大落，觉得不能再让她旁听下去，二话不说关掉了免提，对电话里的人说："谢谢您的建议，不过还是算了，我自己想办法吧。就是——"

温衍"嗯"了声。

她沉稳地咳了声，说："好处不到位我不办事。"

"给你折现。"

"折现可行的话，一开始我就不会跟您说要房子了。"盛柠觉得这样说显得自己太固执，又多解释了一句，"我不想拿自己的人生开玩笑，找个不知深浅的男人结婚，风险太大。"

让她找男人结婚去换房子，谁知道会碰上什么牛鬼蛇神，她不干。

现实中的男人什么德行她可太清楚了，以身边最典型的负面人物，她爸盛启明为例，有感情的时候把贤夫慈父的人设玩到了极致，转头重逢真爱后就能立马翻脸不认人。男人只要算计起来，比谁都冷血无情。

房子是她朝思暮想的，她绝不会冒任何风险，分给任何一个人。

或许温衍会觉得她轴，但无所谓，她不指望他能理解。

她快要毕业了，要搬离一年租金才一千出头的宿舍，期待有，焦虑更甚。

那些从学校走出去的天之骄子，少数人依旧耀眼，而大多数人，优秀湮灭为平庸，朝气褪去，沦为城市浮萍，为月薪、生活、房子、各种琐碎事操碎了心。

盛柠对自己的未来想象有两个极端，有最好的，这样就可以督促自己不能偷懒懈怠；也会悲观地提前预想好人生中最差的结果，好把自己对未来的期待值降到最低，就算以后很辛苦，心理落差没那么大，也会活得没那么难过。

可是让资本家理解她对"房子"的执念，让他明白有一个只属于自己的家，不用担心遇上什么样的房东或是中介，不用再斤斤计较地段和水电费是否合适，更不用精心计算那一点挤出来的通勤时间有多舒服，是绝对的春秋大梦。

所以此话一出口，盛柠觉得她和温衍之间的交易大概率是凉了。

凉了就凉了吧，天上哪儿有那么多馅饼掉下来。

接连几个建议被拒绝后，男人显然再没那个耐心跟她浪费时间，随口敷衍了句"再联系"后就挂断了电话。

盛柠："黄了。"

盛诗檬一脸不可置信："黄了？为什么？"

盛柠语气无望："没购房资格。"

盛诗檬神色一顿，万万没想到这件事真就这么黄了，而给她姐当头一棒的不是资本家，是政府政策。

"……那我这手分得也太不值得了。"

盛诗檬抓抓脸，正好她的手机也响了。

"温征打来的。"她小声说。

盛柠："接吧。"

盛诗檬接起，盛柠隐约听见电话里的男人带着低沉的笑意说："宝贝，在哪儿呢？"

早就开了暖气的宿舍里，盛柠突然打了一哆嗦。

这语气可太油腻了。

然后她就听见盛诗檬软着声音说话，仿佛能掐出水来："我在我姐这里呢。宝贝你想我啦？"

盛柠："……"

好好好，你俩都是宝贝，只有我是恶毒女配。

可能是盛柠的一脸不适刺激到了盛诗檬，后者干笑了两声，特别有自知之明地走到外面继续和男朋友情话绵绵去了。

说不清楚现在是什么感觉，盛柠突然觉得头疼，原本以为只要接下恶毒配角的剧本就能捞着一套房，毕业后不用做"燕漂"，迅速实现有房的梦想，结果却被一个购房资格给搅黄了。

被这冰冷的现实搅得没了睡意，干脆起身打开了电脑，看到了邮箱里仍显示"未读"的申诉邮件。

双重打击。

现实真的太残酷了。

之后的几天，因为天气骤冷，天上甚至下起了细细碎碎的冰粒子，身体的劳累再加上心上的疲倦，盛柠不出意料患了感冒，课也没去上。

在寝室睡了几天，感冒终于好得差不多了。

这天班里有班会要开，季雨涵本来说要帮她请假，但盛柠觉得他们班上统共就那么几个人，一个人不去都显得很扎眼，还是决定去。

厚围巾围着脖子裹上一圈又一圈，盛柠才放心出门。

等到了教学楼，她没急着进去，本来是想等着和从图书馆过来的季雨涵会合一起进去，却碰上了戴盈盈。

戴春明是她导师，她再讨厌也不得不面对。但戴盈盈不同，署名权的事过后，她就当没认识过这人。

真亏得自己裹这么严实，戴盈盈都能一眼认出她，大老远就喊了声学姐，盛柠权当没听见。然后这人不识好歹，竟然凑了上来，还没皮没脸地问："学姐，你还在生我的气吗？"

盛柠的半张脸埋在围巾里，只有那双会传达情绪的眼睛，正用冷冷的神色望着她。

明明是一张面部柔和、留白恰好的无害脸，现在却给人冰刀子似的感觉。

戴盈盈心虚地躲开她的眼睛，郑重地鞠了一躬，语气诚恳地说："对不起，我真的不知道叔叔他会这么做。叔叔说他把稿费全都补偿给你，但我觉得这还远远不够，所以我想，只要学姐提出来，我能做得到的，我都答应你。"

"是吗？"盛柠问，"那让我扇一巴掌，我就原谅你，怎么样？"

说完她就抬起手，作势要扇戴盈盈巴掌，戴盈盈立刻下意识后退了几大步。

盛柠嗤笑，收回了手。

戴盈盈尴尬地笑了笑，好心提醒："学姐，你别冲动。要是被人看见了你打我，万一让人误会，对你影响多不好。"

盛柠没理会她的"好心"，又问："有了署名权，offer（录取通知）就稳了是吗？"

戴盈盈立刻否认："我没有……"

她眼睛红红的，显得楚楚可怜，也不知是羞的还是气的，一副快哭出来的样子。

盛诗檬也会做这种表情，但她只对男人做，屡试不爽。

"那你敢说看到网上那些夸你才大四就能独立翻译出这么一本高水平的中译诗集的话时，心里就没一点庆幸抢了我的署名权吗？"

抢了盛柠的署名权，戴盈盈有愧疚感吗？当然有。但那点愧疚感又怎么比得过这件事给她带来的虚荣和满足。于是就一边道歉来冲淡自己心中的愧疚，一边继续霸占着本属于盛柠的署名权。

盛柠很轻地又笑了声："坏人做了就是做了，别装，装就显得你更恶心。"

戴盈盈被说中心事，面色发白。

天气太冷了，在外面站了这么久，盛柠不想再感冒，刚打算走，又有人叫她的名字。

"盛柠。"

她和戴盈盈站在教学楼门口，对面路旁挨着梧桐树停着一辆车，后车窗被摇了下来，车里是张男人冷峻的脸。

他穿着深色大衣，似乎要和车里的阴影融成一体。

有钱有势就是好，私家车在学院里随便开。

戴盈盈觉得这张脸很面熟，语气不确定地说："啊，您不是——"

才刚张嘴，男人又开口："过来，上车。"

盛柠正好不想跟戴盈盈浪费时间，立刻甩下人，朝车子那边走了过去。

还不到一分钟，戴盈盈眼看着那辆黑色轿车开走，消失在视野中。

回过神来，她想也不想，立刻往教导楼的方向跑，到了地方连门都来不及敲，直接就闯进了戴春明的办公室。

"叔！"

戴春明被吓了一大跳，责怪道："怎么了你这是？大惊小怪的。"

"我刚在路上碰到盛柠了。"戴盈盈语速很快，惊慌又着急，"我还看到了温先生，盛柠上了他的车，您说她会不会求温先生帮她把署名权抢回去啊？要是这件事被发现了我还能拿到 offer 出国吗？"

戴春明握笔的手一紧，恰巧这时候桌上的手机又振了两下，是会议口译的班群，老师和学生都在的那种，之前团支书在群里说，要开个小班会，让大家集合。

盛柠："@[1] 团支书"

盛柠："抱歉，请个假，临时有私事要处理。"

戴春明慌了。

她和温先生处理私事？

温衍看着她小跑过来。

穿得跟个粽子似的，浑身上下包得严严实实，只露了张脸，脸色有些苍白，好在那双杏眼很特别，能认出来是那个精明的姑娘。

"粽子"上了车，温衍头一句话就是："你手机呢？"

盛柠："啊？兜里。"

温衍冷声道："没掉马桶里？"

"您什么意思啊？"盛柠很不爽。

"没掉马桶里为什么不接电话？"

"您给我打电话了？"

盛柠迅速翻了下通话记录，意识到是前几天感冒生病，她心情很不好，躺在床上发呆的时候，老想找点东西发泄，反正她觉得跟温衍不会再有交集，就把温衍的电话拖进了黑名单。

"因为……"盛柠没敢说把他电话拖进了黑名单，只说了一半原因，"我跟您的合作黄了啊。"

温衍蹙眉："谁告诉你黄了？"

"我自己这么觉得的。"

温衍已经不想再跟她多说什么，人生中第一回被乙方单方面终止合作，若是工作上的事，大把的人在后面排着队等上位，她早就该卷铺盖走人了。

最近天天面对父亲的念叨，让他这个做哥哥的赶紧打发掉小儿子的女朋友，这几天一边顾公司的事，一边准备着过不久的中外企业联合峰会。昨天又有应酬去了趟城外，陪着一帮年纪大了非要体验原生态农家乐的老头子喝酒，在外过了一夜，今儿才回市里。

原本不打算去公司上班，想直接回家休息，可又觉得把一整天的时间浪费在睡觉上不值当，于是趁着今天休假，正好过来找这位不接电话的盛小姐，看看她是手机掉马桶里了还是人掉马桶里了。

---

[1] 网络中常用"@+昵称"用于提到那个人或通知那个人。

虽然温衍脸上没有表情，但盛柠看得出来，他现在非常烦躁，因为她烦躁的时候也这样，不说话，但周身都是"生人勿近"的低气压。

温衍都来学校找她了，那棒打鸳鸯的事肯定还是没黄。

盛柠突然轻松了，甚至打量起车里的环境，车子里除了她和温衍，前面还有两个男人。

开车的那个是陈助理，盛柠跟他打过照面，副驾驶上的那位她没见过，不过他主动自我介绍说了自己是温先生的私人律师。

这是要去哪里？还带上了律师。

"温先生，您要带我去哪儿啊？"

"博臣花园。"

盛柠还没来得及说话，温衍又讽刺道："我要是再晚点来，是不是就该去派出所找你了？"

他应该是在车里看到她抬手作势要打人了。

但盛柠并不想解释。跟资本家告状有什么用，难道他会帮自己主持公道？没好处的惨她不想卖。

"哦，您看到了？那您会去跟我们学院领导告状吗？"

温衍抬起眼睛看她。

她很干脆，直接就承认了。

平时最常接触到的姑娘，像她这样年轻的，通常犯了错，就会仗着有人撑腰，毫不脸红地推卸责任，而且是非常理直气壮的那种，他很不喜欢。

温衍不清楚对于那种犯了错不承认耍无赖的姑娘和眼前这种犯了错干脆承认，坏得这么明明白白的姑娘，他到底比较不讨厌哪一种。

"怎么不说话了？"盛柠又问了遍刚刚的话，"您不会真要去跟我们学院领导告状吧？"

语气明显没刚才那么拽了。

哦，原来还是会担心的。还以为她有多拽，天不怕地不怕。

温衍收回目光："你干了什么跟我无关。"

盛柠听懂了他的话，就是不爱管闲事。

后来他们就再没有交流了，车子开了很久。盛柠在这样陌生的环境中，尤其是车上只有她一个女的，其余仨都是男人时，根本没有困意，精神抖擞，也没心思玩手机，只能对着车窗外呼啸而过的风景发呆。

旁边的男人即使在车上都不得闲，时不时接个电话，听语气能猜出来都是工作电话。

直到他接起一通电话，开口就是——

"爸。"

"温征？我没跟他一块儿。"

温衍不经意瞥了眼旁边拿后脑勺对着他的人："他女朋友的事我还在处理。"

人的耳朵总是会敏捷地捕捉到关键信息，盛柠没刻意听，但还是一字不落地将温衍的话听全了。

这时候手机那头的声音突然大了起来，怒吼的喊声不停地往外蹦，盛柠突然听见一句。

"臭小子为个姑娘都敢跟他老子叫板了！"

她吓了一跳，转头去看他。

温衍捏捏眉心，沉着声音说："您消消气，别气坏了身体。"

然后又听他保证："是，您放心，我不会的。"

温衍挂掉电话的那一刻，盛柠迅速又把头转了回去。

好在盛诗檬是在过家家，温衍交代给她的事并不难办，等房子一到手，办完事，就立马跟这姓温的撇清，千万别跟他家扯上任何关系。

"温总，博臣花园到了。"

盛柠一下车，迎面走过来一个领头的中年男人，后面还跟着好几个人。

"温总好。"中年男人先跟温衍打了个招呼，再看向盛柠，笑容满面，"这位就是盛女士吧？之前就猜您一定是个美女，我猜得真准。"

真没想到有朝一日她也能受到这种顶级楼盘的工作人员的吹捧。

之后这个中年男人自我介绍，她才知道他是负责的经理，要说博臣花园不愧是高档公寓，连经理的狗腿态度都这么无可挑剔，怪不得他们楼盘卖得这么好。

博臣花园的公寓户型中有复式，因此电梯的容积比一般公寓要大，除了经理要按楼层站在了温衍的前侧方，温衍带过来的律师和助理都站在他后面，且保持了不小距离。

真乃职场教科书，盛柠暗暗记下，然后和他们站在了同一条线上。

老板是个面瘫加失语症，所以下属也有样学样，金色镜面的电梯内饰中，把每个人脸上那副严肃的表情都映得清清楚楚。

好在电梯快，不一会儿就到了。

经理走在前头，摁动默认密码打开门，并侧身让盛柠先进去。

"盛女士您看看，有什么不满意的地方尽管跟我说。"

盛柠早就在购房网上看过博臣花园的样板间，布置得很漂亮，但样板间跟实际验收的房怎么可能一样，所以她一早就做好了这是个空房的准备。

结果一进门，一双眼睛满满当当地被填满了。

进门的开放式厨房，大到厨用家电，小到厨用碗筷一应俱全，摆放得整整齐齐，把厨房活生生布置成了艺术间。

通过开放式厨房，就来到了客厅。

搞家居的大都知道，现在的年轻女孩很少会喜欢那种华丽复杂的宫廷风装修，这是来自家居装修行业的专业调研分析。

整个客厅的色调就像是午后从窗外洒进来的暖洋洋的光。

浅色窗帘外，阳台上还种着盆栽花和多肉，靠近阳台的地方放着懒人沙发，下面垫着柔软的地毯，甚至能想象到光脚踩在那上面的触感。

盛柠认得客厅上方的那盏灯，出自瑞士有名的家居设计师之手，哪怕是网上的山寨同款都要大几千。也认得电视墙上挂着的那幅艺术画，来自欧洲某位小众画家，这位画家的作品在 ins[1] 上很火，被国内各种盗版印刷，很多作品都已经成了九块九的家居摆设爆款，而这幅画是他最新的作品，国内还没来得及盗版大肆在市场上售卖。

她常常幻想如果哪天自己有了一个家，要贴什么花色的墙纸，放置什么样的家具，用什么样精致的装饰品来布置和装扮这个家。

即使这个幻想离目前的自己很远，但不妨碍她每次累了就上网搜一些 room tour[2] 的视频看，然后了解到这些东西。

盛柠还在发呆，温衍从律师那儿拿过一份文件，递到她面前。

"看看，没问题就签字。"

盛柠回神，接过文件。

她打开首先看到了自己的名字，在乙方冒号的后面，而温衍的名字在甲方那一栏。

"合同？"

"合作协议书。"温衍说，"这房子记在我名下，你先住着。等你有了本地的购房资格，我会立马将这套房子转到你名下。"

盛柠不可置信地睁大眼睛看着他。

男人回视，语气轻描淡写："不相信男人，总该相信法律。"

---

[1]　一款社交应用软件。
[2]　一种拍照选景的方式。

"……那您收我租金吗？"她弱弱地问。

温衍嗤了声，似乎她问了个很愚蠢的问题："不收，物业费这些不用操心，水电费你自己解决。"

确定完这个，盛柠继续一字不落地将合同从第一个字到最后一个字看完。

所以这里不是样板间，这是给她的房子？

原来人和人之间的差距真的有这么大，看似那么遥远的梦想，她不知道要打拼多少年才能得到的东西，原来只要他一句话，这些东西就通通实现了。

盛柠觉得讽刺的同时，却又不可自拔地爱上了这个用钞票堆成的房子。

贪财又怎样，势利又怎样，她就是俗人，她就是喜欢。

这几天糟糕透顶的心情，一下子就被治愈了。

她眼眶一湿，激动地落了泪。

温衍还在等盛柠看完合同，就见她看着看着，眼角落下了几滴泪。

刚在学校面对别人拽得二五八万那样，现在又弱弱唧唧抽抽搭搭的，很难不让人怀疑她是不是有两种人格。

"哭什么？"

盛柠吸了吸鼻子，扁着嘴说："我没哭，我这是喜悦的泪水。"

温衍无言以对。

一套房子就喜悦成这样？真是个没见过世面的财迷。

此时一旁的经理也在想。

不是吧，这就哭了？温总的这位小女朋友未免也太好哄了，看个软装都激动成这样，那她等会儿进卧室看到那满柜子的衣服鞋子和大牌包包，还不得当场晕过去。

经理还在思索这个问题，猝不及防听见上司命令他的小女朋友："房子看完了，走吧。"

"哎，您等等。"小女朋友指了指上面，"我还没上楼看卧室呢。"

经理心想不好，这下小女朋友真要晕了。

以防万一，要不要先提前叫救护车？

温衍："快点。"

盛柠点头："马上。"

说完就"嗒嗒嗒"跑上了楼。

她上了楼，温衍随意地又打量了一下一楼的装饰，他对这种装修风格无感，但不可否认很好看。

"温总，"经理凑过来说，"二楼我也派人布置了，还给盛女士准备了不少东西，都是精心挑选的。"

潜台词就是老板你看我事办得这么漂亮，是不是可以邀个功？

盛柠喜不喜欢他不关心，那天经理问了要不要搞软装就是随口应了句，哪怕这是个没有软装的屋子，盛柠也必须把合同签了。

房子已经在他名下，总要发挥它的价值。

"辛苦。"温衍体恤一句，接着又吩咐，"有关这套公寓和盛女士的事，别对任何人说。"

职场老油条经理先是愣了下，然后内心狂喜。

这是什么意思！

意思就是这是老板私事！而他是为数不多的知情人之一！这代表老板已经把他当心腹看待了！

升官发财又怎么会担心时间久远，一飞冲天指日可待！

经理立刻严肃语气，聊表忠诚："您放心！别人要是问起来，我一定把嘴闭上。"

老板和下属在楼下跨服聊天[1]，捡了便宜的盛柠在楼上魂归天边。

本以为一楼的软装已经是天堂级别的精细，谁知道二楼更夸张。

这什么神仙开发商，全屋的硬装和软装都给包了，家具是欧洲进口的，家电是最高档的，这也就算了，关键是——

盛柠不爱叠衣服，她打开衣柜，本来只是想看看衣柜是不是纯隔板的，有没有挂衣架的地方，结果是挂衣架的横杆和隔板都有，而且都物尽其用，挂满和塞满了东西。

她随手拿了件衣服，翻了下领口，连吊牌都没摘，很明显是新的。

其中放包包的那几个隔板，印着大牌 logo（标签）的防尘袋都没有解开，她随手拿了个双 C[2] 的打开看，里面是近几年来疯狂涨价的黑色经典菱格纹金球包。

要不是刚仔细看了合同内容，她还以为温衍让她签的是包养合同。

负责布置和采购这些东西的人实在太了解女人，完全抓住了年轻女性的心理，这里的每一样东西，都像是辛德瑞拉的水晶鞋。

她看见这些东西，仿佛小时候做梦，走进了一座童话城堡或是华丽宫殿，没有谁会抵挡住这些诱惑不被取悦。

这就是个什么都不缺的家，她甚至都不用打包任何行李，人住进来就行。

---

[1] 网络用语。常指两个人在对话，但聊的却不是同一个内容。

[2] 香奈儿。

盛柠猛地关上了柜子门。

太可怕了，奢靡的资本主义真是分分钟就能将一个人的思想和良心腐蚀。

平复了下呼吸，盛柠对着梳妆镜凹表情，好让自己看上去尽量淡定一些，不显得那么势利贪财。

她淡然地下楼，温衍还在楼下等她。

"看完了？"

"嗯。"

"走吧。"

"好。"

经理有点佩服这姑娘，刚刚都飙出喜悦的泪水了，这么快就能调整过来，这情绪把控能力简直不要太厉害。

这么大个糖衣炮弹都没把她炸晕，要换成他老婆，估计早抱着他狂亲，不停说我爱你了。

他又看了眼温衍。

小女朋友反应这么冷淡，老板也没表现出失落。

也是，这点小钱对他来说算什么，他说不定觉得这只是一个普通得不能再普通的小惊喜而已。

有钱真好，男人就要努力赚钱，争取天天都给老婆搞惊喜。

他大胆猜测这只是个开始，老板以后还会给小女朋友准备很多的惊喜，而这些惊喜的执行者，当仁不让就是老板心腹本腹，他吴建业吴大经理了。

送人下楼时，吴经理特意对盛柠说："您慢走，以后有事随时联系我，这是我的名片。"

最后虔诚地目送老板的车离开。

"哎，经理。"和经理一块儿的员工突然想起什么，"刚刚那位盛女士是不是忘了去看浴室了？"

吴经理一愣。

还真是。

亏他还特意让人准备了男女双份的洗漱用品和洗浴用品，就连浴袍浴巾都是备的双人份。

说实话，他专为盛女士定制打造的这套公寓服务，简直比五星级酒店都贴心。

吴经理摆摆手，倒是想得开："算了，等温总来这儿过夜就能体会到咱们的用心了，迟早的事嘛。"

车子已经开走很远，回头只能看见超高层公寓最上面的一个小尖尖。

直到尖尖都彻底看不见，盛柠才端坐回来。

她用自以为温衍发现不了的，上扬弧度超级小的唇角抒发内心喜悦。

温衍挑眉，收回余光。

不用问都知道她的态度了。

但做生意的人，签合同前总免不了一些废话。

"盛小姐，"温衍淡淡问，"还满意吗？"

盛柠点头："满意！"

"能办事了吗？"

盛柠眼睛都亮了："能！就算被万人唾骂，死了以后下十八层地狱，我也能！"

温衍扯了扯唇："只是让你劝他们分手，没让你杀人放火。"

"但是俗话说，宁拆十座庙，不毁一桩婚，毁人姻缘也是做坏事。"

"那也得看这桩姻缘是好是坏。"温衍反问，"谈恋爱谈的连理智都没了，这叫好事吗？"

盛柠有些怀疑。

盛诗檬真有这么大本事吗，温征为了和她在一起连理智都不要了？

不过现在她跟温征是对立面，她肯定要站在温衍这边。

"那肯定不是好事。"盛柠点头附和，"您是对的。您弟弟还年轻，没经过大风大浪，所以才会觉得爱情至上，天大地大恋爱最大。当然不像您，对待感情这么理智，这么成熟。"

盛柠这话听着尴尬，但却恭维到点上了。

温衍扬眉，淡淡应道："嗯。"

开车的陈助理和副驾驶座位上的律师憋得都很难受。

"哦对了，温先生，那房子里所有的东西，都是给我的吗？"

"嗯。"

"包括那些装饰品吗？还有二楼的那些——"

还没来得及说话，温衍直接说："都是你的。"

盛柠张大嘴："真的吗？那我挂到二手平台上转卖也行吗？"

叽叽喳喳，好像生怕他会反悔抢走似的，他温衍还不至于在乎那点东西，甚至连送来的账单都没看就直接签了字。

"别为了这点小钱问东问西的。"

盛柠表情复杂："小钱吗？"

一个包就是她半学期的学费。

转念一想对温衍来说确实是小钱，盛柠不自觉又看了眼温衍左手上的腕表，发现他又换了一块表戴，依旧是价值不菲，一块表换一套房的那种。

Sorry（不好意思），是她格局太小。

温衍将她送到学校门口，盛柠一路憋着，早就想回宿舍痛快大笑一场，立马下了车。

关上车门，她思索几秒，又回过头敲了敲车窗："温先生。"

车窗往下，温衍抬眼："还有事？"

"嗯——"盛柠准备了下腹稿，语气正经，"温先生，如果您以后有什么别的地方需要我帮忙的，尽管说。"

温衍眼里闪过一丝疑惑。

"帮什么忙？"

盛柠说："我是学翻译的，笔译口译都行。本科一外西语，二外德语，现在是中英双语口译，同声传译我在研一就有训练过，如果您需要翻译的话，可以找我。"

温衍淡声拒绝："不需要，你把我交代你的事办好就行了。"

盛柠并不意外他的拒绝。

兴逸集团就是靠做外贸起家的，翻译人才济济，当然不需要她。

但人家不需要，不代表她不需要展示诚意。

"如果您日后有短期的临时工需求的话也可以找我，我不要工资，免费。"

免费。

对别人来说是天上掉馅饼，对温衍来说是无事献殷勤。

他眼里划过一丝不解，全然不动。

"你到底想干什么？"

"不干什么，就是想谢谢您今天带我去看房子，但我除了本身的专业，也没别的什么能拿出感谢您了。"盛柠弯着腰，艰难地用脸对着车窗里的人，语气真诚，笑得也很真诚，"您在我心里比玉皇大帝还神。"

嘴上线条分明，弧度两边微扬，像悬着的弯月。

巧舌如簧，说话像唱歌一样好听。

温衍盯了她半天，面上对她的马屁毫无反应，依旧板着张油盐不进的扑克脸。

他最后什么也没说，转过头，关上车窗。

盛柠眼看着车子开走，有些无奈地耸了耸肩。

看来马屁拍多了也不好，反倒让他觉得烦。

毕竟白拿人家一套房子，吃人嘴软拿人手短，这钱来得并不光彩，总要做点什么才行。

她的兼职时薪其实还挺高的，奈何这位"玉皇大帝"看不上。

车子里少了个人，顿时安静多了。

他的助理和律师都保持着一贯的沉默。这样一想，平时自己打交道比较多的那些下属，原本的性格究竟如何他其实不清楚，但他们面对他时，话都很少。

所以才会觉得今天车上很吵。

温衍揉了揉太阳穴，不知怎么的，人下车了，她说的那些个恭维话还在耳边回荡。

真心也好假意也罢，反正那张笑脸看着确实不那么假了。

想到这里，他看了眼坐在前面的两个男人。

不知道他的下属们是不是其实也和盛柠一样，平时虽然看着很冷淡，但心情好的时候，眉梢眼底的那股笑意藏都藏不住。

察觉到老板的目光，陈助理问："怎么了，温总？"

温衍敛眸："没事，终于安静了。"

"啊，是啊。不过盛小姐今天看着跟在学校里的样子完全不同。"陈助理随口说，"第一次见她的时候，还以为她是那种性格比较冷淡的女孩，没想到竟然可以笑得那么开心。"

刚刚车窗外的脸又再次出现在脑海里，温衍不动声色翘起唇角，评价了句："得意忘形。"

陈助理不知该怎么接话，哂笑了声。

在车子到家前，温衍打算闭眼在车上休息一会儿。

每每这种时候总是有人来打搅。

掏出振动不止的手机，看了眼来电，那微乎其微的笑意又迅速被抹平。

"查到了？"

"嗯，酒吧位置发过来。"

温征不久前跟温兴逸说，想把女朋友带回家给父亲认识。温兴逸知道温征交了个女朋友，早就让温衍去查了女方的家庭背景，因而温征一提议，温兴逸几乎是没有任何犹豫就拒绝了。

哪儿知道温征会这么倔，父亲不让他带女朋友回家，他就嚷嚷着要搬出去住。昨晚上温衍有应酬去了城外，不在家住，父子俩又是一通大吵，温征直接撂下一句"腿长我自个儿身上，您以为您能拦得住我吗"，摔门而出。

给他爸气够呛，命令温衍赶紧把这个臭小子抓回家。

温兴逸在电话里不住地叹气，为什么家里的孩子一个两个都是这样，越管越不听话。

有多少人想拥有这样的出身都没这个命，为什么他的儿子身在福中不知福。

"温衍啊，你可绝对不能让爸失望啊。"

温兴逸用苍老的语气告诫他。

不会的。

他是一个合格的儿子，这些年来他也一直遵循着父亲的教导。

岂会朝夕之间就背叛这种思想。

温衍吩咐陈助理改道，不急着回温宅，先去趟酒吧。

喧嚣白日中，车水马龙的都市另一端，烟酒充斥下，夜场从未结束。

这里是需要霓虹照亮的夜晚。

温征昨天跟自个儿老爸大吵一架后，本来是想约盛诗檬出来一块儿过夜，但盛诗檬说自己最近学业忙，拒绝了他。他独自去了常去的酒吧，在酒吧里打发了一夜。

第二天醒了，他又给盛诗檬发微信，问她今天有没有空。

然后女朋友说今天满课。

"对不起哦，宝贝。"

"等没课的时候我一定好好陪你。"

"小猫比心 .jpg"

看着这几条回复，温征咬着酒杯，总觉得哪儿不对劲。

他还在琢磨，然后被一旁的朋友踢了裤脚："干吗呢干吗呢，把我约出来喝酒，自己又盯着手机发愣，搞什么啊。"

"没有。"温征仰头喝了口酒，扔下手机，因为昨晚通宵嗓子有点哑，"平时我看盛诗檬在学校和公司都挺闲的，怎么突然这两天变这么忙了。"

朋友不甚在意："她忙你就让她忙呗，姑娘这不到处都是吗？"

然后指了下四周，有挺多姑娘注意他们这边。

温征花名在外，出了名的会玩会哄女人，出手大方，人长得也帅，就是最近交了新女朋友，就不再继续做那花丛中的小蜜蜂了。

他对那些目光甚无兴趣，懒散道："你又不是不知道我最近就守着盛诗檬一人。"

"差不多了吧。"朋友问，"不腻吗？"

脑子里浮现出盛诗檬的脸来，温征眸色略深，又给自己倒了杯酒。

"戏都演到这份儿上了，再腻也得继续啊。"

朋友调笑着说："那你还挺入戏的，都为女朋友玩起离家出走了。"

"他不让我随随便便找个人结婚，不就是想找个跟他一个鼻孔出气的儿媳妇，这样等结了婚还能有人替他管着我。"

温征哼笑一声，轻佻地把玩着手里的酒杯。

"不是想让我收心嘛，那我就收给他看咯，他不让我舒服，我也不让他舒服。"

朋友摇头叹息："咱诗檬妹妹可太惨了。"

温征语气懒散："有什么惨的，又是给她买包又是给她买车的，我送她的东西还少吗？等分了手她把那些玩意儿再转手一卖，都是个小富婆了。"

"话不是这么说。有的女人重钱，有的女人重情，你对诗檬妹妹这么好，万一她真陷进去了，爱你爱得无法自拔，你送的那些东西根本治不好她的伤怎么办？到时候你作为男人好意思吗？"

温征跟听笑话似的，吊儿郎当地反问："什么？这个世界上竟然还有钞票都治不好的伤？"

朋友肯定道："有，情伤。偶像剧里都这么演的。"

温征顿感荒唐地朝朋友瞥去一眼："？"

朋友继续分析："你是情场老手，人家诗檬妹妹还是个纯情小姑娘，哪儿经得住你这么对她无限度的好？到时候她忘不了你，一辈子都不嫁人，你这不缺了大德吗你。"

"……"

做戏做全套，温征知道他爸喜欢盯着他平时跟一些什么样的女人来往，所以他和盛诗檬在一块儿的时候表现得特别专一，不知情的都以为他是真栽在盛诗檬身上了，平日里对她哄着疼着，那深情款款的样子有的时候自己看镜子里的自己都觉得真。

每回盛诗檬看他的眼神，都像是浸着水似的，柔情万分，看得人骨头都酥了。

前几天，他带盛诗檬出去约会的时候，她不知怎么，突然特别伤感地问了句："你觉得我们会一直在一起吗？"

温征心中自有想法，嘴上却漫不经心，甜言蜜语张口就来。

"你这么招人喜欢，我哪儿会舍得跟你分开。"

"我也舍不得。"盛诗檬靠在他的怀里说，"不过就算我们哪天不得不分开，你也要相信，我只爱你一个人。"

温征甚至能想象到他和盛诗檬说分手那天，小姑娘哭得梨花带雨，求他不要分手的可怜样子。

心里猛地像是被针扎了下，竟然有点愧疚，还有点舍不得。

"温征你他妈喝蒙圈了？醒醒醒醒，你哥来了！！你哥来抓你回家了！"

想象被打断，温征狠狠瞪了眼朋友。

"来了就来了呗，我又没指望真能躲多久。"

他很清楚，只要他还在燕城，就逃不出温衍的视线。

朋友匆匆拿上外套："那行吧你继续喝，我先遁了，千万别跟你哥说你是跟我一块儿啊。"

温征"喊"了声，眼神鄙夷："就你这样的还好意思说是我哥们儿呢？"

"怎么不是你哥们儿？就是阎王来找你，哥们儿都能挡在你前面为你两肋插刀——"

接着话锋一转，朋友尴尬地笑了笑："但你哥我是真不敢惹，再约再约，我从后门那边走了。"

"滚滚滚。"温征朝朋友屁股狠狠踢了一脚，"把我哥说得跟阎王似的。"

朋友摸着屁股心想，明明比阎王还可怕好吧。

温征歪着脑袋朝门口看过去，一个和整个酒吧氛围格格不入的高大身影正朝他这边走过来。

听员工说温衍过来了，酒吧老板立刻从包间里蹿出来迎接。

"温总。"

温衍："把这乱七八糟的音乐和灯都关了。"

酒吧里本来热热闹闹的，大家都很 high（兴奋），就因为这个人，愉快的氛围很快被强行打破。

"哎好。"酒吧老板立刻开始清场，"对不住各位帅哥美女，今儿我们打烊了啊。各位明儿来，到时候我自掏腰包请各位喝酒！对不住对不住。"

酒吧内光线本来就不好，都看不出来外面还是大白天。现在音乐和灯都关了，灯红酒绿顿时化为寂静，显得诡异和空荡。

男人站在温征面前，英俊的五官在阴影中越发显得肃冷倨傲，他眼神冰凉，深色大衣加身，衬得周身都环绕着低气压。

温征一只手握着酒瓶，另一只手搭着沙发沿，跷着腿，整个人懒洋洋地躺在沙发里，身上名贵的衬衫被自个儿弄得皱皱巴巴的，看着没点正经样。

和眼前他哥哥那一丝不苟的着装形成鲜明对比。

他懒洋洋地笑了声："不愧是我哥，这么快就找到我了。"

温衍随意扫了眼一桌的酒瓶，这还只是白天喝的量。

他眼底一暗，沉声发问："要造反是吗？"

"我哪儿敢。"温征口不对心。

燕城

常用常新日报

第一期　　　XXXX 年 X 月 XX 日　　　星期六　　　天气晴

小道消息栏

兴逸集团总裁爆出新恋情?

近日，有热心网友为我社提供了一条可靠消息，称兴逸集团董事长温衍于前日包下帝都著名景观餐厅，实则用于求婚。

钻石王老五脱单在即!

时政要闻栏

中外企业联合峰会将于 12 月 2 日，在国贸酒店二十层举办。峰会的代表人物为兴逸集团总裁温衍。

本次峰会有近千家企业参会，五十余名企业家发表讲话，就实现互利共赢、共同发展的全球贸易合作共商合作大计。

社会生活栏

博臣花园高档公寓楼对外招租，配套设施齐全，交通便利，限时不限量优惠，各种户型可随意挑选。

负责人称该小区的房子还可以招桃花。

新书公告栏

图样先森

即 将 热 烈 上 市

"爸被你气得不轻，"温衍直接命令，"回家。"

温征不为所动，语气很坚定："他不答应我跟盛诗檬的事，我就不回。"

温衍也不跟他废话，踹开地上碍事的酒瓶，一时间丁零当啷的。

温征被这玻璃声吵得稍微醒了醒酒，结果就见他哥把胳膊伸过来，直接拎起了他。

温征一米八多的高挑男人，按理来说力气不小，就是日常作息十分混乱，经常熬夜，又喜欢喝酒，一日三餐随便打发，整个人看着都很清瘦，典型小白脸的脸加小白脸的体格。

温衍比他还高点，又是退役军官，温征挣了两下没挣开，直接被捏着肩膀和锁骨强行从酒吧带走。

老板站在酒吧门口，恭恭敬敬地送贵客离开："温总慢走，征少慢走。"

温征心想，丢脸啊。

被丢上了车，他才低嘶出声，揉着肩膀抱怨："轻点成吗？我他妈是你弟，不是反动分子。"

温衍理都没理他，直接让人开车。

温征随意看了眼前面的两个人。

助理他认识，另一个他也认识，那是他哥的私人律师。

"你过来抓我还带着律师？"他一脸诧异，"这是要分家产了？我靠都要分家产了还跟管小孩似的管我，你什么毛病啊——"

温衍忍不住了，带着愠怒低斥："闭嘴成吗？"

"成。"温征耸耸肩，"你放我下车，我立马闭嘴。"

温衍不再管他，直接从车里的储物抽屉里掏出降噪耳机戴上。

接着抬了抬下巴，示意他："嚷吧，接着嚷。"

温征深吸口气，结结实实被他哥这副拽样气着了，干脆也就口无遮拦了起来。

"我真就服了。

"爸让你干什么你就干什么，当初把你扔去军校也是，现在管公司也是。你自个儿活得不自在，就非要把我也拖下水是吧？

"为什么你跟爸一样这么顽固，我不按你们说的做就是不干正事？咱外甥女当演员是不干正事，我开餐厅也是不干正事，只有你和爸干的是正事对吧？21世纪了哥，你作为咱家的新老大，那套过时的封建家法能不能废除啊，睁开眼看看这个开放的新社会吧。"

事情还得从温征自主创业那会儿说起，一般富二代在进自家公司前，都喜欢拿家里的钱自个儿创业，说得好听是创业，但普通人创业的辛苦又岂能和他们这些富二代玩票性质的创业相提并论。普通人创业失败的代价太大，富二代们却能玩到钱都亏完了，再回家接着拿钱挥霍。

温征一开始也是玩票，开了个餐厅，谁知餐厅越做越大，发展到后面竟然成了私人会员制。

这其中腌臜透了，他心里当然门儿清。

一来二去又交上了文娱圈的朋友，父亲和哥哥十分不喜文娱圈那帮道貌岸然的"艺术家"，一直想着让他把餐厅关张或是转手出去。

他哪儿肯啊，自己做老板多舒服，工作时间自由，想开派对就开派对，想找乐子就找乐子，快活得很，傻子才乐意再回去成天被管着。

说了一大堆，温征嗓子也干了，他又换了副语气，轻声问："哥，你每天忙着替爸到处做恶人，你不累吗？"

问完侧过头看温衍，发现他哥还是闭着眼睛装死。

温征低低"啧"了一声，直接伸手拿掉了温衍的耳机。

温衍下意识蹙眉，偏过头去。

温征等了半天，没动静，这才发觉他哥此时胸口起伏平稳，是真睡着了。

他戴上耳机，发现温衍在听轻缓的助眠纯音乐。

温征又是好笑又是无奈："我刚这么大声都能睡着？"

陈助理开口："温总昨晚在外应酬，今天早上才回的市区，到现在还没来得及回家休息。"

温征不解："那上午呢？这一上午都干吗去了？"

陈助理当然不能说。

助理闭口不提，温征又问律师。

律师也是欲言又止，什么都没说。

温征想不到任何能让助理和律师对温衍上午行踪保密的原因，就只能瞎猜。

"他今天上午不会是和女人在一块儿吧？"

还真是个女人。

不过知道真相的助理和律师依旧选择装哑巴。

温衍很忙，这点温征也是知道的。

偌大的温氏都压在他一个人肩上，平时还得抽出空来为家里人奔波。

前不久是为外甥女，现在又是为他。

温征对这个哥哥是又爱又怕，一面佩服他的能力，一面又反感他的专制。

过年的时候，外甥女说要去寺庙里祈福，保佑这个冷血无情的男人能碰上一个冤家，让他尝点苦头，也让他沾上点烟火气息，看着像个有情绪的人，不至于成天板着张脸。

温征也不知道这祈福到底灵不灵，反正到现在也没见效。

但他决定了，甭管灵不灵，过几天他就找时间也去求一个，多贡献点香火，叠上双重 buff[1]，我佛慈悲，就不信没用。

"最好是女人。"温征眉梢一扬，轻哼道，"到时候爸给他一顿胖揍，我就等着瞧好戏。"

一般有兄弟姐妹的家庭是这样，一个人闯了祸要挨打，其他人通常都是抱着看热闹不嫌事大的心态，在旁边兴奋围观。

车上都是温衍的心腹，没人敢跟着温征埋汰他哥。

正好温征昨晚也通宵了，索性往后一倒，靠着椅背跟他哥一块儿在车上补起觉来。

温衍却突然睁了眼，此时车子驶进隧道，从外打进来的隧道灯光，像是卡帧的胶卷般明灭闪烁，将他一半的脸隐在阴影里，也映得他那一双深邃眼眸中的焦距忽明忽灭。

温衍把合同给了盛柠，让她带回家慢慢看，等正式签了合同后，一式两份。温衍的那份由律师保管，她的这份还没想好藏在哪里最保险。

毕竟是见不得光的合同，肯定要好好藏起来。

合作的事情柳暗花明，盛柠自然要告诉盛诗檬。

盛诗檬本来也以为黄了，谁知又是一个峰回路转。

她本来正上着课，看到盛柠发来的消息，兴奋得直接逃了课，从后门悄悄溜走，开着车就直接往高翻学院赶。

燕外有两个校区，盛柠所在的校区主要都是研究生和留学生，盛诗檬这类的本科生都被安排在了另一个校区。之前没车的时候，她每次过来还得搭公车，后来温征看她老是两个校区来回跑，就送了她一辆 MINI。

盛诗檬进门就问："没黄？真的没黄吗?！"

还好季雨涵去图书馆了，不在寝室，盛柠正在琢磨合同要藏在哪里。

她干脆直接拿给盛诗檬看。

---

[1]　游戏术语，网络用语。原指给游戏角色添加一种变强的效果，现广泛应用于各种意义上的增益。

这不是什么专业的工作合同，大多数字和汉字组合在一块儿还是能看懂的，盛诗檬扫了一遍，眼睛和嘴都越张越大。

这简直就是为她姐量身打造的"梦想合同"。

盛诗檬好奇地问："所以是什么样的房子？"

盛柠那天给房子录了个小视频，按合同上说的，她可以随时搬进去，但她现在还有宿舍住，反正提前搬去那边也是浪费水电，就想着周末的时候如果想要放松心情，再去那边住上一晚。

不能天天住那儿，那就录个视频，时不时拿出来欣赏一下。

小视频就几十秒，但盛诗檬起码看了五分钟。

反反复复看了一遍又一遍。

"这也太……"盛诗檬给自己做了个掐人中的动作，"太爽了吧。"

盛柠故作淡然地挑了挑眉。

"这个装修风格我好喜欢，还有这个沙发和地毯看着就很软。还有这个阳台，等春天的时候摆一张摇椅坐在阳台上吹风晒太阳肯定很爽。还有还有——"

盛诗檬絮絮叨叨地夸赞着这房子里每一样她喜欢的东西。

盛柠看她笑，也跟着笑了起来。

她想说其实二楼的惊喜更大，不过当时她被震撼到了，没来得及拍视频。

视频远远不及亲眼看到那么震撼，于是盛柠开口："诗檬。"

盛诗檬抬起头："啊？"

"这房子我们一人一半吧，到时候也写上你的名字。"

盛诗檬顿时睁大眼，呆呆地问："真的吗？"

"嗯。"盛柠说，"没有你，它也不会是我的房子。"

盛诗檬愣了好久，表情看上去像是被巨大的惊喜砸晕："那是不是说以后我们可以住在一起？"

盛柠想了想说："等你毕业以后——"

盛诗檬一把抱住盛柠，整个身体还兴奋地上下蹦了蹦。

盛柠以为她是答应了，正要催促她毕业以后就立马开始交社保，结果又听她说："谢谢姐，不过这房子是你梦寐以求的，产权你独享吧。"

这回换盛柠愣了。

盛诗檬没告诉过她，温衍其实一开始就来找过她，让她和温征分手，只不过那时候她没有把他的话当真。

即使温衍不要求，她也会跟温征在未来的某一天分手。

之前在兴逸集团实习了那么久，温衍根本连个眼神都懒得施舍给她，如今却为了他弟弟找她谈话。

盛诗檬怎么也没想到，第一次踏足温衍的总裁办公室，不是靠她的自身魅力，而是靠她男朋友。

她站在桌子这边，温衍就坐在桌子对面，身姿如钟，神色淡漠。

长了张剑眉星目的脸，只可惜这么好看的五官，却不会做表情。

还有就是，他那居高临下的态度让盛诗檬很不爽。

他看不起她的家世，看不起她这个人，对她抱有极大的偏见。

于是她就起了逆反心理，装出一副深情款款的样子，挤了两滴眼泪，表示她不愿意分手。

温衍冷冷瞥她，让她别后悔。

盛诗檬想，她一点也不后悔，还好她当时没答应。

"虽然房子是你的，但是我也有功劳的哦，等这学期没课了我就搬过去住。"她笑着说，一脸憧憬，"到时候我们一起去逛宜家，把它布置得更漂亮一点。"

盛柠想象了一下那个画面，点头道："好。"

即使看了合同又看了视频，盛诗檬依旧对这件事感到不可置信，因为真的太玄幻了。

"我以为像温总这样的人，大概率给套毛坯房，能有硬装都是做慈善，没想到他竟然大方到这种程度。"

盛柠一开始也是这么觉得的。

哪怕温衍给的是毛坯房，她都会很感恩戴德。

所以她才会毛遂自荐，想用她的劳动力抵消这额外的惊喜。

盛诗檬还在欣赏视频，手机突然进了电话。

她看到来电，眨了眨眼睛："温总打来的欸。"

盛柠接电话前千叮万嘱，让盛诗檬待一边别出声。

盛诗檬也知道现在还没正式签合同，一切事情还没尘埃落定，她得和姐姐打好配合，听话地双手都比了个"OK（放心）"的手势。

盛柠这才放心地接起电话。

自从上次陈助理跟盛柠为了购房资格的事掰扯半天，最后还是温衍亲自跟她说这事过后，温衍就觉得他的助理虽然工作能力强，上能替他应酬商务工作，下能为他处理生活琐事，但面对女人还是太心软，一碰上这个满嘴跑火车的小姑娘就没什么辙，于是之后每次和盛柠电话沟通，都是他亲自来。

温衍一如既往地言简意赅加开门见山，问她什么时候签合同，他带律师过来。

合同这种一旦签了就有法律效应的东西，有律师在旁边看着签，总归是更保险点。

盛柠很客气地说："不用，不用您劳驾过来，您直接告诉我地址，我自己过去签就行。"

"应该的，都是我应该的。"

"您工作这么忙，日理万机，我不能耽误您的时间。"

盛诗檬坐在一边，双手捧着脸，皱眉眯眼看着盛柠在寝室里踱来踱去地讲电话。

从盛诗檬认识盛柠的第一天，她就看出来她姐是个对谁都不太热情的人，就连对亲生父母都是如此，她也是花了很多年，才把她姐攻略成功的。

但自从认识温衍后，姐姐仿佛把心中积攒了二十余年的热情一瞬间爆发了出来，全都给了温衍。

她一开始还开玩笑让盛柠去钓温衍，结果事态却完全朝着反方向发展，这才认识多久，盛柠整个人设都快颠覆了。

盛诗檬莫名有点小不爽，一个没忍住，嘟着嘴小声嘟囔："太狗腿了吧……"

好歹她当时都能对着温总演出一副为真爱貌视一切的偶像剧女主样子，谁知道她姐能见钱眼开成这样。

盛柠却听到了。

盛柠立马走到盛诗檬身边，食指抵上她的唇，示意她闭嘴。

盛诗檬拿开她的手指，用唇语又无声重复了一遍："狗腿。"

盛柠脸色一滞，也觉得自己对温衍的态度有点太过狗腿了。

她为此感到些许惭愧，并在下一秒变本加厉。

怕盛诗檬再出声被温衍听见，盛柠立马下意识捂住手机，一本正经地小声说："又是送钱又是送房的，狗腿点怎么了？他就是想让我叫他爸爸都行。"

盛诗檬用一脸"你就是个钱串子"的表情看她。

见盛诗檬不再说话捣乱，盛柠将手机重新贴在耳边，继续讲电话："喂，温先生，不好意思，刚刚我——"

刚刚下意识的反应太急，她跟盛诗檬说话的时候捂的是屏幕，盛柠忘了现在的智能手机，收声话筒大都设置在下面。

男人素来低沉正经的嗓音中终于夹杂了那么点揶揄的意味。

"来，叫一声我听听。"

"……"

他要脸吗？她爸都五十了，这老男人才多大？

第 3 章

趁火打劫

　　盛诗檬这边听不见温衍对盛柠说了什么，只看到盛柠刹那间面如猪肝色，于是好奇地把头凑了过去。

　　盛柠瞪了她一眼，装作没听见温衍的话，生硬地把话题揭了过去。

　　送上门的乐子，哪儿有不顺势而为的道理。

　　但温衍也不是那种不给姑娘台阶下的男人，捉弄已经起到了效果，他也就不再提刚刚无意中听到她愿意叫他某个称呼的事了。

　　继续说回合同，温衍说会把地址发给她，让她到时候别迟到。

　　终于挂了电话，盛柠才长长地舒了口气。

　　她看了眼手机下端那一排的收音孔，十分懊恼自己刚刚的粗心大意。

　　盛诗檬问她刚刚温衍说什么了，她怎么一下就变了脸色。

　　盛柠自然不能说真话，随口敷衍过去。

　　盛诗檬也不再问，反正肯定不会是什么好话。

　　"最近这一周温征找我出去，我都找借口拒绝了。本来是想着等你拿到房产证了就提分手。但是现在按合同说的，房子还是温总的，你可以先住进去，所以这个情况怎么算？如果我跟温征分手了，温总会不会后悔？"

　　盛柠一开始也有这个担心，所以当时温衍让她签的时候，她没有直接签。

　　她就算再精明，又怎么能跟那种商场浮沉多年的老狐狸比？

　　盛诗檬："要不你再仔细研究研究合同？我反正是看不懂，万一有什么漏洞呢？"

　　盛柠觉得她的担心不无道理，又拿过合同，仔仔细细看了一遍。

　　一般的合作合同，都会在条款上说明，倘若甲方或是乙方其中一方毁约，将会承担全部责任，并赔偿损失。

俗称违约赔偿金。

但这上面只有乙方违约的赔偿说明，如果她违约了，不但要将房子归还，并且还要按照合约期间的市场价付清房子的租金，以及对房子进行磨损检测和清洁赔偿。

但是却没有甲方毁约的赔偿说明。

也就是说，这份合同，温衍是可以毁约的。

就算盛诗檬和温征如他所愿分了手，他也可以收回对盛柠的报酬。

一切全看他这个人讲不讲信用。

盛柠捏紧手中的纸，直捏得白皙指尖泛红，甚至还阴恻恻地笑出了声。

盛诗檬有些害怕："姐？"

盛柠突然问："你急着跟他说分手吗？"

"啊？那倒是不急，看你啊。"盛诗檬说，"说实话，这几个月口味被温征养刁了，等分手以后我再交别的男朋友可能会有点不习惯。"

她觉得和温征分手有些可惜，并不是因为舍不得，而是因为找不到比这个人更好的消遣了。

盛诗檬虽然对感情比较看得开，暧昧阶段会同时养好几条鱼，但一旦开始谈恋爱了，还是挺有原则的。

她从不考虑有对象的男人，因为不想跟同性玩竞争那一套，到时候两边的姑娘闹起来，谁的姿态都不好看。反倒会让男人的虚荣心无限膨胀，以为自己多有魅力。

温征在这方面就很让人安心，他不需要用女人之间的战争来证明自己的魅力。虽然平时爱招惹女人，但跟盛诗檬一样，谈恋爱的时候就专心谈一个，免得闹起来让别人看笑话。

所以要说温征有多爱她，盛诗檬一直都不太相信。她就是本能地觉得，一个和她在感情方面如此相似的男人，不会这样轻易就栽在她身上。

不过这些想法跟盛柠说也没用，因为即使说了，盛柠这个一心只想搞钱搞房子的恋爱白痴也不懂。

之后的几天，天气越来越冷。

今年的冬季似乎比往年来得要早一些，也不知道还会不会有回暖的时刻。

在之后的沟通中，盛柠一直说学校有事要忙，为了配合她的时间，温衍也就将签合同的日子往后延迟了。

不是正式的工作合同，所以才让温衍第一次接触到这么傲慢的乙方。

温衍没有那么多时间跟她在电话里耗，他不是她的客服，又不耐烦地把盛柠的事丢给了助理。

"盛小姐很谨慎。"根据这几天盛柠的反应，陈助理给出结论，"她好像并不太相信我们这边的律师。"

盛柠不敢直接对温衍提出意见，于是就这么跟他耗着。

反正她现在还有宿舍住，也不是很急着搬进那座公寓。

但温衍每天被父亲念叨，耐心已逐渐告罄。

那天把温征带回家后，犟驴似的父子俩成日里抬头不见低头见，谁也不理谁。

偌大的温宅，光是门就有好几扇，温兴逸行动不便，根本拦不住温征。

这回温二少是没离家出走，但也没比离家出走好到哪儿去，就晚上回来睡个觉，白天依旧不见人影。

温兴逸问他去哪儿了，他也不知道是不是故意要气老父亲，还特别"坦诚"地说是出去约会了。

小儿子叛逆，只知道伤老父亲的心，压力自然也就全到了管事的大儿子这边。

温兴逸一个闲云野鹤的甩手董事，集团现在不用他操心，当然可以张口闭口都是家庭琐事。

但温衍不行，他是老总，上班时间虽比不得员工们需要每日打卡，但也终归是要上班的。

耗时间是谈判中最没有技术含量，也最容易消磨耐心的招数。就比如一张圆桌上，双方都按兵不动，坐上个几天几夜，就看谁先忍不住。

暖气十足的办公室里，温衍穿了件单薄的衬衫，还拢了半截袖口搭在手肘上，腕骨劲瘦，单手撑腮，原本低颔垂眼、面无表情地在审批各个分司的季度报表。

助理看到他的眉峰很轻地挑了下。

温衍平常工作的时候，小动作很少，如今竟然闲适地转起了手中的钢笔。

那天洋洋洒洒说了一大堆对他表忠心的话，还以为是个傻姑娘。

谁知一发现合同端倪马上又变了副嘴脸。

看来还是要在她身上花点钱。

"她不去律所签，那就让她来公司。"温衍语气疏淡，"有什么意见，让她跟我当面谈。"

"好。"陈助理点头，又转而说起别的工作，"翻译协会的人已经来了。"

温衍起身："走。"

盛柠站在穿衣镜前，如同女王戴冠般，郑重地将针织帽子戴上。

在去找温衍之前，她给盛诗檬发了个消息报行程。

盛诗檬："我在和温征吃饭。"

接着就传过来几张美食照片。

盛柠给面子地回了个馋哭的表情。

盛诗檬："期待你事成之后请我的大餐。"

盛诗檬："扬社会主义思想，薅资本主义羊毛。"

盛诗檬："冲呀！"

槽多无口。干的又不是什么好事，就别糟蹋社会主义了吧。

走出宿舍，还好帽子戴得紧实，兜头寒风直往脸上打，她也不觉得冷。

不过比这寒风更令人生冷的东西还在后头。

没有车子出行就是不太方便。高翻学院在西三环，兴逸集团总部在北四环，一路公交转地铁，从地铁口挤出来的时候，周围人头攒动。这里是位于金融中心的地铁站口，因此十个路人里过半数都是上班族，每个人不是手里握着咖啡就是打着电话。

铃声响了半天，盛柠才反应过来是自己手机在响。

艰难地从兜里掏出来手机，本以为是温衍那边打过来催的，谁知竟然是戴春明。

戴春明也不跟她废话，直接问她。

"盛柠，你给学校写了申诉信是吧？"

盛柠沉默两秒，承认："是。"

戴春明"呵呵"笑了两声，语气倒是挺淡定："我现在在外头有事，你等我回院里，咱俩再好好谈谈。"

谈什么？只怕不是谈，是威逼利诱让她把那封申诉信给撤了。

距离她给校方邮箱发申诉信的时间已经过去半个月，邮件是已读了，也收到了"感谢反馈，请耐心等候处理"的自动回复。

结果学院里没有任何回复，这封申诉信却转到了戴春明手上。

即使早已预料到这个结果，盛柠还是在听到戴春明知道了申诉信这件事的那一刻，从脚底往头顶升起一股凉意。

盛柠这些日子的心境变化，只能用大起大落四个字来形容。

不是冤家不聚头，她刚进电梯，就见戴春明从会客室里走了出来。

戴春明也显然没料到，他和几个同事走在一块儿。

还是同事提醒他："老戴，这不你学生吗？"

盛柠并没有理会戴春明，径直绕过走了。

戴春明和同事打了个招呼，抓着盛柠胳膊，又走回了刚刚的会客室。

负责收拾茶水的员工吃了一惊，戴春明借口有东西忘拿，等员工出去后，将门一关，回过头用紧张的目光盯着盛柠。

自从上次盈盈说盛柠上了温衍的车，以及盛柠在群里请假说有私事要处理后，他就一直心惊胆战，生怕温衍会插手这件事。

又正好副院长甩给了他一封邮件。

是盛柠的申诉信。

副院长在电话里责怪他："你搞什么？这种小事之前都没跟自己学生商量好？还让学生闹到校长那边去？"

戴春明越想越气，觉得盛柠这学生过于不知好歹。

如果不是副院长将这封申诉信从校长那边拦了下来，他评职称，还有盈盈出国的事，就全泡汤了。

戴春明自认对盛柠已经算是够器重的了，本想把稿费补偿给她，日后再多给她些历练的机会，等她毕业以后再帮她写封引荐信，送到好单位去上班。

放弃署名权来换这些，对盛柠来说绝对是有利无害。

如今她却为了这么一个小小的署名权，竟然要撕破脸皮到这种程度。

戴春明很想直接狠狠给盛柠一个教训，但他并不确定盛柠和温衍到底是什么关系。

正好最近要举办中外企业联合峰会，负责翻译这部分工作的是翻译协会，戴春明是协会的副主席兼荣誉会员，这项工作自然也就落到了他头上。

兴逸集团是峰会的主办企业之一，戴春明也就正好有了和温衍见上面的契机。

峰会需要现场翻译，老师可以带学生来观摩旁听现场口译工作。

戴春明此前带的一直是盛柠。

一般的学生只有到了研二才有这个旁听的机会，戴春明的侄女如今才大四，就能得她叔叔引荐参加这种国际会议，只能说是一出生就和别人拉开了差距。

他刚刚在和温衍会面时，向温衍介绍了自己的侄女，并且还拿出了《钻与石》的样书，就是想让温衍知道他侄女的翻译水平有多突出。

但实际上是试探，看看温衍到底对署名权的真相知不知情。

见温衍对他侄女的名字和这本书都没什么反应，戴春明总算放下了心。

如今看来，温总大概不知情。

试探有了结果，他总算放下了心。

想到这里，戴春明的语气不自觉扬高了几分："盛柠，别怪老师没提醒你，你以后是想考去外交部对吗？"

爱搭不理的盛柠终于抬起头。

见她有了反应，戴春明语气温和地继续说："无论是考体制内，还是进翻译协会做口译员，甚至是去什么公私企业做高级翻译，你想往哪方面就业都好，如果没有人在前面领着，你的路很难走的。"

"老师承认你很优秀，可是优秀的人那么多，难道每个人都能一帆风顺吗？"

盛柠面色渐冷，揣兜里的两只手不自觉握紧了。

"有的时候要学会变通知道吗？"戴春明语气和蔼，"你还这么年轻，有老师带着你，你未来的路还长着呢。"

不了解内情的听了，还以为是个好老师在帮学生做职业规划呢。

"变个屁。"

戴春明还在滔滔不绝地进行着他的"慈师演讲"，突然听见盛柠冷声骂了这么句脏话。

他回头，不可置信看向这个一直以来乖巧听话的学生。

温衍刚巧就听见了这一声。

陈助理："要进去吗，温总？"

温衍摇头，语气平平："听她骂。"

才刚从会客室离开回到办公室，听到陈助理说盛柠已经到了，温衍又下了趟楼。

他的办公室一般不接待外人，就连本公司的员工也极少有能进去的。

负责收拾会客室的员工一看到他下楼，就把戴教授拉着一个姑娘进会客室的事说了。

至于那姑娘是谁，员工不认识，也没在公司见过。

陈助理的反应很快："是盛小姐吗？刚刚她给我发消息说到了，我让保安给她刷的门禁，让她直接上来。"

那大概率就是盛柠了。

结果就听见了隐约的争吵声。

"所谓的变通就是把我辛辛苦苦翻译的稿子，拿去给您的侄女铺路是吗？"随着情绪的起伏，盛柠说的话也不自觉直白起来，"我直说了，就算戴盈盈去了国外，她也照样混不出头来，因为她的那些名誉和成绩，都是您这个做叔叔的有违师德不要脸皮从我这里骗去的。"

戴春明怒目圆睁："你——"

谁知道盛柠这个学生平时看着乖巧，撑起人来那么伶牙俐齿。她本身就是语言相关专业的高才生，戴春明虽然是她的导师，又是语言学教授，但终究年纪大了，脑袋和嘴皮子动起来都没年轻姑娘快。

才刚出口一个音节，就又被盛柠压了下去。

他只能用手指着盛柠，气得连手指头都在打战。

"肚子里没墨水的人以为穿了身学士服戴了个学士帽就是真学士了？您要是真放她去了国外，那到时候她脑子装的豆汁溢出来，又没您给她骗稿子铺路，您猜她能在那边待上多久。"盛柠笑了笑，语气突然平静下来，换了慢条斯理的语气嘲讽，"而且别人还会说，从燕外出去的学生，就只是这个水平，您不觉得自己给燕外丢脸吗？

"连这点道理都不懂，我都有些怀疑您发表的那些鼎鼎大名的论文，究竟是不是您本人写的。"

如果说刚刚戴春明的话还算隐晦，那盛柠这番话就已经是完全不顾场合了。

戴春明几乎是立刻打断了盛柠，厉声道："盛柠！你这是污蔑知不知道！要是把事闹大了，你连毕业证都别想拿！"

"那就闹啊，给学校发邮件没用，我就去教育局好了。"盛柠一脸无所谓，轻声提醒，"老师，可别为了您侄女的前途，最后连您自己都搭进去。"

戴春明脸色铁青，心中又是怕又是慌，一时间没忍住，朝盛柠抬起了胳膊。

…………

会客室内，除了争吵声，动静渐渐大了起来。

"盛柠你给我放手！你还想打老师不成！"戴春明一声怒吼。

老师和学生如果就这么在会客室里动起手来，传出去都是茶余饭后的笑谈。

陈助理欲言又止，但温衍没有行动，他也不敢轻举妄动。

温衍低低"啧"了一声，直接推开门。

"盛柠。"

盛柠停下手中动作，侧头，看到温衍正站在会客室门口，望着他们这边。

戴春明仿佛看到了救星，立马开口："温总，您来得正好。这丫头简直疯了！连老师都敢打了！"

打哪儿？

没看着打，只看到盛柠把手抬起，正捻着戴春明贫瘠头上的其中一缕头发。

陈助理万万没想到会是这么个情况，没忍住扑哧一声笑了出来。

温衍蹙眉，一时间也愣怔住了。

盛柠今天穿了件浅色的羊绒外套，脑袋上还戴了个毛茸茸的白色针织帽子，帽檐溜出来几缕来不及打理的碎发，贴在她的脸颊旁。

她的嘴唇没什么血色，也不知是气的还是被这暖气熏的，脸颊两边有不自然的胭色红晕覆在苍白脸色上，显得格外突兀，显得那双伶俐的眼睛更亮。

明明长了张清冷斯文的脸，看到他来了却丝毫不慌，也不掩饰自己脸上的乖张神色，甚至还冲他轻轻地挑了挑眉，大有你要多管闲事我就连你头发一块儿薅的架势。

让人突然想到了"暴娇萝莉"这个词。

温衍面不改色，看着这个一脸嚣张的姑娘，淡淡地说："盛柠，赶紧处理完了来我办公室。"

然后又把门关上了。

陈助理显然还没回过神来，茫然地喊了声："温总？"

温衍揉了揉眉心，喉结一动，倏地从唇角溢出一声轻笑。

陈助理顿时更茫然了。

不知道温总是在幸灾乐祸戴教授的头发，还是在笑别的。

门里的人完全没反应过来，尤其是戴春明。

温总……这就走了？

趁着盛柠也在发愣，他迅速将自己宝贵的头发从盛柠手中抢了回来，边用手心抚平头发边怒吼："别动我头发！"

盛柠刚刚是看到戴春明对她抬起了胳膊，以为戴春明要对她动手。戴春明虽然个子不高，但终归是个身体健壮的中老年男性，正面刚[1]肯定打不过，她就下意识钻了空子，揪起了他的一缕头发。

谁知道戴春明对自己的头发格外敏感，直接就喊出了声。

戴春明狠狠瞪她，一秒都不想多待，捂着脑袋迅速离开了会客室。

出来的时候温衍还没来得及坐电梯上楼，戴春明怀着一丝侥幸，朝着他的背影戚戚然追了过去。

"温总，关于峰会的事……"

温衍连头都没回。

---

[1]　网络用语，指面对面以实力硬打。

"召开峰会的目的不是让教授你给家人开后门的。"

他只此一句，便堵死了戴春明想说的话，也知晓了他的态度。

温衍对盛柠的态度实在太奇怪了，根本看不出来他到底是为公，为峰会的翻译工作说的这句话，还是为私，为盛柠说的这句话。

甭管是公是私，总之温衍一定听到了他和盛柠争吵的内容。

戴春明试图辩解："其实我和盛柠的事不是您想的那样……"

温衍不冷不热地说："我确实是没想到，燕外竟然也会出那种需要挪用他人成果才能拿到 offer 的学生。"

戴春明脸色煞白，拿整个燕外的名声来说，这个罪名属实太令人后怕。

他根本不敢想象后果。

陈助理适时出声送客："教授，请回吧。"

盛柠是冷静了片刻才出的会客室。

里面太热了。

刚刚吵得太激动，她出了一头的汗，连带着背后都感觉有些湿。

现在摘了帽子发型肯定不能看，估计刘海都已经贴在额头上了。

盛柠摸了摸帽子，干脆没摘。

跟着陈助理进到办公室之后，早已坐回椅子上的温衍也不跟她废话，直截了当问："合同什么时候签？"

但盛柠对温衍的态度早没了之前那般狗腿。

这一脸没钱赚就给人甩脸子的样子，才是她的真面目。

她很拽地反问回去："我不签合同的原因，难道您不清楚吗？"

然后她听见男人低嗤一声。

盛柠意识到她和温衍之间的对话一时片刻结束不了，想着把身上的厚外套脱了说话。

但不知怎的，她睨了眼温衍，莫名其妙地把解了一半的羊角扣又给扣了回去。

这行为怎么看都是对面前男人品行的一种无声嘲讽。

温衍当然也看了出来，语气平淡地说："我对会跟自己老师动手的汤圆没兴趣。"

盛柠愣了下，低头看了眼自己身上的打扮，气笑了。

"巧了，我对给涉世未深的学生设置合作陷阱的奸商也没兴趣。"

夹枪带棒，字字都是内涵，句句都是讽刺。

办公室里暖气开得足，温衍只穿了件衬衫，而盛柠全副武装，脑袋上还顶了个帽子。

他就看见盛柠不安分，一直在整理帽子。

"别扒拉你那头帘了，再扒拉你都要熟了。"温衍奇奇怪怪地瞥了她一眼，"把帽子摘了会死吗？"

室内戴帽子本来就是件不太合礼仪的事，也不知道她是不懂，还是故意没礼貌给他看。

盛柠硬气地说："我就是把脑袋戴起火了也不关您的事。"

"你脑袋要着了火，把我这办公室点着了。"温衍反问，"你说关不关我的事？"

盛柠咬牙："我又不是火柴！"

"对，不是火柴。"温衍又看她一眼，点了点头，再次强调，"是汤圆。"

盛柠："……"

十个销售里九个穿西装，他一个老总都穿得没新意，凭什么看不起她的穿着？！

"这还没到元宵节，别张口闭口汤圆了。"盛柠翻了个白眼，"您要是实在馋了就点份外卖，我请您。"

"铁公鸡拔毛。"温衍面无表情地惊叹，"真是稀奇。"

"我铁公鸡？"盛柠本来想反驳，但顿了下，竟然点头承认了，"是，您知道我是铁公鸡，那您还诓我？"

话到正题上，温衍也不跟她斗嘴了，又变回了集团老总该有的资本家样。

"我要是真跟你玩合同陷阱，你就是找了别的律师，也未必能看得出合同的问题来。"

盛柠好笑道："您的意思是还让了我一步呗？"

温衍眉峰微挑，默认。

故意成分确实在，说白了就是试探这姑娘到底是个什么态度。

她若是真想要那套房子，就一定会把合同看得很清楚。她若是对他们之间的合作敷衍了事，压根儿没想着帮他认真办事，只想着白挣到一套房子住，他届时也有办法把给她的好处再全部收回来。

而且温衍不觉得合同上没有提到对甲方的违约说明有什么，对他来说是什么大事。

盛柠无话可说，她现在连多看一眼这奸商都嫌脏了自己这双眼睛。

不看他，眼神就只能往别的地方乱扫。

结果看到了被扔在他办公桌角落的那本《钻与石》。

对自己用心血翻译出来的东西，盛柠几乎是下意识地问："那本诗集，是你买的？"

"不是。"温衍顺着她的眼睛看过去，"你老师带过来的。"

盛柠毫不意外地问："他是不是说这本书是他侄女翻译的？"

温衍没回答，而是问："你翻译的？"

盛柠抿唇："嗯。"

回答完后，她就垂着眼没再说话了。

算了，指望一个连跟她签个合同都会玩商业手段的资本家出手帮她？还不如直接跪在地上磕响头，求天上的玉皇大帝帮忙。

于是刚刚那个跟人斗嘴丝毫不输的铁公鸡又蔫下去了。

她脑袋上戴着的帽子顶上的那颗毛球，也跟公鸡的冠子似的，跟着主人的神色蔫了下去。

温衍问："想让我帮你吗？"

盛柠不抱希望："我还没那么天真。"

"我帮你会解决得更快。"他说。

"所以呢？"盛柠的声音绷得紧紧的，"有钱了不起？"

有钱确实了不起。

下一秒，她自己又特别识时务地在心里默默补充。

不过无产阶级的架势还是要有。

男人倒也不客气，抬了抬下巴，意指桌上的那份合同。

意思就是不白帮，有条件的。

于是办公室内陷入诡异的沉默。

温衍要笑不笑地看着她，仿佛看戏似的欣赏着盛柠的表情。

随后他不再正襟危坐，闲适地跷起腿，整个身体往后一靠，一边整理袖口，一边歪头看着她，十分有耐心地继续等她的回答。

"……"

这个！！

趁火打劫的老狐狸！！

这种甲方随时都可以反悔的合同，她要签了她就是傻 ×。

但盛柠此时又不得不承认，自己对温衍的提议很心动。

校方申诉信这条路行不通，如果靠她自己，去教育局投诉又是一个周期。

上网发帖，且不说维权会不会得到解决，她还得考虑学校为了名声压下这件事和校方事后对她追责的可能后果。

盛柠很清楚她的那些师兄师姐，为什么会选择忍气吞声。

为区区的一个署名权四处奔波，放弃最宝贵的时间和精力，他们承担不起维权失败后的代价。

"如果我答应。"盛柠不死心地问，"那合同你就不改了吗？"

她是真的怕他后悔。

毕竟资本家都是冷血无情的，她不能拿那套房子来赌他的人品。

"你要怎么向我证明你的诚意？"温衍问，"盛诗檬毕竟是你妹妹。"

"盛诗檬不是我亲妹妹。"盛柠顿了下，说，"她是我继母带过来的女儿。"

温衍确实不知道这件事，稍显诧异地挑了挑眉。

一开始只让人查了盛诗檬的家庭背景，她的父亲是家小企业的部门主管，母亲没有工作，还有个比她大三岁的姐姐，也在燕城念书，就是盛柠。

查到的这些已经足够温兴逸开口阻止了，至于其他的，温家没兴趣知道更多。

盛柠父母离婚的原因很简单。

原本父母在离婚后的那段时间，盛柠暂时由母亲照顾。

可父亲在出轨后的迅速再婚行为，实实在在让盛柠的母亲伤透了心，为了彻底摆脱这段失败的婚姻，母亲独身出国疗伤，并放弃了对盛柠的抚养权，只每年分两次给她数目可观的生活费。

彼时盛柠只有七岁，她再不情愿，也仍旧只能和父亲生活在一起。

她很讨厌继母，连带着讨厌继母带过来的妹妹。

即使盛诗檬改了和她一样的姓，甚至在名字中加上了和她对称的檬字，在很长的一段时间里，她也不认为盛诗檬是她妹妹。

她甚至常常欺负盛诗檬。

盛诗檬不知是没长心还是没长肺，依旧固执地跟在她身后，"姐姐姐姐"地叫着。

这么多年过去，当年被街坊邻居津津乐道的丑闻早已消散在小巷弄堂中，这件事也逐渐被人遗忘，只有当老人聚在一起打牌嗑瓜子时，找不到别的乐子消遣口舌，才会聊起这件好久前的事情。

可对当事家庭的孩子来说，却是一辈子都很难消弭的记忆。

碰上她这样的姐姐，也真亏盛诗檬还能长成一个乐天派性格。

盛柠说完自己和盛诗檬的真实关系，语气平静地总结道："……所以我和她的关系并没有那么好，这点你不用担心我会对她心软。"

毕竟是在骗人，她说这话的时候很心虚，目光渐渐垂向地面。

看着挺傲挺清高的姑娘，认识这么些日子，温衍就已经从她身上看到了贪财、狗腿、翻脸比翻书还快、脾气暴躁爱动手、强悍的时候连老师头发都敢拽，甚至连他都敢撑，软弱的时候比谁都看着可怜等各种特质。

"合同会改。"沉默片刻，温衍说，"你和我之间的交易，希望你能说到做到。"

盛柠立刻抬起眼看他。

察觉到她那双漂亮杏眼里迸发出的、瞬间变得温顺的目光，温衍扯了扯唇："不跟我拽了？"

"我哪儿敢哪。"盛柠立刻摆出笑脸，冲他鞠了个九十度标准的躬，"您继续忙，我走了。"

温衍："等会儿。"

盛柠："您还有吩咐？"

温衍睨她，毫不留情地挖苦道："下次来之前，记得先找个幼稚园的老师学会怎么脱外套。"

以免直接把她烤熟了。

"……不用学，我会。"盛柠假笑，"下次我脱给您看。"

男人的表情诡异地扭曲了一下。

盛柠也很快意识到自己刚刚那句话有些奇怪，但是事已至此，时间不能倒流。

在温衍复杂目光的注视下，盛柠佯装无事发生，淡定地昂首挺胸走出办公室。

她听到温衍在她背后笑着叹了口气。

这声叹气立刻激起了盛柠一身的鸡皮疙瘩，脚趾抓地，再也抬不起头，把脑袋死死埋进胸口，小鸵鸟一般离开了这个令人伤心的社死[1]之地。

盛诗檬："成了吗？"

盛柠："不清楚。"

盛柠："谁知道新的合同里会不会有新的合同陷阱。"

盛诗檬："挠头 .jpg"

盛诗檬："那我这边怎么处理啊？"

---

[1] 网络用语，社会性死亡，泛指在大众面前出丑。

盛柠："先别分吧。"

盛诗檬："不是吧，阿 sir？"

盛诗檬："我分手宣言都想好了。"

盛柠："我也没辙啊，madam。"

盛诗檬表示很无语。

她姐不知道和温总那边每天磨蹭推拉个什么，盛诗檬早就连腹稿都打好了，就是在等盛柠通知，现在不上不下的，都不知道这分手宣言该什么时候说。

为了不影响她姐的"薅羊毛"事业，这几天盛诗檬天天去找盛柠，向她汇报自己的恋爱状况。

这天晚上她跟温征在酒吧里玩，还不忘跟盛柠汇报情况。

包间里灯光昏暗，淡淡的香味弥漫。

其他跟温征要好的几个朋友在和带来的妹子玩骰子，谁输了谁喝酒。

盛诗檬是温征的女朋友，自然不需要陪着玩游戏，她今天看着兴致不高，乖巧地坐在温征身边，也不怎么说话，光低头玩手机。

"跟我约会还和其他人聊天啊？"男人低声说，戏谑中夹杂着几分不悦。

盛诗檬迅速收起手机。

她解释："不是其他人，是我姐姐。"

温征轻哼一声，轻轻捏了下她鼻子，算是对她约会不专心的惩罚。

盛诗檬最近的心不在焉，其实温征有感觉到。

只不过他最近忙着跟家里那老头儿闹脾气，也没太多心思去管她。

关于要带盛诗檬回家的事，他一直是单方面在和家里抗争，一点都没跟她透露。

谈恋爱对她好可以，如果扯到见家长，像盛诗檬这么单纯的姑娘，肯定会觉得他对她有那意思。万一弄得她滋生出什么不该有的期盼，譬如结婚什么的，到时候分起手来只会更麻烦。

之所以选中盛诗檬来谈这场"正经"恋爱，就是因为她虽然缠他，但从不过问两个人以外的事。

仿佛她的世界里只有他。

"檬檬。"他突然叫她。

"嗯？"

"跟我在一块儿你开心吗？"

"开心啊。"

温征扯唇，突然点了根烟，吸了两口，边往外吐着烟云边懒懒地说："咱俩以后如果分开了，你是不是会跟我老死不相往来？"

不会像别的女人那样，分了手还天天在他眼前晃，说是舍不得他，其实就是舍不得他的钱。

盛诗檬点头："嗯。"

这不肯定的吗，她姐都从温总那儿拿那么多好处了。

如果分了手还和温总弟弟藕断丝连的话，温总肯定不能同意。

咬着烟的嘴突然抿紧，温征扬了扬眉，意味不明地笑了声。

分手后她如果再看到他，应该会很痛苦吧，所以才要老死不相往来。

"那你会立马把我忘了吗？"

"光是和你在一起这件事，就足够我记一辈子了。"

温征愣怔半晌，一直没说话。

盛诗檬每次对他说的话都很甜蜜又熨帖，温征听过很多女人对他说情话，可不知道为什么，他总觉得她的话就像一株随时会被风吹走的蒲草，永远悬浮在半空中，但凡他有一点想要伸手抓住的念头，就会迅速地淡去消失，挠得人心痒痒。

温征前身一倾，将只抽了几口的烟摁灭在烟灰缸里。

盛诗檬有些不解："怎么不继续抽了？"

"你不嫌难闻吗？"

"还好。"盛诗檬说，"我觉得你抽烟的样子特别帅。"

反正再难闻也闻不了多久了。

"贫嘴。"温征伸手轻轻拍了下她的额头。

盛诗檬顺势跟着歪了歪头，冲他甜甜一笑。

温征看她笑，也跟着勾起嘴角乐了起来。

旁边几个朋友突然吃喝："哟哟哟，小情侣在那儿咬耳朵聊什么呢？也喂我们这些单身狗吃吃狗粮呗？"

温征直接赶人："滚你妈的。"

见他和朋友打闹拼起酒来，盛诗檬起身，想去给盛柠打个电话。

结果被眼尖的人发现，直冲温征喊："温征我举报，诗檬妹妹要背着你偷偷去找别的男人玩了！"

温征朝她瞥了一眼，带着酒醺气味，叫她："檬檬？"

盛诗檬解释："我去给我姐打个电话。"

"给你姐打电话有什么可躲的？都一家人，开免提都没事！正好让我们温征也喊声姐姐！"

"边儿去。"温征踢了脚起哄的朋友，边笑边说，"她姐比我还小几岁呢。"

盛诗檬离开包间，找了个安静的角落打电话。

盛柠的声音听上去没什么精神。她最近忙，得准备考口译证，又得继续整理关于署名权的材料证据，还得每天听盛诗檬汇报她的恋爱状况。

上次温衍在合同上阴了盛柠一把，盛柠哪儿能咽下这口气，就让盛诗檬先把分手的事缓缓，等温衍那边的动静。

合作没成，盛诗檬就不用和温征分手，等她自己想分了再分。

亏心事反正少做一件是一件。

盛诗檬有些无奈："我不知道是不是我最近常常跟温征说分开的事，弄得他也老问我如果分手了会怎么怎么样，我都不知道怎么回答。"

"那你是怎么回答的？"

"就随便临场发挥啊，说点好听的。"盛诗檬自言自语，"我觉得应该混过去了吧？"

盛柠叹了口气。

本来合同一签，所有演员都愉快杀青。偏偏温衍这个资本家要在合同上耍心眼，非觉得她这个姐姐会拿钱不做事，卡着合同试探她的诚意。

他但凡对她信任一点，他弟弟和她妹妹早分道扬镳了。

"合同还得再等等，得麻烦你和温征再多谈一段时间。"盛柠说，"这段时间你忙自己的，我还要解决署名权的事。"

盛诗檬："署名权要回来了？"

盛柠的声音听着有些疲倦："没那么容易，温衍说可以帮忙。"

盛诗檬的第一反应就是不信："温总帮忙？"

"他有条件的，一时半会儿说不清楚，我当面跟你说，你现在在哪儿？"

盛柠回头看了眼空荡荡的宿舍，高翻学院的图书馆不大，自习位置特别难抢，她今天没抢到，只能回宿舍看书。

如果盛诗檬在学校的话，就让她来宿舍住一晚上。

"我在悦色。"盛诗檬解释，"就温征朋友开的那家酒吧。"

明天是周末，社交丰富的大学生一般都会选择出去通宵。

季雨涵今天晚上也不在宿舍，和暑假一起实习认识的朋友们出去玩了。

"那不打扰你了。"

盛柠准备挂电话，正巧这时候又听见盛诗檬问："姐，你要来玩吗？酒吧今天晚上有活动，组织客人玩游戏，赢了的有奖品拿，你可以跟我组队。"

盛柠没什么兴趣，她以前跟朋友去过酒吧，灯光和声音都很吵，而且烟酒味很重，她不太喜欢。

盛诗檬也不勉强，说如果赢了奖品，就拿回来送给她。

挂了电话，没过多久，又来了电话。

为什么只要一下定决心学习，手机就会一直吵。

盛柠不耐烦地拿起手机，发现是温衍打来的。

在学习和金钱的天平上，盛柠果断选择了后者，毕竟她搞前者就是为了赚后者。

还是那副使唤人的低沉嗓音，听得人怪不爽。

"你现在出来一趟。"

盛柠看了眼手机左上角的时间。

都十一点了。

是不是人类一旦只要成了甲方，就会去进修"如何搞垮乙方心态"这门课程？

她很不情愿，慢吞吞地问："……去哪儿啊？"

"悦色酒吧，知道在哪儿吗？"也不等盛柠回答，温衍又说，"不知道我让人把定位发给你。"

盛柠觉得耳熟。

不就是盛诗檬刚刚在电话里说的酒吧。

第 **4** 章

人生目标

宿舍有规定门禁时间，这会儿出去今晚就别想再进来了。

"说话。"温衍催促，"合同不想签了？"

盛柠："……"

真会抓人痛点。

反正明天周末，今天晚上正好可以去博臣花园的新公寓睡觉。

想到这里，盛柠的表情又突然轻松了。

"知道了，地址发给我。"

她迅速拿上书，带好必要的洗漱用品，一并装进包里。

上回去看房子的时候也没来得及去卫生间和洗浴室里看看，不知道里头有没有帮她准备这些东西。

总之以防万一，还是带上好，反正也没多重。

盛柠今天原本打算睡宿舍，所以季雨涵出门的时候就没带钥匙，盛柠想着下楼的时候把钥匙留给楼下宿管阿姨保管，以免季雨涵早上通宵回来了进不了宿舍。

宿管阿姨精神奕奕，这会儿了还坐在值班室里看电视。

看到盛柠背着个包准备出门，阿姨很快猜到这又是个要外出过夜的姑娘，热心提醒道："晚上出门要小心哪。"

盛柠道了声谢，这会儿正好温衍那边把酒吧定位发了过来。

宿舍大门外就是冰天雪地的黑夜，她在大厅里站着，用手机地图边搜索路线边琢磨着该怎么过去。

她们这栋楼的宿管阿姨特别负责任，无论是谁大晚上出门，阿姨都会多问一句。

宿管阿姨眼睛尖，看盛柠在搜地图，忍不住问："同学，这么晚了你一个人出去啊？"

盛柠："怎么了？"

"你一个姑娘家的大晚上去酒吧玩，"阿姨语气责备，"你男朋友呢？怎么都不来接你？"

哪儿来的男朋友。

盛柠说："阿姨，我没男朋友啊。"

宿管阿姨的眉头顿时皱得更紧了。

独身女孩出事的新闻还少吗？这姑娘心也太大了。

长得这么温软清秀，一看就是那种对上臭流氓没什么战斗力只能任人宰割的。

"不得行，你一个人出去太不安全了。"阿姨说，"打个电话让朋友来接，你先来阿姨屋里看电视，边看边等你朋友来。"

盛柠愣了，又不知道怎么拒绝阿姨的好意。

毕竟阿姨的担心确实没错，大晚上的，她是该谨慎点。

没办法，盛柠只好给温衍打电话。

那边一接起就是："找不着地方？"

"宿管阿姨不让我出门。"盛柠说，"她说晚上不安全。"

温衍："……"

男人不说话，盛柠也觉得尴尬，一时间不知道该怎么继续往下说了。

阿姨看她那表情，冲盛柠做了个拿来的手势："来我跟你朋友说。"

盛柠愣愣地把手机递给阿姨。

"啊，你是她朋友吧，我是她宿管阿姨。"手机刚贴近耳边，阿姨就开始念叨，"知不知道大晚上让姑娘家一个人出门有多危险啊？最近的新闻没看吗？"

"……"

"喂？喂！"阿姨看了眼手机，发现没挂断，茫然问，"怎么没声呢？"

手机里突然传来男人的声音。

"麻烦转告盛柠，让她在学校里等着。"男人说，"我就近派个人过去接她。"

阿姨一听是个年轻的男人声音，还怪好听的，愣了。

"……哦，那你让人快来吧。"阿姨也不好跟人多说，叮嘱完就挂了电话。

她把电话还给盛柠，语气戏谑："还说不是男朋友！"

盛柠只能解释："阿姨，他是我老板。"

"老板大晚上还找你出去啊？"阿姨立刻摆出张嫌弃的脸，"那你更要留个心眼知道吗？现在好多大老板都是，别看白天穿得人模狗样的，私底下不知道有多坏呢，就仗着自己有点臭钱骗你们这些小姑娘上钩。"

盛柠抿唇。

非要说骗的话，好像是她骗温衍才对。

不过也好，有人来接的话，起码省了一笔交通费。

陪着阿姨在暖气十足的值班室里看了没多久的电视，盛柠接到电话，说接她的车已经在校门口等着了。

她和阿姨说了声谢谢，推开宿舍大门往校门口走。

近午夜的风是最刺骨的，冷得跟冰刀子似的，盛柠将手紧紧插进棉服兜里，缩着脖子慢吞吞地往前走。

好不容易走到大门口，盛柠找了下车子，看到温衍说的宝马 X1。

肯定不是温衍的车，也不知道他派了谁来接她。

还没来得及碰到车门，驾驶座上的司机立刻下来和她打招呼。

"不好意思，让您久等了。"

盛柠定睛一看，来接她的人竟然是博臣花园的吴经理。

温衍说派个附近的人来接她，她没想到这个人居然是负责带她看房子的吴经理。

由于盛柠也快毕业了，上车以后就很自然地问起了吴经理住在这边的问题。

"通勤时间挺长的吧？"

毕竟这里离他上班的地方那么远。

"可不是嘛，要是运气差碰上堵车，全勤就泡汤了，还不如挤地铁。"吴经理叹了口气，"唉，要不是为了以后孩子升学方便，我也不用特意买这儿的房子。"

年轻的时候每天累死累活，只是为了养活自己。奋斗几年好不容易能养活自己了，人生又要踏入一个新的阶段，结婚生子。这时候要开始为孩子省吃俭用，从此挣的钱再也不能只留给自己，而有大半都要无偿贡献给家庭和孩子。

就连吴经理这种已经混到了管理层的人也不得不为一套好的学区房牺牲通勤时间。

无数活生生的例子告诉盛柠，还是不结婚好，一个人多自在，挣的钱都归自己。

"不好意思啊，跟您抱怨了一大通。"吴经理态度一转，笑呵呵地说，"您肯定觉得没法理解。"

盛柠摇了摇头："我能理解。"

吴经理挑眉，透过后视镜看着盛柠一脸真诚的样子。

还没踏进社会的姑娘，没结婚没生孩子，每一秒都是为自己而活，眼睛里有光，漂亮得理所应当。

这姑娘多幸运，还这么年轻，都来不及吃苦，就碰上了什么都有的温总。

哪怕她日后跟温总走不到最后一步，这段时间也着实不亏了。

他老婆就不一样了，嫁给他这么个普通人，天天忙着上班，还要照顾孩子。

吴经理自动将盛柠的态度理解成了一种附和的礼貌，笑着说："有咱温总在，您哪儿用愁买房子的问题啊。"

盛柠抿了抿唇。

吴经理不明真相，她这叫什么？这叫富贵险中求。

悦色酒吧开在三里屯有名的酒吧街上，夜色虽阑珊，但华灯璀璨，人声鼎沸。这片地方消费普遍高，盛柠和同学约着逛街时来过，不过都是白天来的。

晚上这里被各色霓虹点缀得看着比白天还热闹，就连街边的树都被套上了一层星光熠熠的外衣。

"Enjoy the night."（享受夜晚）

充满暗示意味的酒吧招牌。

门口停着辆黑色轿车，泊车员见状上前询问，却被司机拒绝。

司机摇下车窗说："抱歉，我老板在等人。"

泊车员熟练地往后座看去。

后座坐了个男人，神色冷峻漠然，不像那些来酒吧找乐子的客人。

"那有需要您随时叫我。"泊车员礼貌离开。

这时候不远处缓慢驶来辆宝马，驾驶座车窗被摇下，里头的人冲这边喊了声："温总！"

吴经理一眼认出温衍的车，恰巧附近有空车位，他迅速停好车，将盛柠带了过去。

"温总，盛小姐我帮您带到了。"

"辛苦了。"温衍说，"还要麻烦你在外头稍等，待会儿再送人回去。"

"啊？"吴经理不解，"盛小姐还要回学校啊？"

她不跟您一起过夜吗？

后半句是隐私问题，吴经理没问出口。

温衍："不然呢？"

吴经理一脑袋问号，不知道他们大半夜来酒吧不玩个通宵还要回去是什么操作。

温衍下了车，对盛柠说："跟我进去。"

送人过来的任务完成，吴经理挠挠后脖子，打算回车里给老婆打个电话，说要再晚点回去。

盛柠却没急着跟在温衍后头，而是朝吴经理走了过去。

她说了句什么，吴经理睁大眼："我现在回家吗？那您怎么办？"

"您先回去吧。"盛柠说，"我待会儿不回学校，直接去公寓住，没多远。"

老婆孩子还在家等着，他出来得急，实在不太放心家里。

吴经理神色感激，冲盛柠微微鞠了一躬："谢谢盛小姐，那我先回家了，您和温总慢慢玩。"

送走吴经理，盛柠这才转头跟上温衍的脚步。

温衍知道她没跟上来，正站在原地等她。

"你刚跟吴经理说了什么？"

"没什么。"盛柠耸耸肩，"打工人对打工人的关怀。"

温衍瞬间就对她和吴经理聊的内容失去了兴趣。

酒吧门口守着两个保安，在这儿工作时间长了，有些面孔他们自然熟悉。

见温衍来了，两个保安略显诧异地眨了眨眼，恭敬地打了声招呼，然后迅速放行。

看到温衍身后还跟着姑娘，两个保安又多看了一眼。

盛柠被盯着看，只能冲保安礼貌地笑了笑。

其中一个保安也笑了："小姐晚上好，祝您今天晚上玩得愉快。"

等两个人一前一后进去了，另一个保安才开口："你说温总知道咱们酒吧今天搞活动吗？"

保安暧昧一笑："不知道他带个姑娘来干啥？这种游戏就是要和异性一起玩才有劲。"

盛柠跟在温衍后面走。

这家酒吧不像普通酒吧，烟酒味没那么重，空气中反倒弥漫着淡淡的香氛气息。

她虽然不习惯酒吧的氛围，但跟在老板后面，她莫名放心。

温衍今天穿了件黑色的双排扣大衣，经典简约的英式剪裁，一双挺直有力的长腿被包裹在笔挺西裤下，"大步阔斧"地往前走。

这个男人肩宽身长，个子也高，穿大衣是真的好看。

盛柠走在他后面，看不到他的脸，就只是目不转睛地看他的背影。

至少在酒吧这一条走廊路过的男人里，气质没一个比得过他的。

盛柠还在默默比较，前面的人突然停了下来。

他个子高，挡住了她的视线，于是她从他背后探出头："您怎么不走了？"

他们已经走完了狭长的走廊，来到了酒吧的大厅。

这里好像正在玩什么游戏，放着音乐，有男有女，脸贴得很近，似乎是在……

不过盛柠有戴隐形眼镜，看清楚了这里面的人其实都不是真的在接吻，他们的嘴唇中间都夹着一张薄薄的扑克牌。

主持人还在台上喊："有没有还想要加入我们游戏的帅哥美女！我们有专人计时啊，绝对不用担心黑幕！谁能坚持最久扑克牌不掉的就有大奖拿哦！"

"……什么玩意儿。"

温衍蹙眉，冷冷地斥责。

"我好像看到我妹妹了。"盛柠突然睁大眼，"跟她一起的是您弟弟吗？"

温衍顺着盛柠指的地方望过去。

看到温衍那一瞬间嫌弃到上天的眼神，盛柠懂了。

绝对是温征。

而此时那对还在玩游戏的小情侣完全不知道，他们的哥哥姐姐就站在不远处，一个眼神嫌弃，一个眼神尴尬地看着他们。

现在冲过去把他俩扯开是不是太不识情趣了？

要不等他们玩完这游戏再说？万一能拿到奖品呢？

盛柠还在思索，有个女人朝他们这边径直走来。

女人穿着件修身的小黑裙，大波浪长发，烈焰红唇，离他们还有段距离的时候，温衍和盛柠就已经闻到了她身上的香水味。

她的眼神像条蛇似的盯着眼前这个英俊的男人，朝他发出邀请。

"先生，一个人吗？"

温衍连眼都不瞥一下，微微侧身躲开了女人。

女人扑了个空，看到了这个男人旁边还站了个姑娘。

"啊，抱歉，原来有主啊。"女人也不觉得尴尬，笑了笑大方道歉。

盛柠知道温衍肯定不想被人误会他们的关系，于是主动解释："他是我老板。"

姑娘说话，女人这才就着酒吧模糊的灯光仔细打量起盛柠，虽然这姑娘穿得严实，幸而一张脸明明白白地露了出来。

看着像个学生，没化妆，但是长得很漂亮。

在这家酒吧里，她干净的眼神显得格外吸引人。

现在社会都这么开放了，性别没必要卡那么死，谁说女人不能被女人的美色吸引。

"妹妹，要跟我组队吗？"女人冲盛柠挑眉，"咱俩合作玩那个游戏，赢了的话奖品一人一半。"

盛柠之前打电话听盛诗檬说过有奖品，但当时她没问。

来都来了，她就顺便问了句："什么奖品？"

"最新款的 iPhone 全家福，从笔记本到手机，颜色型号任选。"女人给盛柠指了指放奖品的那个台子，"不想要机子可以折现，五万块。"

盛柠眨了眨眼。

还以为会是红酒或者招待券之类的奖品，没想到竟然……这么实在！

五万块。

旁边的男人扯唇，不屑地嗤了声。

然后他就听见盛柠非常乐意的声音："好啊，走走走。"

温衍："……"

她还记得自己是来干什么的吗？

陌生女人的邀请她也应？真是荤素不忌。

盛柠当然记得自己过来要干什么，刚刚来的时候温衍就告诉她了。

温征和她妹妹在一块儿，他现在要把温征带回家去。

他叫上她，让她负责带小情侣中不归他管的盛诗檬哪儿来的回哪儿去。

那口气像极了一个大半夜去抓偷偷溜出学校在网吧上网的儿子的老父亲。

违和就违和在，"儿子"温征是一个成年男人，"老父亲"是一个只比温征大几岁的哥哥，他的神色冷硬、淡漠，且夹杂着几分不耐和厌烦，好像并不是因为担心温征才要去酒吧接他回家，反倒更像是不情不愿、不得不来接人回去。

盛柠被五万块迷昏了头脑，对温衍请了个临时假："您等我一下，等我玩完立马按您说的带走盛诗檬。"

女人牵着盛柠的手，正要拉她去主持人那儿报名。

突然一只有力的手横过来，攥住盛柠靠近肘关节的那一小寸对男人来说纤细又单薄的小臂。

即使她穿得厚，也不妨碍男人一手可握，几乎不费什么力就将她拉了回来。

盛柠还没来得及说什么，温衍沉着脸说："我给你钱是让你吃白饭的吗？"

"……"

当然不是，盛柠只好拒绝了女人的邀约。

女人也觉得很可惜，放眼整个酒吧，能找出来一个长得不错又没带伴来的男人玩这个游戏都难，唯一看中的这个男人虽然英俊高大，但连个眼神都懒得给她。

找不着男人，和漂亮妹妹组队也不错，这个妹妹长了张无害脸，应该是不抽烟也不喝酒的那种乖女孩，或许游戏体验会比和那些满嘴烟酒味的男人更棒。

女人有些无奈地看着这个男人。

这男人非但不解风情，还要破坏她跟漂亮妹妹的缘分。

可惜长得实在太帅，眉目冷峻，整张面无表情的脸上都仿佛刻满了"高岭之花"四个字。人大都是视觉动物，女人也不例外，即使心有不满也不敢抱怨。

她撇了撇嘴，悄悄对盛柠说："妹妹你赶紧跳槽找下家吧。"

盛柠心想这种工作我要是能找着下家，也不至于大半夜被温衍差遣到这儿来。

女人说要加个微信，以后盛柠要再来酒吧玩就联系她。

盛柠心想反正都是女的，就当场和女人加上了微信。

加完微信，女人扭着腰走了。

盛柠怎么都没想到她第一次在酒吧和人加微信，竟然会是一个女人。

以前有和朋友去过别的酒吧，不过她防备心一直很重，异性来问她要联系方式，她都没松过口。

全程目睹盛柠和一个陌生女人加上微信的温衍不咸不淡地说："挺会玩。"

盛柠抿唇，有些不满："为了您我连五万块都放弃了，您就少挖苦我两句吧。"

温衍十分不屑地扯了扯唇，也不打算跟她掰扯，径直往前走，一看就是要去拆散那对小情侣。

"等等。"盛柠立刻叫住他，看了眼那边，又立刻收回目光，"他们现在还在……玩游戏，您就这样过去打断他们，不觉得尴尬吗？"

温衍："我没那个闲工夫陪他们耗。"

"要不了多久的。"盛柠说，"他们坚持不了多久。"

这家酒吧从哪方面看都是肉眼可见的高消费，来这儿玩的有钱人不少，没多少人会真的在意游戏的奖品，毕竟那点钱对他们来说就是开一瓶酒而已。

但依旧还是有这么多人玩，原因很简单，司马昭之心。

彼此间咫尺之距，唇瓣之中只有一张薄薄的扑克牌，但凡眼神交融，某一刻的电波对上，多巴胺在体内疯狂分泌，最原始的心动足以让人在那一瞬间晕头转向，借用拙劣的演技吹掉扑克牌，坏心眼地做自己想做的。

这就是成人游戏的魅力所在，输赢从来不是重点，重点在借游戏之名冲破暧昧的那一刹那。

所以盛柠才不介意和刚刚那个女人玩，两个人都是明明白白冲奖品去的，赢的概率很大。

游戏时间过去不久，不少人已经败在了那一张扑克牌之下。

盛柠连着叹了好几声气，还配着台词："我的五万块……"

温衍听得有些烦。

"你就那么有信心赢？"

"有。"盛柠点头，"如果是您跟我玩，我赢的概率会更大。"

温衍被她的这句假设惊得眼皮子一跳，侧过头去看她。

男人那双漂亮又冰冷的深邃眼眸在酒吧的昏暗灯光下显得阴沉沉的，眸中情绪翻涌，喉结在不自觉地滚动。

盛柠察觉到他打量的视线，用一种颇为遗憾又有些怨怼的"你怎么赔我的五万块"眼神回望他。

温衍紧绷着的唇角突然又松懈下来。

"我看你是爱钱爱到神志不清了。"

废话，五万块！

不爱是傻×！

当然有钱如他那就另当别论。

如盛柠所说的那样，不远处的那对情侣有一个人终于有些忍不住了。

盛诗檬今天不知道喷了什么香水，她身上的香水味总是很淡，大多是水果和花香，很少用那种刺鼻的浓香，平时闻不着，但一凑得近了，那香水味就见缝插针钻了进来。

温征本来就对奖品不感兴趣，是盛诗檬说想玩，他总不能放女朋友跟别人玩这种暧昧游戏，就陪着她上了。

本来以为盛诗檬也是借口，想借着这个游戏跟他玩点情趣的，谁知盛诗檬却在游戏开始前特别认真地跟他说，这游戏她要赢。

温征看着眼前的人，明明抱过她也亲过她，不知道为什么现在离得这么近，他就非得和她隔着一张扑克牌，玩这种折磨自己的游戏。

盛诗檬见他有些分神，隔着扑克牌用气音安慰："辛苦宝贝啦，我们马上就要赢了，加油。"

她这一声软软的宝贝叫得温征倏地眯起眼。

什么折磨人的破游戏，妈的不玩了。

那些奖品她如果真想要，他明儿就去买双份的给她。

温征将头往后一仰，侧过头，特别干脆利落地用呼吸吐掉了那张扑克牌。

紧接着主持人喊："我们征少居然也倒下了！"

周围响起起哄的嘘声，温征勾了勾唇，对游戏的失败丝毫不在意，伸手就要去抓盛诗檬的下巴，想要把人掰过来吻。

盛诗檬猛地后退，让温征的手抓了个空。

"你搞什么啊！"盛诗檬不可置信地瞪着他，"我就快赢了！"

她没料到他会突然反水，那一瞬间整个人笼罩在失败的阴影下，完全忘了自己平时在温征眼前是什么样子，下意识地责怪起了他。

"……"

温征神色呆滞，主持人见征少和女朋友没亲成，咳了咳，立刻举着话筒"叭叭"说了一堆，将在场围观的人的注意力转移到了其他还在游戏中的人身上。

盛诗檬凶完以后反应了过来。

温征还在迷惑之中，她无措地抓了抓头发，推开人群逃离了聚光灯的照射范围。

和他们有些距离的两个人虽然不知道发生了什么，但清楚地看见他们分开了。

"结束了。"盛柠对温衍说，"您可以带您弟弟回家了，我去找我妹妹。"

盛诗檬是往人群里走的，盛柠虽然跟了上去，但这里实在太大了，她对路线不熟悉，室内光线又弱，还有那种一帧一帧闪烁的气氛灯，闪得人眼睛疼。

逛了一圈都没找到人，她只好找了个比较安静的地方，直接给盛诗檬打电话问她在哪儿。

"我在出租车上，准备回学校了。"

这就是认路和不认路的区别，她还在酒吧里打转，盛诗檬都已经回去了。

"我玩游戏输了。"盛诗檬的语气很低落，"没帮你拿到奖品。"

盛柠："……"

她知道，她都看见了。

盛诗檬又问："这么晚了你怎么还没睡？"

"没事，马上就睡了。"

盛诗檬都已经要回学校了，跟她说自己来了酒吧也没意义。

挂掉电话，盛柠打算叫辆车直接回公寓睡觉。

好不容易找到路走出酒吧，冷风阵阵吹过，盛柠的眼睛和脑子总算从酒吧那种氛围里清醒了过来。

这个点打车特别贵，她本来已经做好了破财的准备，这时候有车子冲她鸣笛。

她抬起头，发现是温衍的车。

盛柠慌忙跑过去，温衍从驾驶座上摇下车窗，问："你妹妹呢？"

盛柠说："晚了一步没追上，她已经打车回去了。"也问他，"您弟弟呢？"

温衍想起温征就皱眉。

本以为让他回家免不了又要吵一架，结果这人就跟失了魂似的，竟然乖乖应了声"哦"。

"我让司机开他的车送他回去了。"温衍问，"吴经理呢？"

"我看时间太晚了，就让他先回去了。"

"……你倒是会做好人。"温衍皱眉，"上车，我送你。"

盛柠很是惊讶："啊？您送我啊？"

"不然？"温衍淡声说，"我不想过几天在社会新闻上看见你。"

她那个宿管阿姨都把话说到那个地步了，他要再不送的话，都不用当男人了。

盛柠上了车，刚系好安全带，就听见温衍问："他俩是不是吵架了？"

盛柠"呃"了声，不知道该怎么说："没有吧。"

其实刚刚挂掉电话后，盛诗檬还给她发了个微信语音，但她没懂什么意思。

"我刚刚没忍住凶了温征，咋办哪？你跟温总签合同了吗？不会房子还没到手我就被温征先甩了吧？"

不过她抓住了重点，那就是盛诗檬说自己很可能反倒被温征给甩了。

这就很棘手了，尤其是在温衍对她的工作能力还在重点考察期的这个当口。

如果他发现其实不用她，他弟弟和盛诗檬也能分手，会不会就直接炒了她的鱿鱼？

盛柠咳了咳，叫他："温先生。"

温衍在开车，没空看她，淡淡"嗯"了声算是回答。

"……他们要是现在就分了手，您给我那房子还作数吗？"

温衍不温不淡地说："我以为你现在心里只有五万块，早忘了还有房子这回事。"

盛柠立刻表忠心："那怎么可能。"

"不可能？"温衍嗤了声，"为了五万块就敢和陌生人玩这种不成体统的游戏，盛柠，你也就这点出息。"

对他的冷嘲热讽，盛柠有些不爽："哪种游戏啊？您别说得好像我为了钱能把自己卖了似的。"

卖了倒不至于。

但温衍打心眼里反感这类大庭广众之下被人围观起哄的社交游戏。

温征本来就不着调，私生活一团乱，如今交了女朋友，没想到非但没老实，女朋友还陪着他一块儿乱来。

平时严谨律己又冷静理性，同时也严以待人的男人实在看不惯，谁知现在身边又来个喜欢乱来的。

温衍淡声评价："姑娘家的像什么样子。"

"那如果我给您五十万，您玩吗？"

温衍目不斜视，连姿势都没动一下。

盛柠有些气上头。

她看不惯他这副样子，好像所有人所有事都入不了他的眼。

她不信他活在这世上，面对什么都能维持着这副不为所动的冷淡样子。

"五百万？"

"……"

"五千万？"

"……"

"五亿。"

温衍终于有了反应，侧过头朝她瞥来一个眼神，要笑不笑的。

如果有朝一日能看见这个男人对一件事物有了像她对金钱那样的渴望和执念，她甚至坏心眼地想，要把这东西抢过来，然后逼着他露出害怕和脆弱的样子来。

"您看，钱到了一定数目，您也会心动。"盛柠得逞般笑起来，"我们半斤八两。"

"没错。"

"？"

这个回答不及所料，车厢内轻微颠簸，盛柠的目光不自觉扫到他的侧脸，看到他唇角间若有若无的笑意。

"你现在拿五亿出来，我立马跟你玩。"男人眉峰微挑，像在逗她又像是在嘲讽，"嗯？你拿得出来吗？"

揣在衣兜里的手猛地攥紧，盛柠瞪着他不说话，在心里默默骂了句脏话。

她要有这么多钱她一定拿出来，用来狠狠抽打他那张傲慢至极的脸。

温衍轻飘飘地用余光扫她："瞪我干什么？"

心里所想跟嘴上所说全然相反，盛柠咬牙说："多谢您的鼓励，从今天开始我的人生目标就是挣五亿了。"

温衍愣怔片刻，问她："人生目标是挣五亿然后跟我玩那种游戏？"

盛柠也愣了下，立刻反驳。

"不是！"

车子刚开过十字路口，前方是一条笔直的公路，男人稍显放松，开车的姿势也突然放松下来，原本轻握着方向盘的手竟然有闲情逸致轻轻地用指尖敲打皮革保护套。

"哦。"他拿眼尾乜她，慢悠悠地说，"我以为你真就这点出息。"

盛柠的斗志从来没有哪一刻像现在这么强烈过，比高考那会儿还热血沸腾。

她要努力拿到口译证，毕业后再找份好工作。然后再努力工作，争取在未来的几十年里将事业做到巅峰，如果到时候他还没老死或者病死，她就拿着五亿甩到这个男人脸上狠狠羞辱他！

盛柠没跟温衍说她今天打算去博臣花园的公寓过夜。

因为男人那副高傲的姿态把她气着了，她就是想刻意让他开久一点的车，哪怕到博臣花园和到高翻学院这段路程多出的几十公里所浪费的汽油钱对温衍不过拔根毛，她也不想帮他省一分钱。

温衍丝毫不知副驾驶坐着的这个小气姑娘心里那点幼稚的报复心理，将她送回了学校。

校门口对面的马路上大多店面都已经关门，除了几家路边摊和二十四小时营业的便利店。

温衍拉上手刹："下车。"

"哦。"

盛柠正要下车，解安全带的时候看见温衍打开了头顶照明的车灯。

明显是不打算立马把车开走。

"您不回家吗？"

"回。"温衍揉了揉鼻梁，"我先休息会儿再开车。"

盛柠看了眼时间，折腾到这会儿，都已经后半夜三点多了。

他估计是困了也乏了。

盛柠刚报复得逞，紧接着那该死的圣母心又开始泛滥。

大半夜顶着这种状态开车，出事了怎么办？

再怎么说，温衍也是怕她上社会新闻才送她回来的，别到时候上社会新闻的那个人反而是他。

毕竟是语言学专业出身，她连新闻标题都想好了。

《兴逸集团总裁半夜因疲劳驾驶惨遭车祸》。

盛柠下了车，关车门前弯腰冲车里的人说："您等我一下。"

温衍没反应过来，车门已经被关上了。

他瞥了眼后视镜，看到了后座上她的背包。

是有多粗心，连包都忘了拿。

他没力气叫她回来，合上眼，揉了揉眼皮。

心绪放空的这一瞬间又想起了家里的父亲。

这会儿温征估计也快到家了，不知道父子俩会不会又吵起来。

想到这里，温衍又开始头疼。

温征和父亲的多日冷战已经影响到了他的日常生活，尤其是今晚，准确来说是昨晚，父亲这些天积攒下来的怒火再次爆发。

家庭医生例行过来为老爷子检查身体，说老爷子最近动气动得多，还数次忘吃药，这样下去可能又要去住院。

谁知这一说，老爷子瞬间又动了气，脸红脖子粗地怒吼。

"他是不是已经忘了自己姓什么！这都几点了！他老子天天在家打针吃药。他呢！只知道在外头和女人鬼混！

"我是他老子！我就不信还管不了他了！

"把他抓回来！给他房门上安把锁！要那种砖头敲都敲不坏的大锁！"

老爷子这一骂，彻底给大脑骂缺了氧，一堆人着急忙慌地找呼吸器。

对父亲的歇斯底里，温衍已经有些麻木，冷眼看着眼前混乱的景象。

有时候真的不想再管，温衍几乎是抽出了自己所有工作外的时间围着他们转，毫无私人时间可言，这个家竟然还是一团糟。

之前是外甥女，现在是温征。

明明是家人，却永远都无法互相理解对方，他们之间的气氛比敌人还剑拔弩张。

车子里温度适宜，柔黄的灯光自车顶洒下来，在回家之前，总算拥有了片刻的清静。

这时候有人轻轻敲车窗，温衍摁下车窗，外面的人突然递过来一个什么东西。

一杯姜枣茶，还冒着热气。

是盛柠刚刚去路边摊上买的。

"喝点热的，别疲劳驾驶。"

温衍没有动作，那双原本情绪紧锁的眼睛短暂放空了几秒。

深沉的眼中雾消失，映出盛柠的脸。

"我自己喝过很多回。"盛柠以为他是嫌弃姜枣茶，"不会把您那镀了金的肠胃喝坏的。"

在部队服过役的男人，肠胃怎么可能金贵得起来。

只是这些年西装革履，手不沾水脚不沾地，才渐渐看上去不食烟火。

温衍懒得解释，从她手上接过姜枣茶，整个手心瞬间就暖了起来。

盛柠看他低头轻轻抿了口，秉着安利[1]给人的心态，她好奇问道："好喝吗？"

温衍面无表情："又不是你煮的，好不好喝跟你有关吗？"

盛柠嘟囔："……不是我煮的那也是我买的啊。"不想跟他计较，她又说："您喝着吧，我走了。"

然后她打开后座的车门，拿上自己的背包。

"你背那么大个包，到底背了什么？"

背了一晚上，只有在车上的时候才放下来扔在后座，也没见她打开过。

"没什么。"盛柠敷衍道，"随便背的。"

"闲的吗？"直男的惯性思维让他很不能理解，"穿得跟个汤圆似的还不够，背上还背个汤圆？"

本来就穿得累赘，还背着个累赘。

"您以为谁都跟您一样，每次出行都有车坐，能在室外吹上几秒钟的风？"盛柠没好气地说，"等天气暖和了就穿少了，不会碍您视线了。"

她就是太怕冷，前不久又生了回病，所以穿得多。

等天气暖和了，她就穿回裙子。

温衍看了眼盛柠唯一露在外面的脸，小小的一张脸，连鼻子和嘴巴都是小巧的。

大概是年轻，所以有个好底子的皮肤，看着像下水煮软了呈半透明的糯汤圆，那双眼睛很亮，大小正好地嵌在清丽的脸上。

"你自己不嫌行动困难就成。"他撇开头，淡淡说，"继续当你的汤圆吧。"

喝了小半杯姜枣茶，温衍那冷嘲热讽的说话习惯又回来了。

等他走了，盛柠站在校门口，朝着夜幕幽幽吐出好几口白气，认命地去找宾馆。

每栋宿舍楼的门禁严不严格全看宿管阿姨的态度，譬如盛诗檬住的本科宿舍。不过盛柠那栋的宿舍阿姨虽然热心，但门禁的规定定得特别死。

冷静下来后发现自己简直是在犯蠢。

---

[1] 网络用语，诚意推荐。

伤敌一千自损八百，"一千"对温衍来说是九牛一毛，而"八百"对她来说是好几天的饭钱。

顺便还搭了杯姜枣茶进去。

还没去成心心念念的公寓过夜，改天一定要去公寓好好地、正式地享受一晚。

这一改天又是大半个月过去。

除了因为要准备考试和申诉材料等的琐事有些忙，盛柠最近在学校的日子过得其实也还算舒心。

戴春明自从上回被盛柠薅过头发后，就十分地提防她，除了上课，再也没私底下找过她，每回看她的眼神都是既警惕又害怕。

不过戴春明忌惮她是一回事，给她穿小鞋又是另外一回事。

最近学生们都从翻译协会有头衔的几个教授那里听说，金融中心又要搞中外企业交流合作的国际峰会，几个有名额的教授都琢磨着等过不久会议召开，带上自己的得意门生过去旁听学习。

以往这种千载难逢的学习机会，戴春明都会把名额留给他最赏识的学生，也就是盛柠。

但由于盛柠破罐子破摔，上回跟他彻底撕破了脸皮，这种外出学习的机会已经不可能落到她头上。

听说戴春明把这个名额给了他大四在读的侄女戴盈盈，为了自己这个侄女，他甚至还拿着"自己侄女翻译的"诗集去找了这次会议的企业主办方做推荐。

整个专业的人都知道戴盈盈和戴春明的关系，所以一开始对这种好事落到戴盈盈头上，系里的人都是羡慕嫉妒，羡慕人家命好。别人费劲巴拉，又是挣绩点又是讨好导师，到头来这种好事还不是"平民"没份儿，全落在"皇亲国戚"头上。

戴盈盈那边的态度就很耐人寻味，那段时间凡是有人来问她，她都表示还不一定的。

看起来是挺谦虚的，但大家也不傻，都这时候了，板上钉钉的事还跟人谦虚，那就显得有点装。

盛柠因为早有预料这个名额不可能会是自己的，所以一开始就没抱多大期望，照样过自己的日子。

温衍最近也没再使唤她，盛柠有加陈助理的微信，陈助理说温总最近很忙。

不过她猜温衍忙的和戴春明忙的应该是一回事，都是为了马上要在金融中心举办的国际企业交流峰会。

燕城本来就是个喜欢召开各种大会小会的城市，尤其是这种能跟政府政策扯上点关系的国际会议。

不过这只是次要原因，温衍最近不需要使唤她的主要原因归根结底还是，盛诗檬和温征这对小情侣最近不知怎么的，冷战了。

盛诗檬因为那天在酒吧输了游戏，不小心凶了温征，而她平时在温征面前又一直是维持着温柔似水的人设，当时就有些不知所措，直接扔下温征跑了。

温征那边也不知道是什么态度，自那天晚上后再也没联系过她。

他不联系她，盛诗檬也不敢主动去找，跟公司也请了假，因为怕去了公司撞上股东之一的温征。

人事那边知道这个小实习生是他们集团二少的女朋友，所以想也不想就给批了假。

盛诗檬主要是担心联系温征后，温征开口直接就把她给甩了，温总不认账，然后房子泡汤，她和她姐这段日子白忙活，直接 game over（游戏结束）。

所以她最近有事没事就过来找盛柠。

图书馆里，盛柠奋笔疾书，盛诗檬坐在她旁边，嘴唇叼支笔，若有所思。

"不行，再这么拖下去真变成他甩我了，我得主动出击。"说完盛诗檬又拍了拍盛柠的肩膀，"姐你也要主动出击。"

盛柠头都没抬："我还没主动出击？我给你们温总拍马屁拍得嘴都要长溃疡了。"

"要不——"盛诗檬看了眼盛柠的脸，又开始不着调地瞎出主意，"美人计？"

"……"人再糟践自己也不能糟践到这份儿上。

"美人计？拿五亿出来，我勉强陪你玩玩。"

不知道为什么，盛柠莫名其妙就脑补到用温衍的语气说这句话。

她为五万就能晕头转向，他竟然要五亿才肯勉强纡尊降贵。

万恶的敛财资本家。

盛柠没作声，默默用笔在纸上写了个"500 million（百万）"。

盛诗檬也是随便说说，她就是觉得像温衍这样的男人，不用来意淫实在是有些可惜。

她经验多，交往过很多不同性格的男生，这些男生说好也好，非要说哪里不好，那就是太没意思了。

温征是这些男生中最有意思的，一开始盛诗檬和他还没在一起的时候，两个人互相钓着，他时而离得近，说些很暧昧的话，时而又退得很远，让她抓耳挠腮。逗弄人的时候特别坏，一个带着烟草味的呼吸就能让人心跳失控，可温柔起来既绅士又体贴。

他在恋爱中几乎不会犯错，每一个举动都是恰到好处，相处起来也确实挺开心的。

但她从没接触过温衍这样的男人。

高傲、冷漠、一丝不苟，像一台机器似的。

就连温征都说，他的哥哥永远都摆着一张臭脸，以前年纪小的时候还好，只是块硬度不高、冰箱里冻着的小冰块，起码的喜怒哀乐还是有的。现在年纪大了，硬得就像南北两极的冰山似的，好像世上所有人都欠他钱。

男人可以用征服一个又一个女人来彰显自己的魅力，那么女人也同样可以将男人单纯地作为感情的猎物。

温衍越是给人不可接近的印象，就越是让人想要靠近；他越是表现得对周围事物不屑一顾，对他人的靠近嫌恶厌弃，就越是吸引他人上前。

想要看他那双漂亮却冰冷的眼睛陷入感情，那样一定很有成就感。

盛诗檬嘴里叼着笔，含糊道："好想知道我们温总谈恋爱的时候是什么样子。"

会不会像温征那样温柔体贴。

简直难以想象。

"别逗了，你要跟他谈恋爱，他八成会说——"盛柠学着温衍做了个扯唇的冷漠表情，刻意压低声线说，"我很高贵，你不配。"

盛诗檬先是愣了下，然后扑哧笑出了声。

图书馆内和她们座位挨得近的学生立刻投来不善的眼神。

"不好意思。"盛诗檬立刻道歉，凑到盛柠耳边夸赞，"靠，你学得太像了。"

盛柠不以为意："好歹都接触过那么多回了。"

面瘫还不好学吗，摆张臭脸不就行了。

盛柠面对温衍时恭恭敬敬，马屁拍得飞起，只有偶尔温衍嘴实在太毒才会忍不住回敬一两句。温衍不在的时候立马恢复原形，像极了企业里那种当着老板面连个屁都不敢放，背着老板疯狂吐槽的没用员工。

于是盛诗檬心里也大概确定，她姐和温总之间九成九是擦不出半点火花了。也不是每个人都像她似的，面对这么有挑战性的男人都敢上，虽然结果是惨败。

她姐就更不是了，人生箴言是"珍爱生命，远离男人"。

虽然她们对待男人的态度截然相反，但吐槽起男人来还是很有共同话题的。

盛柠学了温衍说话后，盛诗檬就来了劲，非要让她再学两句。

毕竟是图书馆，盛诗檬不学习别人也要学习，为了不打扰其他人，盛柠只能放弃在图书馆自习的计划，准备回宿舍看书。

谁知道盛诗檬完全没有滚回自己宿舍的觉悟，继续跟着她。

"你有这工夫不如去找你男朋友。"盛柠实在有些受不了了，想把她打发走，"不是说要主动出击吗？"

这就像是小时候她常对烦她的盛诗檬说的话。

"你去找你同学玩行不行？我还要写作业。"

盛诗檬也意识到自己缠得有些紧了，摸摸鼻子："那我回去了。"

盛柠看着她转身离开时那落寞的后脑勺，竟然莫名看到了一丝被主人抛弃的流浪猫的影子。

她"啧"了一声，又叫住盛诗檬："等这周末没课，你陪我一起去公寓住两天，行吧？"

"没问题。"盛诗檬立刻转过头对她笑，这回走得那叫一个心甘情愿，"那我得赶紧回去把这周老师布置的影视鉴赏小论文写了。"

这学渣，敢情连作业都没写完就跑来烦她。

怪不得每学年都评不上奖学金。

当初盛柠特意从老家考到燕城这么远的地方来上大学，就是为了摆脱那个家。

结果大三那年，盛柠接到后妈的电话，说盛诗檬填高考志愿也报了她的大学，而且还考上了。

盛诗檬的学习成绩一直一般，高考那年也不知道费了多大力气才考上的燕外。

盛柠一直觉得自己是个很自私的人，有时候她真的不明白，她对这个继妹又不好，她为什么还是要跟着她。

每次问起盛诗檬，她都会打哈哈敷衍过去。

特别像电视剧里那种，配角虐她千百遍，她却毫不介意还非要为配角洗白开脱的傻子女主。

和盛柠分开，这边盛诗檬刚回到宿舍，转头就忘了要写作业的事，立刻打开衣柜开始选这周末要带去公寓换洗的衣服。

室友看她兴高采烈选衣服，笑着打趣："又要出去约会啊？"

盛诗檬摇头："不是，和我姐啦。"

她一心扑在选衣服上，还是室友提醒她手机响了。

是她妈石屏打来的。

盛诗檬接起，照例跟妈妈汇报了一遍最近的生活。

妈妈先听完她在外地读书过得好不好，接着才说起这次自己打电话过来的目的。

"那边天气太冷了，我给你和柠柠一人打了件毛衣，这两天就寄快递给你。"石屏的语气听上去小心翼翼的，"你帮妈妈把毛衣送给柠柠好伐？"

盛诗檬抿唇，犹豫片刻，还是说了实话："妈，我觉得她不会要的。"

石屏很失落，但还是说："你问问她嘛，不要就算了。"

盛诗檬不忍听到妈妈这样的声音，只能答应。

石屏又嘱咐了她几句才挂断电话。

盛诗檬心想要不还是先把毛衣的事情放一放，等这周过去再说，否则盛柠要是听见她提起她妈妈，估计又不愿意邀请她去公寓玩了。

她叹了口气，觉得妈妈真是傻。

自己的傻劲估计就是遗传她。

原本在选衣服来着，盛诗檬这时候也忘了，坐在椅子上发了好久的呆。

没过多久，盛柠给她发微信，问她有没有主动出击。

盛诗檬这才猛地记起还有温征这事，说是主动出击，其实她心里也没底。

其他人分就分了，也没这么纠结。

她还是头一回这么怕被人甩。

如果温征待会儿凶她，那就默默承受，再挤两滴眼泪出来，最后哭着道歉。如果温征态度冷漠，那就撒个娇。

想好各种应对措施，盛诗檬避开室友走到阳台，特意关上了门，深深吸了一大口冷空气，这才鼓起勇气拨通了温征的电话。

保佑他别生太大的气，总之千万别跟她说分手。

电话接得挺快，那边是一声低笑："终于不生气了？"

自己的台词被人抢了，打了她一个措手不及。

盛诗檬小声说："我没生气啊。"

"那天你在酒吧不是冲我发脾气了吗？眼睛睁那么大还说没生气？"男人叹了口气，又是不解又是无奈，"那奖品你要是想要，我都能直接盘个店面送你，有必要为这跟我闹吗？你觉得值吗，嗯？"

盛诗檬蒙了，想好的台词也不知道该怎么说，只能又一次临场发挥。

"我是怕你生我的气不理我，所以不敢打给你。"

这回换温征莫名其妙："我哪儿有生气？"

盛柠："你不生气的话，那你这几天为什么也不联系我？"

"啊，不是因为你。"温征"啧"了一声，语气也没了刚刚的轻柔，明显烦躁了起来，"我被我爸关在家里，手机也被缴了，趁他睡着偷拿回来的。这老头子也真做得出，不知道从哪儿搞了把大锁挂我房门上了。"

盛诗檬故意问："你爸为什么关你啊？"

"……小矛盾，不是什么大事。"温征说，"等过两天我爸脾气好点，我就解放了。"

他不肯说出自己其实是为了她才被他爸关在家里。

倘若是一般男人，不但要告诉她事实，还得对她说你看我多爱你啊，为了你我都跟家里抗争到这个地步了。

然后她就能做出一副感动到哭的样子，这戏就能接着演下去。

但温征没有，反倒让盛诗檬不知该怎么接话。

好在这时候温征又问她："好几天没听见我声音，想我吗？"

盛诗檬原本要脱口而出的那声"想"突然卡壳了。

她没回答，他又问："你都不担心我的吗？"

"担心。"盛诗檬这回说的是实话，那语气听着是真切的害怕，"怕你跟我分手。"

那边愣了好几秒，才又笑着说："傻瓜。"

盛诗檬听着他这一声情绪不明的傻瓜，突然有些不知所措。

其实那天在酒吧里她一时没把持住对温征发了脾气，她原本以为温征一定会很恼，指责她矫情，为一个游戏就闹脾气，甚至再绝情点，会直接跟她分手。

但他没有。

他好像对她过于纵容了。

这很奇怪，不在她的预料范围内，可她一时间也想不到温征反常的态度究竟是何原因。

又腻歪了几句，盛诗檬挂掉电话，连忙给盛柠发微信汇报。

盛诗檬："和好了。"

盛诗檬："好像是我想多了。"

温征在想刚刚自己的那句"傻瓜"是不是听上去过于肉麻了。

他那天被盛诗檬给吓到了，温衍过来找他的时候，他还没回过神，稀里糊涂地就被司机载回了家。

回家后老头子一见他就破口大骂，温征也不回嘴，老头子以为他这是认怂了，鼻子哼着气让他滚回房间。

温兴逸这老头子，大半辈子混迹商场，运气又好，老大一做就是几十年。他现在老了，这个家能管得住他的女人们也都离世了，他虽然是卸了任，把集团交给了大儿子管，但做老总的那股气势还是没减，不服老非要管东管西。

外孙女成家立业搬出去了他管不着，温衍又是个二十四孝儿子不用操心，他就把退休后的那点闲工夫全用在了小儿子温征身上。

老头子明显被他气得不轻，竟然已经开始用这种幼稚的手段对付他了。

但他竟然觉得莫名的痛快。

就好像回到了十五六岁那会儿，越是跟家里人对着干，越是觉得畅快。即使在别人看来他这是不学无术，他永远是被拿来和温衍做对比的那个反面教材，是个谁听到他的名字都会摇头叹气的孩子。

但他很享受，他觉得他比温衍活得开心多了。

温征当然明白婚姻对一个人来说意味着什么，意味着他要选定下半辈子过日子的人。老头子给他找的女人，大概率无论他和那个女人彼此厌恶到什么程度，就算不忠诚，就算一地鸡毛，这下半生都得和那个女人这么捆绑着过完了。

他的前二十多年已经在离经叛道中度过，老头子竟然试图用婚姻将他关进笼子。

想得美。

他刚拿到手机，还没来得及给盛诗檬打电话，就先接到了她的电话。

温征心情不错，又看了眼这几天手机里堆积成山的消息，给朋友回了个电话。

"几天不见我们征少了，搁家里闭关修炼呢？"

温征就把这几天的遭遇外加和盛诗檬的乌龙给朋友说了。

"我就说诗檬妹妹没生气吧，人小姑娘一个，玩个游戏有好胜心很正常，就你精虫上脑，什么时候亲人家不好，非要逮着玩游戏的时候亲，她会不高兴不是很正常吗？"

"精你妈，接个吻就叫上脑，那你怎么还没精尽人亡？"温征骂完前一句，后一句又放轻了语气，听着像是自言自语，"关键是她以前从来没跟我发过脾气。"

"是个人都有脾气的好吧，人不对你发脾气那是爱你，愿意让着你，真以为谁生下来就是受气包呢。"

温征想了想，觉得朋友这话有道理。

"过两天我再带她去你那儿玩。"温征懒洋洋地说，"你再让人搞一次那个活动，钱我出，我这回好好陪她玩。"

"还玩？你这戏都快演进奥斯卡了，就真不怕把自己搭进去啊？"朋友和温征一样是人间游戏惯了的纨绔子弟，觉得这程度真的有些过了，"别到时候那个要死要活的人不是咱诗檬妹妹，而是征少你。"

温征嗤了声。

为一段爱情，为一个人要死要活，值得吗？当然是不值得的。

他就是很明白这点，才觉得盛诗檬是他跟老头子抗衡的最好人选。她够单纯，她对他的感情也够纯粹，爱他的长相也好，爱他的钱也好，哪怕是爱他的人，无论这场戏演到什么程度，他都不会是那个处在下风的人。

而一段感情中，掌控者往往比被掌控者更容易脱身。

趋利避害是生物的本能，伤人也总好过被人伤。

"你懂个屁。"温征轻笑，"为爱痴狂，听着多像个情种多伟大啊。"

盛柠回了盛诗檬一串省略号。

说什么被温征甩，纯属杞人忧天，害得盛柠的心这两天也跟着悬了起来。

如今终于放下，可以更加专心地准备考试了。

盛柠快要毕业了，按照专业规定必须通过专业考试，拿到会议口译专业证书，才能正式成为一名专业的会议口译员。

原本她还考虑过留校当辅导员，但现在她和导师已经闹掰，估计一拿到毕业证就得从高翻学院滚蛋。

戴春明说她想考去外交部，前提是她也得有那能力。

就那恐怖如地狱的报录比，几千人过独木桥，能不能考进去还是个问题。

如果考不进去的话，就去企业应聘做翻译。

但现在各个行业都太卷[1]了，学霸遍地爬，她要是想去大一点的企业，就拿兴逸集团做对比，外贸行业内数一数二的龙头企业，除了能证明专业技能的证书，最好还得有实习经验。

盛柠又开始头疼，因为翻译诗集，她上个暑假硬生生错过了最佳的实习时间。

现在班上其他人都已经完成任务，她到时候还要在寒假再找份实习兼职，把暑假空缺的实习经验给补上。

做了那么多职业规划，她突然发现哪一条路都不好走。

---

[1] 网络用语，由内卷简化而来，意指严苛地比拼或努力。

这时候就更羡慕那些一出生就什么都有的人，譬如温衍。

盛柠叹了口气，一头栽倒在桌上。

"怎么了？学昏过去了？"

跟她一块儿在宿舍里看书的季雨涵被吓到，立刻转过头来。

盛柠又把头抬起来，有气无力地说："没死。"

季雨涵松了口气："吓死我了，我就听见'咚'的一声，以为你怎么了。"

"我就是想到以后有点焦虑。"盛柠说，"人活着真不容易。"

"你是不是因为这次峰会老戴没让你去的事难过啊？"季雨涵凑过来说，"那我告诉你一个好消息，去峰会的名单刚出来，发群里了你看看。"

"我没戏。"盛柠没什么兴趣，"都闹到这个地步了，戴春明肯定带他侄女去。"

"错。"季雨涵冲她摆了摆手指头，"去的是咱们班上的一个男生，不是戴盈盈。"

盛柠有些惊讶："怎么会？"

她那天明明都看到戴春明拿着《钻与石》去找温衍了。

"那就不知道了。"季雨涵笑得挺欢，"戴盈盈逢人就谦虚，说什么哎呀还不一定啦，笑死，真的把自己的名额给谦虚没了。"

盛柠抿唇，不知道在想什么。

季雨涵歪头看她："这个好消息有没有让你高兴点？"

盛柠："有好一点。"

"好一点就陪我去食堂吃个饭。"季雨涵拿上饭卡，"搞学习死脑细胞，比跑八百米还容易饿。"

去食堂的时候正好赶上下课，高翻学院食堂的饭菜比本科院的好吃，所以有很多嘴馋的本科生会特意跑来这边的食堂蹭饭吃。

路过教导楼，正好碰上戴盈盈从里面出来。

戴盈盈一个本科院的学生天天往高翻学院跑，能有什么目的，还不就是找她叔叔。

名单出来，她自己估计都没想到，逢人就谦虚说自己的水平还不够格去那么高端的会议，就是想在名单出来后，一边装作意外惊喜的模样，一边接受别人艳羡的目光。

估计刚跟自个儿叔叔闹了一通委屈，也不知道戴春明是怎么打发她的。

如今名单上的人不是她，路上碰见盛柠，戴盈盈的那个表情就有些复杂。

撞都撞见了，人设不能丢，再不情愿也只能硬着头皮冲盛柠喊了句"学姐"。

谁能想到放暑假之前天天围在盛柠身边的小学妹原来是这么个货色，季雨涵心中愤恨，干脆把头撇了过去，拉着盛柠小声说："别跟她扯皮。"

盛柠连戴春明的面子都不给，更别说戴盈盈。

"戴老师亲自向主办方推荐，都没帮你拿到峰会名额。"她淡声说，"真是可惜。"

听着像是安慰，话里话外是什么意思，智商正常的人都能听懂。

戴盈盈自然也听懂了。

听叔叔说盛柠和温先生认识，结果温先生否了她的名额，盛柠不也没拿到名额？

想到这里，戴盈盈就觉得抢了盛柠的署名权这件事，后果也并没有她叔叔说的那么严重。

她心里又气又恼，脸上仍是笑着的，风轻云淡地回："我去不了是我能力不够，学姐你没去成，那才是可惜。"

盛柠语气平静："我去不了有什么所谓，反正之前也参加得够多了，经验也累积够了。倒是你啊，主办方那边看不上你，下次再有这样的机会也不知道要等到猴年马月。"

戴盈盈沉了声音说："这次我没去成，不代表以后我就去不了。"

"与其想这些不切实际的，还不如先多读点书往自己肚子里多装点墨水。"盛柠冷冷瞥她，"这样下次你叔叔再跟人推荐你，也不至于要拿着从别人那儿抢过来的东西去卖弄。"

又来了。

戴盈盈最烦的就是盛柠拿着那份署名权反复说。

都已经是她的了，书也已经排上号准备进印厂大批印刷发行了，盛柠再愤愤不平还有什么用。

"我叔叔要把稿费补偿给你，是你自己不要的，非要一头死磕署名权。学姐，我知道你不服气。"戴盈盈微微一笑，"就为了改一个小小的译者的名字，你觉得发行商会有那个心思把那些书都召回来重新修改印刷吗？"

戴盈盈轻声说："就算你告到教育局去也没用，我妈就在教育局工作。"

她看盛柠不吃虚与委蛇那一套，索性就把话摊开了跟她说。

盛柠反问："这么有自信？万一我的靠山比你妈还厉害呢？"

戴盈盈张嘴，还想说什么，盛柠已经被季雨涵拉走了。

她瞳孔紧缩，陷入了跟她叔叔一样的纠结。

那就是盛柠的这个靠山到底跟她的关系有多深，有没有深到能出手帮盛柠拿回署名权。

"姐们儿,你刚那样子太帅了,她有靠山,你靠山比她还牛×,可以可以,对付这种走后门靠关系的,越跟她光明磊落越是搞不过,就是要用魔法打败魔法。"季雨涵先是分析了一通,紧接着又问盛柠,"不过你的靠山是哪位大佬啊?搞得过戴春明吗?"

"他搞得过。"盛柠说,"但我搞不定他。"

季雨涵无语:"……那你刚刚态度还那么牛?"

盛柠一本正经地说:"管他的,总之气势上要先压倒对手。"

俗称狐假虎威。

"……"季雨涵忍不住竖起大拇指。

转眼到周末,下周就是翻译协会那帮教授忙前忙后众所期待的峰会。

盛柠反正不用去,这周就当给自己放个假,约着盛诗檬一块儿去公寓过周末。

周五晚上,盛诗檬跟着盛柠坐地铁来到公寓。

盛诗檬是第一次来,之前在手机里看过小视频,本来以为心里已经有了准备,但还是在盛柠打开门的那一瞬间,被这潘多拉魔盒一般的公寓内景给震慑住了。

手机里看和肉眼看的震撼效果是完全不同的。

盛柠开了灯,整个一楼瞬间被笼罩上一层暖黄色的柔光,她在短短几秒内,起码听到了不下十遍的"妈耶"。

"这种装修我只在电视剧里看到过。"盛诗檬脱了鞋就往里跑,"我以为一般人都不可能会把家里布置成样板间的样子,原来电视剧里也不全是骗人的,是我自己格局太小。"

盛诗檬拿起摆在置物架上的东西:"为什么连熏香蜡烛这么细致的东西都准备了啊?"

"不知道。"盛柠说,"软装赠送吧。"

"这简直是做慈善啊。"盛诗檬依旧觉得不可置信。

说实话,盛柠也觉得这种程度的软装有点太过了,但更过的盛诗檬还没看见。

"你跟我来二楼。"

盛诗檬呆呆地说:"我一楼还没欣赏完呢。"

大到沙发,小到置物架上的装饰物,她都一一摸了个遍,似乎只有上手摸了,才能确定眼前的这些东西都不是幻觉。

盛柠也不多说，直接拉着盛诗檬去了二楼。

她打开了衣柜。

盛诗檬本来就飘飘然的表情瞬间石化。

她起码石化了三分钟，才重新恢复呼吸。

盛柠这种平时不怎么买奢侈品的人见了这一衣柜的名牌都惊得呼吸困难，更何况是盛诗檬这种见过世面，逛过专柜，一看就知道哪些是当季新款，哪些是限量款的人。

"……你什么时候买的？"盛诗檬说话都有些结巴，"你妈妈给你的生活费，你不是说要存起来留着买房吗？"

这么快就急着享乐了？房产证还没到手呢，这不像她姐的处事风格啊。

盛柠揭秘："不是我买的，是本来就有的。"

盛诗檬侧目，语气严肃地说："姐，温总他真的不是想包养你吗？"

盛柠也很严肃地说："我之前也怀疑过。"然后又摇头，"但我看他对我的态度，我觉得是我自作多情。"

"……那这是什么。"

"不知道，所以我连吊牌都没拆。"盛柠说，"谁知道是不是资本主义陷阱。"

盛诗檬摸了摸鼻子："不能吧。"

她上前摸了摸，又闻了闻，说："闻着不像是下过毒的。"

"法治社会下什么毒。"盛柠说，"等合同签了我就把这些都卖了换成钱。"

"没搞错？这些卖了？"盛诗檬立刻抱起其中一个包包，"这限量款，你去专柜都买不到的。"

盛柠说："那更能卖个高价啊。"

盛诗檬觉得直接卖的话太亏了，劝道："好歹你先用着啊，用腻了再卖也不迟。"

她把包包放下，又拿起了一条裙子，往盛柠面前比画了一下。

盛柠往后退了一步："干什么？"

"穿啊。"

"你看看外面几度？"

"你在外面套件厚的，进了室内就把外套脱了啊。"盛诗檬说，"平时不就这样吗？"

"嗯，我平时去图书馆自习，外面穿一件羽绒服，然后去图书馆的时候把羽绒服脱了，露出里面的小晚礼服。"盛柠睨她，语气平静，"你说是管理员先把我轰出去，还是我先社会性死亡？"

"……也是。"盛诗檬又把裙子挂了回去，"太不实用了，还是等你工作以后再穿吧。"

盛诗檬还在研究衣柜里的东西，盛柠知道她一时半会儿估计是研究不完了，索性坐在旁边玩起手机来。

她顺手点开了外卖软件。

"我们今晚吃什么？"盛柠边看边说，"要不点个——"

外卖两个字还没说出来，盛诗檬兜里的手机响了。

大概率是温征打来的，盛诗檬问："吃饭啊，去哪儿吃啊？"

盛柠缄口，收起了手机。

挂掉电话，盛诗檬挺不情愿地说温征今天晚上约她去餐厅吃饭，是国贸的高空景观餐厅，需要预订位置的那种，所以不好拒绝。

盛柠愣了下，说："那你去吧。"

"那我先去跟他吃个饭，晚上再回来，记得给我留门啊。"

"嗯。"

盛诗檬匆匆离开，公寓立刻又变得安静下来。

盛柠本来找了部评分很高的电影，打算跟盛诗檬一起用这台六十五英寸的超薄挂壁式电视看。

算了，自己看吧，顺便再点个外卖吃。

这种天气的外卖普遍送得慢，盛柠点了份离公寓最近的炸鸡外卖。

她今天想放纵一下，就点了啤酒。

炸鸡配啤酒，实在太韩剧太浪漫了，真没想到有一天她也能过上这样舒服的生活。

外头是冰天雪地的夜色世界，隔着玻璃仿佛能听见车水马龙的喧闹声，盛柠暖乎乎地坐在地毯上，左手啤酒右手炸鸡，看着电影。

暖黄灯光下，盛柠发出一声满足的喟叹。

这就是一个人的家，能给人带来无限熨帖和温暖。

但总有人要打破她的这一份小确幸。

不合时宜的铃声响起，盛柠很想挂，但看了眼来电，最后还是接了。

"温先生，晚上好。"

温衍还是那副不咸不淡的嗓音，低沉又不近人情："嗯，在哪儿？"

"博臣花园。"

"正好，出来一趟。"

盛柠往玻璃外看了一眼。

窗外下起了细细密密的小雪，有几点冰霜打在落地玻璃窗上。

这个天气让她出来是想让她死。

他是专门找了个私家侦探负责跟着他弟吗？

为什么前脚温征约盛诗檬出去吃饭，后脚温衍的电话就打来了。

早知道他会打电话给她，她一个小时前就跟盛诗檬一块儿出发了。

但说到底现在她正坐在老板名下的公寓里，用老板的钱在享受，总得干活。

盛柠只好说服自己，资本主义终将被社会主义打败，然后扔下炸鸡。

"那您把地址发给我，我现在过去吧。"

"你公交转地铁过去，他俩饭都吃完了。"温衍说，"我在路上，你十分钟后下楼。"

"十分钟？"盛柠边擦手边说，"可是我没那么快啊。"

"十分钟还不够你披个外套穿个鞋下楼？"温衍失去耐心。

盛柠忍不了了。

这他妈一听就是从来没等过女人的千年王老五。

她终于知道为什么这个男人身边从秘书到助理无一例外全是男人了。

隔着电话，她竟然斗胆顶撞起了自己的甲方兼老板。

"高空景观餐厅！难道我要蓬头垢面去吗！我不要打扮的吗！"

凶完以后她又立马怂了，还把不打扮的后果严重性扯到了温衍头上："我要是形象太矬，和您走在一起也是给您丢脸，您说是吧？"

电话那头的男人颇有些诧异地抬了抬眉，莫名觉得好笑。

印象里这姑娘成天把自己裹得严严实实，只露一张脸，要不是还需要看路和呼吸，温衍甚至觉得她很可能连头都给裹起来。

汤圆还需要打扮？怎么打扮？是要把皮里面的馅给换了吗？换成芝麻馅还是豆沙馅？

第 5 章

乌龙求婚

　　盛柠来博臣花园过夜，除了换洗的衣服也没带别的。

　　她上楼去了卧室，盯着衣柜发了会儿呆。

　　这些大部分来自法国香榭丽舍大街的奢侈品，并不一定符合所有人的审美，可它们一定是"高级"的。

　　它们能够在社交场上无声向所有人宣告主人的阶级、财富和审美品位，它们永远不会是大众的，即使在现代社会，却仍然犹如贵族般享受着高人一等的特权。

　　大多数人一边唾弃着，一边却又羡慕着，期盼自己有朝一日也能一脚踢开光鲜亮丽的资本大门。

　　盛柠承认，她就是个彻头彻尾的俗人。

　　她喜欢这些东西。

　　所以温衍的糖衣炮弹，成功地让她把道德感抛掷一边。

　　盛柠以前跟在戴春明身后去各种会议上实习的时候也有穿过正装裙，不过一般那种会议，为了突显会议的绝对严肃和正式，无论男女都是统一穿正装，颜色和款式都没多大区别，所以也就没什么可新鲜的。

　　就当是穿工作服。

　　盛柠选了一条穿上，对着镜子里的自己看了好几眼。

　　她矛盾地想，资本主义陷阱太香了。

　　谁说钱买不来快乐，这快乐不就已经穿身上了吗？

　　为了配得上这一身裙子，她还特意坐在梳妆镜前捯饬起了自己的脸。

　　约莫半个小时，盛柠下楼了。

其实她已经算是挺快的了，她以前的室友和男朋友约会，从洗头，换衣服到最后出门，都是一小时起步。

盛柠没有熊心豹子胆敢让温衍等上那么久，所以约莫半个小时，她就从楼上下来了。

"温总，盛小姐来了。"司机提醒。

后座的男人从手上的平板上抬起目光，往车窗外看。

盛柠是真的怕冷，她是南方人，南方的冬天虽然湿冷，但再冷也不会超过零摄氏度，高考后来了燕城念书，北方这边一降温就是零下十几摄氏度起步。

在燕城待了六年，但凡有人问她习惯没，她统一回答：习惯了暖气，没习惯天气。

她裹了件特别厚的羽绒服，因为里面穿得还是太单薄，所以一下楼整个人冻得透心凉，只好缩着脖子，双手紧紧插兜，背佝偻得像个小老太太，头几乎要埋进胸口里，迎着凛冽寒风朝车子这边走过来。

这件羽绒服有个自带的大帽子，还围着一圈毛边，看着特别蓬松，起码能塞进她两个头。

她真的怕冷到把头也裹住了。

也得亏司机眼睛尖，认得出这是盛小姐。

温衍从车里看到盛柠的第一反应就是：汤圆皮更厚了。

盛柠带着冷风的气息上了车，温衍往旁边挪了挪，默不作声地远离她。

盛柠没察觉到，拍掉肩上停留的小雪。

"你用了半个小时。"温衍冷冰冰地讥讽，"就是把自己从白皮汤圆变成了芝麻汤圆？"

耳边刮过的阵阵风声还没完全散去，盛柠摘下硕大的黑色鸭绒帽子，侧头看他："您说什么？"

温衍："……"

她化了淡妆。

男人对浓妆和淡妆的概念很简单，就看嘴唇颜色红不红。

盛柠还是学生，所以买的口红大都是比较日常的颜色。不懂美妆的人看就是粉色，但她涂的这个色号其实有个特别文艺的名字：干枯玫瑰。

整个妆面也是搭配着化的，盛柠的化妆技巧全是跟着美妆博主学的，没有很专业，化得还算那么回事，反正她自己看镜子挺满意的。

在这身黑色羽绒服的衬托下，眼睛是眼睛，鼻子是鼻子，只是又用画笔往底子本来就好的脸上又添上了几笔精巧的颜色，看上去娇艳温柔，仿佛给整张脸蒙上了一层氛围感十足的滤镜。

温衍盯着盛柠的脸看了会儿，喉结轻轻动了一下，半张着嘴什么都没说，最后撇过了头。

他的外甥女其实就长了张据说是能统一全国审美的漂亮脸蛋，但他日日看年年看，看久了也就不新鲜了，觉得外甥女的长相也就那样。

盛柠看他一脸冷漠地无视了自己，心里却松了口气。

还以为又要受几句讽刺，没想到让他等了半个小时，这资本家都没挖苦她。

车里暖气开得足，盛柠只待了十几分钟，觉得有些热。

她拉下拉链，把羽绒服脱了下来，为了不占地方，特意抱在了怀里。

看上去像抱着个大气球。

听到动静，温衍又看她一眼，目光在她身上定住的时候，还认真看了两眼。

不显山不露水的姑娘破天荒地穿了条小黑裙，裙子款式比较修身，露出的胳膊和小腿白莹莹的，她难得没扎利落的学生马尾辫，披着头发，挡住了靠近锁骨的那片肌肤。

原来她这么单薄。

本来盛柠没觉得自己脱外套的动作有什么不对劲，但温衍此时侧过头来看她，她就觉得有点尴尬。

她以为温衍是不喜她穿这条裙子，心里正肯定果然是资本主义陷阱，可又发现他除了多看了她两眼，并没有任何其他的反应。

那就是单纯地在看她脱外套？

"看到没？"盛柠非常记仇，故意说，"我会脱外套。"

温衍微愣，记起了之前挖苦过她的话。

他"哦"了声，淡声问："找老师教了？"

盛柠皮笑肉不笑："对啊，特意为了您花钱去上的补习班，给报销吗？"

"不能。"温衍无情拒绝，"你生活不能自理跟我有什么关系？"

好家伙，对她的嘲讽直接从不会脱外套上升到生活不能自理这种人身攻击了。

"是啊，比不得您有钱。"盛柠阴阳怪气地说，"我们普通人如果生活不能自理就只能躺床上等死，连个护工都请不起。要是您某天遭遇不幸瘫痪在床，生活不能自理的话，吃喝拉撒都不愁没人伺候。"

前面开车的司机捏着方向盘的手一紧。

被"祝福"的男人脸色略沉："你再说一遍？"

盛柠真的很想再说一遍。

但是人在车里，不得不低头，为了杜绝因为得罪温衍而被丢下车的后果，盛柠调整得很快，唇角间那抹阴阳怪气的弧度瞬间消失，换上了真诚且狗腿的笑容。

"我说祝温先生您长命百岁。"

"……"

变脸程度之快，峰回路转之下让人不得不熄了火。

男人唇角扬起，不明意味地笑了两声。

盛柠现在就像是那种特别欠揍的熊孩子，不惹人生气浑身都不舒服，非要刺探家长的底线，等发现快触到底线了，心满意足的同时也怂了，怕真的被教训，又变得无比老实。

听了全程的司机又想笑又不敢笑。

他真没见过温总跟谁打过这种毫无营养的废话嘴仗。

位于国贸酒店 79 层的高级景观餐厅，以天空之城般的用餐环境闻名，在落地窗边入座用餐，既隔绝了室外的喧嚣，又能将整个燕城的缤纷夜景尽收眼底。

果然是盛诗檬说的那家餐厅。

待会儿也不知道是怎样一场四人大戏。

坐电梯上楼的时候，盛柠终于忍不住问了。

"我有些不理解，您弟弟只是吃个饭而已，您都要亲自过来，您平时不忙吗？"

她和陈助理通过好几次电话，盛柠听得出来，温衍平时工作是真的忙，他虽然不用上下班打卡，但忙起来的时候可比朝九晚五的上班族忙多了。

但对温征，他却能抽出这么多时间来下场使绊子，人家小情侣来餐厅吃个饭，他竟然都能见缝插针地把她一并叫上过来搞破坏。

盛柠不理解，温征又不是什么早恋的叛逆少年，至于吗。

"今天不一样。"温衍淡淡地说，"他要求婚。"

"……"

盛柠瞪大眼睛："求婚?! 真的吗？"

她完全没听盛诗檬提起过温征要求婚的事啊。

不过也可能因为是被求婚的那个，所以盛诗檬自己也不知道。

温衍冷冷嗤了声："简直胡来。"

怪不得他把她叫了过来。

盛柠神色复杂地看着温衍："那待会儿您想我怎么做？"

"告诉你妹妹，不要做她不该做的梦。"

其实盛柠很清楚盛诗檬对温征是什么态度，她压根儿就没想和温征真的谈多久，更不要说结婚。

就是可怜了温征这个小开。

如果他真是对盛诗檬一片深情，那待会儿该多难过。

盛柠突然良心一痛，越发觉得她这个钱挣得实在太缺德了。

到了餐厅门口，早已经有服务员等在门口。

这种餐厅对客人的着装有要求，但规定是死的，就算盛柠不换，只要跟在温衍屁股后边进来，服务员也不可能真拦着她，她换衣服完全是为了看上去不那么像温衍的跟班。

温衍脱了外头的大衣，露出里面简单的正装西裤，高挑俊朗外还透着矜贵优雅。

旁边有位年轻漂亮的小姐同行，同样也是一身简约的黑色连衣裙。

两个人站在一块儿，服务员几乎是没有任何犹豫。

"二位晚上好。"

盛柠心想，果然人靠衣装马靠鞍，看吧，裙子一穿妆一化，再端点淑女的架子，立马就从小跟班进阶为和温衍平起平坐的"二位"了。

她不禁虚荣地扬了扬下巴。

"得意什么。"温衍语气低沉，"今天带你来这儿不是享受服务的。"

脑袋顶宛如被浇了盆凉水，盛柠"哦"了声。

也不知道温衍是成心找她碴，还是单纯地看她不爽，她刚刚端起架子，他就毫不给面子地戳穿。

盛柠老实地走在他后面做小跟班，温衍想了想，抓着她的胳膊，又把她拉到自己身边。

温衍的力道用得很轻，完全再普通不过的接触，盛柠几乎没有感觉，却发现温衍指尖蜷缩，好像很不习惯刚刚碰到了她的胳膊，竟然把手插进了裤兜。

盛柠不爽，故意用另一只手擦了擦刚刚被他碰到的那只胳膊。

温衍低哼一声，轻轻瞪了她一眼。

不知道为什么，她跟温衍走在一起，总觉得旁边路过的那些穿着工作制服的员工都用一种很奇怪的眼神看着她，而且脸上还挂着奇奇怪怪的笑容。

难道她恶毒配角的身份已经暴露了？

温衍口中的那对即将要求婚和被求婚的小情侣正在自己的位置上用餐。

这时来了个餐厅的工作人员，先是冲盛诗檬礼貌笑了笑，而后走到温征身边，附在他耳边说了两句什么。

温征勾唇，从座位上起身，柔声嘱咐盛诗檬："你先吃，我去趟洗手间。"

"你去吧。"盛诗檬点头，然后低头继续对付生蚝。

温征跟着工作人员去了他们的休息室。

"我哥来了？"

"来了。"工作人员说，"是和一位女士一块儿来的。"

温征疑惑皱眉。

女士？

温衍出门向来喜欢带上他的私人助理，可是他的私人助理是个男人啊。

换新助理了？

算了，女人更好。

毕竟是一个娘胎里出来的亲兄弟，也不能太坑他了。

"您要去确认一下那位女士的身份吗？"工作人员有些犹豫，"我看温总的表情不像是要跟那位女士求婚……"

"不用。"温征满不在意地说，"我哥这人比较闷骚，你们不了解他，他越是臭着张脸，就越是代表他心里紧张，而且求婚这么大的事，他难道还会随便找个人求吗？"

工作人员被唬得一愣一愣的。

"你们待会儿按我说的去做就行了。"温征笑眯眯地说，"要是他求婚成功了，我请所有人吃饭。"

工作人员立刻精神抖擞，宛如打了鸡血般地说："您放心吧，我们一定努力让温总和他的女朋友有个终生难忘的求婚经历。"

温征感激地拍了拍工作人员的肩膀，笑得特别开心："好，好，谢谢，我先替我哥感谢你们。"

交代好事情，温征从员工休息室离开。

老头子眼线多，当然会提前知道这个求婚计划，他自己行动不便，不可能亲自来阻止。儿子求婚毕竟是家事，肯定也不能叫外人去，所以老头子一定会叫上他最信任的大儿子来当这个恶人。

温征订位置的时候只留了个姓，说兴逸集团的温先生今天要在这里搞个求婚仪式，叫员工们帮忙布置一下。

他姓温，温衍也姓温。

至于是谁求婚，那就看别人怎么理解了。

交代完事情，温征回到座位上继续享用晚餐。

盛诗檬见他嘴角一直挂着笑，好奇问道："你怎么去上了个洗手间回来就这么开心啊？"

一想到某座冰山待会儿要面对的场景，温征愉悦地挑了挑眉，饶有兴味地说："我是替别人开心。"

"今儿有人要在这儿解决终身大事。"

负责引路的服务员领着温衍和盛柠绕过公共用餐区域，绕过回廊来到包间。

这家米其林餐厅虽是预约制，温衍不算是 VIP 客人，但管理层都认识他，平时他能把私人饭局约在这儿就已经是蓬荜生辉了，因此他没有提前预约，想要进来，餐厅也不可能不放行。

因而温衍对自己虽然没有订位，但还是被服务员领到了这间最好的包间这件事，并没有感到怀疑。

"二位请进。"

温衍率先迈腿走进去，包间里就连灯都没开，唯一照明的来源是观景玻璃外被小雪点缀的夜景霓虹。

没有看到温征和他女朋友，温衍觉得不对劲，下意识蹙了蹙眉。

寸土寸金的东三环 CBD 核心区地段，窗外就是高楼大厦，霓虹明灭不熄，盛柠在网上看过一些有钱博主晒出的图，都是相当高大上，却没想到这么高级的餐厅也会省电不开灯。

盛柠跟在温衍身后走进包间。

她有些蒙，看向温衍："他们人呢？"

温衍面色不虞，侧头正准备问服务员怎么回事，昏暗的包间立刻亮了起来。

两个人都吓了一跳，终于看见了整个包间的布置。

经典老几样的求婚大礼包，整个包间充斥着粉色氢气球和星星灯，铺满地的花瓣和四周墙体的装饰薄纱，以及最花哨的那一面墙上用花体英文写着：

Will you marry me?（你愿意嫁给我吗）

也不知道是谁最先发明出来的求婚，一经流传便经久不衰。爱情这东西就是这样，套路一点也不新鲜，如今亲眼所见，还是由衷地会从内心发出感叹。

这个求婚现场很少女心，很浪漫，很有心意。

盛诗檬这丫头可算是太有本事了。

盛柠还在疑惑，两个恶毒配角都到场了，男女主角呢？

餐桌上是氛围感十足的烛光和丰富的西餐点，这时候服务员推着小餐车走了进来，后面跟着几个穿着同样制服的服务员，手上分别拿着香槟和礼炮。

小餐车布置得精巧可爱，跟婚车似的，载着满满奶油包裹的三层求婚蛋糕，在蛋糕的最上层，放着一个托着薄荷绿戒指盒的小展台装置。

服务员当着盛柠的面打开了戒指盒。

璀璨的钻石戒指耀眼夺目，没有多余的碎钻做点缀，光是那一颗主石，目测就有五克拉。

这时候包间里响起音乐，低沉的男声缓缓响起。

I see you standing there.（婷婷袅娜你在我眼前）

And I can't help but stare.（情难自禁只想多看你几眼）

I'm ready to bring.（我已准备万全）

Your wedding ring.（那枚求婚钻戒）

On the day that we met.（初次邂逅的那天）

I wanted to ask.（本想问你的那句话）

If you'd be by my side forever.（你愿不愿这一生都陪伴在我身边）

…… ……

And I love you three thousand.（我爱你三千遍）

很经典的求婚歌，盛柠人生中从来没有哪一刻因为自己听得懂英文，而且是一个翻译专业的学生而感到如此羞耻。

她头皮发麻，脚底到头发丝的每一个细胞都在叫嚣着尴尬，各种无力以及不适的应激反应如潮水般涌向她此刻清醒却恨自己不是弱智的脑神经。

盛柠下意识地看向温衍。

男人的眉头从刚刚看到包间的布置后就没舒展开过，尤其是在看到这枚戒指后。

再觉得莫名其妙也反应过来了。

这时候服务员说话了："温先生说，他是一个比较害羞的人，不善言辞，这首歌就代表他对您的心意。"

温衍："？"

盛柠瞳孔地震："……"

然后所有人开始喊："嫁给他！嫁给他！嫁给他！"

盛柠惊恐地后退了几步。

搞错了吧？

而温衍的脸色在服务员们异口同声的起哄声中越来越沉，因为外人在场，才硬生生地克制住了要把这一屋子的东西都给扔出去的冲动。

他抬起手来，摁着额头调节呼吸，忍了好一会儿，铁青着脸问："温征呢？"

"转告他，他别想活了。"

盛柠小声问："是不是搞错人了啊？"

"不然呢？"温衍垂眼睨她，压着嗓音冷笑，"难道是我对你求婚吗？"

包间里的所有人都被温衍浑身散发出的低气压搞得很尴尬，服务员们不明所以，男主角面色阴郁，女主角一脸蒙。

盛柠："……"

凶她干什么，她也是受害者之一啊。

温衍跟她求婚，那绝对不是他疯了就是她疯了。

要不就是两个人都得了精神病。

盛柠深吸一口气，突然柔声说："亲爱的。"

温衍眼皮子猛地跳了跳，瞪着盛柠问："你叫我什么？"

她被他瞪得有点怂，但此刻逆反心理一来，就特别想要给这个姿态傲慢的资本家一点教训。

盛柠做出歉疚不忍的表情。

"谢谢你为我准备的这份惊喜，我真的好开心。"

"……可是对不起，我还没做好准备。"

温衍倏地睁大眼。

说完台词，盛柠不敢看温衍的脸，装作泣不成声的样子，双手捂着脸以日漫女主角的标准奔跑姿势矫情地逃离了包间。

"盛柠！"

温衍越是在后面叫她，她跑得越快。

而被她丢在包间里的男人，还没从"莫名其妙被'向女人求婚'而且还被拒绝了"的荒唐遭遇中回过神来，就又要被迫承受全程围观的服务员们"天哪那个小姐竟然拒绝了温总的求婚，真是个不随便向金钱低头的狠人""没想到温总这种顶级钻石王老五也有被人拒绝求婚的一天""换我我肯定当场答应""呜呜呜这种好事怎么就没落到我头上""好想发朋友圈"诸如此类的复杂眼神。

好在温衍是个人前要脸、受过精英教育并且有教养的男人，即使气成这样也还是忍住了，没有对一屋子花里胡哨的装饰物暴躁动手。

"温征呢？"温衍铁青着脸说，"让他滚过来解释！"

温征怎么可能干坐着等他哥来找他算账，他当然早跑了。

点了一盘子鲜生蚝，盛诗檬就吃了两个，然后温征说临时有事，提前结束了这次约会。

她向来是个听话的女朋友，虽然不舍这一桌的吃食，但还是乖乖跟他离开了餐厅。

路上，温征一边开着车，目光看起来很专注地注视着前方路况，一边又不知道在想什么，时不时突然笑出声来。

"你到底在笑什么啊？"盛诗檬不解，"笑一路了。"

温征仍是笑着，语气闲适："没什么啊。"

盛诗檬想起之前在餐厅里温征跟她说的，好奇问道："那个要解决终身大事的人是你朋友吗？你这么替他开心。"

"不是朋友。"温征顿了顿，说，"关系比朋友还深。"

然后不知怎的又补充："男的。"

"我又没问性别。"盛诗檬也笑，"那是求婚咯？"

"嗯，你猜出来了啊？是求婚没错。"

"那你刚刚怎么也不过去送一声祝福？"

温征挑了挑眉，懒散道："不用，我跟他之间不讲究这些客套。"

而事实是因为不想当场被打死才没去送祝福。

盛诗檬颇有些遗憾地说："你要是去的话我也能顺便见证一下。"

人生来就爱八卦，她还没见过真正的求婚场面，以前都只是在电视上看到过。不知道现实的求婚会不会有那么浪漫。

温征问："你喜欢？"

盛诗檬说："没有女孩子会不喜欢吧。"

温征吊儿郎当地问："那下次我也给你弄一个？"

"啊？不用了。"盛诗檬摇摇头，"你已经对我够好了，能跟你在一起就已经很幸福了，我不奢求这些东西。"

温征轻笑，然后继续开车。

她是个拎得很清楚的姑娘，平常甜言蜜语说得再多，也紧守着底线，绝对不越雷池。

温征这种游戏人间的浪荡公子哥，享受恋爱，享受女人看他时深情脉脉的眼神，却不喜欢女人将这种享受误以为是独一无二的爱，而向他奢求更深一步的身份。

他突然起了逗弄她的心思，语气有些漫不经心："那如果今儿是我跟你求婚呢？你会答应吗？"

盛诗檬略有些诧异地侧头看他，温征对她一笑，又重复了一遍刚刚的问题："嗯？答应吗？"

"我们之间差得太多了。"她前一句是真话，后一句则是将自己放在了低姿态的位置，轻声请求他，"所以别再说这些让我会做美梦的话了好吗？"

温征倏地一怔，突然蜷指握紧了方向盘，心口处好像也正被一只手握住，有些酸胀发涩。

他张了张嘴，似乎是在酝酿一段很长的话，但最后还是低声道："好，不说了。"

盛柠从跑出来的那一刻就后悔了。

因为对资本家恶作剧的下场，是难以预料的。

人的脾气就是来得快去得也快，捣蛋的时候满脑子想的都是怎么得罪对方，冷静下来后才意识到自己闯了什么大祸。

而且最重要的一点，因为跑得匆忙，她的羽绒服还寄放在餐厅忘了拿。

低头看了眼自己身上穿的这条裙子，好看是好看，但外面零下的温度，再好看也没法穿着去室外。

盛柠叹了口气，只好折返回去拿外套。

"温先生走了吗？"

服务员语气温和："请问您说的是哪位温先生呢？"

他们餐厅今儿招待了两个温先生呢。

盛柠："啊？"

她很快反应过来，温征也是温先生。

她刚想说是那个叫温衍的，然后就看见那位温衍先生正站在她的不远处，面若冰霜地看着她，胳膊上挂着的是他自己的黑色大衣，还有她的羽绒服。

温衍是真被气着了，短短时间内被俩小王八蛋耍着玩，尤其是面前这个，竟然还敢回来。

"胆子很大，还敢回来。"

这时候她的双脚不受控制，转身就想跑。

他大步上前，迈开长腿三两步追过去，一把拉住她的胳膊，将她强行转了个身扯回来。

盛柠被抓着胳膊跑不了，只能认命地接受他那冰刃子一般的目光。

温家人都是那种精致漂亮的长相，主要是因为老爷子温兴逸长得本来就不错，年轻的时候是典型的北方帅哥，浓眉大眼、高挺俊朗，那双眼睛也是浓烈深邃，眼神扫过来的时候总让人觉得坚毅沉稳。

温衍和温征的母亲祖籍苏沪，俩儿子都遗传了父母各自的一半基因，所以又有股斯文劲在骨子里头。

男人此时虽然生气，眼神盛怒，但没有那种要将眼前人杀之而后快的情绪。

所以她今天应该死不了。

盛柠咽了咽口水，挣了下胳膊说："温先生，男女授受不亲啊。"

男人嫌弃地瞥她一眼，然后松开了她。

"老实点，跑什么跑。"他将羽绒服扔给她，"你再跑能跑到哪儿去？"

盛柠抱着羽绒服，小声询问："……所以误会解开了吗？"

温衍反问："你说呢？不然跟你似的只管跑？"

那大概率是已经跟那些服务员解释清楚了。

"您就当是练习呗。"反正祸也闯了，人也耍了，盛柠索性破罐子破摔地安慰他，"您以后总要跟女朋友求婚吧。"

温衍从喉间溢出一声不屑的冷哼，不想搭理她。

盛柠看他这种反应，不自觉想象了一下那个求婚场面，男人连单膝跪地都不乐意，长身玉立般地站在他的求婚对象面前，然后一脸冷漠且高傲地对对方说——

"我打算和你结婚，如果你愿意的话那就跪下叩谢圣恩吧。"

"……"

她被自己这个想象无语到，不再说话。

电梯里这会儿只有他们俩，盛柠保持沉默，温衍则因为刚刚的冲击实在太大，导致他一时半会儿还没办法把情绪恢复过来。

活了这么多年，哪儿碰上过这种乌龙。

电梯不知是在第几楼停了，门打开外边却没人进来，男人以为到了，迈开步子就要出去。

盛柠："还没到啊！"

她下意识去抓他的胳膊。

温衍回过神来，脸色微愠，立刻甩开她的手。

"别碰我。"

盛柠真是服了。

他刚刚抓她的胳膊，她的反应都没这么大。

他一个大男人，自己还是隔着衣服碰他的，他敏感个屁。

电梯门又给关上，盛柠眯了眯眼，故意走近了几步。

"您不会是有恐女症吧？"

所以他亲近的下属全都是男人。

她高高仰着头看他，脖子往下那一片没有首饰点缀。温衍俯视她的时候，下意识往下看了眼，黑裙映衬下，只看到锁骨往下处雪白得有些刺眼。

男人很快侧开眼，沉着嗓音说："我恐没皮没脸还不好好穿衣服的汤圆。"

盛柠知道温衍说的就是她，她之前就听见他说过好几次汤圆了。

她低下头，看了眼自己身上这条小黑裙。

裙子的领口其实在一个刚刚好的位置，既显脖子长又显锁骨，布料包裹着弧度，也没露什么危险的地方出来。

实属正常得不能再正常。

要是别的人说她，她可能会满不在乎，或是干脆反驳，说你什么封建眼神。

但换成是眼前这个男人，她一直觉得自己和他扯不到除了钱以外的事，他是甲方，甚至说是她的临时上司也不为过。

所以在被他点出来男女之别的时候，她心里不是害羞，而是莫名的尴尬和别扭，仿佛被长辈抓包看小电影的那种尴尬。

"……"

盛柠退后，立刻将羽绒服穿好，再将拉链往上死死一提。

温衍看她终于把自己又给裹严实了，抿抿唇，一直紧绷着的喉结恢复上下吞咽的动作，看起来像是松了口气。

两人全程再没有任何交流，好在这时候电梯到了，令人窒息的氛围终于结束。

温衍自顾走在前面，盛柠始终和他保持着两个身位的距离，在他后头跟着。

车子停在刚刚的位置，温衍敲了敲车窗，没有反应。

他走到前面一看，司机不见了。

"……"温衍蹙眉"啧"了声，只好打电话给司机。

司机一开始原本在楼下等着，心想温总和盛小姐一时半会儿估计解决不了二少爷和他女朋友那档子事，再戏剧点指不定兄弟俩直接在餐厅里动起手来。

上司的家务事不要插手，这是做下属的基本素养，所以司机只敢在心里想想，要他多管闲事还特意上去劝架那是不可能的。

在车里边等着边刷短视频，觉着没啥意思，就打算下车去附近随便溜达溜达。

谁能想到这么快，就上个洗手间的工夫，温总回来了。

司机在电话里连声道歉，表示马上赶回来。

"算了，你今天直接下班吧。"温衍淡声说，"我自己开。"

论性格，温衍绝对算不上是那种亲切近人的上司，但上司毕竟是上司，能跟下属打成一片的上司全国都找不出几个来。温衍虽然不好相处，但也绝不是那种会随便发脾气，一点也不肯体谅下属的野蛮上司。

因而跟在他身边做事的人只要把自己的位置摆正，不想着要跟温总建立比上司下属更深一层的关系，把和温总的相处纯当作是工作，就会发现温衍这个上司虽然面冷，但事少，比大多数老板都好伺候。

司机知道这是让他下班回家休息的意思，心情立马明朗了起来。

"那温总您路上小心。"

挂掉电话，温衍抬下巴指了指车，对盛柠说："上车。"

又能享受大老板的司机服务？

盛柠计上心头，打开了后车座的门。

温衍仿佛知道她心里那点小九九，冷着声问："我是你司机吗？"

盛柠抿唇，只好坐上副驾驶。

温衍问她是不是回学校，这次盛柠脑子清醒，不想为了浪费他那一点微不足道的油费搞得自己又没法享受公寓之夜。

"我去博臣花园。"

温衍目光专注，正打着方向盘倒车，漫不经心地问："搬进去了？"

盛柠点头："毕竟是您送的房子，我总不能让它暴殄天物吧。"

温衍挑了挑眉："我看你住了才是暴殄天物。"

他又开始了。

由于刚刚在餐厅已经狠狠让这男人丢了回脸，所以盛柠此时心情还算不错，不想跟他抬杠。

她龇了龇牙，平静地回了声："哦。"

没有反驳，温衍状似无意地瞥她一眼，看她用半个后脑勺对着他，一副不想跟他多说话的模样。

男人蹙了蹙眉，莫名觉得这一路上，这姑娘要是不跟他犟嘴打发无聊的开车时间，实在没什么意思。

车子开了没多久后，温衍接了个工作上的电话。

一直没说话的盛柠很快听出来他是在和人说峰会的工作。

她瞬间就想到了自己，等温衍挂了电话后，盛柠思索片刻，还是决定问一问他。

"您之前答应过我的合同，还有帮我把署名权拿回来的事。"盛柠顿了顿，没什么自信地问，"您还记得吗？"

温衍淡淡回："记得。"

盛柠的眼睛立刻亮了起来："那您——"

还不行动起来，磨蹭什么呢？

"我是说过要帮你。"温衍问，"但到目前为止你回报了我什么？"

盛柠张了张嘴。

是，至今为止两次试图破坏小情侣的约会，好像每次都没使上什么力气。

也难怪温衍觉得她光拿钱不干事，刻意拖着合同不让她安心。

盛柠立刻向他承诺："这两次都有不可抗力的意外，您弟弟这次求婚没成功，肯定还会再求第二次。等下次他求婚的时候我就跟我妹妹说，她要是敢答应，我把她腿打断。"

"……"

还求婚？

他那个弟弟怕是压根儿就没打算求婚，今天这场闹剧就是刻意设的局耍他玩的。

温征态度坚定，为了要娶盛诗檬甚至不惜跟家人闹翻，但是目前为止所干的每一件事却都像是在胡闹，他突然有点捉摸不透这小子到底想干什么了。

"再说吧。"温衍说，"我最近比较忙，你的事得往后放放。"

"我知道您是在忙峰会的事。"盛柠说，"我也没催您，您别忘了就行。"

"你不用忙峰会？"温衍问，"戴春明这次不带你去？"

上次对戴春明说了那番话，按理说戴春明应该不敢再给自己侄女开后门了。

温衍知道戴春明最看重的学生是盛柠，侄女去不成，应该是会带盛柠去。

"您太看得起我了，他带不了他侄女也不可能带我。"盛柠抿唇说，"这次峰会去不去得了我无所谓，我现在就只想赶紧把署名权要回来，抢我署名权的那个学妹，不仅是戴春明的侄女，她妈妈还是教育局的。"

温衍："教育局？"

盛柠点头："嗯，有背景的。"

温衍"哦"了声，不屑一顾道："那又怎么样？"

"那本书马上就要对外发行了，首印有几十万册。"盛柠垂眸，放低了语气说，"真等发行了以后再要回署名权，也没什么用了。"

没有人能承担起这么大的损失，无论是出版方还是发行商。

所以戴盈盈和戴春明才会有恃无恐，他们什么都不需要做，就算盛柠闹出了点水花，只要等到诗集上市发行的那一天，署名权问题就没了回旋的余地。

书虽然是文化人写的，但卖书是商人的活。

没有商人会愿意为了这么一个小小的译者名字的错误，把已经卖出去的书再回炉重造。

温衍就是一个商人，他怎么可能不懂。

"有我帮你你担心什么？"他淡淡地说，"你先把那些证据交给陈助理，他会看着处理。"

盛柠听他这皇帝般发号施令的语气，不知怎的突然放下了心。

"谢谢您。"她犹豫片刻，还是决定认个错，"那什么，刚刚在餐厅对您做那种恶作剧，我向您道歉。"

温衍扯了扯唇。

这个两副面孔的汤圆。

有了他的保证，盛柠的态度立马又好了起来，一直到车子开进博臣花园的大门。

"快到了。"盛柠客气道，"您要上来坐会儿吗？我给您泡杯茶？"

温衍挑眉，"嗯"了声："成，我上去坐会儿。"然后就要找地方熄火停车。

盛柠愣了。

她刚是说客套话，他怎么还当真了。

"……您真要上去坐啊？"

"那是我的房子。"温衍不以为意，故意问，"我上我房子坐会儿怎么了？"

对哦，这房子现在还是他的呢。

盛柠只好又搬了个别的借口出来："温先生，大晚上的，您去一个独身女性家做客，不好吧？"

以男女之防为借口，他总不好再坚持了吧。

温衍果然一愣，喉头微哽，嗓音低哑了几分。

"……你脑子里都装的什么。我能对你干什么？"

盛柠装傻："我装什么了？"

"装什么你自己心里清楚。"

盛柠嘴硬得跟块石头似的："不清楚。"

温衍轻哼，话锋一转："行，就算我想对你干什么，你又能怎么样？"

说到这儿，他侧眸看她，语气轻慢："这一整片都是我的地方，你逃得了吗？"

傲慢、嚣张，而且有刻意炫富的嫌疑。

温衍一向严肃刻板，突然说这种话，即使盛柠听得出来他是在开玩笑，也有些慌了。

见她倏地睁圆了眼睛，男人眉梢一挑，唇角勾出似有似无的淡淡弧度。

"你眼珠子快掉出来了。"温衍心情不错，遂不再逗她，"行了，我就是去借个洗手间。"

"……"

盛柠在心里大大舒了口气。

这个阴险资本家要吓死她，等她出人头地那一天，要做的第一件事就是找最好的外科医生，把他的嘴给缝上。

可惜现在她还只是个在大老板面前没什么话语权的小社畜[1]。

于是她只能暂时忍辱负重，毫无灵魂地恭维道："温先生大驾光临，我的洗手间真是蓬荜生辉。"

男人骄矜地"嗯"了声。

盛柠突然想起公寓里吃了一半的炸鸡外卖还没收拾。

算了，没收拾又怎么样，他就算嫌弃那也管不着。

她眼珠子一转，突然又有些后悔因为太喜欢这套公寓而不忍心破坏它的整洁。早知道他会过来查房，她就把屋子弄乱点，像他这种连穿个衣服都那么一丝不苟的男人肯定看不惯乱糟糟的屋子，兴许下次再想来查房的时候就会被劝退了。

她正胡思乱想，这时候兜里的手机振动了几下。

是盛诗檬发来的消息。

盛诗檬："你怎么不在家啊？去哪儿了？"

盛柠心里一跳："你已经回公寓了？"

盛诗檬："啊，刚回来。"

盛诗檬："还好是密码锁，否则我就得在门口蹲着等你回来了。"

---

[1] 网络用语，指被工作占据大部分时间的群体，是一种自嘲的说话方式。

第 6 章

房东查房

如果被温衍看到盛诗檬在她家，盛诗檬不但知道这套公寓的存在，而且住在这里的事情就会暴露。

平白无故一套市价几百万的公寓砸在盛柠头上，以及这套公寓还是兴逸集团名下的有名的公寓品牌之一，如果盛诗檬真的被蒙在鼓里，对姐姐和男朋友他哥的合作一无所知，就一定会怀疑这套公寓的来源，绝不可能心安理得地住在这里。

温衍不傻，他为了试探她，甚至在合同上要了心眼，他一定能猜得到是姐妹俩在联手套路他。

此时温衍已经和她一块儿等电梯。

盛柠抬起头，面前的电梯门正好打开。

温衍先一步迈步进去，回头看盛柠愣在原地，沉声催促。

"愣着干什么？带路。"

来不及赶人了，要是这时候赶人一定会得罪他。

盛柠进了电梯，慌乱的手在屏幕上快速打字，让盛诗檬赶紧找地方躲起来。

盛柠隔着屏幕都能感受到盛诗檬知道温衍要上来之后的慌乱。

盛诗檬："我躲哪儿啊啊啊啊啊！"

盛诗檬："躲洗手间行吗！！"

盛柠："他就是来借洗手间的你不是找死吗！"

盛诗檬："……"

盛柠："躲二楼去，他肯定不会进我卧室。"

盛柠："快点，电梯到二十楼了。"

温衍虽然性格不怎么样，嘴又毒，但这么长时间接触下来，他在别的方面还是挺绅士的。

盛柠就是知道这点，才放心把洗手间借给这个男人。

盛诗檬："躲好了！！"

收到这条消息，盛柠狠狠松了口气。

从刚刚到现在，温衍见她一直死盯着手机，一会儿拧眉一会儿舒眉，表情十分扭曲。

他疑心道："你是不是在那屋子里藏了什么见不得人的东西？"

盛柠立刻否认："怎么可能？"

"那你慌什么？"温衍嫌弃地看着她，"脸都拧巴成一团了。"

盛柠摸了摸脸，"没有啊，"见他依旧没有收回审视打量自己的目光，又说，"就是我把屋子弄得挺乱的，怕您看到了觉得我不爱收拾。"

"你还会怕这个？"温衍觉得有些好笑，睨着她散漫道，"总算有地方像个姑娘了。"

盛柠皱眉："您这话什么意思啊？"

温衍语气平平："没什么意思，只要屋子没炸，乱成什么样都跟我无关。"

盛柠这么说，他还以为屋子能有多乱。

结果一进门，屋内敞亮，一楼的格局简单，玄关迎面就能看到客厅，和第一次来的时候没什么区别，除了多了些她自个儿带过来的东西。

盛柠想的却是盛诗檬这丫头，躲起来居然也不知道帮她关个灯。

水电费温衍可不帮她交，她还要自己出钱。

不过温衍没注意到这个细节，甚至连盛诗檬的鞋都没收起来，还扔在换鞋垫上，他也没注意到。

估计是默认成盛柠的了。

男人视力好，看到了客厅茶几上吃了一半的炸鸡外卖。

没什么特别的反应，他又平静地把视线挪开了。

盛柠硬着头皮问："我给您泡杯茶吧，您要参观吗？"

"没兴趣。"他直接说，"茶不用泡了，我就借个洗手间。"

原来真的是来借洗手间的。

还好刚刚她机智，没让盛诗檬躲洗手间。

"那您去吧，洗手间我都还没用过，很干净。"

温衍"嗯"了声，推门走进洗手间。

他没有要上洗手间的念头，刚刚纯属一时兴起，想看看她那副虚伪客套的样子什么时候露馅，就顺着她的话说要上来坐坐。

结果就真的上来了。

虽然是他名下的公寓，但到底现在是姑娘在住，温衍没有参观异性公寓的变态癖好。

他打算在里头待个两分钟，然后做样子洗个手就出去。

于是在这两分钟里，他无所事事地打量了一下洗手间。

由于是小户型的复式公寓，为了最大限度节省空间，因而洗手间和浴室是合一的。

不过比起普通公寓的户型，博臣花园的公寓布局明显要更小资情调一些，没有一味地压缩洗手间的面积用来填充别的功能型区域，洗手间很宽敞，区域做了干湿分离，甚至还有个不大不小的浴缸。

温衍看到了洗手台上摆着的双人洗漱杯和牙刷，以及置物横杆上的双人份毛巾。

吴经理倒是挺会准备，竟然连洗手间都布置得这么齐全。

浴袍和一次性拖鞋也是双人份的，且有大小差别，很明显是分性别的。

他皱眉，又去仔细看了眼摆在置物台上的洗浴用品。

甚至还有男士专用的。

如果只是普通的品牌，温衍或许还不会多想。

但这些洗浴用品，都是他平常用的。

可见准备这些东西的人有特意用心去打听过他的习惯。

知道他这些私人习惯的，除了家人就是他的私人助理陈丞，而最近跟陈丞走得很近的人。

温衍眯起了眼。

盛柠刚把炸鸡外卖收拾好装起来，见温衍从洗手间里出来，就顺便问了句："您用完了？"

然后还没反应过来，被人一把抓住胳膊拽进了洗手间。

她听见温衍沉声问："你准备这些是什么意思？"

盛柠满脸迷惑，看着洗手间里这满满当当的双人份用品，好半天没有反应。

这是什么？

她也跟温衍的反应差不多，甚至拿起那些洗浴用品看了眼，甚至有男士专用的。

盛柠一个人住在这里，绝不可能会需要这些男士专用的东西。

应该是早就准备好的，包含在公寓的软装部分里。

"我还想问您准备这些是什么意思，您反倒质问起我来了？"盛柠心中也是疑惑满满，"不光这些，还有二楼的那些东西。"

温衍："二楼有什么？"

盛柠刚想说你自己上去看，突然想起盛诗檬还在二楼躲着。

算了，二楼的那些衣服包包算什么，光是这洗手间里情侣用品也足够让一男一女的成年人瞬间明白过来是什么意思。

"这不是我准备的。"盛柠语气坚定，"这是我搬过来的时候就有的。"

温衍微愣，迅速想起一个人。

吴建业。

但现在吴建业不在这里，没法找他证实。

"明明是您让人准备的。"盛柠看他不说话，以为他不相信，急得面红耳赤，"我以为是您想——"

说不出口。

她没那个脸皮。

温衍语气很低，见她有话也不说完，又走近几步，半是逼问半是试探："我想怎么？"

盛柠被逼得后退，直到背抵上墙，退无可退，才硬着头皮小声说："包养。"

她说完就紧紧闭上了嘴，侧过头去不看他了。

"我包养你？"他笑了两声，声音暗哑，夹杂着很多让人听不明白的情绪，"难道不是你准备这些来暗示我？"

"没有。"盛柠极力否认，"您相信我，我对谁有非分之想都不可能对您有非分之想。"

温衍："……"

在听到她的真诚解释后，男人的眉头反倒越拧越紧。

他咬着后槽牙，声音里仿佛淬着冰："那是我自作多情？"

盛柠想说是，但又不敢，只能张着嘴，狰狞着五官，喃喃道："反正您真的误会了，我绝对没那个意思。"

温衍好半晌没说话，就在盛柠以为这是暴风雨前的平静时，他说话了。

"我告诉你，我就是真要包养女人。"温衍冷冷道，"也不会找你这样的。"

盛柠倏地抬头，撞上他愠怒又讥讽的眼神。

"我哪样？你看不上我我还看不上你呢。"盛柠来了气，瞪圆眼睛厉声反驳，"我就是堕落到要找男人包养，也不会找你这种老男人。"

两人之间的气氛剑拔弩张，都是犟脾气，谁也不肯给对方台阶下。

终于温衍冷着脸说："最好是这样，我给你房子，你就负责把事给我办好。"

盛柠想也不想地说："我会的。"

"不要跟我耍心眼。"他顿了顿，语气平静，警告意味却更甚，"要不就别让我发现，否则到时候你往哪儿躲都没用。"

她突然浑身一僵，从脚底升起几丝凉意。

当初自信地觉得自己可以骗过温衍，虽然目前为止她和盛诗檬之间的计划没有被发现。但说谎骗人终究是违背事实，无论再怎样万无一失也难免会觉得心虚。

能骗到分手那天是最好，她和盛诗檬是最大的受益方，倘若被发现，难以想象温衍会怎么报复她。

"这些小东西既然我送出去了，就不会收回来。"温衍面无表情地说，"留着自个儿用吧。"

直到门关上，男人离开，盛柠才缓过神来。

她烦躁地抓了抓头发。

也不知道过了几分钟，楼上的盛诗檬确认楼下没了温总的动静，这才蹑手蹑脚地从楼上溜了下来。

她下来后，就看到盛柠站在洗手间门口，气得面红耳赤，胸口还起起伏伏喘着粗气。

"温总走了？"盛诗檬惊疑地看着她，"你怎么了？脸怎么红成这样？"

"……被气的。"

盛诗檬刚刚在楼上躲着的时候听到了下面的动静，她很担心但不敢下来，怕暴露自己最终得不偿失。

不过她没下来的主要原因也是心里肯定，就算温总和她姐姐两个人吵起来，按温总的性格，哪怕再怎么生气，也肯定不会跟一个女人动手。

看现场痕迹，肯定是没动手，她姐除了脸和脖子红了点，没任何外伤。

盛诗檬不解："吵个架而已，他能把你气成这样？"

其实温衍也没说什么特别过分的话，甚至普通人吵架吵急了眼会脱口而出的那些带爹带妈带全家的脏话他都没说，但盛柠不知道为什么就是特别生气。

她叹了口气："不知道，天生跟他犯冲吧。"

温衍狠狠甩上车门。

驱车快速开出博臣花园，偏偏今晚天气不作美，整个燕城都下起小雪，开车不宜过速，油门没法踩到底，于是男人只能憋着火气老老实实按照限速牌上的指标将车开回家。

温宅位于半山郊区，这一片都是安静的别墅府邸区，平日白天里就静，夜间更甚。

车子愠怒的发动机声便在静谧的雪天里显得突兀刺耳。

阿姨还没休息，见到有车子入库，连忙披着外套出门迎接。

"您回来了。"

温衍的头上和肩上还落着一点雪，随着进屋的动作迅速蒸发消失。

他头一回没有像往常那样将外套礼貌递给阿姨，而是脱了直接往沙发上一扔。

他沉着脸问："温征呢？"

"……已经回房间休息了。"

温衍大踏步上楼，紧接着没多久，楼下的阿姨便听见踹门的声音。

她吓了一大跳，然后就听见温征的怒吼。

"我×，温衍你他妈强盗啊！自个儿家还他妈玩踹门这招！"

紧接着是温征一声痛苦的闷哼。

俩兄弟打架算是家事，阿姨也不敢阻止，想着要不要把老爷子叫起来劝个架。

她不知道老爷子还没睡，就睁着眼躺在床上等着大儿子回来，向他汇报今天的情况。谁知道大儿子一回来就踹开了小儿子的房间，二话不说就是一顿暴打。

温兴逸躺在床上，边哼边痛快道："打得好！揍死这个不听自个儿老子话的不孝子！"

负责照顾他的护工一脸黑线，无奈劝道："您赶紧睡吧，行吗？"

家里唯一一个能劝温衍停手的人也选择了冷眼旁观，温征叫天天不灵，叫地地不应，只能被摁在地上接受他哥的毒打。

温衍是军校出身，练过不少形式的格斗，真动起手来温征毫无还手之力，完全被吊打。

"错了错了，我错了。"

温征摸着脸颊"嘶"了声，踉踉跄跄地从地上爬起来，往床上一躺，喘着气认栽："哥我错了，你收着点，别把我打死了，不然咱妈今晚就得从地下冒出来找你算账了。"

"你让妈现在就来。"温衍又踹了床上的人一脚，阴着脸说，"把你一块儿给带下去。"

"……不带这么诅咒亲弟的啊。"温征虚弱地说，"就是跟你开个玩笑，再说你又不是没长嘴，肯定能跟餐厅的人解释清楚啊，至于吗。"

反正揍也揍过了，气也消了大半，温衍不想跟他废话，低声警告："以后老实点。"

说完就要离开。

刚挨了揍的温征浑身还疼着，居然还敢不怕死地凑过去。

"哎哥，我听人说你今天带了个女人去的餐厅啊。"他无比好奇道，"你换新助理了？"

温衍惜字如金地否认："没有。"

"不是助理那是谁啊？你又没有女性朋友。"温征想了想，试探道，"女朋友？"

温衍斜睨他，低声道："你以为都跟你似的？"

"不是女朋友那是谁？"

温衍不耐烦地说："跟你有关吗？"

温征"呵"了一声："你要管我跟女人之间的事，那你跟女人的事我凭什么不能管？

"我可问过了，是个年轻姑娘，虽然我没见到她长什么样，但能被误解成是你的求婚对象，应该长得挺漂亮的吧？头一回见你带女人去餐厅啊，嗯？什么目的？"

"……"

温衍狠狠揉了揉眉心，依旧保持着沉默。

他想起刚刚在公寓里，在看到洗手间里的那些情侣用品后那一瞬间的愣怔和猜想，到之后质问她得到的否认答案，以及再之后两个人的争吵和互相讽刺。

那姑娘的极力否认和眼睛里坚定的抗拒之意，让男人从心底升起一股难以言喻的烦躁。

就算他真有那个意思又如何，她有什么资格拒绝，他很差吗？

还信誓旦旦地说什么就是堕落到要找男人包养，也不会找他这种老男人。

温衍低嗤。

贪财的小丫头片子一个，谁稀罕。

有关于和温衍一块儿去餐厅的那个女人，即使温征挨了顿揍，也仍是什么都没从他哥的嘴里问出来。

早知道就应该让餐厅的人帮忙拍一张那女人的照片。

主要还是怪他当时太心急，一心想着让温衍吃瘪，竟然忘了搞清楚那女人到底是谁。

他哥不说，大不了他自己找人去查。

最好是和温衍有点什么情况的女人，虽然可能性很小。

挨了打的温征也不老实，仰倒在床上喃喃自语。

他是温兴逸最小的儿子，父母虽然是商业联姻没感情，但两家长辈对这个么儿却很是宠爱，从小到大都被保护得很好，因为万事有个长子温衍在前头顶着，所以没吃过什么苦。

被这样宠着长大的孩子通常性格会走向两种极端，一种是开朗善良、见人就笑的讨喜个性，一种则是乖戾叛逆、为所欲为的纨绔个性。

温征显然长成了后者。

他的身量颀长秀气，对女人来说是气质和长相都刚刚好的斯文公子哥，但对上他哥这种又高又会打架而且还练过的男人就显得有些弱鸡。

"早知道当初我也去念军校了。"他撇撇嘴说，"老头子现在对付我都不用花钱请保镖，直接有个现成的儿子给他使唤，真是会做生意。"

"你去？"温衍毫不留情地戳穿他，"那估摸着撑不到两个月就嚷着要退学。"

这话有点伤男人自尊，温征很不服气，一连串好几个问句："什么意思啊？看不起我？一个妈生的，你行难道我就不行？不就是被管得严吗？你看我现在难道就过得很自由吗？"

"吃不了苦的人。"温衍没正面回答，拍了拍温征的大腿，起身，"就继续当你的天真公子哥吧，我回房了。"

温衍要走，温征又连忙坐起身叫住他："今晚的事你会跟爸说吗？"

温衍侧过身，斜睨着他："说了你还有得活吗？"

温征勾唇笑："我就知道。"

"知道什么？"

温征往后一仰，又懒懒地躺倒在床上："你猜。"

温衍没有跟温征打哑谜的闲心，离开了他的房间，再顺手将门一带。

他站在温征的房门前静静伫了会儿，直到父亲的护工过来叫他去父亲房间谈话。

老爷子这时候还没睡，刚刚听热闹听得精神奕奕。

他没有过问为什么温衍要揍温征。

"求婚的事处理得怎么样了？"

"误会。"温衍说，"温征没打算求婚。"

轻描淡写了今晚发生的所有乌龙，包括那些令人头疼的人和事。

温兴逸有些疑惑："那是我误会了？"

温衍淡淡地说："也许是您听错了。"

温兴逸向来放心大儿子，既然他说是误会，那就肯定是误会。

"算他还有点良心，没把事情做得太过火。"老爷子低哼一声，"你就盯着他，看看他到底想干什么，是不是真打算为了个姑娘要跟我这个老子断绝关系，要是真闹大了，你也不用再浪费力气跟他玩什么猫鼠游戏，亲兄弟之间没必要留面子。"

温衍蹙了蹙眉，没有应答父亲的话。

"别人看不出来，我看得出来，你心里其实不愿搭理他们这档子破事。"温兴逸见温衍半晌不作声，又说，"但你现在是咱们家的家长了，爸信任你，才放心让你去处理你弟弟的事。"

温衍："我知道。"

温兴逸点头，再没多说，目光又和蔼下来，柔声道："好，休息去吧。"

温衍看起来手段强硬，做派向来果断又雷厉风行，这样的做事风格确实能解决很多事，但对在乎的人，他始终是心软的。

因而管不住，也控制不了的人和事也多，毕竟他又不是真从实验室走出来的机器人。

温兴逸又怎么会不了解他的大儿子。

温衍也了解自己，当然知道父亲话里的意思。

在和父亲谈完话后，温衍仿佛什么都没发生过似的回了自己的房间。

也不知道半夜几点，他下了楼，把今晚家里负责值班的阿姨吓了一跳。

"这么晚了您怎么还没睡？"

"睡不着。"温衍眉头紧皱，语气低沉，"麻烦泡杯咖啡给我，辛苦了。"

阿姨担忧地看了他一眼，如此年轻的温家主人，眉宇间掩不住的疲惫和烦躁，竟让他看上去比温老爷子还要虚弱。

喝过咖啡，那种疲惫感也没有散去，温衍顿感无奈，终于感觉到自己为温征的事找上盛柠是一件错误的事。

因为很多事情已经不在掌控之中，脱离了他原本的设想，仿佛脱离了轨道的卫星，正朝着一个荒唐的行径越走越远，而他有些控制不住了。

"房东"查完房后，"租客"的心情一晚上都很差。

盛柠叫上盛诗檬，姐妹俩花了点时间，把洗手间里所有用不上的男士用品都收了起来，然后一股脑扔进了不见天日的储物柜中。

"这些东西还挺贵的。"盛诗檬觉得有些浪费，"与其扔在柜子里不用，拿去卖了不是更好？"

她姐对二楼的那些衣服包包就是这个态度，那些用得上的东西她不用要拿去卖，这些完全用不上的男士用品她反倒要收起来，真是很难理解。

"谁知道那个男人会不会哪天又突然阴我一把，让我把这些东西都还给他。"盛柠说，"以防万一还是收起来。"

盛诗檬语气复杂："……温总他不至于吧。"

盛柠反问："你又不是他，你怎么这么肯定？"

盛诗檬说不出话了。

如果是今晚之前，盛柠比温衍早一点看到这些东西，她也会认为温衍不至于，但今晚过后，她不敢肯定了。

盛柠现在很烦，本来一开始只是单纯的甲乙方合作关系，今晚这么一吵，她都不知道以后该怎么面对那个男人。

毕竟是连包养这种不符合社会核心价值观的词都能跟她吵起来的小气男人。

人和人之间，尤其是男人和女人之间，一旦扯上些容易令人误会的关系，哪怕双方真的无意，心境也难免会发生变化。

于是晚上睡觉的时候，她成功地梦到了温衍。

梦里的温衍还是顶着张冻死人不偿命的冰块脸，站在她面前，居高临下地对她说："给你个机会。"

盛柠问什么机会。

"包养你的机会。"

关键是梦里的盛柠不受控制，竟然没有直接拒绝，而是问他："那我一个月能拿多少包养费？"

温衍淡淡笑了两声，英俊的脸上浮现出柔和的神色，似骂似叹地说了声："财迷。"

盛柠活生生被这个梦给吓醒了。

也不知道是不是家里的暖气开得太高，她的额头和后颈处出了很多汗，贴着发丝特别不舒服。

盛诗檬是个夜猫子，她这会儿正躺在盛柠旁边玩手机，见旁边的人突然有了动静，立刻望了过去。

透过手机光，就看见盛柠那张瞪着眼睛惊恐万分的脸。

"你怎么了？"盛诗檬小声问，"做噩梦了？"

"比噩梦还可怕。"盛柠捂着胸口，心有余悸道，"我梦到温衍了。"

盛诗檬猜道："……温总在梦里追杀你了？"

盛柠脸色苍白地摇了摇头："……比追杀还可怕一万倍。"

盛诗檬属实猜不到了，但盛柠又不肯跟她说到底梦见温衍对她做了什么，她只能自己想，脑子里闪过无数画面，几乎是把从小到大看过的、印象深刻的所有惊悚恐怖电影画面都想了一遍，看有没有符合盛柠所说的"比追杀还可怕一万倍"的情节。

结果就是大半夜的自己把自己给吓着了，姐妹俩双双失眠，痛苦地结束了这期盼已久的"公寓之夜"。

令人百感交集的周末结束，紧接着又是周一到周五对所有上班族和学生来说万恶的工作周。

上周温衍有说过，关于署名权的事让盛柠和陈助理交流，盛柠本以为温衍是随便说说，结果周一的时候，陈助理真的给她打来了电话，清晰地给她列出了申诉所需要的所有材料和证据。

可比她写给校方的那封申诉信要求高太多了。

在考证的间隙中还要忙申诉的事已经足够令人头大，好在陈助理出手帮忙，盛柠便趁着没课的时候抽空整理和收集，比她自己一个人像无头苍蝇似的到处找办法维权效率要高得多。

盛柠这周经常不在寝室，她去图书馆的频次变多了，一是可以专心做自己的事，二是盛诗檬这个学渣不怎么爱来图书馆，所以没办法骚扰到她。

图书馆内寂静无声，所有人都低着头，盛柠的手机调了静音，屏幕亮起来的时候，她即刻起身走到了外面接电话。

她本来以为又是陈助理打过来的电话，想也不想接起就是一句："陈助理，申诉的材料我刚刚已经整理好发到你邮箱了。"

结果说话的人完全没有陈助理那种温和的语气，嗓音低沉："是我。"

盛柠一愣，时隔几天又听到这个冷淡的声音，她下意识里有些抗拒。

人为了活在世上，总要对某些人、某些事做出一些妥协的。

"您怎么有空给我打电话了？"盛柠只能想到一个原因，"您弟弟又要求婚了？"

仿佛忘记了那天自己脱口而出的大不敬，她又恢复了平时对他恭敬礼貌的语气。

温衍似乎也忘了那天发生的事，语气疏淡平常。

"不是，跟他无关。"他说，"这周就是峰会，你应该知道吧。"

竟然是峰会的事，盛柠立刻认真回答："知道。"

"你现在来我这儿一趟。"

"您找我有事吗？"

温衍没有回答，只是说："你想去峰会吗？"

虽然盛柠的心里已经接受了因为得罪导师而错失了去这次峰会旁听学习的事实，但对即将毕业的学生来说，每一次这样的学习机会都是无比宝贵的。

倘若真的可以去，她不想因为任何理由错过。

这关乎她的职业规划，以及将来求职时履历上能不能再添上一行漂亮的实习经验。

目前什么都比不上她为自己的未来打算。

盛柠思索片刻，还是决定遵从本心，承认道："……想去。"

"想去就过来找我。"温衍在电话里说，"两小时之内赶过来。"

语气冷淡，真跟上司似的，简直让人难以想象这个男人总是跟她打一些毫无营养的嘴仗的模样。

"如果您愿意给我开这个后门的话，到时候直接让我去峰会不就行了？"盛柠有些犹豫，"为什么还要我特意去您的公司找您？"

盛柠有些想不通，因为属实没什么必要。

温衍那边沉默两秒，端着高傲的语气问她："怎么？怕看见我？"

盛柠否认："没有的事。"

他仿佛聋了似的，又问："盛小姐脸皮这么薄？"

"我说没有，您听不见吗？"盛柠成功被激怒，咬着后槽牙说，"您又不是什么会吃人的妖魔鬼怪，我有什么好怕的？我就来，马上到。"

光是听声音就能够想象到盛柠那副气鼓鼓又不甘愿认输的样子。

挂断电话，温衍将手机交给陈助理。

"我现在去开会，盛小姐来了以后你让她在办公室等我。"

陈助理："好的。"

温衍刚起身，正好办公室虚掩的门被敲响，张秘书站在门口。

"温总。"张秘书说，"翻译协会的几位已经在楼下等您了。"

"我知道，走吧。"

在上司看不到的地方，张秘书向陈助理投去一个辛苦的眼神。

张秘书平时只需要处理温总在集团内的文职工作。陈助理不同，温衍更信任他，有些私人生活上的事也会叫他处理，因而工作也比张秘书辛苦不少。

如果按照与上司的亲近程度算，陈助理的职位显然更高一些。

光是给温总做文职工作就已经够累了，再扯上温总的私人生活，那就相当于是围着温总转，所以张秘书对第一总助的职位并不是很热衷，因而平时和陈助理的关系也不错，偶尔上司没安排活，两个人还会找地方一块儿喝杯咖啡闲聊。

前不久博臣花园的吴经理找他商量有关温总要的那套公寓软装的事，顺便向他打听温总的爱好，他本身也不太清楚那套公寓究竟是给谁住，吴经理问起，就理所应当地以为是温总自己要住。

正好自己平时也有和陈助理聊一些温总的事，譬如像温总喜欢用哪个牌子的剃须液，如果不贵的话他们也买来试试，张秘书从陈助理那里了解到一些，也就直接告诉了吴经理。

最近吴经理没什么机会来总部，所以就老是在微信里问张秘书，拐着弯问温总对那套公寓满不满意。

张秘书哪儿知道，就去问陈助理，陈助理表示他也不清楚。

他如实告诉吴经理不知道，吴经理就非要把他约出来，又请他喝了好几次酒，让他帮忙问问。

趁着和温总坐电梯一块儿下楼的空当，张秘书想了想，还是开口："温总。"

温衍："嗯？"

"博臣花园的那套公寓，您还记得吗？"

温衍顿了顿，语气比刚刚更淡了些："怎么？"

"吴经理让我帮忙问问您，不知道您对那套公寓是否满意。"张秘书说，"如果有不满意的地方，他可以叫人再重新装修。"

职场人情哪。

谁让他喝了吴建业的酒，就只能硬着头皮帮忙问。

然后他听到温总莫名"呵"了声，至于是什么情绪，他没听出来。

温衍："你让吴建业过来一趟，我亲自告诉他满不满意。"

张秘书张了张嘴，很快反应过来："好的。"

然后心里想，必须让吴建业再请他喝一回酒。

几句简短的对话后，电梯到达指定楼层。

峰会召开在即，翻译协会的几个管理层过来找主办方企业开会，最后再次确认当天的流程和各项工作。

前几次来的人当中都有戴春明，但自从上次戴春明和自己的学生在兴逸集团碰上后，他就再也没来过这边和温总开会。

　　今天算是峰会召开前的最后一次会议，所以协会主席也到场了。

　　此次峰会将有分布在五大洲的十五个国家参与，由地方政府牵头，关乎联合国最新发布的跨洲跨洋国际贸易合同公约，因而官商双方都相当重视。

　　"为了避免不同口音可能会带来的麻烦，我们在会议现场安排了中英双语翻译，另外还有法语、西语以及德语的专业翻译人员。"

　　负责说明的人提醒众人查看手边的复印文件。

　　"这是会上同声传译的人员名单，温总您过目。"

　　同声传译是一项非常辛苦的工作，看似短短几小时的会议，尤其是这类国际会议，内容专业性强，词汇术语频率极高，对口译人员的专业素质和心理素质要求都相当高。

　　因此会议全程不可能只用一个翻译，这类高强度的脑力工作，需要口译员之间不断换班，以保证工作过程中头脑思绪清晰且不走神，能在工作过程中迅速解读，并在极短的时间内理解语意，再用目标语言精准且简短地将发言人的意思表达出来。

　　都是精挑细选出来的人，不需要怀疑他们的专业水准。

　　要真有意外发生，整个翻译协会都担不起这责任。

　　温衍相信协会主席的选择，目光并没有在名单上多停留。

　　因为此前双方已经就翻译的问题开过好几次会，所以最后一次会议的时间并不长。

　　主席终于问到温总关于会议后的安排。

　　"会议结束后的酒会，您看是由我们这边为您安排随行翻译，还是您这边自己安排人？"

　　兴逸集团不缺翻译人才，当然这并不影响翻译协会主动请缨为他安排。

　　"我这边有人选。"温衍礼貌回绝，"劳主席费心了。"

　　主席大方道："哪里的话。那温总，我们峰会上见。"

　　会议结束，一行人正要离开，温衍对张秘书抬了抬下巴，张秘书心领神会，立刻上前留住了主席。

　　主席倒是不介意去温总的办公室喝杯茶，欣然同意。

　　他当然猜得到温总应该是有事要跟他说才请他喝茶。

　　"不过温总请我去办公室，应该不单单只是喝杯茶吧？"

　　温衍倒也不瞒着他，直截了当："有个人想介绍给你。"

开完会回办公室的时候，陈助理正要下楼接人。

温衍叫住助理："人到了？"

"到楼下了。"陈助理忍不住说，"我听盛小姐在电话里喘得特别厉害，要不要先让人替她泡杯茶？"

盛柠是个很有时间观念的人，她说立马到，那就绝对会快马加鞭地赶过来。

哪怕她并不知道自己被叫过来到底是要干什么。

虽然平常爱拍一些不着调的马屁，但确实是个做事态度很认真的年轻姑娘。

温衍眉梢略抬，点头道："给她泡吧。"

盛柠虽然不怎么愿意面对温衍，但他终归是她的甲方，哪怕是当成普通工作来看待，甲方要见她，她也不能不来。

她还并不知道自己今天的准时会为自己带来怎样的机会，一心想的就是别迟到，否则又要被冷嘲热讽一番。

由于温衍的办公室和总裁办是挨着的，陈助理带她上楼的时候温衍正好站在总裁办的门口。

撞了个正着。

盛柠心想这个资本家居然没坐在自己的办公室里边悠闲喝茶边等她过来。

她明显是赶过来的，身上还有冷风的味道，素来白皙没什么血色的脸颊也被风吹红了。

那双杏眼依旧很亮，看起来似乎并没有因为前几天跟他之间的误会而受到任何影响。

为温征的事情找上盛柠或许真的是个错误。

温衍和任何人之间都习惯有明确的关系定义，但这些日子以来，他越来越难界定盛柠和他的关系了。

明明让温征和盛诗檬分手有很多的手段，他偏要优柔寡断地选这种最拖延也最不保险的方法，相当于是将成败都压在了盛柠身上，还搭上了一套房子。

房子虽然目前还在他名下，但盛柠已经住进去了，甚至在他的房子里悠闲地吃起了炸鸡，更甚至于，他的下属吴建业完全把她当成了女主人在服务。

很荒诞可笑，简直像喜剧似的。

她那天那样否定，正好，他也不想跟这个眼里只有钱的姑娘有太多私人牵扯。

峰会需要翻译，温衍给她这个机会，让她做他的翻译。

这样就完全是社会关系网中的正常上下属关系，盛柠和陈助理、张秘书这些下属没有任何区别。

之前那些因为各种乌龙导致的误会，以及这几日明明没见面却抛不下的烦躁和困扰，也许就会随着他们之间关系的正常化慢慢消失。

温衍在心里把盛柠算计得明明白白。

与其没见面也总在心里烦她，还不如把她拉到自己面前，看看她到底哪里让他烦，干脆来个以毒攻毒，对症下药。

现在盛柠站在他面前，果然心里就没那么烦了。

盛柠面对温衍，其实还是有几分不知所措，尤其是在现实中看到他，又令她想起自己上周做的那个噩梦。

真是有什么毛病才会做这种又尴尬又可怕的梦。

时隔几天再见到温衍，她努力调节好自己面对他时的情绪，语气平常："温先生，下午好。"

温衍"嗯"了声，明显比她淡定得多："进去吧。"

盛柠以为是要去办公室和温衍单独谈话，还想着今天无论如何都要控制好脾气，哪怕温衍再对她冷嘲热讽，她也要淡定，要做一个完美的乙方，打不还手骂不还口，以甲方为天以甲方为尊，总之先把甲方伺候好再说。

谁知办公室里竟然还有个人在。

翻译协会的现任主席是个四十多岁的中年人，气质儒雅，起身见到盛柠时显然有些意外。

"我记得你是戴教授的学生？"

"是，我叫盛柠，您好。"盛柠鞠完一躬，又立刻转过头看着温衍，"这是？"

"我答应帮你，但没答应要帮你安排好一切。"温衍不咸不淡道，"我只为你提供一个机会，至于你能不能抓住这个机会，全看你自己。"

盛柠盯着他愣了半天。

原来他叫她过来是这个意思。

直到温衍被她盯得撇开了头，不耐地催促："还杵着干什么？"

盛柠立刻回过神，点头说："我会好好表现的。"

好歹这几年也做过不少兼职，跟着戴春明见过不少大人物，她还是有点经验在身上的，因而虽然紧张，却还是能保持着一副落落大方的样子。

因为戴教授的关系，主席之前已经见过盛柠。

戴教授之前很器重这个学生，凡是能带学生旁听学习的会议，他都会带上盛柠。

最近不知什么原因带得少了，特别是这次峰会，戴教授直接提出要带上自己的侄女。

协会的人没什么意见，毕竟只是多带个学生坐在旁边旁听，又不影响什么，只是后来听说被温总这边给否了。

侄女的名额没了，戴教授也没有选择带盛柠。

毕竟是别人的弟子，其他同事也不好问缘由，名单确定后，这事就算过去了。

主席没料到盛柠的出席名额竟然是由兴逸集团钦定的。

他跟盛柠聊了约莫半小时，就以还有工作要处理为由，从温衍的办公室离开了。

"你是个很优秀的学生。"离开前，主席语气温和地对盛柠说，"给你们这些年轻人多一些锻炼的机会是应该的。"

主席走了，办公室只剩下两个人。

盛柠不确定地看着温衍："我刚才的表现还行吗？"

"不差。"温衍说，"你可以去峰会了。"

盛柠懂了他的意思。

一方面直接越过戴春明这一级将她介绍给主席，算是帮她的忙；另一方面也是考察她的专业水平，看她能不能过主席的眼，如果主席肯定她，那么温衍找她当翻译就不算亏。

也就是说，如果她刚刚没有在主席那儿"面试成功"，就算温衍给了她这个机会，她也去不了峰会。

真是怎么都不肯吃亏的男人。

惊喜之余，盛柠又不禁有些好奇地问："那我这还算走后门吗？"

"嗯？"温衍淡淡说，"算半个后门吧。"

半个后门那也是后门。

盛柠不是不懂得知恩图报的人，所以她很干脆地对温衍说："谢谢您。"

"嗯。"温衍这时候已经低头看起了文件，挥手赶人，"你回吧，峰会见。"

盛柠却欲言又止："呃还有……"

"什么？"

"……工资啊。"盛柠茫然道，"给您当翻译没工资的吗？"

温衍抬起眼睛睨了她好半天，问："你是不是忘了你曾经对我说过什么？"

盛柠愣住，仔细回想自己对温衍说过的每一句话。

温衍见她眼神迷茫，脸色微沉："盛小姐的马屁可真是张口就来，过后就忘。"

盛柠还是没想起来，她在温衍面前拍过太多马屁了。

"我记忆力不如您。"她神色为难，"要不您提示我一下？"

"你说如果我需要翻译临时工，随时找你。"说到这里，温衍刻意稍稍加重语气，"免费。"

盛柠恍然大悟。

她想起来了。

可是她当时那么说，是在温衍跟她玩合同陷阱之前，是她以为温衍真的是一只特别好薅羊毛的资本羊的时候。

盛柠不想认账，于是只好找别的借口试图对他进行道德绑架："您这么有钱，连一个临时工的工资都要省？"

"我是在给你上课。"温衍面无表情，"让你知道以后跟人说话一定要过脑子。"

盛柠无法反驳，抱着最后的希望问："您真的不给工资？"

男人铁面无私地说："不给。"

盛柠又试图跟他讲法律："可是您这样是违反劳动法的。"

温衍却完全不上她的套，继续无动于衷道："你可以选择不去峰会浪费劳动力。"

"……"

每次只要她对资本家的印象改观了那么一点，他就立马用现实的皮鞭朝她身上挥来狠狠的一鞭，并残忍地告诉她：永远不要相信资本家的良心，都是假象。

盛柠耷拉着脑袋，语气恹恹地说："您这是在白嫖我。"

温衍被这句控诉惊得莫名哽了下，错愕地看向她，语气严肃地斥责道："……你一个姑娘家说话能不能矜持点。"

盛柠刚想跟他解释关于"白嫖"的真正含义，又听他低声为自己辩解："都没碰你一根手指头，哪门子的嫖？"

"……"

第 7 章

共度一夜

气氛现在很焦灼。

看着这么年轻的一个男人，没见面之前盛诗檬就天天在她耳边念叨他有多帅。第一次和他见面的时候，整个高翻学院的妹子都恨不得凑上去围观，就连她见到他后也是愣了半天，没想到兴逸集团的大老板竟然会这么年轻。

盛柠也是实在想不通，他明明离那种泡枸杞戴佛珠养生的年纪还有段距离，思想怎么能比她爸还古董。

真白瞎这么一张眉清目朗的脸。

如果对他解释她说的白嫖不是他想的那个白嫖，那就等于是不给他面子。

他现在是她的甲方兼临时老板，盛柠是绝对不想得罪他的。但是不解释又会被他认为是那种不知廉耻、口无遮拦的姑娘。

峰会在即，她好不容易能去，绝对不能再犯之前在公寓里那样的错误了，万一他又反悔不让自己去那怎么办？今天这一出岂不是竹篮打水？

再三权衡之下，盛柠决定先忍了。

她虽然不是那种脾气顶好的人，但也不是为了点面子连职业前途都舍得拿来开玩笑的愚蠢之人。

盛柠低下头，做出一副接受教育的虚心样子："哦。"

见她知错就改，温衍恢复冷淡的神色，勉强"嗯"了声，沉声教导："以后说话注意点。"

"感谢温先生的教导，我一定将您的每一句话谨记于心。"盛柠毫无灵魂地道谢，"那我先回学校了。"

温衍抬起眼睛睨她："走了？不继续跟我争取工资了？"

盛柠有些无奈："您不是不给吗？"

男人嗤了声："你以为谁都跟你似的。"

盛柠迷惑地看着他。

温衍语气平平："走之前记得跟我助理说一声你时薪多少。"然后挥手赶人，"回去吧，别在这儿碍我眼。"

他说完就低下了头，一副继续工作的样子。

盛柠好半晌没反应，就那么伫在他面前，垂在两侧的手紧紧攥着，指尖恨不得给手心抓出血来。

温衍感觉到她怒目的视线，抬起头挑了挑眉，问："还不走？"

"您耍我？"

"礼尚往来。"

盛柠气得五官都皱成一团，但仿佛她越是生气，面前的这男人就越是气定神闲。

他分明就是成心不想让她舒坦！

"对了，我刚刚说的白嫖不是您想的那种意思。"她也不打算给他留什么面子了，刻意嘲笑道，"您有空多少上上网，学一下最近的流行语吧。"

温衍蹙眉："什么意思？"

"您自己找别人问吧。"盛柠微微一笑，"走了，温先生再见。"

盛柠昂首挺胸，转身离开。

办公室的门被带上，男人盯着门的方向看了半天。

过了十几分钟，他扔下手中的文件，低低"啧"了一声，拿起放在一旁的手机。翻来翻去翻到外甥女的微信。

一个当明星的人，天天恨不得住在热搜上，应该知道是什么意思。

外甥女回得挺快："有事吗，舅？"

温衍直接问："白嫖什么意思？"

很快收到一张百科解释的截图，附带一句八卦的话："你被白嫖了吗？还是你白嫖谁了？"

温衍不耐烦地回："和你有关系？"

隔着手机不怕被教训，外甥女特欠揍地掉了回去。

"你是不是以为白嫖是会被扫黄的那种意思？肯定是，不然你不会问我。哦，我的上帝，救救我那老土又嘴硬的舅吧。"

"……"

男人脸色微晒，扣翻手机。

盛柠走之前对陈助理把自己的时薪价格又往上说高了一个台阶，工作照办，羊毛照薅，堪堪解了今天的恨。

峰会前几天，盛柠收到一份包含各种专业词汇的文档，满满当当的好几页。

她本科学的虽然也是翻译，但并不是针对口译的专业，考上研究生后才正式接触的口译，相较于其他从大一就开始接触口译的人，她算是入门比较晚的。

虽然戴春明说她有天赋，脑子也灵活，但像这类考验临场反应的活，不提前准备个炉火纯青再上场，她怕自己会议当天说话会紧张得找不着调。

盛柠忙着背词汇，反复观看相同主题的会议视频，也就没空再理别的。

比如盛诗檬。

学渣盛诗檬这学期大四，不考研不出国，在学校的日子天天像过年。

她高三那会儿铆足了劲，早恋分手了，偷偷买的少女漫画和言情小说也不看了，周末也不和朋友们约出去玩了，每天写模拟卷写到半夜十二点，早上四五点就起来背书，咬牙硬生生坚持了一年，功夫不负有心人，奇迹真的在她身上降临了。

盛诗檬毫不犹豫地将第一志愿填到了燕外，至于专业，她不像盛柠，对自己的专业有明确的目标，因为那时候特别喜欢看日本漫画，就填了日语专业。

大学期间，除了上课和养鱼[1]，她有空会给日本电视剧做字幕或是给日本漫画做翻译，盛诗檬的语言理论方面虽然一般，但语感属实不错，主要还是归功于对语言的兴趣大于学习。

但近两年国内的版权意识加强，不少"为爱发电"的翻译组接连跑路，她也就失去了这份兼职。

后来因为盛柠，才拜托了家里有关系的本地室友给她安排到了兴逸集团实习。

至于结果也不用说了，没泡到老板，泡到了老板的弟弟。

最近因为温家那两个兄弟，她找盛柠的机会终于多了起来，结果现在盛柠又再次将她拒之门外。

最近新上映了一部爱情电影，她想约盛柠一块儿去看。

盛柠："爱情电影？你找你男朋友陪你去啊。"

盛诗檬："他从来不陪我看电影的。"

盛柠："那你们平时约会都去哪里？"

---

[1] 网络用语，这里指养备胎的意思。

盛诗檬想了想，回："夜店，酒吧。"

盛柠："……"

盛诗檬没意识到她姐的无语，继续打字："而且最近你没给我什么指示，我好久没和他约会了。"

盛柠："我不搞破坏难道你就不会谈恋爱了吗？"

盛诗檬一愣，没她姐，她好像还真不知道接下来该怎么做了。

以分手为目的的恋爱，要怎么谈？

原本就对这段恋爱不怎么上心，现在更不用上心了，因为反正会分手。

可是不假装上心又哄不到温征，他是个情场高手，但凡她稍微大意，有可能他就看出来了。

盛诗檬深知，男人都是很双标[1]的生物——我可以对女朋友只是玩玩，但女朋友不能对我只是玩玩。

于是她给温征造成了一种她很爱他的错觉，温征却对此浑然不知。

两个人最近没什么约会，她没主动约温征，温征也没主动约她。

温征最近找他哥找得很勤快。

主要是游戏才刚刚开始，温衍最近却没听老头子的话管他和女朋友的事了。

温衍不管他，他就自己凑上去问。

温衍回他一个字，忙。

温征每回去公司找温衍，他不是在外头开会，就是有人在他办公室跟他开会。

温征在会客室等着，咖啡都不知道续几杯了，然后秘书过来一脸歉疚地告诉他，温总外出应酬了，应酬完后会直接回家，今天不回公司了。

见不着人，温征只好给温衍打电话，问他最近到底在忙什么。

"我跟你说了你能帮我分担吗？"温衍语气冷淡，"老实做你的甩手掌柜吧，不会少你那仨瓜俩枣的分红。"

他哥不愧是他哥，如此高强度的连轴工作下，虽然声音里都带着藏不住的疲倦伤神，但说的每一个字竟然还能精准嘲讽到他。

没温衍帮老头子盯着自己，温征满肚子的坏水也没地方使，觉得颇没意思。

和盛诗檬的约会也慢慢恢复到了平常的状态。

像他们圈里的纨绔子弟，最喜欢泡的就是盛诗檬这种长相清纯的大学生，涉世未深、心思单纯，特别好欺负，也特别好哄。

---

[1] 网络用语，双重标准，对同一事物会做出不同反应、判断的行为。

他们不喜欢那种对付男人游刃有余的女人，玩玩还行，真交往起来，谁知道会不会哪天就绿云压顶。

温征喜欢带着盛诗檬去各种夜店酒吧玩，把她介绍给自己的狐朋狗友们。她不习惯这样声色犬马的场合，总是一脸乖巧地依偎在自己身边，旁人见了都起哄，羡慕他有个像小白兔一样的女朋友，作为男人的虚荣心也能得到无限满足。

但是自从上次求婚乌龙后，温征有些不爱带盛诗檬去那种地方了。

不去那种地方，他们又没去过别的地方约会，温征浪荡惯了，一时半会儿也想不到普通小情侣尤其是像盛诗檬这样的大学生，平时会去哪里约会。

他琢磨了半天，还是决定给盛诗檬打个电话。

否则小姑娘见他这么些日子不联系她，会不会以为他又要甩她，然后一个人担惊受怕又不敢给他打电话问。

盛诗檬接到温征电话的时候，她刚为自己买好电影票。

"你今天有安排吗？"

"有。"盛诗檬说，"我打算去看电影。"

"看电影？"温征的语气紧了紧，"和谁啊？"

盛诗檬："我一个人去看。"

温征突然笑了："你一个人去看电影？"

"对啊。"

"那你交男朋友干什么？"

盛诗檬一愣，迅速理解他的意思，问："可你不是不喜欢看电影吗？"

以前她说想看电影，他都是直接给她转好几倍的电影票钱，让她约同学朋友去看。

温征那边沉默了几秒，说："偶尔也看，要不要我陪你去看？"

同学们都忙，盛柠也忙，盛诗檬觉得一个人去看电影实在有点心酸，本来都打算不去看了，既然温征主动说要陪她，她自然也没有拒绝的理由。

她要看的是一部非常文艺的日本爱情电影。

文艺到什么地步呢？几乎所有镜头都是静态的，喜欢这种风格的会觉得很唯美，不喜欢这种风格的就会觉得很无聊。

看电影之前她给温征打过预防针，但温征没多在意。

然后果然，男人对这种文艺的爱情电影大多是没什么兴趣的。

陪她看了没有半个小时，温征就有些犯困了。

盛诗檬自己看得投入，偶尔瞥一眼身边的男人，发现他竟然睡着了。

她有些无语，又有些好笑，没打扰他睡觉，接着看自己的。

文艺的爱情电影，连 BGM（背景音乐）都是不吵闹的，温征一觉睡到了电影结束。

看完电影出来，温征问她电影票多少钱，他转给她。

盛诗檬却说："不用，我请你。"

温征还从来没被姑娘请过客，觉得很新鲜："真的假的？"

盛诗檬点头："真的啊，以前我们约会，你总是带我去一些很高档的地方，我肯定请不起啊。看个电影我还是请得起的。"

后来她想买杯奶茶喝，温征说要给她买，她也说便宜，就没让他付钱。

盛诗檬问他要不要喝奶茶，温征说不用，他不喜欢甜的。

也是，他又不是二十出头的纯情大男生。

盛诗檬没在意，站在奶茶店门口排队。

她长得漂亮，温征个子又高，穿了一身名牌，排队的时候很多人在悄悄看他们。

排队的情侣很多，腻在一块儿小声说话，温征见他和盛诗檬之间还有一指的距离，于是凑近了些牵上她的手，她诧异地看了他一眼，男人只是无声地冲她笑了笑。

温征的车子停在电影院的马路对面，他们要穿过天桥走到对面去。

盛诗檬买好奶茶后，一口一口慢慢喝着，温征看她低头噙吸管喝奶茶的样子跟平常喝酒的样子有些不一样，好像更享受更放松，就好奇问了句："好喝吗？"

她说："蛮甜的。"

温征当然知道甜，他低头，就着她的吸管喝了一口。

味道竟然还可以，没有甜到发腻。

两个人交往几个月，也没什么需要害羞的，见温征好像不反感奶茶，盛诗檬也挺大方，自己喝两口，再递给他喝一口，两个人就这么你两口我一口地喝掉了一整杯奶茶。

和她并肩走了短短的一段路，温征突然意识到，原来不去夜店的恋爱是这样谈的，好像也没什么特别的，可是也不觉得无聊。

他还在发愣，突然听见盛诗檬喊了声："下雪了！"

燕城今年的雪来得十分早，初雪早已过去，今天这场雪下得突然，而且很大。

不一会儿，路边街道就被染成了银白色。

温征有些不理解，他是土生土长的燕城人，早就习惯了这满眼纷白的景色，而她在燕城已经上了三年的大学，为什么每次看到下雪还是这么高兴。

没见过雪的南方人就是这么好哄，几片从天上落下的雪花就能让她笑得那么开心。

盛诗檬走到路边，捧起一堆干净的雪，捏成坨，再捏了一个小的，就这么就地做了个小小的雪人出来。

温征就那么看着她，看她做好雪人后脸上自得其乐的笑。

盛诗檬当然知道温征不会陪她玩这种无聊的堆雪人游戏，将雪人放好以后，又走回了他身边。

"走吧。"

她想赶紧回学校叫同学一起去操场打雪仗。

温征突然想起刚刚他醒来的时候，电影里正好放映的某个镜头。

男人和女人在纷纷扬扬的雪色世界中接吻。

他心念一动，或许是忌惮这街上人来人往，还是没能拉下面子做这么肉麻的事。

他只是捧起她的脸，俯下身子，稍稍侧了侧头，在她一旁的脸颊上轻轻亲了一下。

一瞬即离，仿佛比雪花落在脸上还要轻。

盛诗檬呆呆地摸着自己的脸颊，有些结巴地问："……你怎么突然？"

温征以前也亲过她的脸，不过都是在灯光暧昧的夜店里，一般是玩游戏输了或是旁人起哄，他就揽过她的肩膀在她脸上亲一口。

没玩游戏没人起哄，就这样单纯地在她脸上留下一个吻，还是第一次。

温征似乎也觉得自己这个举动有点傻，特别像那种刚和女朋友谈恋爱没多久的高中生，生涩幼稚得很。

无法解释自己那一瞬间的鬼迷心窍，温征咳了声，摸摸她的脑袋，又恢复了往日吊儿郎当的样子。

"你是我女朋友，亲一口有什么好稀奇的？"

盛诗檬依旧摸着脸颊，刚刚她差点以为自己穿越回了高中，在和第一个交往的男朋友约会。

那时候她和初恋逃掉了自习课，一块儿跑出来看电影。

在回学校前，男孩鼓起了所有勇气，在她脸上留下一个轻轻的吻，结束了这场纯真而青涩的约会。

盛诗檬记了这个吻好久好久。

而在此之前，这种难忘的体会是绝不可能在温征身边体会到的。

盛诗檬："我约会回来了！"
盛诗檬："下雪了！"
盛诗檬："出来打雪仗吗！"
收到盛诗檬的微信，盛柠看了眼窗外。

图书馆内温暖明亮，而外面的夜晚正一片雪白。

以前在老家哪儿见过这么大的雪，即使已经在燕城待了这么多年，每回下起大雪来还是让她激动得不行。

她想了想，还是忍痛拒绝了。

先搞学习吧，天大地大不如赚钱最大。

只是心里想着外头的雪，难免就有些走神。

连身边突然蹦出个人都没察觉到。

"学姐你在看什么？"

盛柠猛地回过头，脸色瞬间就沉了下来。

戴盈盈。

戴盈盈原本也是不想跟盛柠打招呼的，但是她看到盛柠好像在看什么会议视频，于是好奇凑了过来。

她走过来，看清楚了盛柠笔记本电脑上正在播放的画面，神色一紧。

是最近在燕城举行的国际贸易的公开会议视频。

"学姐你不是没有名额吗？"戴盈盈试探地问，"难道你又能去峰会了？"

晦气。

图书馆是待不成了，回宿舍看吧。

盛柠关上笔记本："跟你有关系吗？"

她迅速收拾好东西准备离开图书馆，戴盈盈却不死心，厚着脸皮跟了上来，仿佛一定要把峰会的事问个清楚。

外面的雪越下越大，已经有好多学生下楼打雪仗了。

盛柠烦得很，她真的很想去操场上打雪仗。

但是峰会马上要开，她必须全身心准备，刚刚连盛诗檬的邀请都没答应。

戴盈盈一直跟着她走到图书馆大门口，盛柠索性蹲下抓起一坨雪，转身就朝戴盈盈脸上扔了过去。

戴盈盈完全没反应过来，脸上狠狠挨了一下。

她拍掉脸上的雪，有些恼怒地看着盛柠："你干什么！"

盛柠冷冷地说："你要再跟着我，我就弄一坨更大的塞你脖子里。"

戴盈盈没戴围巾，下意识后退了一大步。

盛柠冷哼一声，背着包离开。

戴盈盈不甘心地看着盛柠离开，她现在满脑子想的都是盛柠为什么要看那些会议视频。

顾不得其他，她有些着急地往教导楼那边跑，直奔戴春明的办公室。

"叔叔！"

办公室的门被猛地推开，正在写材料的戴春明被吓了一跳，缓过神来后颇有些无奈："你大呼小叫的，干什么？"

"这周的峰会。"戴盈盈问，"我真的去不了吗？"

戴春明有些不耐烦。

早就跟她说过很多回，甚至都带着写着她名字的那本《钻与石》去了，是温总那边无意间听到他和盛柠的争执，否了他侄女的名额，所以这次峰会无论如何他侄女都不可能去了。

结果这个做侄女的非但不体恤叔叔，反而一而再再而三地拿着这件事过来诉委屈，实在让人头疼。

"你以为峰会是过家家？谁想去就去？"戴春明重重放下笔，神色一凛，厉声斥责，"这件事你跟我闹有什么用！去不了就是去不了！"

戴盈盈被吼得突然就湿了眼睛，她很不甘心，咬着唇恨恨地说："就算我去不成峰会，叔叔你也绝对不能让盛柠去！"

戴春明反问："我什么时候说让她去了？"

戴盈盈说："我知道您没让她去，可是我在图书馆看到盛柠她在看国际贸易公开会议的视频，难道——"

话没说完，戴春明抬手打断，满不在乎道："盛柠这次峰会没去成，心里难过，所以看看以前的会议视频，这有什么值得你担心的？"

听叔叔这么一说，戴盈盈愣了愣，心突然落了地，轻松地舒了口气。

"所以她一定去不了对吧？"

"名单上压根儿就没她的名字，她怎么去？难道她还能偷溜进去？你当峰会现场的保安都是吃素的？"

"行了，盈盈，你也别委屈了，等下次再有机会，我一定帮你安排，别为了这么一次落选就萎靡不振。"戴春明柔声安慰，甚至还给她举起了反面例子，"你看盛柠，为了署名权跟我闹翻，以后再有好的机会我都不会给她了，她把自己未来的路给堵死了都没哭，你有什么好哭的？"

听到戴春明的安慰，戴盈盈吸了吸鼻子。

"那叔叔，"她又问，"那本《钻与石》到底什么时候才能预售？"

"不知道，卡在最后一审上了，过了立马就能卖。"戴春明想到这个也是一脸不解，"这个作家之前的作品已经在国内卖过一轮了，卖得挺好。这次合作的出版社也是大社，不知道为什么审核一直卡着不给过。"

图书网站早就挂上了宣传，书号下来了，封面也做好了，现在连线上线下合作的店铺书店也找好了，发行商给了不低的销量预估，结果却因为审核的问题，书迟迟没有正式上市。

戴盈盈语气犹豫："是不是盛柠的翻译有问题所以过不了审啊？"

"翻译能有什么问题？你不也看过吗？"戴春明说，"盛柠本科是学笔译的，水平和文笔都很不错，否则我也不会让她翻译这本诗集。"

如果盛柠水平不行，他当然也不会把她的翻译文稿拿来为自己侄女的前途铺路。

戴盈盈有些发愁："那是什么原因？"

他们现在就等着书上市，只要一上市，就有几十万的首印量。如果营销得好，之后还会源源不断地加印，到时候盛柠再想把署名权要回来，也是无力回天。

"不清楚，改天我再去他们出版社问问吧。"

戴盈盈知道这些东西都不是自己的。

原文诗集的意境是作家的，而那些优美的翻译文字是属于盛柠的。

以她的水平根本翻译不出这样的作品，才急于想要将它彻底地从盛柠手中拿过来。

"叔叔你说，审核一直卡着不会跟温先生有关吧？"

毕竟她曾亲眼见过盛柠上了温先生的车，而且她去峰会的名额，也是温先生否决掉的。

戴春明其实也有些怀疑，不过他阅历丰富，平时说话做事都比侄女更加谨慎，于是蹙眉斥责道："没证据的事别瞎说，祸从口出知道吗？"

熬了一周的通宵，盛柠总算等到了周六。

早上的闹钟还没响，她眼睛就先睁开了。

这是一般人的共同特征，平时再怎么赖床偷懒都没关系，一碰上真重要的事，体内的生物钟比什么时候都敬业。

室友还在睡，因而盛柠的动作放得很轻，可惜两个人同住一屋总有不方便的时候，她还是把季雨涵给吵醒了。

季雨涵没什么起床气，揉着眼睛从被子里探出头，睡眼蒙眬地问："你这么早就起来了？"

盛柠神色歉疚："吵醒你了？抱歉啊。"

"没事，反正我昨天睡得早。"季雨涵并不在意，又问她，"你今天怎么起这么早？又赶着去图书馆占位置？"

盛柠边收拾东西边说："没，打工赚钱。"

季雨涵眨眨眼："还没到寒假呢，就找着实习了？"

"不是，临时工。"

"哪家公司啊？"

"兴逸。"

"哦，兴逸。"睡蒙了的季雨涵点点头，后知后觉反应过来，睁大眼睛，"兴逸？！姓温的那个兴逸？"

"对。"

"可以啊盛小柠，真抱上大腿了。"季雨涵一下子清醒过来，给她比了个加油的手势，"好好干！加油干！争取从临时工转正，早日成为温先生的心腹红人，升职加薪，年薪百万，外带五险一金加年终奖，买房买车买商铺，走上人生巅峰！"

受到鼓舞的盛柠一下子来了干劲，握紧拳头道："我争取。"

"不过大集团是真的有够卷的，上班时间竟然这么早。"季雨涵看了眼手机，"才七点半！你这通勤时间是要把人榨成人干吧。"

盛柠解释："不是，我是先要去兴逸集团找老板报到，怕迟到所以才起得早。"

"什么意思？"季雨涵不解，"你不是去集团上班吗？"

"我今天去国贸那边。"盛柠说，"峰会在那里开。"

"峰会？"季雨涵的表情有些愣，呆呆地问，"就是咱们学院那几个教授前后忙了一个多月的那个峰会？"

"嗯。"

"哎不是——"季雨涵犹豫了会儿，"你和你导师不是闹翻了吗？"

"所以我今天不是以导师学生的身份去的。"盛柠冲她笑了笑，"是以温先生的临时翻译的身份去的。"

季雨涵惊讶地张大嘴，三秒后从嘴里爆发出惊叫。

"这么说你今天不是去那儿旁听实习的！真是去工作的？

"盛柠牛×！

"牛×！"

盛柠挑了挑眉，做作而谦虚地表示："一般一般，学院第三。"

季雨涵抑制不住兴奋，一下子从床上爬起来，爽朗地表示："那今天我要去本科院的食堂吃早餐，顺便围堵戴盈盈，她平时不是喜欢嘚瑟装谦虚吗？我看她今天还怎么装？"

盛柠这会儿已经准备完毕，临走前冲季雨涵比了个胜利的手势。

"学校这边就交给你了，我走了。"

"去吧，好好干，争取今天一鸣惊人，让温先生对你刮目相看。"

欢欢喜喜送走盛柠，季雨涵以最快的速度洗漱好也出了门，直往本科院食堂狂奔。

她还特意给盛柠她妹发了条微信，叫人出来吃早餐。

盛诗檬想不通季雨涵为什么今天要特意来本科院找她吃早餐，在床上赖着不肯出来，季雨涵就跟她说明了目的。

"替你姐出气，来不来？"

大约也就几秒钟，收到回复："来！"

盛诗檬出来得急，没来得及化妆，裹了件大棉衣就匆匆出来赴约。

她知道戴盈盈的宿舍是哪栋，所以也猜得到戴盈盈今天早上肯定会去离自己宿舍最近的一个食堂吃早餐。

果不其然，盛诗檬拉着季雨涵一进食堂，两个人分头各自转了半圈，就找着了戴盈盈。

戴盈盈本来就因为书被卡审核的事心情不太好，大早上的阴沉着脸坐在那儿喝粥。

突然旁边来了俩人，一左一右地将她夹击在中间。

她左右看了看，认出是盛柠的妹妹和室友，语气不太好："你们有事吗？"

"雨涵姐啊。"盛诗檬置若罔闻，一边优哉游哉吃着自己的油条一边问，"你说我姐今天在峰会上能表现好吗？"

季雨涵啃了口包子说："你姐你还能不放心吗？你以为跟谁似的，肚子里没半滴墨水还想去峰会上丢人现眼。"

戴盈盈表情凝固，瞪着她俩说："你们说什么？学姐她去今天的峰会了？"

"去了啊，你不知道吗？"盛诗檬一脸无辜，"我以为你肯定知道呢，毕竟之前我们院不是都在传你会去吗？"

"传而已，又不是真的。"季雨涵接话，"不还是没去成？"

盛诗檬遗憾地点头："也是，难怪盈盈你不知道了。"

戴盈盈那一刻的表情简直瞬息万变。

"惊讶吧，学妹？"季雨涵说，"你看你都惊讶成这样，戴老师还不得惊掉下巴啊？"

她现在只要想到峰会现场，戴春明见到盛柠时那副不可思议的表情，都替盛柠感到神清气爽。

戴盈盈边摇头边喃喃："她不可能去得了啊。"

"戴老师没让盛柠去，你当所有人都跟他似的心黑眼瞎。"季雨涵冷笑着说，"学妹，告诉你个再简单不过的道理，金子在哪里都是金子，破铜烂铁镀一层金那还是破铜烂铁，放在溶解环境里发生化学反应后就显性了。"

难过、羞耻、尴尬，所有的负面情绪在这一刻淹没掉戴盈盈。

她连早餐都没有心情继续吃，苍白着脸仓皇离开了食堂。

季雨涵和盛诗檬对视一眼，互相击掌。

"回头一定得让你姐请咱俩吃顿饭。"

盛柠出了门，其实她不是头一回跟上班族们挤地铁，但每次挤地铁还是能有全新体验。

人挤人的地铁车厢内，盛柠夹缝中求生，等她终于到了站，地铁里乌泱泱的人也跟着尽数蹿出，她回头看了眼地铁，里面已经空了大半。

上班就是这样，越是在好的地段上班，到站的这一个地铁口就越是拥挤。

没办法，谁让兴逸集团的总部也在这儿。

盛柠在集团附近的咖啡店排队买了杯热咖啡，正好和也在这儿买咖啡的陈助理碰上。

"温总会从家里过来。"陈助理说，"咱们等等吧。"

两个年轻人就这么站在一块儿边喝咖啡边闲聊，比起温衍，盛柠明显跟陈助理有更多话聊，因为署名权的事，她最近频繁和陈助理打交道，这些日子下来也熟悉了不少。

难得老板不在，也还没到上班时间，陈助理不想聊工作，就和盛柠聊起了自己生活上的事。

陈助理是本地人，海归身份，硕士毕业，年纪正好，再加上长得清秀，如果放在相亲市场里那绝对是一块人人哄抢的香饽饽。

但他平常工作太忙，天天跟着温衍连轴转，既要管温衍的工作又要管温衍的私事，实在没什么时间交女朋友，从入职兴逸集团以来就一直单身。

"平时打交道的都是同事，要能看对眼早就看对眼了。"陈助理笑着说，"要不盛小姐替我在你们学校物色物色？对你们学生来说我的年纪应该还不算太大吧？"

何止不大，多少小姑娘巴不得找他这种年纪又有好工作又有房有车的成熟男人谈恋爱。

正闲聊着，不远处一辆黑色轿车冲他们慢慢驶过来。

此时司机也开口提醒后座的男人："温总，我看到陈助理和盛小姐了。"

温衍抬头往外看了一眼。

陈助理还是一身西装，盛柠今天难得没把自己裹成汤圆，修身束腰的过膝大衣，里头是正装裙，脸上化着得体的淡妆，长发扎成利落的高马尾，把文件夹抱在怀中，站在路边和陈助理有说有笑。

"车子来了。"陈助理最先看到车子，走过去打招呼，"温总早上好。"

盛柠也弯下腰打招呼："温先生早上好。"

"嗯。"温衍言简意赅，"上车。"

今天盛柠虽然也是来帮温衍打工的，但平时陈助理坐惯了前面，因而下意识又让盛柠坐在了后面。

盛柠坐在后面，系好安全带，她今天面对温衍时的心态和以前不太一样，态度恭恭敬敬的，不苟言笑，上了车后一句话都没说，默默地喝自己的咖啡看自己手中的专业文件。

沉默的车厢里，老板冷淡的声音突然响起："你们刚在聊什么那么开心？"

"在聊相亲的事。"陈助理觉得没什么忌讳，直接告诉温衍，"盛小姐说像我这样的条件在相亲市场上应该会很受欢迎。"

温衍挑了挑眉，淡声问："你还了解相亲市场？"

"没看过猪跑也吃过猪肉啊。"盛柠说，"陈助理条件这么好，不用想都知道受欢迎。"

陈助理被盛柠夸得心花怒放，一连笑了好几声。

温衍还没见过陈助理对谁能笑得这么开心。

连他助理的马屁她都能拍得这么面不改色，果然是马屁成精。

"那你说说。"温衍扯了扯唇，突然问，"我这种条件的在相亲市场是怎么个情况？"

盛柠："啊？"

陈助理也"啊"了声。

然后司机也跟着"啊"了声。

温衍蹙眉："啊什么你们？"

"啊"是因为老板问了句相当无聊的废话。

他这样的还用去相亲市场了解情况吗？这不在哪儿都是明晃晃的钻石王老五吗？

陈助理摇头："没什么。"

反正问的又不是他，是盛小姐。

司机没说话，继续专心开车。

于是难题就到了盛柠这边。

她侧头打量了眼温衍。

陈助理这种条件的在相亲时都已经算是中上级别，更何况他的老板。

温衍这个级别的已经不能用有房有车这么浅显的条件来衡量，再加上他个子高，人长得也确实很帅。

盛柠看过不少新闻，相亲公园里的叔叔阿姨们图方便，都喜欢把自家孩子的条件用 A4 纸打印出来，再找个显眼的地方迎风挂着，来公园为自己孩子物色对象的父母只要看那张纸上的条件，觉得这孩子不错，一场相亲就这么自然而然地拉开了序幕。

可谓是非常顺应快节奏都市生活进化而成的快节奏式相亲。

她想了想，如果把温衍的条件用 A4 纸打印出来，放在公园里挂着，估计那张纸没几秒就会被抢成咸菜干。

盛柠想了想，老实说："您这样的条件，不出意外应该是在相亲公园会被无数叔叔阿姨包围着要把自家女儿介绍给您的、那种超级受欢迎的绝世极品吧。"

嗯，超级受欢迎的绝世极品。

温衍眉峰微挑，唇角不自觉往上扬了扬，嗓音清朗，傲慢地嗤了声。

"马屁精。"

盛柠："……"

她可没拍马屁。

她和盛诗檬都在父亲盛启明的阴影下长大，盛诗檬是底线明晰的不婚主义，认为男女之间单纯谈谈恋爱就好，至于结婚，那完全就是将自己往柴米油盐的坟墓里推。

而盛柠没有那么极端，她只是不想在生活稳定下来之前就将一部分的精力抽出用来经营感情，学习和工作的成果会带来实际上的物质满足，而感情呢，最多

138

就是精神上的快乐，自然可以排在末尾去考虑。

盛诗檬喜欢享受这种精神上的快乐，盛柠却觉得好好赚钱同样也能获得快乐，男人和钱给女人带来的快乐，在她看来没什么区别。

等将来自己稳定下来后，她或许会去相亲，如果碰上看对眼的男人，那就恋爱结婚，如果没有碰上，那就继续单着，无所谓。

不过按照现在社会上这些良莠不齐的男人的质量来看，她觉得自己一直单身的可能性会很大。

所以刚刚对温衍说的那些话绝不是夸张。

她掏出手机偷偷给陈助理发微信，问她刚刚那个回答是不是过于假了。

陈助理："倒不是说假。"

陈助理："因为真实情况是像温总这样条件的，根本不会去相亲。"

陈助理："这个问题本身就有些无厘头，所以无论怎么回答，从现实角度来分析都不真实。"

谁知道老板抽什么风，突然问这种让下属怎么回答都不太对的问题。

陈助理的回答清晰有条理，盛柠点点头，回："不愧是陈助理。"

这样的男人，除了以上司或甲方的身份和她接触，她连跟他建立朋友关系这个妄想都不敢有。

盛柠非常理性地将温衍排除在了她对异性的想象之外。

她又侧过头看了眼温衍。

刚刚等车来的时候有听陈助理抱怨说最近工作强度很大，天天围着温衍转，忙得像个陀螺，有时候半夜都会接到温衍突然打来的电话。

还好温衍并不是那种只是单纯享受压榨下属劳动力的黑心老板，超出规定时间外的加班，他给出超平均工薪几倍的金钱补贴，让陈助理心甘情愿地牺牲时间来替他工作。

陈助理的原话是，反正下了班也没女朋友陪，还不如趁着单身伺候老板多赚点加班费。

换句话说，陈助理在忙的同时，温衍应该比他更忙。

男人眼下有些疲态，头微微往后仰着，正趁着这段路上的时间闭眼小憩，俊朗流畅的下颌线一览无余，充满男性气息的喉结突出分明，忽然这个地方动了动。

他没睡，察觉到来自身边的视线，睨着盛柠问："看什么？"

声音里带着几分困倦的沙哑，仿佛粗粝纸张，每一个吐字都带着低低的电流声。

盛柠被抓了个正着，这时候装聋作哑反而显得她的视线目的不纯，索性谄媚地说："看您长得好看。"

这回是真的拍马屁。

"……"

男人抿抿唇，低嗤了声，没再理她，偏过头去继续休息，只是这回连侧脸都不给她看了，小气地用后脑勺对着她。

盛柠有些不爽地也抿了抿唇，朝反方向偏过头，将脸对着自己这边的车窗。

周六早上的高架桥上已经有隐隐堵塞的迹象，这时候盛柠总能欣赏到各种各样的燕字牌打头的豪车。

果然等下高架桥的时候，出口短暂地堵了一下。

温衍的这辆轿车浑身黑亮，看起来很低调，恰好旁边就停着一辆颜色很骚包的敞篷跑车。

这个天气开跑车，谁看了不感叹一声勇士。

盛柠怕冷得很，但作死心态起来，还是偷偷摁下了一点车窗，想感受一下吹风的感觉。

因为动作小，车上的三个男人都没有任何反应，他们察觉到了，但对一个年轻姑娘无伤大雅的小动作，并没有说教或打趣的兴致。

只是一点点空隙，盛柠的刘海就被吹得翘了起来。

"嚯。"透过风，盛柠听见跑车上的人正好也在冲她这边感叹，"大佬的车啊。"

她整理着刘海，关上了车窗。

虚荣心上头，盛柠不禁琢磨着自己大约要奋斗多少年，才能拥有这么一辆车，一开出门就会被人认出来大佬身份。

结论却很残酷，一般能开得起这种车的，出生就开得起；而开不起的，这辈子大概率也开不起。

胡思乱想间，车子终于顺着周六也依旧繁闹的车流，开到了目的地——国贸。

峰会在酒店二十层的会议大礼堂举行，此时已经到了不少人。

会议开始前，这里人头攒动，简直是大型社交现场，到处都是交流声。

温衍走在最前头，盛柠跟着陈助理走在他后方两步，一路迎面，不少人主动走过来恭敬地跟他打招呼，温衍一概只是淡淡点头，那骄矜高贵的资本家样子看得盛柠的社畜心态上来，都想替他热情回复那些人的招呼。

这边翻译协会的几个教授早就到了，听人说企业主办方的温总来了，都预备着上前打招呼。

"哎老戴。"一个老教授突然拉过旁边的戴春明问，"温总后面那个姑娘，不是你学生吗？"

戴春明顺势望过去，顿时震惊得睁大了瞳孔。

温总身边跟着好几个男人，唯一一个看着年纪很轻的姑娘就颇为引人注目。

一身的女式正装，打扮简约得体。

戴春明喃喃道："怎么会？"

而盛柠此时也看到了自己的导师，她目光平静，漫不经心地扫过戴春明发量贫瘠的头顶，抬起下巴，淡定且得意地笑了笑。

什么话都没有，光是笑一下，就让戴春明不自觉地感到惊恐，脸色发白，仿佛被自己学生踩在脚下。

会议前的短暂时间也能被这群商界人士用作社交。

陈助理附在温衍耳边小声说："现在朝您走过来的是来自墨西哥的国际物流公司 Fawii 的副总裁。"

温衍"嗯"了声。

正好撞在盛柠的专业上。

英语是世界通用语言，因而会议上的主场语言一定是中英双语。但除此之外，其余国家中将西语或德语作为官方语言或第二通用语言的企业代表她也都差不多记了下来，虽然不知道人长什么样，但有陈助理在旁边提醒，她反应得很快，立刻就能进入工作状态。

后来又来了几个企业代表，陈助理脑子里塞着的东西太多，稍微卡了下壳。

"……我记得是荷兰的一个公司。"

盛柠接话："是不是荷兰皇家航空公司，总部在阿姆斯特丹那个？"

"对。"经提醒，陈助理一下子就想了起来，"就是它。"

温衍有些诧异地看着她，轻声问："名单你也背了？"

"背了，但不知道具体人长什么样。"盛柠说。

陈助理也有些惊讶，更多的是松了口气。

背企业代表的信息是他的工作，他压根儿也没想让盛柠一个翻译替他帮忙背，前几天盛柠问他要了名单，他没多想就给了。

没想到她把名单背下来了。

这下记不住的人名，盛柠也能帮他想起来。

温衍弯了弯唇，轻声对陈助理说："好好带她。"

陈助理："好的。"

会议开始后，盛柠按照自己今天的工作职责去自己的位置坐下。

跟着高翻学院几个教授过来旁听的学生眼睛尖，惊讶地对戴教授说："戴教授，盛柠去翻译席上坐着了。"

戴春明的脸色有些难堪，原本他没给盛柠机会，谁知道她不但来了，还是以和他同职责的翻译身份来的。

但此时会议已经开始，再想问也没机会了。

由主持人用普通话开场，会议期间，翻译耳机里每过十几分钟，就会换一个人的声音。

翻译们是轮流交替进行工作的，温衍听着耳机里不同的人声，也不知过了多久，终于听见了一个熟悉的女声。

"贵国主席曾在 150 个国家参与的国际合作高峰论坛中发表讲话，为响应'一带一路'政策号召，该政策是为聚焦互联互通，深化务实合作，携手应对人类面临的各种风险挑战，实现互利共赢、共同发展的全球贸易合作——"

盛柠坐在翻译箱里，头戴耳机，聚精会神地边注意听发言边用笔在纸上记下简短抽象的笔记，脑内迅速整理出合适的语序，再用话筒表达出来。

等十几分钟结束，下一个接替的翻译冲她肯定地点了点头。

她满头的汗，手指还有些打战，终于抽空喝了口水。

站在一旁旁听的几个高翻学院的学生都不禁佩服地看着她，不知道其中内情的又忍不住去瞥戴春明教授，想看看教授此刻的脸色是怎样的。

戴春明的脸色不太好，青出于蓝而胜于蓝的事实并没有让他感到骄傲和欣慰。

等到会议末尾，盛柠走出翻译箱，打算去外面透透气，离开前无意瞥了眼还在开会的温衍。

作为企业主办方，温衍坐在主位上，面色严肃冷峻。

扫过这一整个大堂的人，盛柠感觉到他的眼神投过来。

她愣了下，不确定他是不是在看自己。

她刚刚表现得还算不错，应该不会扣工资吧？

也不管温衍是不是在看她，打工人也要对大老板展现最真诚的笑脸，于是她冲主位上的男人投去诚意满满的微笑。

对于打工人投来的谄媚微笑，大老板微不可察地勾了勾唇，又迅速把目光挪开了。

接近四个小时的会议结束，紧接着就是社交达人们的天堂——酒会。

酒会就设在大堂的东面大厅，这一层原本就是特意用来租赁给各界人士做社交活动和工作开会的地方，因此装修正式，设施也很全，所有的活动都能在这一层搞定。

自由活动的酒会现场，没了刚刚开会时的严肃，所有人的表情肉眼可见地轻松下来。

盛柠作为温衍的随行翻译，自然是要跟在他身边的。

开会的时候记了一大堆笔记，她还没来得及汇报工作，温衍递给她一杯红酒。

盛柠有些犹豫："工作期间也能喝酒吗？"

"特殊场合可以喝。"温衍抿了一口说，"味道还不错。"

盛柠也跟着抿了一口。

她就一个普通俗人的舌头，喝不出红酒的好坏，硬着头皮夸了句："不错。"

温衍笑了声，没戳穿她。

"你有近视？"

"有，平时都戴的隐形。"

今天起来得早，眼睛有些不舒服，她就没勉强自己戴隐形，刚刚开会的时候要低头看资料，怕分神出错，才特意戴上了框架眼镜。

温衍注意到她戴眼镜是开会的时候。

翻译座席上，盛柠坐在其他翻译身边，无疑是最年轻的那一个。

按个人审美来说，也是最漂亮的那一个。

都是正式而简约的打扮，盛柠戴着眼镜，低头专心为在场的发言代表翻译，低头时银色的镜架因为光线折射，被会议大堂内高亮的照明灯映得发亮，挡住了一双眼睛里的光芒。

现在离近了看，还是一双眼睛最亮。

温衍个子比她高很多，从上往下俯视看到她睫毛很长，几乎要碰到镜片。

睫毛刮到镜片，难道不会难受？

他刚要问，盛柠突然说："有位女士朝您这边走过来了。"

温衍顺着她的目光看过去。

向他们走过来的这位女士五官深邃，棕发棕瞳，肤色健康还透着光泽，身材丰满，个子高挑，正装也被她穿得前凸后翘。

就连盛柠一个女人都忍不住盯着她的某个部位多看了两眼。

好厉害的尺寸。

温衍一个男人倒是比她还淡定，看这位女士时和看其他男人一样目光平静。

温衍个子很高，肩宽腿长，一身笔挺西装，每一处纽扣都严丝合缝，修身的剪裁裹得他的腰线明晰，不输给在场天生占了基因优势的欧美裔男人们，五官面容又是亚洲人的英俊斯文，开会的时候这位女士就心思大动，终于等到自由活动的酒会，立刻上前来找他说话。

她说的是带一些南美口音的英文，能来到今天这种场合，很多大老板的英文水平其实都不错，交流起来不会有障碍。

但像这种多国人士在场社交的场合，毕竟是自己主场，说国语能凸显民族优势，再说翻译不能光拿钱不做事，于是温衍仍旧说的是国语，让盛柠给他翻译。

一开始女士说的都是会议上讨论的东西，语气很官方，专业术语一个接一个。

聊了十几分钟后，话题突然急转直下。

盛柠愣了下，用国语向温衍转达："她问您今晚有空吗？"

还没等温衍说话，女士又开口了。

温衍略带诧异地挑了挑眉，而盛柠和这位女士身边的另一位翻译表情都有些尴尬。

"她问您有没有兴趣……今晚和她一起……吃个晚饭？"

女士和她的翻译听不懂国语，正在等温衍的回答。

温衍听盛柠有些结巴地转达意思，突然勾了勾唇，客气拒绝："抱歉，我有约了。"

盛柠如实转达，这位女士非常潇洒，耸耸肩，端着红酒杯优雅地去找其他人说话了。

等人走了，温衍才对盛柠说："我看你之前在会上表现得还挺像那么回事，怎么到酒会上让你翻译个英文反倒结巴起来了？"

盛柠纯属是被刚刚那个女士的大胆给吓到了。

她完全可以等酒会结束以后，和温衍两个人单独面对面地发出邀请。

旁边还站着两个翻译呢，好歹也考虑下翻译的心情啊。

她脑子本来都塞满了各种术语词汇，突然来了个这样的邀约，谁都会愣。

"您又不是听不懂，心知肚明就行，干什么还要我翻译出来。"盛柠小声说，"这么多大领导大老板在，我总不能说那么露骨的话。"

温衍蹙眉："共度一夜也算露骨？"

"For the night together."

那个外国女士的原话是这样，其实也没有很露骨，更多的是暗示，成年人之

144.

间懂就懂，不懂的话装糊涂就行。对开放的老外来说已经算是相当矜持了，如果不是客随主便，是在她自己国家的主场，估计更劲爆的词都说得出口。

"算。"盛柠跟个封建小老太太似的点头，"要是有人跟我这么说，我能吓死。"

温衍"啧"了一声："你也就这点胆子。"

酒会临近结束，陈助理得了温衍吩咐，先行离开去处理峰会后的一些琐事。

盛柠跟着温衍准备离开现场，她算着时间，眼看着就要下班解放。

结果在电梯里的时候，温衍问她："今天周六，你晚上有没有安排？"

盛柠摇头："没有。"

她打算回公寓继续把之前没看完的电影看完，顺便再点一份炸鸡外卖，这回一定要全部吃完不浪费。

温衍点头："行，那你跟我一块儿回公司。"

满脑子想的都是电影和炸鸡，盛柠一时半会儿没转过弯来，问："干什么？"

问的什么废话，回公司能干什么。

男人面无表情地跟她玩了把黑色幽默。

"跟我共度一夜。"

盛柠瞬间整个人愣住，瞪圆了眼看着他。

"您什么意思？"

看她那被吓得半死的模样，温衍扯了扯嘴角说："你一天天脑子里都装了些什么？"

不是这狗屎资本家先说的共度一夜？怪她思想不纯？

盛柠深吸一口气，决定先忍了，语气不爽地自贬道："……装的豆浆，行吗？"

温衍"呵"了声："看出来了。"

"……"

见她顶着个气鼓鼓的河豚脸不说话，温衍跟她解释。

"今天会议的内容文本需要整理一份书面翻译，你加个班。"

"那您直接说啊，玩什么文字游戏。"盛柠偷偷翻了个白眼，"加班费是翻倍算的吧？"

"加班费？"温衍觉得好笑，"刚那个女人我都没应，待会儿也得回公司加班，你给我加班费吗？"

"这就不是一个性质。"盛柠头脑清楚，逻辑清晰，一点也不给他钻空子的机会，"那位女士邀请您陪她共度一夜，是要你这个人。我是帮您加班，我要的是钱，您当然要给我付加班费啊。"

"哦，要是能省下一笔加班费。"温衍垂眸看她，语气闲适低沉，"你请我陪也不是不行。"

一旦涉及金钱问题，盛柠就没办法保持淡定，她爱钱爱得要死，没钱拿就是玉皇大帝站在她面前也没用。

她再一次在温衍面前因为金钱的问题破防[1]，瞪着双水亮亮的杏眼看着他，不卑不亢地控诉："你都这么有钱了，还要克扣我这个打工人的加班费？你的心怎么这么黑啊！"

---

[1] 网络用语，原指游戏内破除防御，现多用于生活中因一些事物或信息而感到备受冲击。

第8章

意外停电

果然又恼了。

每次只要一跟她提到钱，她那副虚伪又讨好的样子就会装不下去。

脸皮比城墙厚，唯一的软肋就是钱。

长了张斯斯文文的清冷脸，本质却是个不折不扣的财迷。

温衍莫名地嗤了声。

"我看你已经不只是脑子里装豆浆的程度了。"他语气平静，毫不客气地对她讥讽道，"是没长脑子。"

刚巧这时候电梯到了，温衍径直迈步走进去，没再管盛柠。

盛柠连忙跟了进去，趁着这个时候电梯里没人，胆大包天地抓上了温衍的胳膊。

温衍侧头看她："干什么？"

盛柠倔强地说："给我加班费。"

温衍没作声，任由她拉着自己的胳膊。

"我告诉你，我能忍你，是因为你是我甲方，是我老板，跟着你做事我有工资拿。"盛柠说，"而不是因为你这个人对我来说有多值得尊敬，如果你不给工资，那你对我来说就没有价值，我自然也没必要对你客气。"

温衍冷呵一声，低头看向这个终于露出了满口獠牙的姑娘。

"马屁精终于不装了？"

盛柠龇牙，气得又朝他走近了几步。

她也不是要动手，就是气糊涂了，觉得这个男人实在很欠揍，是完全下意识的动作。

属于年轻姑娘的那股淡淡的味道侵袭而来，男人立刻惊觉，警惕地后退几步。

"靠这么近干什么？你还要跟我动手不成？"

盛柠听了这话，还真就朝他举起了棉花大小的拳头。

"看到我社会主义的铁拳没有？"

"……"

温衍真是服了。

他紧抿着唇，脸色相当难看，几乎是咬着牙说："逗你的，我至于贪你那点加班费？"

得到答案，盛柠满意了。

她还仰头看他："就算我动手了，您也打不过我。"

温衍跟听笑话似的："我打不过你？"

"我的意思是说，就算我揍您，您也不会还手。"盛柠说，"虽然您奸商本质，阴险狡诈嘴又毒——"

被人当面说坏话，男人的脸色越来越黑，光是眼神都能刺穿眼前这不怕死的姑娘。

"但您肯定不是那种会对女人动手的男人，这点我心里还是有数的。"

所以她刚刚才会那么大胆。

如果换作是别的男人，她疯了才敢凑那么近，还故意激怒他。

"……"

前几秒才要火山爆发的男人，这会儿歇了火，一口闷气卡在喉咙不上不下，愣是被她这半褒半贬的评价给气笑了。

温衍一字一句慢吞吞地说："那我真是谢谢你这么信任我。"

"以后您就别拿工资的事跟我开玩笑了，您是老板不觉得，但是打工的人最在乎的就是这个。"盛柠听出他话里的愠怒，尽量用弱弱的声音说，"以后只要不扣钱不动手，您想怎么说我都行，我忍耐力很强，不涉及尊严底线，一般不会还口，保证让您撑得舒心。"

盛柠并不知道这个男人就是因为知道她在乎钱，每次只要说不给她钱，她就会炸毛，然后主动撕下伪装露出獠牙，男人觉得有意思，想看她吃瘪，才故意总是拿钱的事逗她。

温衍平复了下呼吸，冷冷道："你闭嘴，我就舒心了。"

盛柠眨了眨眼睛，立刻听话地闭嘴。

在回公司的路上，她都没有再张嘴，仿佛声带丢失。

而叫她闭嘴的老板看上去也并没有因此舒心，反而全程阴沉着脸，搞得司机和陈助理连呼吸都是小心翼翼的，生怕惹怒老板。

她跟他吵，他不高兴。

她听话闭嘴不跟他吵，他也不高兴。

盛柠之前兼职也不是没遇到过难伺候的甲方，她一贯的态度都是钱多就忍，钱少谁爱伺候谁伺候。

像温衍这种档次的甲方，换平常她哪怕是打碎了牙往肚子里咽也绝不会得罪他。

老板心情不好，下属连个屁都不敢放，看看给陈助理和司机憋的，连呼吸都不敢了。

她可以不体谅温衍，但不能不体谅和她同为打工人的陈助理和司机。

"您别生气了行吗？"盛柠硬着头皮说，"我错了。"

温衍看都没看她一眼，冷冷地说："错哪儿了？"

盛柠喃喃说："不该为了那点加班费跟您没大没小。"

"我要是不松口给你加班费。"温衍扯了扯嘴角，"你是不是还要拿把刀把我给宰了？"

盛柠立刻否认："怎么会呢。"

温衍回想到刚刚，低哼一声，丝毫不给她反驳的机会，语气冰冷且肯定："别装，我看刚刚你那张牙舞爪要打人的样，就知道你做得出来。"

盛柠："……"

听温衍这么说，她一时半会儿也不敢确定如果当时自己手里有刀，会不会朝他挥过去。

她有些耍赖地说："我都认识到自己的错误了，那加班费您到底给不给啊？我是认真的。"

"给。"温衍实在被磨得没了脾气，叹着气说，"你能不能别张口闭口就是钱，生怕别人不知道你是财迷吗？"

车里的气氛肉眼可见地发生了变化。

老板被盛小姐哄好了，陈助理和司机总算可以大口喘气，顺便透过后视镜冲盛小姐投去一个感激的眼神。

有双倍补贴的班加起来就没那么消极了。

这种国际峰会当然不是开完就算落幕，今天到场那么多企业代表，还有地方政府的一些官员，开会说白了就是给这些人牵线搭桥，通过一场会议认识到这么多人，真正的合作和交流还是在会后。

因而会后要处理的事更多。

盛柠是被临时拉到峰会上当翻译的，温衍虽然给她安排了会议翻译席的位置，却没有给她在自家集团安排一个专属的工位。

她其实完全可以回学校或者回公寓加班，但上过班的人心里都门儿清，在家办公的效率对公司效益来说，就是个大写的笑话。

温衍当然不可能让盛柠白白拿到这双倍的加班费。

当陈助理问他要给盛小姐安排在哪儿加班时，温衍想了想，直接说："就我办公室吧。"

于是盛柠就带着自己的笔记本和文件，老老实实坐在温衍办公室里的沙发上给他加班。

公司里有温征的眼线，把盛柠放哪儿都不安全，而且他也不知道盛诗檬今天有没有来公司上班，万一撞上了也不好。

温衍属实是摸不清盛诗檬的上班时间，他也没兴趣去打听一个时常旷工请假但仗着自己是股东女朋友所以有恃无恐的实习生，今天到底有没有来上班。

当老板的工作态度都没这么松懈，平常该上班就上班，该加班就加班，当然看不惯盛诗檬这种摸鱼[1]员工，要不是顾着温征的面子，温衍巴不得直接吩咐人事把她踢出公司大门，至于赔偿，堂堂兴逸集团的财务部又不是出不起。

温衍的想法没错，盛诗檬的上班时间那真不是常人能轻易猜到的，大部分员工都在家休假的周六，她不知道抽哪门子风，居然跑公司来上班了。

其实是因为上回温征陪她去看了那场文艺电影后，盛诗檬就觉得她和温征之间哪里有些不对劲，但她又说不出是哪里不对劲，只好用学业忙的借口，暂时避开了和温征的约会见面。

今天是周六，她不能说自己有课，所以没时间约会，就只能说她今天要加班。

光嘴上说也没用，她还特意过来了一趟公司，就是为了营造出因为工作忙而不得不拒绝男朋友约会的假象。

结果那些同事看到万年插科打诨的摸鱼王者盛诗檬今天居然破天荒地跑过来加班，一边感叹公司内卷已经严重到如此地步，一边更加卖力地埋头工作。

不得不说环境会对一个人造成很大的影响，大家都在埋头拼命工作，盛诗檬也不好意思继续摸鱼，只能跟着埋头工作。

---

[1] 网络用语，这里的意思是不好好干活。

谁知道温征竟然会来公司找她，到底是他自家的公司，想来就来想走就走，谁也拦不住。

盛诗檬不禁庆幸，还好自己真的来公司了，否则骗他说今天加班结果人却在学校，都不知道该怎么跟他解释。

人已经在加班，做样子都得做齐全，她只好和他说自己还有工作要做，暂时不能离开，温征倒也很体贴。

"你继续吧，我等你弄完。"

好歹也是每月有分红拿的正经股东，其他人平时都正儿八经叫他一声温二少，他当然也不能搬张椅子就坐在女朋友旁边干等着，于是他索性上楼，打算去他哥的办公室遛一圈。

总裁办今天没几个人上班，几乎所有的工位都空着，连张秘书都休假去了，温征一眼就看到了还在自己工位上奋战的陈助理。

陈助理一见温征，神色有些慌张，急忙起身打招呼："二少，您今天怎么……"

"我来找我女朋友，她还在加班，我等她。"温征笑着问，"陈助理你今天也加班啊？"

"毕竟温总都还在工作，我这个做助理的也不好休息。"

"辛苦。"温征说，"你继续忙吧，我不打扰你了，我找我哥。"

说完就要推总裁办公室的门。

陈助理手疾眼快，一把拦住："温总现在挺忙的，要不您还是过会儿再来吧？"

他是温总的心腹，最得温总信任，脑子也是相当灵活，立刻想到盛小姐这时候还在里面，二少这会儿肯定不能进去，如果被他看见了盛小姐，并且认出了她是盛诗檬的姐姐，那温总的计划就提前败露了。

好巧不巧，这时候一个端着咖啡的总裁办女员工朝这边走了过来。

"陈助理，咖啡冲好了，我是现在送进去吗？"

温征看了眼，两杯咖啡。

一杯颜色深，明显是没加奶的黑咖啡，一杯颜色比较浅，明显是加了奶的。

陈助理只好先打发走女员工。

"先放这儿吧，你去忙，我待会儿送进去。"

"好的。"

女员工看了眼陈助理，又看了眼二少，前者神色有些慌张，后者唇角微扬，冲她亲切地笑。

她不明所以，放下咖啡带着疑惑走开了。

"怎么冲了两杯咖啡啊？"温征问。

陈助理神色复杂。

"你不用说了，办公室里还有个人是不是？"温征微微一笑，"是女人对吧？"

陈助理："……"

"上回我哥去餐厅没带你，带的是办公室里的这个女人对不对？她肯定不是我哥找的新助理，不然不会在我哥的办公室里办公。"

温征此时犹如福尔摩斯上身，每句猜测都完美命中，陈助理的脸色越来越不淡定，有些徒劳地张口："那个——"

也不等陈助理想出理由，温征直接问："他找女朋友了是不是？"

"……"

靠，吓死了。过程全对，结果不对。

陈助理已经悬到嗓子眼的心突然重重落下，呆滞片刻，沉沉地吐出一大口气。

温征好笑道："交女朋友又不是什么见不得人的事，你至于这么替他瞒着？"

陈助理无奈解释："不是女朋友。"

"那就是还在追？"温征的语气更上扬了，"这么久了还没追到？他也太菜了吧。"

你以为跟你似的，交女朋友跟集邮似的。

陈助理在心里默默替老板解释，他现在有口难言，只好任由温征的脑洞开出天际，越想越不着调，反正只要别猜到盛小姐的真实身份，把她误会成温总的什么人都无伤大雅。

见陈助理不说话，温征也不急着逼供，瞥了眼他办公桌上的汽车广告单，状似无意地问："陈助理最近是不是有换车的打算？"

然后拿起那几张广告单甩了甩。

陈助理勉强一笑："我就是平时没事，随便看看。"

温征拍了拍陈助理的肩膀，语气如闲聊般轻松闲适："说到车子啊，我车库里最近来了辆新宝贝，刚收的，还没开出去过呢，给你看看？"

说完他就掏出手机给陈助理看新车的照片，边给他看边介绍新车的性能。

"啧，你看这大宝贝，这线条、这车身结构，还有这涡轮增压器和这个汽缸，什么718什么911跟它比算个球啊。"温征感叹道，"人坐上去那操控质感真是绝了。"

陈助理目不转睛地盯着照片，语气不稳："您跟我说这个是什么意思？"

"车钥匙就在我家呢，陈助理你要是不嫌弃。"温征吊儿郎当地歪了歪头，低声询问："要不我让个贤？"

距离温衍要咖啡已经过去半个小时。他是个相当有时间观念的老板，所以对下属们的时间要求也是精准且严格。

"盛柠。"

盛柠立刻从沙发上冒出头："在。"

温衍用下巴指了指门，语气不耐烦地说："你出去问问，怎么咖啡还没来？"

"好。"

盛柠急忙放下手里的文件，走到门边，手搭上门把，拉了两下，没开。

她疑惑地眨了眨眼睛，又用力拉了几下，还是没开。

直到温衍注意到她一直站在门边没出去。

"你磨蹭什么？"

盛柠解释："门好像打不开了。"

温衍对这个解释无语至极："……你用点劲。"

"用了。"盛柠猛地拉了两下，"真打不开。"

"吃什么长大的，这点开门的劲都没有。"

温衍低声叹了口气，起身走到门边，叫她走开，然后自己拉了两下，门纹丝不动。

盛柠抿唇，阴阳怪气地小声说："看来您的力气也不怎么样。"

"……"

温衍没理她，拿起手机准备给陈助理打电话。

外面的人装模作样地敲了敲门，隔着门问里面的人："温总？门打不开了吗？"

温衍应声："嗯，你从外面用钥匙把门打开。"

然后又听到门外面掏钥匙的丁零声，以及钥匙插进孔里的窸窣声，再然后就没声了。

"温总，门好像坏了，用钥匙也打不开。"

盛柠不禁感叹："不是吧，总裁办公室的门也会坏？"

温衍沉默了几秒，沉着脸吩咐道："你赶紧叫人来修。"

"好，我马上打电话叫人来，温总您先忍耐一下。"

之后门外就没再发出过任何动静，陈助理应该是找人去了。

门坏了，人也出不去，盛柠迷茫地看着温衍。

温衍的心情比她还糟，摁着眉心用力揉了揉，声音还算淡定。

"看什么？难道还能关你一晚上不成？接着加班吧。"

办公室里安静下来，就只有老板和临时工各自对着键盘敲字以及翻动文件的细微声音。

盛柠已经完全没了工作的兴致。

她心里满是腹诽，堂堂兴逸集团总裁办公室的门都会坏，说出去谁信。

还好这间办公室够大，装修精致、灯光明亮、暖气十足，就算是被关在里面也挺舒服，暂时不会有坐牢的感觉。

就在此时，不知道是她还是温衍的水逆[1]到了，"啪嗒"一声，头顶的照明灯发出最后一丝挣扎的明灭之光，室内中央空调发出最后一丝温暖的呜咽，这间面积抵得上一套小公寓的豪华办公室彻底归于了黑暗和寂静。

温衍："？"

盛柠："……"

从窗外望过去，虽然今天气温很低，但隔壁的写字楼依旧灯火通明，公路上也是车水马龙，街道边的商场和门店霓虹闪烁，从外边透进光来，勉强照亮了办公室里模糊的两道人影。

暖气在时间的流逝中慢慢离去，盛柠坐在黑暗中，实在忍不住问出了口："那什么，我斗胆问一句，这些年你们温氏赚到的钱都用到哪里去了？"

"最多关俩小时？"温征明显对这个时间很不满意，"就我哥那死直男个性，起码得把他和女人关上一夜才能有进展。"

"二少您听我说，温总又不傻，这种拙劣的恶作剧他能信多久？一旦我们的工作效率超过他的忍耐程度，不光是我，到时候负责抢修门锁和维修电力的人都会被纠责。"陈助理好声好气地解释，"您总要为我们的工作考虑一下吧？"

温征愣了愣。

也是，他坑温衍没事，温衍又不能真把他怎么样。

但配合他这场恶作剧的陈助理和其他人就承担不起这个责任了。

对员工来说，他们就是冒着极大风险在戏弄老板，温征虽然是集团股东，但温衍才是给他们发工资养活他们的人。

温征也不是不讲道理的人。

"那就按你说的办吧，他要是发现了，"温征顿了顿，安慰道，"没事，这出

---

[1] 网络用语，指运势不佳。

恶作剧我是头儿，到时候他就算发现了也有我在前面给你们顶着，安心。"

陈助理感激地说："谢谢您能理解。"

温征原本的计划是关他们一夜，结果却出于种种现实因素考虑，发现这个计划有一万个行不通的理由。

最多关俩小时，就这么点时间能干什么。

对别的男人或许是够了，但两个小时就妄想让温衍破防，做梦。

温衍的心理素质强得很，远超出常人。

温征记得他还很小的时候，和温衍，还有年纪差不多的外甥女读一所私立学校，他和外甥女读小学，温衍读初中。兴逸集团举办周年庆活动那天，负责接他们放学的司机临时请假，于是同父异母的大姐温微暂时接替了司机的工作去接两个弟弟和女儿放学，载着他们去公司找父亲。

上楼的时候电梯突然出了故障，被卡在两层楼中间不上不下，温征和外甥女吓得要死，躲在大姐怀里不停哭，还问她电梯会不会突然摔下去，他们四个人是不是今天要死在这里了。

大姐不断柔声安慰两个孩子，担忧地看着温衍，问他怕不怕。

温衍鄙夷地瞥了眼哭成泪人的弟弟和外甥女，说这有什么好怕的。

电梯修好之后，温兴逸匆匆赶到，外甥女看到姥爷后立刻又委屈地大哭了出来，比刚刚在电梯里哭得还大声，本来已经被哄好不哭的温征看到外甥女哭得这么厉害，鼻子一酸，又扯着嗓子号叫起来。

两个孩子的哭号吵得在场员工脑袋疼，而同样是孩子的温衍却是神色如常。

后来维修人员调了监控，在被困电梯的这一个小时，大姐小弟还有外甥女互相依偎着，只有温衍坐在电梯的角落，从书包里拿出课本，低头淡定地写了一个小时的作业。

那时候有的员工就隐隐有种预感，虽然温总目前最器重的是他的大女儿温微，但如果他们这些人继续在集团干下去，待得足够久，说不定在将来的某一天会看到这位大少爷接替他父亲的位置，真正坐上集团的头把交椅。

而这一天也确实到了。

就算大姐现在还活着，也不一定比得过温衍。

毕竟他们三个孩子当中，只有温衍的冷血无情最得老头子的真传。

电梯那么狭小阴暗的环境，还是小孩的温衍都不怕，更何况是这么宽敞的办公室。

"算了算了。"温征颇为遗憾地"啧"了声，"事也已经干了，这么快放他们出来更可疑，咱就真当是门锁坏了外加停电了吧，陈助理觉得差不多了就叫人开门，我先走了。"

只能祈祷那个女人胆子能小点，最好是跟他小时候似的，怕得躲进人怀里直哭，让他哥有机会能怜香惜玉一把。

幸好温征好说话，陈助理不禁松了口气。

他往总裁办公室投去担忧的眼神。

温总和盛小姐在里面，应该没问题吧？毕竟都是挺稳重的人。

至于二少脑补的所谓孤男寡女之间在黑暗中迸发的火花……

怎么可能。

陈助理摇摇头，自言自语道："太扯了。"

堂堂总裁办公室竟接连连遭遇门打不开和停电危机，巧得让人不得不怀疑这是不是迟来的万圣节恶作剧。

陈助理在电话里解释道，今天确实是意外，他们这一层楼的线路烧断，已经打电话叫人来抢修。

由于停电这种事平时发生的概率实在太小，临时发电机都被搁置在机房中，所以搬发电机过来紧急供电也需要些时间。

"知道了，叫人动作快点。"

温衍挂掉电话，顿觉头疼，重重揉捏鼻梁缓解情绪。

还呆坐在沙发上的盛柠冒出头来好奇地问："陈助理怎么说？"

"意外停电。"温衍语气冷淡，"应该用不了多久，等着吧。"

盛柠"哦"了声。

看来还真是意外都撞上一块儿了。

但是现在这个状况实在是太过于戏剧化，巧得她没法不往更戏剧化的方向想。

"温先生，我们不会被困在这里一晚上吧？"

温衍面无表情地说："真被困一晚上，那明天很多人都不用来上班了。"

盛柠听懂了他的言外之意，小声反驳："这又不是人为造成的，不至于吧。"

"拿着我发的工资却回报给我这种工作效率。"温衍噗了声，"还是走人去另谋高就比较好。"

盛柠沉默不语，似乎知道温衍为什么那么看不惯她妹妹了。

温征毋庸置疑是第一原因，而盛诗檬平常对待学习和工作插科打诨的摸鱼态度估计就是第二原因。

难怪陈助理平时的工作压力那么大，每回和她闲聊都是各种滔滔不绝的诉苦。

不过碰上这种老板也有个好处，那就是在他的"折磨"下，自身的工作能力会在被动的锻炼中不断提高。

盛柠不敢再分心，趁着笔记本还有电量，噼里啪啦就是一顿敲击。上百页的翻译文件，虽然温衍没让她今天就完成，也没说只让她一个人做，但横竖在办公室里也没别的事可做，当着老板的面也不能玩手机打发时间，她跟老板之间也没什么可聊的，还不如埋头工作。

和盛柠不同，温衍办公的电脑是台式机，现在电脑屏幕黑了，不得不停下工作，他又没什么玩手机的心思，只能靠着办公椅，望着窗外的夜色发呆。

办公室里安安静静的，只听得到她敲键盘的声音。

停电了还知道工作，甭管是不是做给他看的，这姑娘属实是有事业心。

大厦外面的夜景再繁华再漂亮平时也都看腻了，男人觉得没劲，就把目光放在了今晚办公室里比较新鲜的风景上。

晚上的燕城没有暖气实在很难挨，室内的温度迅速下降，盛柠敲字的手慢慢觉得有些冰冷，不得不搓了搓手心取暖，又把脱在一边的外套重新披上了。

因为今天出席峰会的关系，她穿着正装，下半身是修身的半身裙，小腿露在外面，冷得她踩着低跟鞋的脚不自觉往地上踩，发出轻微的响声。

应该没吵到温衍吧？不然又要被他嘲讽。她小心翼翼地想。

这时候有道影子落在她身上，盛柠抬头，男人高大的身影立在自己身边。

还没等她说话，温衍将自己的大衣丢给她。

"盖好。"

盛柠愣愣地问："您不冷吗？"

温衍往下看了眼，又抬起头，目不斜视道："有你大冬天穿个露腿的裙子冷？"

半身裙以下的两条腿细白得像两根笋，模糊光线下，膝盖和脚踝不用看都能猜到已经冻得通红。

盛柠也不跟他客气，直接将男人厚厚的大衣往腿上一盖，遮住纤长的腿。

自己的大衣盖在女人腿上，温衍干涩地微抿了抿唇，淡淡地说："仗着年纪轻露腿，也不怕将来老了中风。"

还不如像平常那样裹成胖汤圆，至少看着没那么刺人眼。

"我怎么知道您办公室今天会停电？"盛柠不服气地说，"早知道我一定穿条厚棉裤来。"

温衍没再理她，又坐回了自己的办公椅上。

金贵资本家大冬天的也只穿了件薄薄的衬衫，连件毛衣都不屑穿，盛柠腿上盖着他的大衣，心里头过意不去，害怕要是万一他感冒了，把罪名安在她头上，到时候她找谁说理去？

盛柠想了想，虽然挺舍不得他这件大衣，但还是决定还给他。

温衍察觉到她走过来，问："干什么？"

"我暖和了，衣服还您。"

温衍直接拒绝："不用，你盖着。"

盛柠懒得多说，直接摊开大衣搭在了他身上。

大衣已经沾染上了淡淡的香气，在昏暗的环境下，人的嗅觉感官被无限放大。

温衍闭了闭眼，声线冷冽："你盖过的我不要。"顿了顿，他又语气不好地命令道，"去沙发那边老实坐着，没事别往我这儿蹭。"

她盖过了就不要了？

好心被当成驴肝肺，盛柠有些气，不自觉又跟他争辩起来："我怕您冻感冒，所以想把衣服还您，我总不能招个手让您过来拿吧？这也叫往您这里蹭？"

然后她气不过地吐槽道："您恐女症真是到晚期了吧。"

"胡说八道什么。"温衍皱眉，语气不虞，"你一个年轻姑娘，大晚上黑灯瞎火的，难道不应该跟男人保持距离？"

盛柠愣了愣。

哦，原来是为她着想才跟她保持距离的。

……救命，他真的好像给小朋友们上安全教育课的男老师。

盛柠偷偷笑了下，咳了两声，正经语气道："您不一样。换作是和别的男人被关在办公室里，我当然不会这么放心。"

温衍"呵"了声："我不是男人？"

"不是。"

居然被否认了性别，温衍的语气瞬间低沉下来："你再说一遍？"

"我的意思是，您不是那种男人。"盛柠语气正经，"就算我们在这里被关上一夜，我相信我也会很安全。同理，我也不会对您有任何逾越的行为，您也是安全的。"

在这种算得上天时地利的情况下，她把男女之间那些能想到的旖旎和暧昧全部否决。

她的放心与坦然与其说是对他人品的肯定，更不如说是在某方面对他进行了变相的否定。

温衍突然有些心烦意乱。

他到底是长了张柳下惠的脸，还是平时对她都太客气了？

这到底是不是个女人，跟一个男人孤男寡女地被锁在办公室里竟然一点都不知道害怕？

他好心提醒她，这是在他的办公室，一旦他有什么想法，别说反抗或逃跑，只要他想，她甚至连开口呼救的机会都没有。

她压根儿没意识到这点，竟然还如此心安理得。

温衍没再说话，门外又太久没有动静，干坐着也不是办法，盛柠打算起身去门口再问问陈助理要等多久。

她刚站起，胳膊一紧，被人一推，又倒在了沙发上。

"你一个姑娘家的，神经怎么能大条成这样？"男人紧绷且低沉的声音在她耳边响起，"你凭什么觉得我一定不会对你做什么？"

盛柠慌张地睁大眼睛，她明显感觉到他朝她凑了过来，双手撑住沙发靠背，拦在她耳垂两边，高大的影子瞬间将她桎梏在沙发和他的身体之间，扑面而来的冷冽气息让她刚刚好不容易才暖和起来的身体又再次陷入寒战。

"……"

在她呆愣之间，温衍低头，目光牢牢锁在她因为慌张情绪而明灭不断的瞳孔中。

他漫不经心地说："就算我再怎么看不惯你，在我眼里你也是个女人。"

语气淡定且夹杂着几分恶劣，是对她刚刚那番话的平静反驳，也是想从上司和男人的角度出发，给眼前这个丝毫没有危机意识的年轻姑娘一点教训。

平时在安全范围内的交流，盛柠可以心无旁骛地同他虚与委蛇，拍马屁恭维的话更是张口就来。

但现在这个状况，这样的距离下，她没办法保持冷静，也装不了淡定。

太近了。

已经超出了普通的社交距离。

他身上的木质香气醇厚却不张扬，霸道地随着距离的靠近飘散开。

盛柠不禁闭住呼吸，下意识地往后缩了缩脖子，明明身体还在打战，脸和耳尖却变得异常滚烫。

温衍视线下移，从她睁大的杏眼中挪到了她略微颤抖的唇瓣上。

在昏暗的视线中，盛柠看到他眼底有隐隐的笑意浮起，和周围浓重的夜色交融，眉宇间的情绪越发令人捉摸不透。

在她身体僵硬不敢动的时候，男人伸手摘下她鼻梁上的眼镜，将它捻在指尖把玩，顺便还用冰凉的镜架戳了戳她滚烫的脸。

"这下知道怕了？"

盛柠明显感觉到她和男人之间的力量悬殊。

不论他平时多绅士，对她表现得有多讨厌，他始终是个男人。

抛开甲方乙方、上司下属的关系，他们就是男人和女人。

意识到这点的盛柠在懊悔的同时，心脏不住地怦怦乱跳，又是紧张又是害怕，她忍无可忍，正要抬起腿给他脆弱的地方来上一下。

他却突然说了句："别总想着怎么从我这儿捞钱，我的钱不会白给你。"

然后往她只有钱钱钱的小脑袋瓜子上敲了敲，低哑着嗓音提醒她："有钱的男人最坏，知道吗？"

"小财迷。"

其实他俩刚认识那会儿，温衍对盛柠不熟，都是礼貌地叫她"盛小姐"，她就感觉这声小姐每回从他嘴里说出来，态度听着十足居高临下，仿佛是一种上位者俯视下位者时虚伪而轻蔑的称呼。

后来她什么德行他多少也了解了，说话就更阴阳怪气，偶尔打嘴仗时叫她的都是讽刺意味十足的绰号。

盛柠是个有自知之明的人，她觉着温衍给她的绰号，抛开他刻意讽刺的意味，其实都还挺贴切的。

财迷这个词确实非常适合自己。

但在此情此景下，此等不合时宜的距离中，被他这么叫，她哪哪儿都觉得别扭。

很像小时候她读书那会儿，有段时间正赶上换季，老家天天下梅雨，吸一口空气都是潮湿的味道，晒的衣服好几天都不干，她实在没办法，只好换上了后妈给她买的雪纺公主裙。

那裙子有好几层的雪纺，上面还有水钻和薄纱蝴蝶，对小孩来说是很隆重的装扮。

她穿着它去学校，班上几个调皮的男孩子看到她立刻大惊小怪地"哟哟"了好几声。

"盛柠你以为你是白雪公主吗？穿这么白的裙子。"

白雪公主才不穿白裙子。

盛柠这么解释，但男孩子们压根儿不听。

从那以后她被班上的同学叫了好久的"白雪公主"，这个绰号其实不难听，最多就是小男孩对小女孩的一种捉弄和调戏。

但是很令人讨厌，还有或多或少说不出口的羞赧。

盛柠现在就是这种感觉，温衍给她上的这一课不但让她加强了对男女之间的防范意识，还让她在心里更加肯定了一个真理——男人都不是什么好东西。

她不自觉咬了咬唇，垂下的眼睫毛一直在颤，带着愤愤的语气小声说："……知道了，温老师。"

被叫老师的男人呼吸一顿，喉结凸起处吞咽的动作不自觉地放慢了几分。

突然办公室里亮了起来。

有电了。

原本幽暗的视线变得明亮，也把刚刚因为看不清楚而变得胆大的荒唐行为照亮。

温衍的眼神依旧深邃，即使映在了盛柠玻璃球般干净的瞳孔中，也依旧让人探不到底。

还好这时候门外传来陈助理的声音。

"温总，有人过来开门了，您现在在里边方便吗？"

令人窒息的氛围终于被打破。

盛柠狠狠松了一口气。

她劫后重生般的表情让温衍恍过神来，微蹙了蹙眉，退开几分，理了理身上的衬衫，淡淡回应门外的人："开吧。"

盛柠直起腰，为掩饰尴尬，抬手理了理并不乱的刘海。

温衍抓到她掩耳盗铃般的小动作，轻轻扯了下唇角，而后不动声色地挪开了目光。

要说给温衍做事的员工效率就是不一样，开锁和来电竟然是同时的。

维修人员装模作样地跟老总汇报故障原因，但他们老总的心思明显不在这上面，也没怎么仔细听，只是等人说完了后敷衍地"嗯"了声。

陈助理也松了口气，冲维修人员投去一个安心的眼神。

甭管怎样，只要温总没怀疑就行。

他看了眼温总和盛小姐，发现两个人的表情都很淡定，身上的衣服整整洁洁，连头发丝都是完好的，心想果然如此，这两小时就是弹指一挥间，什么都没发生。

开了门来了电，盛柠毕竟不是正儿八经的员工，能留到这个点加班已经算是很有良心了。

她打算走，温衍让陈助理送她。

和陈助理走在一块儿，盛柠总算打开了话匣子。

陈助理也不是一味地只顾着抱怨自己的工作，他当然也会听盛柠抱怨，所以两个人才聊得来。

"你寒假不回老家吗？"

"过年那几天应该会回吧。"盛柠说，"我暑假没去实习，这个寒假得留在燕城找份实习工作。"

"那你找好实习公司了吗？"

盛柠摇头："没呢。"

好的公司不容易进，不够好的公司她又看不上。

陈助理觉得这个问题太好解决了。

"你要是愿意，可以写一份实习申请给我，我和人事那边打声招呼就行。"

不做临时工，而是做正儿八经的实习生。

盛柠抬头看了眼面前这栋望不到顶的高楼大厦，装潢精致现代的写字楼大厦，一整栋都是兴逸集团的产业，任何一个坐办公室的打工人恐怕都没办法拒绝这样的工作环境。

她有些犹豫："这样合规矩吗？"

"如果是温总出面的话，连面试都不用了。"陈助理笑着说，"但我这里就不行了，我只帮你把申请递进去，你还是得过了笔试面试才行。"

这样才好，不然以后都不知道该怎么还他这个人情。

"没问题的，谢谢你，"盛柠连忙说，她又笑着补充，"如果我过了一定请你吃饭。"

"那倒不用。"陈助理风趣地说，"有机会的话，帮我在你们学校物色个好姑娘，介绍给我就成。"

送盛小姐到地铁口，陈助理折返公司。

温衍还没下班，这会儿还坐在办公室里。

"送她到地铁口了？"

"送了，我看着她进去的，您放心吧。"

温衍淡淡"嗯"了声，慵懒地靠在椅背上，手上把玩着什么东西。

陈助理了解温总，平时即使工作压力再大，也很少玩那种解压的小玩具。

他眯眼仔细看了看，那不是什么解压玩具，而是一副银色的无框眼镜，十分简单的款式，男女都可以戴。

但温总是没有近视的，而且他认得，这是盛小姐今天戴在鼻梁上的眼镜。

"……"

离开办公室后，陈助理掏出手机看了下自己十几分钟前和二少的聊天记录。

温征："我哥出来了？"

陈助理："出来了。"

温征："他有怀疑吗？"

陈助理："托您的福，没有。"

温征："竟然这么好骗？"

陈助理："所以您到底是希望温总发现还是没发现？"

温征："当然是没发现。"

温征："我就是觉得他一个心思这么缜密的人竟然没第一时间发现是有人恶作剧，有点不正常。"

温征："所以办公室里有发生什么好事吗？"

陈助理："完全没有。"

温征："……"

温征："总而言之，今天辛苦了，那几个维修人员你替我发个红包，至于陈助理你找个时间来我车库把车开走吧。"

温征："[你发起了一笔转账]"

毕竟是温氏小开，不缺那点钱，虽然目的没达成，但许诺给下属的好处还是照给不误。

陈助理无法凭一副眼镜推断出发生过什么，但更无法忽视的是那副眼镜为什么会到温总的手里，成了温总的玩具。

事情突然就变得扑朔迷离起来了。

盛柠是进了地铁后，抬头想要看一眼还有几站下车，却发现看不清字的时候才意识到把眼镜忘在了温衍那儿的事实。

她平时戴眼镜的时候不多，没那个意识，刚刚走得又急，所以落下了。

即使到了这个点，地铁里还是坐满了人，盛柠和车厢里其他因为加班现在才准备回家的上班族一样，神色疲惫，扶着把手，耳朵里塞着耳机边听歌边走神。

她现在什么都不想想，只想赶紧回到公寓里躺着。

每周的非工作日都是她和盛诗檬约好去公寓的日子。

她给盛诗檬发了个微信，打算问她想不想吃夜宵，要是她也想吃的话，考虑到配送时间比较长，这会儿就差不多应该下单了。

结果盛诗檬却回:"我还在苦苦地加班。"

盛柠的第一反应是,真是天要下雨娘要嫁人,摸鱼协会的终身荣誉会员竟然在老实加班。

盛柠:"?"

盛柠:"你在兴逸?"

盛诗檬:"嗯。"

盛诗檬:"而且温征在等我,不知道要几点才能回去了。"

盛柠十分无语:"……我刚从兴逸出来。"

盛诗檬比她还无语:"……你又没跟我说。"

盛柠叹了口气:"加你的班约你的会去吧。"

为了让盛诗檬安心约会,她又补充道:"开完会温衍那边有一大堆工作要忙,今天肯定没人破坏你们的约会了。"

盛诗檬趴在桌上。

她今天破天荒过来加班,才发现原来这些日子积压的工作有这么多,只不过因为她是温征的女朋友,所以没人敢催她。

加班到现在,就连组长都弄完准备回家了。

"我先走了啊,盛诗檬你待会儿走的时候记得把电源拔了。"

盛诗檬疲惫地应了一声,接着又继续趴在桌子上。

"你还没弄完啊?"

男人带着笑意的声音响起,盛诗檬一个激灵坐直了身子,侧过头冲温征干笑几声:"你不是去找你哥了吗?"

温征搬了张椅子在她身边坐下。

"找完了啊,这不又回来了。"

他看了眼她的电脑,又看了眼她胳膊边摆着的文件,有些哭笑不得:"我走的时候你就在弄这个,我回来了你还在弄这个,你是乌龟吗?"

盛诗檬平时在学校里就是学渣一个,最简单的课题作业都习惯拖延到最后一刻,更不要说工作了。

她抿了抿唇,小声说:"我估计还要弄很久,你别等我了,先回去吧。"

"我都等你到这会儿了你让我回去?不带你这么当人女朋友的啊。"温征将身子靠过来,拿过她的鼠标,"你告诉我要干什么,我帮你一块儿弄。"

盛诗檬有些惊讶:"你会吗?"

温征:"比你强就是了。"

盛诗檬："……"

也是，不论家庭背景，这小开也比她多吃了几年的饭。

温征虽然是个纨绔子弟，但到底也是做老板的，工作能力比盛诗檬强得那不是一星半点。

盛诗檬磨了一晚上的工作，他不过一个小时就弄完了。

平时在她姐面前，她就被衬托得像个废物。

认识了温家两兄弟后，她更加像个废物了。

"这回承认自己是个乌龟了吗？"

盛诗檬无奈道："好吧。我乌龟，你火箭。"

温征笑了笑说："乌龟火箭不般配啊，你乌龟，那我应该是兔子。"

盛诗檬心里起码吐槽了一万句，嘴上却还是顺着他的话说："那你跑得比我快，你不会嫌弃我吗？"

"没听说龟兔赛跑的故事吗？"温征轻声说，"宝贝，兔子再快也赢不了乌龟的。"

盛诗檬愣了，迎上他促狭调笑的眼神。

寓言故事都能被他拿来调情，绝了。

不过她也不是吃素的。

"我不光听说过，我还知道兔子为什么赢不了乌龟。"盛诗檬冲他眨眨眼，调皮地说，"因为我亲爱的兔子男朋友让着我啊。"

男人笑起来，掐了掐她的脸。

"那乌龟女朋友今天晚上有安排吗？你好久都没跟我一块儿过夜了吧？"

暗示意味十足，盛诗檬又怎么会听不懂。

这才是她熟悉的温征。

而不是那个会陪她看电影，和她同喝一杯奶茶，在纷纷落雪下亲吻她的脸颊，纯情得仿佛高中生的男人。

之前面对他的那些无措，都在此刻被打消了。

她低下头，用软软的嗓音小声嘟囔道："那你不许欺负我。"

"好，不欺负你。"温征闷闷地笑了声，低下头来一口咬上她的唇瓣，含糊低语道，"才怪。"

这一层办公区只剩下他们两个人，灯也只开了一小块区域，电脑屏幕随着主人长时间的忽视渐渐暗下来。

偌大的办公室内，安静到只听得见电脑主机工作的声音和两个人用唇交换空气的淡淡呼吸声。

盛诗檬感受到他的变化，一半的意识抽空回应着他的吻，另一半的意识却在想温总和她姐。

偏巧他们两个工作忙，没空理会她和温征。

而她分心时都不忘表演那恰到好处的欲拒还迎，将一个姑娘的羞涩和享受表现得入木三分，让男人颇为受用，穿过长发扣在她后脑勺的手指不自觉蜷缩收紧，呼吸也加重了几分。

终于，他放开她，压低嗓音道："感谢监控吧，不然你得在这儿遭殃。"

"谁遭殃还不一定。"盛诗檬怎么会不知道他的意思，在他耳边故意说，"毕竟我能辞职，你不能。"

温征愣住，回过神后哈哈笑了起来，揉了把她的脑袋："挺坏啊你。"

盛诗檬："我今晚不回来了。"

盛诗檬："我明天早上回来的时候一定会小声的，绝对不吵醒你！"

看到这条微信，盛柠没有丝毫意外。

毕竟跟男朋友在外面过夜这种事再正常不过了。

盛柠平时很少关心盛诗檬和她男朋友的事，毕竟这丫头换男朋友的速度比燕城换季的速度还快，她没那么多闲工夫八卦她的感情。

也就温征这一个，盛柠格外关注。

盛诗檬和温征两个情场高手天天在那儿"油王争霸"，也不知道分手那天两个人会撕成什么样。

虽然是恶毒配角，但盛柠还是在心里默默祈祷他们两个能好聚好散。

简单回了盛诗檬几句，她放下手机，继续写自己的实习申请。

盛柠做事很有计划性，她打算寒假的时候专心把实习搞定，等下学期再把口译证搞定。

至于署名权，那不是一两天就能解决的事，更何况她还透过戴盈盈的事顺带想到了导师戴春明的那些论文，不知道其中会不会有猫腻。

她把这个疑虑跟陈助理说了，陈助理没有即刻回答，毕竟没证据的事不能瞎说，只答应她会去找人调查，调查的结果当然也不是一两天就能出来的。

盛柠喝了口热水，接着工作。

手机振起来，她看了眼来电显示，心里头一悸。

公寓里开着暖气，她舒舒服服地窝在床上，竟然还是下意识地打了个寒战。

催工作进度的？

不至于这么压榨一个临时工吧。

想到几个小时前在办公室里发生的意外，她有些不想接。

不想听到他的声音。

盛柠犹豫了半天，最后还是妥协了。

为金钱折腰的打工人有什么资格任性。

按下通话键，开了免提，将手机放得老远，生怕沾上什么不好的东西。

"……您有事吗？"

"你眼镜落我这儿了。"男人言简意赅，"自己找个时间过来拿。"

盛柠突然想起温衍之前把自己的大衣借给她盖腿，她还给他的时候，他那语气真是要多嫌弃有多嫌弃。

现在同理，她的眼镜被他碰了，那她也要嫌弃回去才行。

反正就一副眼镜而已，肯定没他的大衣贵。

过几天她就去配一副新的，顺便再重新测一下视力。

做好决定，盛柠硬气十足地回复："你碰过的东西我不要了。"

"哦，那今天晚上在办公室我也碰过你了。"温衍冷冷地说，"你自行了断吧。"

"……"

第9章

如此爱你

盛柠忍不住用最恶毒的想法揣测他。

"你是不是觉得我死了，你答应给我的房子就不用给了？"

"嗯？"

那边发出疑惑的声音，很快故作恍然地回道："确实。"

盛柠用恶狠狠的语气说："那你还是死心吧，我一定会争取活到房产证到手的那一天。"

"那你加油活到那一天吧。"温衍满不在乎地说，"记得过来拿眼镜。"

房子！

为了房子，她忍了！

盛柠的声音平缓下来，又恢复了往日对他的客气。

"要不您把眼镜给陈助理，让他带给我吧。"

结果这个男人还是不乐意，直接否定了她的建议。

"他是你助理还是我助理？我给他发工资不是让他替你跑腿的。"

"不是跑腿好不好？"盛柠解释，"陈助理下周会来学校找我商量署名权的事情，他只是顺便而已。"

温衍不满道："你做事怎么这么没效率，一副眼镜而已，非得拖到那时候才拿？"

盛柠的耐心耗尽，淡淡"哦"了声说："那这样吧，眼镜我不要了，我明天就去配一副新的，那副旧的随您处置吧。"

这回男人终于没话说了。

盛柠扯了扯唇角，心想看你还怎么跟我杠。

温衍开口，语气听上去带着几分薄怒："因为我碰过，你真就不要了？"

"不要了。"盛柠倔强地拒绝，还加了句，"还有您借给我盖腿的那件大衣，您要是嫌弃就送我吧。"

温衍："……你要我衣服干什么？"

盛柠："拿到二手平台上卖钱。"

"有房子还不够，还把主意打到我衣服上了。"温衍低哼一声，讥讽道，"钻钱眼儿里了是吧？"

"对啊。"盛柠语气坦然，"您又不是第一天认识我。"

她现在就等着白捞一件名贵的男士大衣。

可惜天不遂人愿，一套房子都肯送的男人在一件衣服上竟然跟她小气了起来。

"不送，衣服我还要继续穿，你死了这条心吧。"

盛柠故作不解道："您不是嫌弃那件衣服被我盖过腿吗？"

"我什么时候说嫌弃了？"温衍嗤道，"以为谁都跟你似的，小公主一个，被男人碰了下的东西就不要，娇气得很。"

盛柠的思维也是不走寻常路，温衍说她是财迷，她不觉得是在骂她。

他说她小公主，她却有种莫名被侮辱的感觉。

她立刻尖牙嘴利地回了一大串话过去。

"您要是看不惯那也没办法，我就这样。

"我还有事情要忙，不跟您聊了，大衣您要是不要了麻烦直接寄到公寓来。

"提前感谢您为我国慈善事业做出的贡献，我这几个月的生活费都有着落了，祝您生活愉快，再见。"

然后胆大包天地挂断了电话。

温衍被她的话气到胸腔共鸣，沉着嗓音笑了好几声，嘴里骂道："财迷。"

电话已经被挂断，对着手机拌嘴也没什么意思。

好不容易放松下来的心情顿时又变得无趣起来。

陈助理站在办公室门外，听温总电话打得差不多了，才敲了敲门进来。

关于盛柠寒假要来公司实习的事，他觉得还是跟温总提前说一声比较好。

陈助理最近跟盛柠的私人关系处得不错，清楚她的工作能力，她平时课业忙，再加上得罪了导师，在学校的日子过得不算舒服，就想着在工作方面能帮她一把是一把。

如果温总跟人事那边打招呼，盛柠可以直接入职，会省下很多麻烦。

"她想来实习就来吧。"温衍说，"不必和人事打招呼，也不要说是我的意思，她和她妹妹不一样。"

集团发展到今天，总免不了某些推托不了的人情关系。

盛诗檬的室友是跟他有几分交情的合作方千金，因而她是如何入职的，温衍心知肚明，他没那么闲去找合作方算账，也并不介意用一个实习生的职位去换份人情。

再加上盛诗檬现在又是他弟弟的女朋友，温衍即使不认同她，也仍是愿意放任她在集团里天天摸鱼。

陈助理愣了会儿，明白了温总话里的意思。

他点点头："好的。"

陈助理准备下班回家。

温总没结婚，连个女朋友都没有，这么晚了家里也没个人等他。

他和温总在这方面真是同等的辛酸。

陈助理刚在心里这么感慨，催温衍回家的电话这时候就打进来了。

是温老爷子。

陈助理心想，哦对，没老婆没女朋友还有老爸呢。

他知趣地离开了办公室。

"你怎么还没回家？"

"我在忙。"

"这么晚了还在忙？"老爷子口气顿了顿，试探道，"每回要安排你和条件不错、家世也配得上咱们家的姑娘见面，你都借口说自己工作忙没空，现在这么晚了还不回来，你不会也想学那臭小子，家里给介绍的你不要，非要自己上外边找吧？"

"……您觉得我有那闲工夫吗？"温衍不耐地"啧"了声，勉强维持着平和的语气说，"我就差没把床搬到办公室来了。"

老爷子贵人多忘事，退了休闲下来，就差点忘了儿子现在坐的这个位置有多忙。

"也是，快年末了。"他咳了声，有些心虚地喃喃，"是要比平时更忙一些。"

老爷子还没老到顽固不化的程度。

温衍"嗯"了声。

结果下一秒老爷子就不讲理地骂道："生儿子顶个屁用。"

温衍："……"

老爷子想一出是一出："要不叫荔荔回来陪我住段时间吧？"

温衍沉声否决："人都结婚了您还让她回娘家住，她老公那边您要怎么跟人解释？"

老爷子又开始任性了："我想我孙女了，干宋砚那小子屁事？"

温衍懒得解释，直接命令道："家里有护工陪着您，不会寂寞的，赶紧休息吧。"

老爷子"哼"了声，跟个小孩似的不情不愿道："知道了。"

跟老爷子掰扯完，温衍觉得有些头疼，又给温征打了个电话。

电话里提示忙音。

没过一会儿温征用微信给他回："约会勿扰。"

温衍几乎是立刻嫌恶地扔开手机，瞥了眼窗外，雪还没停，估计得下到半夜。

加班到现在，还不知道什么时候能回家，他弟弟却在外面和女朋友约会。

男人揉了揉眉心，从喉间溢出沉闷的一声喟叹，半晌后不知怎的，他放下手里的工作，又抓起了盛柠落下的眼镜，捏在手里把玩。

它那个财迷主人要是不想来拿就算了，摆在他这里当个解压玩具也挺好的。

盛柠这边挂掉电话，撑是撑爽了，心里却感到很是迷惑。

本以为跟温衍这种阶层的大老板对话，应该更简洁更有效率，结果却完全相反。

费了这么长时间打的电话，其实有效发言就只有温衍的"你眼镜落我这儿了"和她的"我不要了"两句话，剩下的全都是浪费口舌的废话嘴仗。

盛柠懊恼地抓了抓头发，她竟然为了跟一个男人拌嘴，浪费了自己人生中大好的十二分钟。

男人就是碍事。

这会儿也没什么心思继续写她的实习申请了，盛柠干脆从床上起身，趿着拖鞋来到窗边，拉开遮光的帘子发起呆来。

窗外是谧蓝的夜色，伴着远处霓虹的光和四处飘洒的雪花。

如果盛诗檬这时候在，一定会喊她出门，叫她下楼一起去打雪仗。

有几片雪花落在玻璃上，是非常漂亮的对称六角形状，屋内暖黄灯光笼罩，手中热茶还往外冒着腾腾热气。

那个很难得下场雪的城市不是她的家。

在忙碌而刺骨的冬天里，这样舒服地窝在暖洋洋的公寓里，如果可以，她想把这里当成自己的家，一个在一天结束后可以卸下所有疲倦，尽情发呆偷懒的港湾。

盛柠不会忘记，此刻的舒适是盛诗檬用她的感情换来的。

想到这里，好不容易平静下来的心情再次沉重起来，没了看雪发呆的兴致，盛柠叹了口气，还是想要关心一下在外过夜的盛诗檬。

可是想了半天，她也想不出该怎么对一个正在和男朋友过夜的人表达关心。

最后也就只能发一条。

"注意安全，做好措施。"

"……"

盛诗檬收到这条微信的时候，有些不知道该怎么回。

盛柠此前从来没关心过她交男朋友的事，更不要说这种涉及成人的问题。

从小到大，盛柠在大部分人眼中，就是个长得漂亮的书呆子。

就连盛诗檬都这么认为。

她还记得自己很小的时候，有回梅雨天气，盛柠的衣服都没晒干，她很不情愿地穿着妈妈给她买的雪纺公主裙去上学。

可是那条裙子盛柠就穿了一天，之后她再也没穿过了。

有次盛诗檬去盛柠的班上找她，路过走廊时无意间听到盛柠班上的男生说过，盛柠穿那条白裙子很漂亮，可为什么那之后就再也没看她穿过了？是不是因为他们叫她"白雪公主"，她生气了？

人小鬼大的盛诗檬大概知道原因。

就因为那条裙子很漂亮，所以盛柠才不穿了，因为她不想让人注意到她学习成绩之外的地方。

盛柠高三的时候，有一次盛诗檬给她送饭，被盛柠同班的一个男生拦住。

盛诗檬认识这个男生，他的名字总是和盛柠的名字一块儿被登在学校的荣誉榜上。

她以为他是来跟自己告白的，正兴奋着如果和盛柠的同班同学谈恋爱，就能天天借着找男朋友的理由去找盛柠。

结果这个学长并没有向她告白，他只是神色腼腆地向她打听盛柠的爱好。

原来是喜欢盛柠啊。

于是盛诗檬把自己知道的告诉了他。

她觉得这个学长成绩好，长得也好看，跟盛柠很般配。

可是一直到盛柠高中毕业，他们也没有在一起。

替那个学长遗憾的同时，盛诗檬又为自己感到庆幸。

看吧，盛柠的心有多难焐热，这么多年，就只有她成功了。

想到这里，盛诗檬心情颇好，迅速回复了盛柠的消息。

"放心，我肯定不会犯这种低级错误！"

温征一直是个有分寸又谨慎的人，闹出人命来对他也不好，所以盛诗檬完全不用担心。

只不过他刚刚去洗手间了，不知道在干什么。

在洗澡吗？

盛诗檬放下手机，从床上爬起来，走到洗手间门口，纯情人设演了这么久，她突然想在分手前跟他玩点刺激的。

但温征好像是在和朋友打电话。

"不来了，你们玩吧。我跟我女朋友在一块儿呢。"

电话里的人不知道说了什么，温征吊儿郎当地笑了几声。

"没腻呢，你以为我是你，爽过一回就完事，我这是长期投资懂吗？不爽的话那我还谈什么恋爱？"

盛诗檬靠着墙将他和朋友的通话尽收耳底，而后低下头笑了笑，静静地回到床上。

温征打完电话后从洗手间里走出来，下意识看了眼床。

被子里的那一团还是安安静静的，他掀开被子上床，将人捞过来抱在了怀里。

"檬檬，睡了吗？"

盛诗檬困倦地回了句："嗯。"

"睡了还能回答我？"温征轻笑，"什么时候醒的？"

"你抱我的时候。"

"你喜欢我抱着你睡吗？"温征突然说，"我以前好像从来没抱着你睡过。"

男人和女人不同，酣畅淋漓后就是四大皆空，什么也不愿想，什么也不愿做。

刚刚的卖力已经足够证明她对自己的吸引力，不需要事后的拥抱去证明他本来就逢场作戏的心意。

毕竟又没有爱到那份儿上。

而女人不同，据温征的认知，大多数女人都会想要在事后被给予一个体贴的拥抱。

他没在事后抱过别的女人，却在今天破天荒问了盛诗檬这个问题。

盛诗檬小声回答："喜欢。"

随时随地都能说出口的喜欢和爱，听着甜蜜，其中真心有几分谁又知道呢。

他们都不是在乎这个的人，所以才能在他人问起时张口就来，只要对方爱听。

他挑了挑眉，故意在她耳边问："不怕我又欺负你？"

盛诗檬抬起头来，冲他羞涩地笑了笑："这不是欺负我，这是喜欢我。"

　　她的眼睛太干净了，干净得仿佛没有一丝杂质，看着一个人的时候，满眼里都是那个人。

　　被这样乖巧单纯的女孩爱着，没有哪个男人能受得住。

　　温征吻了吻她的头发，柔声道："不闹你了，我抱着你，赶紧睡吧。"

　　"嗯。"

　　盛诗檬乖乖地躺在他的怀里。

　　这段关系结束后，她不会有任何损失。

　　而温征也从她这里得到了快乐。

　　只有温衍失去了一套可有可无的房子，而盛柠得到了一套日思夜想的房子。

　　每个人都会得到自己想要的东西。

　　盛诗檬在昏昏沉沉中睡过去。

　　她梦到了和温征一块儿去看电影的那个晚上。

　　每个女孩的学生时代应该都会对两类男生印象深刻，一类是不爱穿校服的乖戾坏男生，另一类是校服永远整齐干净的优等生。

　　盛诗檬之前交往的都是前一类男生，两个人在一起，其实根本不懂怎么谈恋爱，每天在网上交换一些肉麻至极的青春疼痛语录，就以为那是情根深种的表现。

　　宛如过家家的恋爱，只是为了迎合那个年纪所谓的叛逆青春。

　　直到她遇到真正意义上的初恋，那个男生成绩优异，长相也出众，有很多女生都爱慕他。

　　盛诗檬本和他没有交集，是某次因为和朋友的大冒险游戏输了，不得不去找他表白。

　　优等生没有如她预料的那样利落拒绝，而是讶异地问她，你喜欢我？

　　盛诗檬点头说是啊。

　　然后优等生笑了，竟然真的答应了她的表白。

　　盛诗檬顺水推舟地和他谈起了恋爱，她知道他是个好学生，所以遵循着好学生的恋爱法则，谈了一个月，两个人连手都没牵过。

　　性格越是不同的人在感情方面往往越容易互相吸引。

　　在那个他们逃了晚自习去看电影的晚上，她和男生第一次牵了手，男生还亲了她的脸。

　　他在冷风中红着耳朵对她说，我会永远跟你在一起的。

　　男生的那句"永远"戛然而止在他们的早恋被大人发现的那一刻。

学校里传出了流言。

因为盛诗檬的妈妈是小三，有其母必有其女，盛诗檬估计将来也会去做小三。

优等生能够容忍盛诗檬的叛逆和任性，却容忍不了这些流言。他的家人原本就极力反对他在高中时候早恋，如今打听清楚了盛诗檬的家世，更是找到学校，请求校方和老师逼他们分手。

盛诗檬不想他因为自己而遭受他人的非议，还没等大人们出手，她就爽快地和他说了分手。

那一瞬间男生的神情中，除了不舍和难过，还有几分庆幸。

第一次体会到失恋这种情绪的盛诗檬有些走不出来，她不愿找班上的女生们哭诉，因为她知道，那些女生虽然表面上羡慕她受男生欢迎，背地里却骂她是个婊子，十几岁就知道跟男生上床。

但她实在太需要找人倾诉了，于是不抱希望地打给了当时远在燕城读大学的盛柠。

电话里，盛柠在听她说完自己的失恋心事后沉默了很久，就在盛诗檬以为她要直接挂电话的时候，盛柠语气平静地开口了。

"你是不是傻？

"在最不应该分心的时候，你把自己的心思全用在男生身上，跟他谈恋爱能帮你考上大学吗？他是年级前十又怎么样，你不还是年级倒数？

"你跟谁谈恋爱我管不着，但我建议你现在起码搞清楚主次，自己的未来和谈恋爱到底哪个更重要。"

盛诗檬当时呆坐着愣了很久。

姐姐永远都是那么清醒，知道自己最想要的是什么。

她一直都是自己的榜样。

即使结局并不好，但那段青涩无比的初恋在记忆中依旧美好，说是刻骨铭心也不为过。因为即使到现在，盛诗檬仍时常想起那个优等生。

因而才会在那个下雪的晚上，被温征的一个脸颊吻打乱了心绪。

及时止损四个字怎么写，盛诗檬很清楚。

盛诗檬是第一次在温征的怀里睡过去，男人的胸膛到底还是不如枕头舒服，她没坚持多久，就下意识地从他怀里钻了出来，抱着枕头翻了个身。

温征又把睡熟了的女孩强行翻了过来，重新抱在怀里，低头瞧着她的睡脸，欲望已经褪去，刚刚在身体上的缠绵不知不觉化成了从心尖揉开的柔软。

他细细端详了好久，然后不带一丝情欲地在她额头上轻轻烙下一吻。

燕城的天气越来越冷。

趁着购物狂欢节的活动，盛柠在网上下单了好些过冬的衣服，尤其是羽绒服，正价贵得要死，打折的时候买最划算。

盛诗檬送了盛柠一件手打的厚毛衣，说是她妈妈给她们俩打的，姐妹两一人一件。

对于后妈石屏，盛柠始终没有办法释怀。

她曾经很喜欢石屏，可那是在石屏还是以石老师这个身份出现在盛柠的生活中时。

和石屏的温柔不同，盛柠的妈妈宁青性格强势，对盛柠的要求很严格。

那会儿的盛柠还是个被家里富养着的小公主，不懂大人的世界，想法一派天真，她觉得石老师比妈妈温柔，甚至有几次因为不想去兴趣班上课被妈妈凶，还冲妈妈喊，如果石老师是我的妈妈就好了。

宁青从来没见过女儿口中的石老师，也没有将女儿的童言无忌当真。

谁知一语成谶，因为宁青的工作忙，从未出现在家长会上，私立小学的家长会又开得比较频繁，每次都是盛启明去。

一学年后，石老师就真的成了她的后妈。

出轨的事情被揭露后，宁青第一次对女儿动手，狠狠扇了盛柠一巴掌。

"高兴了吗！石老师以后就是你的新妈妈了！再也没有人会让你天天去上兴趣班逼你学东西了！"

小小的盛柠不知所措，哭喊着说："妈妈我错了，我不该乱说话，我不要别人做我的妈妈，我只要你做我的妈妈。"

但是没用，宁青还是头也不回地出国了。

盛柠搬离了妈妈的小洋楼，跟随盛启明又搬回了那个老旧的弄堂居住。

从此母女之间的交流，就只剩下了每半年准时打过来的生活费。

临近年终，宁青打来的生活费和石屏的毛衣是一块儿送到她手上的。

盛柠不想依靠和别人建立起某种亲密关系，来以此获取温暖。

她不相信人。

只有摸起来冷冰冰的钞票才能改变她的生活，才是真正能慰藉她的灵丹妙药。

她照例给宁青发了条短信。

"谢谢妈。"

宁青没有回复。

盛柠没有收下石屏的毛衣，盛诗檬对此早有预料，笑着说那这两件毛衣都是她的咯，可以换着穿。

对于盛诗檬这种两边讨好的态度，盛柠向来都当作没看见，也不在乎。

毕竟石屏是她亲妈。

母女俩都这么卑微地讨好她，如果盛柠再恶毒点，放琼瑶剧里，妥妥就是那种对"不是拆散这个家而是加入这个家"的善良主角们实施各种虐待、令人发指的恶毒后姐。

但她没闲到那份儿上，她还有自己的事要做，没空天天在那儿演家庭伦理剧。

盛柠和陈助理约在了兴逸集团总部附近的咖啡馆见面。

其实陈助理是不想让盛柠特意过来一趟的，他本来是打算去盛柠的学校找她。

他一个工作了这么多年的男人，盛柠一个学生，两个人见面的交通成本说什么也不该是盛柠这边出。

但温总的原话是："你到底是谁的助理？你大老远去学校找她，这边的工作谁帮你处理？叫她自己过来。"

没办法，温总离不开他，他只好委屈盛柠过来公司了。

盛柠虽然爱钱，但还没有敛财到连坐地铁的钱都要省的份儿上。

咖啡馆里这会儿坐了很多衣着光鲜的白领，都是趁着休息时间下来放松的。

陈助理知道盛柠喜欢喝甜的，所以给她点了杯焦糖咖啡。

"我找人查过了，你导师的某些论文确实有问题，至于是一作二作的署名问题，还是剽窃或抄袭的问题，就不太清楚了，不过重点不在你导师身上。"陈助理抿了口咖啡，说到重点，"戴盈盈之前参加过的一些翻译比赛，她获奖的那些译文，也并不都是她自己的。不过之所以没被曝光，是因为被她拿走了获奖资格的那些学生，戴春明事后都有对他们做出补偿。"

盛柠面无表情地笑出了声。

陈助理又说了个很现实的情况。

"其实如果你一开始选择忍下来，不揪着署名权不放，戴春明应该会在书上市后补偿你不少。"

毕竟这个社会目前就这样，利益置换永不过时。

"如果我导师在找我翻译这本诗集的时候，提前跟我打好招呼，说这本诗集的译者名字要让给他侄女，他再用别的条件来换署名权，我不会说什么。"盛柠也不想装清高，索性对陈助理坦言，"因为我只是一个学生，没有任何背景，再有本事也必须要有伯乐发现我，一个署名权和导师为我毕业后铺路，我很清楚哪个对我更有利。"

陈助理问："……那你还？"

"在署名权这件事发生之前，戴春明在我心里一直是个很好的老师。"盛柠叹了口气，"我读研究生的那些日子，多亏他带我，我才能学习到这么多东西，其实我很感谢他。"

陈助理明白了她的意思。

就是因为对一个人太过尊敬和信任，所以才会在被背叛的那一刻无比愤怒，不惜代价也要撕破脸皮。

"署名权这件事原本就是我导师和他侄女理亏，他们怎么还能心安理得地在我面前耀武扬威，做坏人难道是件很值得炫耀的事情吗？"

说到这儿，盛柠的脸上不自觉浮现出困惑的表情。

这是个很清醒也很世故的姑娘，同时也很有脾气，被人阴了也绝不肯轻易认栽。

"出版方那边我用温总的名义帮你打了招呼，这书暂时还出不了。"陈助理笑着说，"看你想怎么解决这件事，是想私下跟你导师解决，还是公开对外解决？"

盛柠有些惊讶："我还能自己选怎么解决？"

陈助理跟她打了个简单的比方："可以啊，明星做公关不也是要问明星本人的意见吗？"

盛柠抿了抿唇。

抱大腿的感觉真好。

陈助理语气温和："你慢慢想，反正署名权是一定能拿回来的。"

"谢谢你啊。"盛柠顿了顿，说，"为我的事，耽误你时间了。"

"工作而已，毕竟帮你处理事情，我工资还是照拿不误。"陈助理说，"你要谢就谢温总吧。"

盛柠摸了摸鼻子："怎么谢啊？送礼吗？"

撑他倒是信手拈来，谢他？她不会。

"送礼倒不用，温总又不是不知道你还是个学生。"

意思就是知道她穷，送不起大礼，所以免了。

盛柠："……"

陈助理建议道："你待会儿忙吗？不忙的话要不去公司一趟，跟温总亲自说声谢谢？"

哦，口头道谢啊。

那太简单了，她还能顺便再送温衍一套拍马屁大礼包。

盛柠爽快点头："可以啊，顺便把我眼镜拿回来。"

虽然她已经去配了副新的，但那副旧的还好好的，她还是不想就这么白白送给温衍。

再说如果她真不要那副眼镜，温衍肯定就把眼镜扔垃圾桶了，既然她过去了，还是拿回来的好。

陈助理"啊"了声，也想到了盛柠的那副眼镜。

这些日子估摸着都被温总盘出包浆来了吧。

温总天天把那副眼镜当解压玩具玩，也不知道盛柠真管他要，他还肯不肯还。

带着盛柠回公司的时候，陈助理顺便问了那副眼镜多少钱，心里其实已经在盘算着把盛柠那副眼镜买下来给温总当玩具了。

到了办公室的时候却没见到温衍，陈助理只好找张秘书打听温总去哪儿了。

张秘书说："温总在楼下会客室呢。"

陈助理不解："我记得温总这会儿没有安排啊？"

"没预约的。"张秘书解释，"是翻译协会的戴教授，你认识的，还有他侄女也来了。"

也不等陈助理说什么，盛柠先一步转身。

"我下楼找他。"

陈助理愣了下，连忙追上去，两个人又坐着电梯下了楼。

到会客室门口的时候，盛柠还没进去，陈助理先小声提醒她："你冷静点，别又大庭广众地薅你导师的头发。"

盛柠："……"

她稍微冷静了下，将耳朵贴近会客室的门，打算先偷听他们在说什么，再决定自己要怎么做。

刚贴近，就听见了戴盈盈泫然欲泣的声音。

"您相信我，盛柠对您一定不怀好意。

"她就是想要借着我叔叔的名义接近您，然后勾引您。"

紧接着是戴春明斥责的声音："盈盈！温先生面前注意点自己的措辞！"

会客室里叔侄俩一唱一和，盛柠冷笑两声，然后更加仔细地偷听，想听温衍是怎么说的。

他听见这资本家冷哼了声，嗤道："她对我的钱不怀好意还差不多。"

盛柠没想到他会这么说。

当然他这么说也确实没什么问题。

比起他的人，她的确是对他的钱更感兴趣。

两个当事人自然清楚戴盈盈的这番话有多扯淡，但戴春明叔侄俩并不知道，尤其在听到温衍这句答非所问的话时，更是同时露出了迷惑的眼神。

《钻与石》始终卡在终审环节，戴春明实在觉得奇怪，不得不去找了出版方打听，总编欲言又止，因着戴春明和自己私下的交情不错，就委婉地告知了他原因。

诗集内容没有问题、作家没有问题、翻译没有问题，所有的出版流程都没有问题，但还是有人从中拦了一脚。

总编的语气也很无奈。

"老戴，你知道干我们这行的，做书听着是个文化事，其实就是做生意赚钱，有时候不得不看人家眼色行事。趁着原作者还没问到咱们头上，这事你自己去找那位协商吧，人家也不是说就把这书撂死了不让出，你跟人家协商好了，这书立马就能上市。"

戴春明入行几十年，是翻译界内有名的大佬，凡是署有他名的作品都很被看重，顺风顺水多年，从来都只有他给别人使绊子，这还是头一回被人使绊子。

无论哪个行业都避免不了潜规则，戴春明一直仗着自己德高望重，无视行业内公平，等他有朝一日被更有权势的人穿小鞋时，也只能打碎牙将这份委屈往肚子里咽。

没办法，他只能找上温衍。

而戴盈盈一听他要来找温先生，立马提出自己也要来。

"我就知道。"来兴逸集团的路上，戴盈盈一边咬牙一边恨恨说，"我就知道是盛柠搞的鬼。"

戴春明头疼欲裂，只说："温先生插手这件事也不一定和盛柠有关系，他那天是无意间听到我和盛柠的对话，而且他否了你去峰会的名额，也是因为听到了这件事，知道你没那个水平。"

戴盈盈一听叔叔的话，脸色更差了，尖着嗓音反驳道："峰会上那么多翻译，靠关系混进去的多了去了，温先生凭什么就针对我一个人？而且盛柠能去峰会，不就是温先生给她开的后门？她能比我好到哪儿去？"

戴春明虽然偏心自己侄女，但在盛柠和自己侄女间，谁更有资格去峰会，他还是清楚的。

整个高翻学院的人差不多都知道他最近和盛柠闹翻了，他为了打压盛柠，明里暗里没少给她穿小鞋，峰会的名额就是打压手段之一。

而盛柠却以主办方企业翻译的身份出现在了峰会上。

盛柠那天的表现不说多出彩，至少是没有差错的。这种非常考验临场反应的工作，就是入行多年的专业人员都不能保证不出一丝错，她一个还没毕业的学生，能做到现场上没有差错，已经是相当令人咋舌了。

这场会议是公开的，没去现场的那些同事和学生看了视频，也都知道盛柠出席了那场峰会，在感叹她的表现时，也有不少人来找戴春明询问盛柠的情况。

戴春明面色僵硬，连笑都笑不出来，却还要听着那些人在他面前夸他教了个好学生。

而到现在，戴盈盈仍然不觉得盛柠比她更有资格参加峰会，她甚至觉得是盛柠抢了自己的峰会名额。

她眯了眯眼，用最大的恶意揣测道："叔叔你说，盛柠会不会和温先生有那种见不得人的关系？"

戴春明完全没想到这层。

"你什么意思？"

戴盈盈有理有据地说："她要是跟温先生不是那种关系，温先生为什么要帮她？"

戴春明也犹豫了。

于是在此时的会客室内，戴盈盈说出了这个猜测，他没有真的阻止，是因为他也很好奇是不是真的这样。

他之前一直没把盛柠和温衍的关系往男女之事上想，一是他了解盛柠，这个学生在学校的时候就一心扑在学习上，完全不像是会浪费时间谈恋爱的样子。二是他也和温衍接触过挺多次，知道这是位一心扑在工作上的商人，更不像是那种会为了女人私下出头的男人。

如果他们真是那种关系，那只能说是知人知面不知心。

就在叔侄俩纷纷愣神的时候，温衍又说话了。

"戴教授，你今天来找我，就为了让你侄女到我跟前来嚼我的舌根？"

戴春明回过神来，立刻说："不是，是关于那本诗集出版的事。"

谁知温衍直接打断："那不用耽误时间了，书为什么出版不了，你自己心里清楚。"

说完他站起身，理了理身上的西装，准备离开会客室。

戴春明因为心虚，此时脸色发白。

而戴盈盈紧紧咬着唇，越想越不甘心，在温衍要开门出去的时候，一把上前抓住了他的袖口。

男人刹那间蹙紧眉头，抬手甩开，对戴盈盈递去一个警告的眼神。

戴盈盈后怕地缩着脖子，她低下头，泪盈盈地说："温先生，我叔叔怎么说和您都是旧相识了，您为了盛柠的私情把事做这么绝，对我叔叔公平吗？"

门外的盛柠听得直翻白眼。

私个屁的情，这个抱大腿的机会可是她用劳动换来的。

这会儿扯公平，要论倒打一耙，还是戴盈盈强。

温衍冷冷地说："你来之前，你叔叔没教过你流眼泪这招对我没用吗？"

"那您告诉我，您这么偏心盛柠的原因是什么？"戴盈盈抬起泪眼凄凄地说，"难道不是因为您没招架得住盛柠，喜欢上她了，才这么偏心这么帮她的。"

温衍身形一僵，握住门把手的手顿住，唇线紧抿，惊愕地看着戴盈盈。

"盈盈！闭嘴！"

戴春明被侄女口不择言的狂言吓得头皮发麻，立即呵斥。

他平时对温衍都不敢这么放肆说话，这也怪他们家有背景又有关系，戴盈盈一路成长过来，同龄人中几乎没有人敢得罪她，如今面对温衍，完全没有意识到这种涉及个人情感隐私的话是绝对不该在这个男人面前这么口无遮拦地说出口的。

温衍脸色极差地否认道："你胡说八道什么。"然后又对戴春明说，"赶紧带你侄女离开。"

戴盈盈以为自己还有辩驳的机会，又立刻换了副委屈的语气对他说："那本书我也是付出过心血的，您就这么听信盛柠的片面之词，您还说您不是偏心吗？"

戴春明点头附和："是啊，那本书确实是盛柠和盈盈一起合作翻译的，所以署名其实也没什么大问题……"

"你们空口无凭地说什么屁话呢！"

会客室的门被猛地推开，盛柠实在听不下去了。

温衍面色诧异，转而又看到了门口站着的陈助理。

陈助理对他比了个"我拦不住"的唇语，他瞬间也就明白了。

这姑娘应该是站在门口听了很久。

戴盈盈看到盛柠突然出现，霎时间吓得连眼泪都缩回了眼睛里。

"在我熬夜找资料的时候给我发条微信说声'学姐辛苦了'就是你的心血？"盛柠冷着脸厉声说道，"连那些参考的文献资料都是我自己去图书馆一本本找的，这本诗集里每一个汉字都是我的东西，你他妈付出过什么心血了？来，你给我说清楚，我看看你到底流了几滴汗。"

戴盈盈神色惊慌："学姐你——"

"还有，温先生出手帮我就必须是跟我有私情？"盛柠完全不给她说话的机会，"你以为谁都是你，不靠关系什么都干不成？我有工作能力，不需要用肮脏的人际关系站住脚。"

盛柠边说边站到温衍身前。

她把手往后面伸，摸到他的西装纽扣，轻轻拽了下，无声地请求他的配合。

意思就是他们两个人真正的合作不能透露给外人，就用简单的上司下属关系做掩护。

温衍低头看了眼搭在自己深色西装上的那只纤细的手，颜色对比分明。

"戴教授，带你侄女离开。"他叹了口气，面色烦躁地命令道，"别在我这儿闹，没用。"

叔侄俩瞬间面如死灰。

走出这间会客室后会发生什么，他们已经隐隐预料到，甚至不敢细想。

但继续留在这儿也并不能改变什么后果，只好悻悻离开。

陈助理不放心，还是送了叔侄俩一程。

闹事的人走了，温衍还是头疼得很，好不容易从忙碌工作中空出来的休息时间浪费在这儿，他现在多走一步都觉得累，于是转过身回沙发上坐下来。

盛柠见他的神色这么差，小心翼翼地走过去，弯着腰看着他。

"您还好吗？没事吧？"

"你少说话我就没事。"

"哦。"盛柠也识趣，"那我也滚吧。"

"我让你走了吗？"温衍抬头睨她，用下巴指了指旁边，"你给我待着，坐好。"

盛柠听话地在他身边坐下。

"你在门口偷听了多久？"

"也没多久。"

温衍哼了声："都听着了是吧？"

盛柠老实承认："啊，差不多。"

"那戴教授侄女的话你也听着了。"温衍顿了片刻，语气迟疑地说，"她说我跟你之间——"

盛柠反应很快，立刻澄清道："她那就是不知道您帮我的真正原因，以小人之心，度君子之腹，所以怀疑我们俩有什么，您不必当真，就当她放屁。"

男人张了张嘴，低低"嗯"了声，然后嘱咐她："你清楚就好，不该想的不要瞎想。"

"放心吧您。"盛柠语气真诚，还冲他比了个发誓的手势，"我绝对不会因为戴盈盈放的那些屁就自作多情的。"

"……"温衍的眉头不自觉皱得更紧，语气里夹杂着浓浓的不爽，"你也哪儿来的回哪儿去吧。"

盛柠却没急着走，她还有话要说："我也有问题。"

"问。"

"您应该不会相信刚刚她和我导师说的，翻译诗集她也出了力的那种假话吧？"

如果信了刚刚也就不会放任她站在自己面前狐假虎威了。

只不过温衍此时还心烦着，所以没有顺她的心意，而是故意说："谁知道。"

"您不相信？这样，我给您证明。"

盛柠拿出自己的手机，翻出了诗集的翻译电子稿，然后把手机递给他。

温衍皱眉："干什么？"

盛柠侧了个身面对着他，信心满满地说："这里面的目录，您随便抽一首，我保证倒着都能背出来。"

温衍瞥了眼手机，看标题就能猜到都是些又酸又肉麻的情诗，所有的文学体裁中，他最烦的就是这种描写情情爱爱的情诗。

之前戴春明给他送过一本，他翻了两页就嫌弃地合上扔在一边了。

也不是真要抽查这些诗是不是她翻译的，温衍没有刻意为难她，随口说了目录上的第一首诗。

这本诗集的书名就来源于第一首诗。

《钻与石》。

"背吧。"

盛柠应了声，开始背诗。

她的嗓音很有特色，声线干净流畅，细而不尖，像是从蜜罐里舀出来一勺浓浓的蜂蜜，再添水搅拌成的甜而不腻的蜂蜜汁。做口译的人都有刻意练过发音，所以念这种矫情文艺的句子也没有给人不适感。

温衍之前在峰会上通过翻译耳机立马可以认出是她在说话。

盛柠的嘴唇一张一合，从那里面吐出一句句肉麻的情诗，男人盯着她，原本心不在焉的脸色渐渐凝神起来。

原本盛柠只当自己是在单纯地背书，但她总觉得有道不太绅士的视线在把她往尴尬的临界点上逼。

所以她的语速渐渐就不那么流畅了。

"……我爱你，我是如此爱你。"

勉强凭着记忆背完以后，盛柠松了口气。

她的视线停留在眼睛的水平线上，只能看到他上下滑动的喉结。

然后盛柠听到温衍低低"啧"了声，意味不明。

她不明所以，鼓起了很大的勇气去看他。

目光接触的短短一瞬，温衍就迅速偏头躲开了她的视线。

盛柠也莫名尴尬起来，跟着侧过头，用正经的语气说："背完了，您相信这是我一个人翻译的了吧？"

他们谁也不看谁，更是刻意地拉开彼此之间的距离，身体没有一丝接触，羞惭的感觉却还是毫无理由地顺着空气侵袭进内心，在狭窄的空间里横冲直撞。

"大白天的跟个男人念情诗。"温衍紧绷着下巴，沙哑着低沉的嗓音，语气却像个不开化的老古董似的教训她，"……你自己不害羞吗？"

盛柠被他的话噎住，原本只是单纯地背诗，被他这么一说，好像显得自己多动机不纯似的。

当初为了保留原作的精髓，也为了充分突显汉字的优势，她下了不少功夫，每一句都是反复地精心打磨。翻译的时候不觉得，甚至还有些骄傲，这些变成了汉字的诗句，即使是用最常见的宋体印在书上，都会让人感觉美到了极致。

她回想了下自己刚刚对他背的那些句子，头皮一麻，收敛了神色，表情也跟眼前的男人一样，突然间变得拘束了起来，显出几分莫名其妙的局促和不自在。

"背诗啊。"盛柠垂下眼帘，张唇解释，"……这有什么的。"

温衍眼底沉沉，语气却很淡："那你紧张什么？"

盛柠语气很快："那是因为我怕自己背错。"

"哦。"

温衍似乎是接受了这个理由。

盛柠松了口气。

下一秒，男人一手撑着沙发，稍微往前倾了倾身子，歪头，将探究的目光牢牢锁在她脸上，慢悠悠地问："就一点都不害羞？"

出乎预料地对上眼睛，盛柠仿佛被针扎似的赶紧往后挪了挪。

她语气惶然，这会儿偏过头也不是，站起来也不是，直接走人更不是。

"您干吗这么在意我有没有害羞？"

在很不对劲的气氛中，如果内心不知所措，但是这时候发现对方比自己还慌张，就能慢慢冷静下来了。

这话是真的。

"没在意，随便问问。"

男人眼底闪过一丝不易察觉的笑意，轻描淡写地揭过了话题。

盛柠的思绪还停留在自己被戏弄了的情绪中没回过神来，温衍已经起身，不急不缓地重新系上西服纽扣，然后居高临下地俯视着她说："一个人就能翻译出这么肉麻的诗来，挺厉害的。"

她本来就不爽，不服气地反问回去："您大白天的听这么肉麻的情诗，您难道不会害羞吗？"

温衍挪开视线，对着空气否认道："你以为谁都跟你似的。"

盛柠跟着站起身，再次为自己解释："就算害羞，那也是人类与生俱来的羞耻心作祟，没别的意思，您千万别多想。"

"我多想什么。"男人顿了顿，语气突然间变得不耐烦，"你很闲？大白天的不在学校上课跑我这儿来干什么？"

"我来这里是和陈助理见面的。"盛柠一字一句地说，"您不让陈助理去学校找我，我只能过来找他了。"

"……"

温衍"啧"了声，挥手赶人："那你现在去找他，别在我眼前打转。"

"已经找完了。"盛柠说，"我上来是想跟您道谢的。"

"道谢？"温衍呵了声，"我看你不像来道谢，更像来寻仇。"

他又恢复了往日那不给人好脸的语气。

盛柠反倒松了口气，也不跟他斗嘴，语气缓和道："随您怎么说，总之署名权的事，谢谢您。"

道完谢，她还正儿八经地冲他鞠了一躬。

温衍面无表情地"嗯"了声，算是接受了她的道谢。

"那不打扰您了。"盛柠说，"其余的我跟陈助理说就行。"

她正准备走，温衍不知怎么又叫住了她。

"盛柠。"

她停下脚步："您还有事吗？"

温衍语气平静地说："你有没有想过，如果不是我帮了你一把，你得罪了戴春明会有什么后果？"

盛柠没说话。

其实她又何尝不知道，忍才是最好的处理办法。

这并不是一个真正讲究公平的社会，说残忍点，背景和人脉永远排在实力前面。

她其实也担心过，如果得罪了导师，自己之后的日子要怎么过。

或许都不能毕业。

但她却不后悔这样做。

有时候人就是这么犟，明知道怎样做才是最好的，但偏要反其道行之。

可以被现实压弯腰，可以变得世故虚伪，却绝不能认为这种来自上层人的压迫是理所应当的。

温衍看到了她眼睛里流露出来的犟劲，像头小牛似的，无惧无畏。

她有时候很虚伪，但有时候又很真实。

扪心自问，温衍做不到她这样。

曾经唯一一次的叛逆也被父亲硬生生折断了羽翼，后来慢慢地就发现，其实循规蹈矩也没什么不好，永远不会出错，也不会有任何意外。反正已经幸运地拥有了这样人人艳羡的出身，什么都有，什么都不缺，自由也就显得没那么重要了。

盛柠老实点头："想过。所以我觉得自己运气还挺好的，能碰上您。"

"那你应该知道，这个世上没有所谓的真正向普通人倾斜的天平。"温衍扬了扬眉，语气清沉平缓，"当你站到了高处，就算没碰上我，天平也会朝你倾斜。"

他的话很现实。

对一些人来说或许是"毒鸡汤"，对盛柠而言却是不折不扣的正能量。

盛柠的嘴边绽开笑容，语气也变乖顺了："我知道，所以我是真心感谢您。"

温衍"嗯"了声，又问她："所以你的真心感谢就只有这样？"

是陈助理说的，她还是个学生，道声谢就行了。

盛柠讷讷道："……我还没毕业，兜里没什么钱。"

她小气巴拉敛财鬼的样子真是莫名让人想笑。

温衍无语："我能缺你那点钱吗？"

"那您是想要什么谢礼？"

他愣了愣，一时间也说不出自己想要她的什么。

"要不这样。"盛柠给他提了个建议，"您要是觉得我的工作能力还可以，能入您的眼，寒假我就留在燕城给您打工，用我的劳动力回报您。"

盛柠寒假要来他这里当实习生的事，早前陈助理就跟他知会过，只是盛柠不知道，所以拿这点来刻意讨好他。

温衍没轻易点头，而是问："要工资吗？"

"啊？"盛柠转了转眼珠子，"……那还是要的。"

"我就知道。"温衍扯了扯唇，凉凉道，"那你这算什么回报？"

"那世道就是这样啊，有劳就有得。"盛柠理直气壮地说，"到时候您也不想被我告上劳动仲裁法庭吧？"

温衍好笑道："威胁我？"

盛柠立刻摇头，坚定否认："没，就是忠告。"

温衍眯眼睨她，冷哼两声道："放心，就算咱俩将来上法庭，也是我告你敲诈勒索。"

"……"

差点忘了自己还有这个把柄在他手上。

盛柠不敢说话了，免费打工就免费打工吧，就当积攒实习经验。

看她宛如一只落败的小鸡崽，温衍终于不再逗她了。

"你要能通过面试来这儿上班，实习期间工资照给，也不会告你敲诈勒索。"他挑眉说，"满意了吗，财迷？"

盛柠在那一瞬间眼睛发光，可能是光顾着开心了，就没注意到男人摇头叹气，自唇角酝酿出来的浅浅笑意。

其实如果没有温衍帮忙，盛柠甚至有想过发微博，把这事放在网上闹大。

毕竟这年头微博的真正作用就只是吃瓜[1]和维权。

但她也很清楚，校方重视荣誉，是绝对不会允许这种学术污点被曝光在网上的。每年维权的人那么多，可真正维权成功的人又有几个，大多被资本和权势捂了嘴的维权发言，都会随着时效性，渐渐湮灭在日日更新的网络中。

"就算我把这件事曝光在了网上。"盛柠当然没那么天真，"别说热搜了，估计发出去没多久就会被删掉。"

"有我在。"温衍却不以为意，"就是上不去热搜也会帮你买一个。"

即使有温衍的这句话，盛柠仍然没有把这件事寄希望在网上，而是将目标对

---

[1] 网络用语，瓜指某个热点八卦，吃瓜是群众以一种与自己无关的状态围观热点八卦的行为。

准了每年高翻学院例行召开的年终大会上。

高翻学院全称燕城外国语大学高级翻译学院，因而在每年的年终大会上，校方的几位领导也会出席。

这种在学校召开的会议通常有个不好的地方，那就是安保不太行，对在校学生的防备心也不高，如果学生成心捣乱，能够轻而易举地溜进去。

会议室内，一桌子的领导还在说官方话，盛柠直接推门而入。

年后就要升职的戴春明自然也在，一见到盛柠就立刻大声斥责："盛柠！这儿开着会呢！谁允许你进来的！出去！"

可闯进来的不光她一人，还有口译专业班上的同学们。

大有一副要搞学生革命的架势。

学生人多，保安就两个，还是学校领导托关系塞进来的亲戚。

一群学校领导端着架子，又不能动手，只能干瞪着眼看着这帮叛逆的学生。

盛柠也不耽误时间，直接走上会议室讲台，打开电脑插上 U 盘，开始播放她精心准备的 PPT，一副要演讲的架势。

PPT 也没搞那些花里胡哨的动画特效和插图，第一页打开就是各种证据。

各种聊天记录和扫描文件，旁边还有贴心提示的小标题。

戴春明在台下看得目瞪口呆，他没想到他侄女本科四年，参加过的所有翻译比赛的获奖译文全部都被扒出来并非她本人翻译，而是戴春明从别的学生手上高价买来的。

甚至还有他的一些论文扫描电子文件。

"我知道我今天的行为鲁莽了点，但如果我不站出来说话，谁能保证在我之后进入燕外学习的万千学子当中，又会有多少人将要遭遇被侵占学术成果这种事。"

主位上的校长沉着脸问："你既然不是第一个受害者，那之前为什么从来没有学生向我反映过？"

盛柠语气平静地说："原因很简单，因为我们只是学生，如果我们想要拿回自己的成果，就只能向上举报，但极大可能是举报信打了水漂，反而还被学校领导和导师记上一过，到时候被卡论文被卡毕业，连能不能拿到毕业证都是个问题，这么严重的代价，谁敢维权？"

跟她一块儿过来的几个学生站在台下看着她说话，神色都很复杂。

"燕外高翻学院作为全国最顶尖的翻译人才培养摇篮，自 2002 年口译项目启动以来，已招收十九届学生，培养并向外输送了近两百人的口译人才，而我的导师戴春明教授，为了替他侄女拿到出国留学的免试推荐名额，不顾我本人意愿，强行占有属于我的翻译作品署名权。

"根据教育部所颁布的《高等学校预防与处理学术不端行为办法》，其中明确了剽窃、抄袭、侵占他人学术成果，未经他人许可不当使用他人署名，买卖论文等行为为学术不端行为，可以给予警告、记过、降低岗位等级或者撤职、开除等处分。"

盛柠很清楚为什么自己的举报信没有得到校方重视，校方最重视的是名誉，而她就是要反复强调高翻学院的名誉，用这点来给校方施压，让他们不得不站出来处理这件事。

"我在此恳请在座的校方领导秉公处理，不要让我导师一人的学术不端行为，影响了整个高翻学院的名声。"

盛柠一字一顿地说完这些，往侧面走了一步离开讲台，冲台下的所有人鞠了一躬。

为了防止校方断章取义，盛柠一早就和季雨涵商量好了，让她把自己的演讲过程全程录像，以防事后校方不认账，她也能直接把这段完整的演讲录像对外公开出去。

季雨涵举起手冲她比了个"OK"。

"戴教授。"校长皱眉看向戴春明，"麻烦你好好解释一下这件事。"

坐在校长旁边的戴春明一言不发，面如死灰。

解释什么，事到如今还有什么好解释的。

再解释，他在权威学术期刊上发表过的那些论文恐怕都要被追根溯源，这其中究竟侵占了他多少个学生的署名权都会被翻出来一并纠责。

他知道盛柠有证据，这些证据光凭她一个人当然查不了那么细。

但有温先生在背后帮忙，结果就大为不同。

如果只是单盛柠一个人，校方或许还会有犹豫取舍，毕竟戴春明是老教授了，肯定比一个学生值得偏袒，但如今加上温先生，就算有人不想秉公处理也不行了。

权势压人，既然没有公平可言，那就索性以权压权。

《钻与石》这本书之前在网上做过不少营销，之前译者一直对外宣传的是戴盈盈。现在署名权拿回来了，肯定要做出相应的澄清，名誉不能白白送给别人。

季雨涵还是帮盛柠把这段视频发上了网，至于水花有多大，那就听天由命，说不定马上就会被学校公关撤掉。

有关燕外的这个话题，一开始被校方压着，阅读量怎么都上不去，但没过一天，几个营销号转发了视频，话题又"嗖嗖嗖"地上去了。

盛柠发誓她什么都不知道，她连营销号的联系方式都没有。

季雨涵一脸问号道："那是谁在顶热搜啊？"

盛柠迅速想到一个人。

为求证，她立刻给这个人打去了电话。

"您真的帮我买热搜了？"

"没有。"温衍说。

盛柠更不解了："那我的那个视频为什么转发和评论这么多？"

这段视频会流传开来，一部分是因为引起了不少高校学生的共情，毕竟学术侵占的情况在高校中算不得什么小概率事件。

另一部分也是因为，视频里这个控诉教授有违师德行为的姑娘目光明亮，发言流畅，逻辑清晰，长得也确实很漂亮。听说是学翻译的，那将来是不是有可能在某些公开的国际会议的会议席上看到她的身影。

因为这件事也和自己有些关系，于是资本家难得上网，也难得的去那个乌烟瘴气的微博上逛了一圈。

看着某些渐渐偏了风向的评论，从一开始的学术维权讨论到"有一说一这个小姐姐真的长得好漂亮"上。

看得人眼睛疼，又关上了微博。

扔开手里的平板，温衍冷嗤道："不知道。"

第 10 章

平安夜的酒

温衍的回答听着明显很冷淡，且表现的对她的视频完全不感兴趣。

"你还有事吗？"

署名权的事情多亏了他，盛柠想跟他再道一声谢，但又觉得口头上的谢谢确实没什么用，只好又说："关于谢礼，您想好了吗？"

温衍上次跟她说这个原本也就是一时兴起，纯属是脱口而出的逗弄。

他平时话不多，对人的耐心也有限度，但他有个特别嘴欠的外甥女，这个外甥女每回见到舅舅就跟熊孩子似的，又怕他又偏爱惹他生气。

没别的原因，外甥女就喜欢看舅舅平时板着张生人勿近的冰块脸，只有对着她的时候会完全忘了自己的高冷人设，舅甥俩吵来吵去都是些没营养的话。

所以温衍对谁都话少，唯独就对这个外甥女话多。

盛柠跟他外甥女在这方面很像，一个姑娘家的从来不知道文静俩字怎么写，成天只知道掉来掉去。

碍于这位姓盛的也是个姑娘，温衍就算恼了也没法真动手教训她。

然后这姑娘恰好也是那种仗着温衍骨子里刻着的绅士风度，会偶尔跟他没大没小的人。

温衍不能动手，嘴上对她自然也就不怎么留情。

于是他模棱两可地说："你自己琢磨吧。"

这难题就跟给领导送礼一样，送少了吧，没新意，送多了吧，太浮夸，而且划不来。

果然，盛柠在电话那头开始烦恼了。

目的达成，温衍挂了电话。

"温总。"刚好这时候张秘书敲了敲办公室虚掩的门,"吴经理来了。"

凡临近年终,必有各种积压成堆的工作全挤在这短短的一个月内需要处理,不光是总部忙,各个分部也都是忙得焦头烂额。

博臣花园的房源目前已经开到了第六期,开盘时间也选得好,就在圣诞节,因为公寓的主要购买人群是年轻人,所以品牌也把时间定在了年轻人都喜欢的西方节日上。

作为项目经理,吴建业已经忙到连着一个月都没陪过自家孩子了。

每次他一回家,孩子已经睡了,他还没起,孩子又出门上学了。

因而张秘书联系他说温总找的时候,他梦想着自己年后就会晋升,二话不说从营销中心里一群来咨询的意向客户中脱开身,往总部飞奔而去。

然而温总见到他的表情并没有很高兴。

温总手里拿着的是几个月前自己的私人账单明细。

之前没怎么细看,一看真是吓了一跳,这吴经理简直是胆大包天。

"知道为什么找你来吗?"

很多上司都爱问这种似是而非的话,搞得下属心惊胆战。

吴经理只好猜测:"是因为公寓的事?"

温衍:"嗯。"

吴经理又猜测:"是盛小姐对公寓有哪里不满吗?"

温衍扯了扯唇,面无表情道:"吴经理精心给她在公寓里准备了那么多东西,她敢不满意吗?"

吴经理猜不透温总的语气究竟是什么意思,略显局促地张了张嘴:"那是您不满意?"

"软装部分这些不谈,我问你,"温衍蹙着眉,手轻点着账单,"这些女人的包和衣服是怎么回事?还有这乱七八糟的双份日用品,你考虑得挺周到,还想到了盛柠可能会邀请男人去那儿过夜。"

没等吴经理解释,温衍眉头又蹙得更紧了,沉声补充道:"拿我的钱帮她养男人是吧?"

吴经理愣了,下意识问:"盛小姐的男人不就是您吗?"

温衍的脸色一瞬间变了,错愕道:"什么?"

"呃。"吴经理迷茫道,"您和盛小姐不是男女朋友吗?"

"……"

在老总无语的眼神中,吴经理很快反应过来。

妈的,是他想多了,盛小姐和老总不是他想的那种关系。

这还升个屁的职，不给他降职发配到边疆就不错了。

吴经理在这一瞬间想到了很多，想到了他的房贷车贷，想到了他在老家手气臭得不行还非要天天跟人打牌输钱的老母亲，想到了他的老婆和孩子，他老婆最近刚买了一个新款的包，他孩子最近刚报了一个费用不低的课后辅导班。

他哪儿知道温总这么大方给姑娘送一套价值好几百万的房子，目的居然不是为了泡那个姑娘。

因为在他的认知里，一个男人肯这么为一个女人花钱，一定是馋这个女人的身子和心。

"温总。"吴经理咽了咽口水，"这事是我眼瞎，是我……都是我的错，害您破费了。这些钱我一定想办法给您填上。"

说得好听，他一年才挣多少，光是那些衣服和包就够他肉疼的了。

在吴经理的绝望忏悔中，温总发话了。

他叹了口气："算了。"

吴经理睁大眼睛，不可置信道："您……您说算了的意思是？"

"就这样吧。"搞清楚了原委，温衍也不想再浪费时间，甩手赶人，"你回吧。"

"那……那些东西……"

温衍淡淡地说："她不想要的话会自己转手卖了换成钱，你不用操心了。"

"……"

就这么，送了？

吴经理从办公室里出来的时候，整个人都是愣的。

张秘书见他一脸失魂的模样，连忙上前询问："来的时候还兴高采烈的，怎么回事啊？温总骂你了？"

"……那倒没有。"吴经理回过神，用一脸探究的表情问张秘书，"哎我问你，温总对女人是不是特别大方？"

"我哪儿知道。"张秘书摇头。

"你是他秘书，你不知道他平时有没有给女人送东西？"

"那都是陈助理的活。"张秘书解释完，又压低了声音说，"不过我知道一个，他去年给一个女明星送了件百来万的高定礼服，陈助理偷偷跟我说的。"

吴经理小声惊呼道："女明星？温总小情人吗？"

张秘书否认："应该不是，那女明星已经结婚了，温总还不至于找一个结了婚的女人当情人吧。"

吴经理："这倒是。"顿了顿，他又好奇地问："那你说，这世上真有那种对一个女人特别大方，但是不图色的男人吗？"

"不可能。"张秘书斩钉截铁道，"男人不好色，不是阳痿就是脑子有病。"

吴经理顿时惊恐地张大了嘴："……"

时间终于来到了年尾。

年尾有一个相当有浪漫氛围的节日，圣诞节。

对有的人来说，这是个美妙的节日，但对有的人来说，这是个和平时没两样的普通日子。

一帮嘴上喊着不过洋人节，但心里不服老又想赶时髦的老头子非要在平安夜的晚上搞饭局，饭桌上嚷嚷着什么狗屁洋人节，年轻的情人和子女都嚷着要过，其实就是打着过节的幌子，跟他们要钱要礼物。

温衍是这群人当中最年轻的。

"怪了，温总今天怎么没去约会？过来陪我们一群老头子喝酒？"

温衍淡淡答："我不过圣诞节。"

"咱们温总还单着呢。"另一个老头子醉醺醺地说，"你当跟咱们似的，养多少个都不嫌多，温兴逸那老东西现在不管事，担子全压他一个人头上，他哪儿有那闲工夫应付女人。"

这话一出，其他几个生了闺女的立马嚷嚷着要给温衍介绍。

对这种情况，温衍游刃有余，向来是施行不当真，不拒绝，不理会的"三不"原则。

饭局结束，温衍送了几个长辈上车，终于坐回了自己的车上。

应付完饭局上的老头子，又要应付家里的。

今儿温宅没人，老爷子打电话过来抱怨。

"中国人过什么老外节日！崇洋媚外的玩意儿！还圣诞圣诞，我看咱家迟早要完蛋！"

温衍虽然也不过圣诞，但没老爷子这么偏激。

他往车窗外看了眼，各个商铺外的橱窗都摆上了圣诞节的装饰，到处都是温馨浪漫的气氛，也难怪老爷子一个人被扔在家里会生气。

老爷子抱怨完了，问："温征的事怎么样了？他怎么还没跟那姑娘分手？今天晚上又出去鬼混了。"

"您觉得我最近有空管他吗？"

"我看你不但没空管他，也管不住你自己了。"老爷子也不明说，"我看过你的私人账单了。"

温衍顿时沉了语气："您查我？"

"你是我儿子,我不能查?甭说是你今年的私人账单,你往年的私人账单我也都查了。"

老爷子说到这儿,意味不明地笑了两声:"你给女人花钱我没意见,反正你弟弟平时给女人花的也不少,但你是做哥哥的,你不能跟他似的没分寸知道吗?"

"不是您想的那样。"温衍紧紧皱着眉头,"那些钱也不是那个意思。"

"不是最好。反正年后你妈老家那边打算给你介绍姑娘认识,我给你介绍你不愿意我拦不住,你妈那边的你总没法拒绝了吧。"老爷子叹了口气,告诫道,"你妈虽然已经走了这么些年,她家那边的长辈可都是一直盯着你呢。当初你在军校里闯的那些祸,要不是我帮你擦的屁股,你早被你妈那边的长辈们绑到祖宗牌位面前跪断腿了。"

温氏是从温兴逸这一辈开始发家的,虽然生意做得大,但总归就是个白手起家的商人,哪儿比得上温衍母亲那边,簪缨世家名门望族,明明已经是现代社会,思想没见转变,骨子里仍觉得自己高人一等,约束是只多不少。

挂掉电话,温衍开了车窗,吹着冷风醒酒。

越吹越清醒,也就越不想醒。

当年在军校里要好的朋友不少,可自从被父亲逼着退役回到温氏以后,那些朋友就渐渐失去了联系,如今就只剩下一个。

他打了通电话给这个毕业之后去了公安系统工作的朋友。

"没空,接到电话举报说有人聚众嗑药,得赶紧过去一趟。"朋友在电话里头骂,"平安夜,平安个屁。"

温衍扔开手机,手指抵着眉心狠狠揉捏,恨不得将那层皮揉破。

透过后视镜看到他表情的司机小心翼翼地问道:"温总,现在是回家吗?"

"不回。"温衍闭眼,带着浓浓酒意吩咐,"去京碧公馆。"

温衍晚上一般回温宅,老爷子年纪大了要人陪,他不乐意护工陪着,就想家人陪着。外甥女早就成家搬了出去,温征这个不孝子三天两头在外面鬼混,于是就只剩下大儿子温衍时常回家陪着老父亲。

京碧公馆是他的私人住所之一,平时不常回去,但有时候实在烦了,想去外面躲躲,就会上那儿过夜。

剩下一个算是了解他,他也比较亲近的人。

陈助理?

脑子里筛选了一遍,没有家人朋友,竟然只剩下一个下属。

温衍自嘲地扯了扯唇。

陈助理很显然没料到会在今天晚上接到温衍的电话。

"温总？"

"你在哪儿？"

明天是周六，今晚总裁办跟行政部的同事们去了郊外的温泉小镇搞联谊。

众所周知行政部的美女多，总裁办的几个男同事都兴奋得不行。

行政部的姑娘当然也不傻，集团上下都知道公司里最惹人注目的钻石王老五是他们的顶头上司温总，年轻未婚又多金，关键长得还特别帅，但碍于阶层差距，再极品她们也不敢妄想把温总请过来搞联谊。

而温总身边的陈助理，同样也是光棍一个，长相不错又是总助职位，前途大好。行政部的好几个姑娘都对他觊觎已久，趁着这次联谊，愣是求着总裁办的其他人，好说歹说地把陈总助劝过来联谊。

陈助理觉得与其平安夜一个人孤孤单单地过，那还不如去联谊上热闹热闹，于是也就应了同事们的邀请。

这会儿他正和同事们玩得高兴，同事见他接了电话，立刻不满地喊："喂喂喂，陈总助，不带你这么扫兴的啊。"

他无奈地对同事比了个唇语："温总。"

"……"

同事让他赶紧出去接，别耽误事。

陈助理一出去，行政部的几个姑娘立马问："下班时间还会被温总找啊？"

"不然呢？你以为总助那么好当？"同事不以为意，"别说下班时间，就是有时候在外地好好度着假，温总一个电话都得赶回来。"

陈助理在包间外头接电话，他一开始看到温总打电话过来，就直觉不好。

事实证明男人的直觉有时候不比女人差。

温总叫自己去趟他家。

陈助理犹犹豫豫地不想答应。

温总听出他的不情愿，问："你晚上也有约会？"

"……也不是约会，就是同事们一块儿聚聚。"

"那你现在过来。"温总"啧"了声，开始使他平日里惯用的招数，"加班费给你按法定节假日补贴算。"

圣诞节不是法定节假日，却能拿节假日的补贴费，着实很划得来。

但今天是平安夜，陈助理是真的不想跟温总一块儿过。

挂了电话后，他站在包间门口想了很久，决定给盛柠打电话求助。

盛柠前不久通过了兴逸集团的面试，她一直以为是陈助理跟人事提前打了招呼，自己的面试才那么容易就通过，陈助理也不好明说自己因为温总吩咐，其实根本没帮她什么忙，面试能过完全是她自个儿争气。

　　但盛柠以为陈助理是在客套，怎么说都要请他吃饭，但临近年末，陈助理忙得不行，这顿饭也就一直拖到现在都没请成。

　　那就干脆让她今天把这人情还了吧，反正据他所知，盛柠没男朋友。

　　接通了电话，盛柠先跟他说了声平安夜快乐，然后才问他有什么事。

　　陈助理就把自己的情况说了。

　　"我这会儿不在市区，短时间内赶不回去，想问问你能不能帮我去温总家里一趟？"

　　盛柠在电话那头犹豫。

　　平安夜去资本家老板家，是个打工人都不愿意。

　　陈助理补充道："温总说今晚的加班费按法定节假日的补贴算。"

　　盛柠秒回："我去！"

　　陈助理："……"

　　盛柠态度积极："你把地址给我，我立马就过去。"

　　见她这么积极，陈助理反而又犹豫了。

　　"你真愿意去一趟？"

　　不是简单送个快递或是外卖，谁知道温总会有什么吩咐，说不定一晚上就折在加班上了。

　　"愿意啊。"

　　"你今天晚上不和朋友一块儿过平安夜吗？"

　　连他都不想在今天晚上去给温总加班，更何况盛柠一个还没毕业的学生，按理来说应该比他这个上班族更重视圣诞节才是。

　　盛柠笑着说："没事，我几个朋友都玩高兴了，少我一个不少。"

　　果然是在和朋友聚会。

　　这都愿意撇下朋友去一趟温总家。

　　陈助理心想以盛柠这种觉悟，她说不定比自己更适合做温总的助理。

　　"行，那我把地址发你手机上，麻烦你了。"

　　盛柠见陈助理就要挂电话，连忙追问："我要不要带笔记本去啊？"

　　"不用，温总没吩咐就不用带。"陈助理解释，"温总找我过去不一定都是工作上的事，有时候我也会帮他处理一些生活上的私事。"

　　盛柠犹豫了："私事？那我替你去会不会不方便？"

　　陈助理语气温和地说："温总很少让人帮他处理那种不方便的私事，你不用担心。"

盛柠放下心来。

挂掉电话后没多久，陈助理给她发来了地址。

她突然想起以前听盛诗檬提起过，温衍是和他父亲弟弟住一块儿的。

那她要是去了，那个传说中退位做了太上皇的温董和温征不就知道她了吗？

这样不会有风险吗？

紧接着下一秒，陈助理的话打消了她的顾虑。

陈助理："这是温总的私人住所，就他一个人住。"

顺便还给她发了大门的密码，让她到了那儿直接输密码进去就行。

盛柠回了个好，准备回包间和今天晚上聚餐的同学打声招呼先走。

刚回到包间，季雨涵立刻晃着她那戴着圣诞老人帽子的脑袋喊："盛小柠！回来得正好，我们在刷微博呢。你那个视频下面的评论，好家伙太精彩了，快来快来我给你念念。"

口译班的几个同学今天晚上聚会是季雨涵负责组织的，主要就是为了庆祝盛柠的维权大成功。

当时她跟季雨涵说自己打算去领导们的年终会议上维权的时候，季雨涵虽然举双手支持她，但还是不免有些担心。

就她们两个女孩子，万一动起手来肯定吃亏，于是季雨涵就去找了同班的几个人。

其实大家读书读到这个份儿上了，面对学校里某些搞特权的不公平现象，不满和埋怨肯定有，只是个人的力量单薄，一个学生能掀起多大的水花。

好的导师不是没有，但如果碰上人品不怎么样的导师，往往也就只能打碎了牙往肚子里咽，辛辛苦苦熬过这几年。

他们帮盛柠，其实也是在帮自己，如果盛柠能从戴春明身上讨回公道，那起码从他们这一届，再到之后的几届，应该都不会有导师再敢这么明目张胆地侵占学生的学术成果。

好在盛柠有贵人相助，维权的事不光在燕城的高校圈内流传开来，还在网上引起了讨论。

而事实也同样证明，校方处理事情的效率其实很快，只要他们足够重视。

结果出来得很快，校内发布通告，戴春明被暂时停职调查，戴盈盈此前所有非提交本人作品的翻译大赛获奖名额被收回，出国名额同样也被取消。

连带着戴盈盈那个在教育局当领导的妈都被纪委的人请去喝茶，还有她那个在本地生意做得挺大的爸也被工商局叫去了谈话。

最近这几年风口紧政策也严，一旦豁开了口子，那之后很多的腌臜，顺藤摸瓜就能查出不少来。

戴春明落了马，在盛柠前几届受到了学术打压的那几个师兄师姐都欣慰地来找盛柠道贺。

起码当初他们不敢做的事，盛柠替他们做到了。

他们口译班一共不到十个人，每人给盛柠敬一杯酒其实也没多少杯，但是盛柠的酒量不太行，一杯酒分了好几口喝完，还是略微上头。

她接到陈助理的电话，正好借口出去喘口气。

现在一回来，季雨涵又立马缠上了她。

"看到这个小姐姐，燕外美女多这个传言我信了。"季雨涵边刷手机边"哼"了声，"路走窄了，我们燕外何止美女多，帅哥也多得不行好不好。"

几个男生立刻附和："同意！"

季雨涵笑得花枝乱颤，又念了几条。

"想问问小姐姐直的弯的，弯的我立马报名，直的我立马变性。"她神色探究地看向盛柠，摸着下巴问，"话说连我都不知道，你是直的还是弯的？"

盛柠对自己的性取向还是相当清楚的。

"直的。"

"我不信，除非你找个男朋友证明给我看。"季雨涵甚至做了个娇羞的表情，"否则我会认为跟你住一个寝室很危险。"

盛柠："……"

她不想说话了，和其他几个没醉的同学打了个招呼，说有事要先走。

同学们露出深意的笑来："平安夜还有事，不会是约会吧？"

"不是。"盛柠说，"加班。"

"……"

太拼了。

几个同学瞬间对她露出了同情的目光。

季雨涵见她要走，立马清醒了，甚至主动说："我跟你一块儿，送你上车。"

两个人站在店门口等车。

季雨涵憋了半天，终于问出口了："你是不是要去找温先生？"

盛柠眨眨眼："你怎么知道？"

"我靠还真是啊。"季雨涵的神色顿时复杂起来，"我问你啊，署名权这事温先生到底为什么帮你啊？他不可能无缘无故就帮你吧。"

盛柠又不能跟她说真实原因，只能搪塞道："我不是在给他打工吗？看下属可怜，就顺道帮一把吧。"

"你这借口也太烂了吧。"季雨涵撇嘴，"但凡是一个心智正常的成年人能相信就有鬼了。"

盛柠一脸无所谓："你不信那我也没办法。"

季雨涵坏笑一声，搭上她的肩，悄悄凑近她的耳朵问："你和温先生，是不是有那么情况啊？"

盛柠一惊，立刻否认："想多了吧。"

季雨涵却有理有据地给她分析道："怎么不可能？男未婚女未嫁，你长得漂亮他长得帅，而且你喜欢钱，他又恰好特别有钱。"

说完她还拍了个掌："天造地设啊。"

"……"

盛柠叹了口气："具体原因我现在不能跟你说，但我可以确定，我跟他之间绝对不会有任何你想的那种可能。"

季雨涵挑眉，八卦地"嗯哼"了一声："我又没明说什么可能，你明明自己也有那么想吧。"

盛柠愣了愣。

确实也是有想过，甚至有一次还梦到了。

梦里的男人被夺舍般朝她露出温柔的笑，笑得梦里的她头皮发麻。

她又不是真的断情绝爱，普通人该有的七情六欲她当然也有，有时候在学校碰见长相好的男生也会看上几眼，上网刷到一些男明星的视频也会悄悄地点赞。

平心而论温衍是个条件很好的男人，好到她甚至不敢往那方面想。

盛柠不像盛诗檬，能够在一段感情中把控自如，感情这东西在她的观念里是绝对不可控的，运气好的话碰上个对的人，就当中了彩票，运气不好就只能认栽受虐。

她和温衍之间的差距太大，大到已经不能用不可控因素来形容，她承担不起偏离轨迹的后果，所以还不如从一开始就彻底断绝苗头。

只把温衍当作是甲方或上司，甚至是人生旅途中撞了大运遇见的贵人，别的什么都不想。

盛柠咳了声，语气平静道："我想的是绝对不可能。"

"你年纪轻轻的怎么连这点少女心都没有。"季雨涵突然觉得特别没劲，"做梦又不犯法。"

"做梦能来钱吗？"盛柠裹紧围巾，冲她潇洒一挥手，"车来了，走了，加班赚钱去了。"

季雨涵目送她上车离开，耸了耸肩。

正巧这时候开始下起小雪，街道上并行的情侣们紧紧靠在一起，在这节日气息极其浓厚的氛围中肆无忌惮地展露着对彼此的爱意。

要真按照盛柠说的，她和温先生就是单纯的上司下属关系，那平安夜跟上司一起度过，真是纯纯的人间惨剧。

季雨涵同情地摇了摇头，无法感同身受，只好转身回去继续喝她的酒。

京碧公馆位于国贸黄金地段，品牌定位是超高端住宅，繁华与静谧兼得，私密性极好，温衍不回温宅时，最常来的就是这里。

这是套面积两百平方米出头的两居室住宅，室内只开了盏光线模糊的落地灯，男人倚在景观窗旁的躺椅上，心不在焉的，视线往下望去，是一片星星点点甚至比夜幕还明亮的市区夜景。

陈助理跟他久了，温衍自然也知道他辛苦。

他平时对陈助理的态度虽然算不上热络，但绝对够不上冷漠，偶尔带着陈助理去外地出差，合作方如果送了什么礼物，无论是否刚需，温衍一般都会直接转送给陈助理。

比如陈助理有几瓶珍藏到现在都还舍不得喝的年份红酒，就是温衍送他的。

他今晚叫陈助理过来也不是为工作，就是单纯地在饭局上喝烦了，又接了父亲的一通电话，司机送他回家的路上，就连街边的路灯都被装饰上了节日彩条，看着让人心情躁郁。

叫自个儿助理过来陪着喝一杯，这个念头很无聊，也不符合温衍平日的行事作风，因而他在电话里没跟陈助理明说，就说简单地加个班。

距离温衍给陈助理打电话已经过去了很久。

正好手边小茶几上的手机振动起来，温衍揉揉眼睛，也没看来电，默认是陈助理，直接接了起来。

"你怎么还没到？"

"啊？"

是年轻姑娘蒙蒙的声音。

不是陈助理的声音。

温衍看了眼来电，有些莫名其妙："你打来有事吗？"

盛柠语气犹豫："哦，我那个，嗯……"

温衍不耐道："你有话就快说。"

"……我迷路了。"她的声音听起来很不好意思，"太绕了，我走着走着就……没方向了。"

明明是按照导航走的，在大路上还走得好好的，结果一进林荫小路，导航也跟着她一块儿犯起了迷糊，越走越绕。

"小孩吗你？"温衍语气冷淡，"迷路了就打给110，打给我有什么用？"

盛柠不爽道："但是我现在就在京碧公馆，您家楼下这里，找您难道不比找警察方便？"

温衍愣了下，皱眉问："你来干什么？"

"陈助理现在不在市区，赶不回来，所以我就替他来了。"

"……"

温衍深吸一口气，勉强维持着语气问："你描述下周围的环境。"

盛柠老实说："我在一个亭子里面，旁边都是绿灌木。"

他"嗯"了声，接着给她指路："你现在从亭子出来，看到停车场的路牌后往北边走，走到1栋楼下后再往南直走——"

盛柠突然打断："您等等。"

"怎么？"

"北是哪边？前后左右？"

温衍简直难以置信。

"……你学过地理没有？北是哪边都不知道？"

"我只知道上北下南左西右东，然后北极星在正北面，但是现在下雪，我看不到星星。"

"……"

服了。

温衍起身，回卧室拿外套，穿外套的时候手机开着免提扔在床上，手机里的姑娘还在纠结东南西北。

"行了别念叨了。回亭子里等着，我下楼接你。"

盛柠立刻答应："嗯，那您快点啊。"

温衍叹了口气。

陈助理这是找了个什么人来替他。

简直冤家，哪儿有上司下楼接下属的。

这场雪来得猝不及防，一开始还是小雪，这会儿已经下大，温衍下楼找到她的时候，她背对着他坐在亭子里缩成一团试图取暖，连脚都冷得搭了上去，抱着膝盖将自己蜷成一个纤细瘦弱的团子。

又穿得跟个汤圆似的。

温衍盯着那个背影看了几秒，走近了低声嗤道："不分东南西北，活该。"

盛柠听到他的声音，立刻转过头来，眼睛瞪得老大。

"您说什么？"

温衍看她缩着脖子，半张脸都埋在围巾里，脸颊和耳朵冻得通红，发丝和眼睫毛上落着霜。

他顿了顿，不知怎的改了口："我问你冷不冷？"

盛柠抖了抖肩膀，笑着说："还行，您动作快，我没等多久。"

穿这么厚都冷成这样，看来是真的特别怕冷。

温衍催促道："走吧，快点。"

她跟着他顺利找到了目标楼栋，才发现原来这路一点都不绕，纯属是这里绿植面积太大，私密性太好，大晚上的视野模糊又不开阔，才让她迷了路。

走进室内一楼，盛柠连忙拍掉身上的雪。

"对了。"两个人等电梯的间隙，她吸了吸鼻子，从包里拿出一个精致的小盒子，"平安夜快乐，送您一个平安果。"

平安果是学校免费发的，拿来讨好老板正正好。

温衍伸手接过，拆开盒子，从里头掏出来一个苹果。

苹果上还印着花体的英文，一个大大的爱心，中间是"I LOVE YOU"。

盛柠愣了。

苹果是学生会统一给学生们准备的，每人都有份，上面还随机印着一些英文，没别的意思，主要是为了让苹果看上去更好看些。

她就这么巧拿到的是这句英文。

男人目光复杂地瞥了她一眼。

盛柠怕他误会，立刻解释道："这是学校发的，上面的字不是我印的，我都没打开过，绝对没有那个意思。"

解释清楚了，但他好像更生气了。

温衍的脸色极其难看，一字一句地磨着后槽牙问："你拿你们学校批发的苹果送我？"

盛柠只好说："那这苹果我自己吃吧，我去水果店买一袋没印字的苹果送您。"

而且印的那一行英文也太微妙了，就是送她爸都没这么尴尬。

然后她就伸手，想把苹果拿回来。

谁知男人双手一背，将苹果藏到了身后。

她扑了个空，有些诧异地看着男人。

温衍语气淡淡道："印不印字无所谓，送了就没有还的道理，这苹果我收下了。"

盛柠表示无所谓，那更好，不用花钱再特意买苹果了。

盛柠跟着温衍上了电梯去到他家。

头一回来老板家，她相当客气，老实站在他后面，等他换鞋。

"今天平安夜，连陈助理都不想来，你怎么愿意来？"他边换鞋边漫不经心地问，"不跟朋友一块儿？"

废话，当然是为了三倍的加班费，而且陈助理特意跟她说，加班费是见到了老板以后才会开始计时，她争分夺秒，本来能更快的，谁知道会在楼下迷路，白白浪费掉好多时间。

"陈助理说您一个人在家，我怕您等久了。"

为了在老板面前彰显自己工作态度积极，盛柠特意强调："我就怕晚来一分钟您不开心，还特意打了出租车，而且那司机还不肯给我打表，多要了我五十块，但是为了您，这五十块我还是花了。"

潜台词很简单——路费麻烦报销。

但是老板好像并没有听懂她的潜台词。

"……傻吗你？"

他低低骂了她一句，一把将她拽进暖气十足的屋子里，语气暧昧不明："我又不是三岁小孩，晚一分钟看不见你就要闹。"

盛柠嘟囔道："我又不是那个意思。"

也不知道温衍听见没，他没什么反应，替她从鞋柜里拿了双拖鞋出来。

明显是男人的鞋码，盛柠问："没有一次性的鞋套吗？"

"没有。"温衍说，"我这儿不是招待所，不穿就光着脚吧。"

平时这房子压根儿就没人在，连主人都不常回来，当然不会准备这种东西。

盛柠只好换上长出她的脚一大截的拖鞋，跟在温衍身后走进了他家。

男人脱掉外套，顺势打开了壁灯。

偌大的客厅里一下子变亮，填满了盛柠探究的目光。

因为有一个在燕城买房的梦想，所以盛柠会关注一些房产的消息。

天价豪宅不在少数，买不起是一回事，在网上看看图片解解馋又是另一回事。

京碧公馆就是其中相当有名的豪宅之一，这是港城沈氏柏林地产入驻内地后开发的第一个高端地产品牌，无论是地段还是周边配套设施，都是顶级中的顶级。

CBD区域的商务住宅本就供不应求，近年来供应率更是趋近零，其中二手的平方米均价最高达到了二十万，如今在这片繁华的金融和服务业扎堆的商景中，能圈出一片地来搞住宅，属实是政商权势结合下的极致作品。

看着眼前这装修风格冰冷简约到没有一丝生气的平层豪宅，盛柠竭尽全力地克制着自己的眼神，等她走到景观窗面前，将整片CBD盛景尽收眼底的时候，又是羡慕又是绝望地叹了口气。

羡慕这套房子的主人，绝望自己这辈子打工到死也绝不可能拥有这样一套房子。

她以为自己的眼界已经够高，能从温衍手里薅一套博臣花园的房子。但实则却是她井底之蛙，跟这套房子比起来，那套小公寓什么也不是。

"叹什么气？"温衍不咸不淡的声音在她背后响起，"不想来就别勉强自己。"

"您误会了，我没有勉强自己，我绝对是三生有幸才能来您家做客。"盛柠转头看他，用最平静的语气拍着最极致的马屁，"是我觉得我不配站在这里。"

如果温衍同意的话，她甚至想给这房子拍个全景视频，永久保存留念。

男人被她的马屁噎住几秒，皱着眉命令道："说人话。"

"我刚说的就是人话，而且是标准的普通话。"盛柠眨眨眼，"如果您没听懂的话，应该反思下自己的耳朵。"

原本是叫陈助理来，谁知他会找盛柠来。

盛柠来了又莫名其妙地叹气，温衍听得颇不爽。

好像还委屈了她似的。

他扫了眼茶几上的酒瓶，淡淡地说："你要是不乐意来，身上暖和了就回去吧。"

说完他也不再管她，径直走到躺椅边坐下。

"您干吗赶我走，我又没说不乐意。"盛柠说，"您难道听不出来我超级乐意吗？"

他抬起眼皮睨她，见她眼睛被室内灯光映得亮亮的，又很快垂下了眼。

男人动了动嘴，慢吞吞地说："没听出来。"

他不抬头看她，盛柠只好走到他身边蹲下，在他平视的范围内冲他弯起眼睛，嘴唇上扬，展露了一个超级阳光的笑容。

"听不出来，那您总能看出来吧。"

温衍盯着她看了半晌，从她泛着浅光的瞳孔里看到了神色愣怔的自己。

他偏过头去，勉强"嗯"了声。

"那您说吧，有什么事要吩咐。"盛柠说，"今天我给陈助理替班。"

温衍扬起下巴指了指玻璃茶几上的酒。

"我叫陈助理过来是陪我喝一杯。"他漫不经心地说，"倒酒吧。"

盛柠呆了下，语气犹疑："您叫陈助理过来不是有工作要吩咐？"

如果是别的还行，但喝酒，她不太行。

关键是她酒量不好，万一喝多了耍酒疯怎么办？

温衍否认："不是。"然后又问："不是说要给他替班？怎么还不动？"

盛柠咬了咬唇，走过去替他倒了杯酒。

温衍挑眉看着她："你不喝？"

"……喝之前我有话说。"

"说。"

盛柠提前给老板打预防针："我酒量不行，要是喝多了说了什么胡话，您千万别当真。"

温衍却不以为意，神色淡然地睨着她问："都说酒后吐真言，就这么怕我听到你的真话？"

"那是别人说真话，我喝醉了以后谎话连篇。"

温衍"嗤"了声："你还挺与众不同。"

"是的。"盛柠拿过另一个空酒杯，"那我就喝了，这酒度数应该不高吧？"

她刚倒好酒准备喝，温衍骨节分明的手突然伸过来，拿走了她的酒杯。

盛柠终归是个姑娘，和陈助理不同。

陈助理如果陪他喝醉了，大可以留在这里过夜，第二天再走。

一个姑娘在他家喝醉了要怎么办，难不成还要他亲自伺候？

"行了。"温衍说，"我这儿没有饮料，你去饮水机那儿装杯水，以水代酒吧。"

如果一开始就在电话里跟陈助理说是找他来喝酒的，陈助理一定不会叫盛柠过来。

她有这个陪他喝酒的意愿就够了。

得温衍吩咐，于是盛柠就真用这造型精美的酒杯装了杯白水回来。

窗边没有多余的躺椅，温衍斜倚着，盛柠捧着杯子站在他旁边。

高冷的老板不说话，盛柠也不敢说话，两个人就这么看着窗外的夜景，一个喝酒一个喝水。

"……"

虽然有加班费拿是很不错，但是真的很无聊。

她本来就是喝了酒过来的，也不知道温衍到底要她陪着喝多少。

盛柠喝了两杯水后胃就有些撑了，她捂着嘴，没忍住打了个轻轻的嗝。

温衍听到了，讥讽道："你连喝个水都这么废？"

"喝水又没什么意思。"盛柠给自己找借口，"您这儿又没有饮料。"

还怪起他了。

温衍语气有些没辙："你要想喝就点个外卖吧。"

盛柠睁大眼："您请客吗？"

男人"呵"了声："你一天不跟我提钱会死吗？"

"……配送费很贵的好吧。"

"要喝就快点。"温衍不耐烦道，"我还不至于因为这点配送费就破产。"

盛柠懂了，立刻拿出自己的手机准备点奶茶。

只喝奶茶也没意思，她看了半天，又嘴馋地想点一些吃的。

"您饿不饿？"她小心试探道，"想不想吃点夜宵？"

男人面无表情地说："你想吃就点，别装模作样地问我。"

估计是喝了酒的关系，她觉得今天的温衍看起来特别好说话，她说喝水没意思，他竟然都主动松口叫她点外卖。

盛柠大着胆子问："要不我们直接出去吃吧？在这里吃我怕把您家熏出味道来。"

温衍皱眉："你要吃什么？"

还熏出味道。

"我想吃烤串。"

"……"

得寸进尺，温衍理都不想理她。

盛柠说："那个外卖的图片我越看越饿，要不我去吃，吃完我马上回来，这段时间不算加班费。"

"哦，我留在家里，你自己去吃。"温衍扯了扯唇，"那我叫你来干什么？"

盛柠："……那您去吗？"

"外头这么冷你还肯出去？"

"吃了夜宵就不冷了。"

"……"

幸好京碧公馆的地理位置好，周边有不少商场开着，盛柠叫了个顺风车开到公馆大门，车子载着她和温衍，没一会儿就到了。

司机是个特别热情的本地大叔，乘客一上车嘴就开始"叭叭"。

温衍本来就不爱理人，雕塑似的坐着不说话，盛柠给面子，司机问一句她就答一句。

盛柠说他们是出去吃夜宵的，司机立刻就推荐了好几家店给他们。

"尤其是那家东北烤串，料都特别足，价格也实在，我推荐你们去那儿。"司机笑呵呵地打趣，"跟南方的烤串不一样，那边的烤串啊，都太精致了。"

司机好奇地问："哎姑娘，听你口音是从南方来的吧？"

"啊？嗯。"

"我就说呢，讲话这么斯文。"司机透过后视镜又看了眼从头到尾不说话的英俊男人，"你男朋友也是南方的？"

盛柠愣了下，刚要解释，温衍出声打断："不是，本地的，麻烦快点，饿了。"

司机立刻应道："好嘞！"

然后车肉眼可见地加速了。

盛柠侧头小声问："您怎么不跟他解释？"

"你越解释他越能聊。"温衍淡淡地说，"你是不是打算把祖宗十八代都跟人交代了？"

盛柠没话说了。

到了地方下车，盛柠去了司机推荐的那家东北烤串店。

一进店坐下，盛柠立马脑内复习"好员工守则手册"。

第一条：永远把老板的想法放在第一位。

盛柠问："您想吃什么？"

温衍看着菜单，快快道："你点吧。"

盛柠体贴地问："您有什么不能吃的吗？"

温衍："不吃内脏。"

正好，她也不爱吃。

盛柠放下心来，开始点菜。

这会儿店里正热闹，有的大桌甚至还划起了拳喊起了口号。

店内的音响循环外放着圣诞歌曲，中西结合般的节日氛围别有一番风味。

也不是没有两个人的桌，小情侣或是朋友之间都是开开心心的，唯独盛柠这桌显得格外安静。

盛柠觉得现实真是魔幻。

如果和刚认识温衍那会儿的盛柠说有一天你会跟温衍一起去吃烤串，估计那会儿的盛柠会直接打120说有个神经病从医院里跑出来了。

她在心里安慰自己，尴尬只是一时的，等烤串上来了专心埋头吃，就不会觉得尴尬了。

这家店人气高也有个原因，那就是上菜很快。

刚烤好的肉串表面还往外滋着油花，上头还撒了层孜然和辣椒面。

头顶的灯光很足，照得这一桌子的食物宛若人间珍馐。

等吃的都上来了，盛柠才猛地想起一件事。

这么接地气的东西，温衍能吃吗？

盛柠语气犹豫："您吃得惯这个吗？"

然而下一秒，温衍出乎她意料地、熟练且优雅地举起肉串，将肉送进嘴里细细咀嚼。

简直人间奇景，盛柠睁大了眼，看得目不转睛。

温衍被人盯着不自在，语气不爽："我脸上有肉串？"

盛柠抿了抿唇，关切问道："您的肠胃，受得了这个吗？"

温衍莫名其妙地看着她。

"有什么受不了的，我在草堆里打滚吃苦的时候，你估计还戴着红领巾在唱少先队队歌。"

盛柠突然记起来："啊对，您是军校毕业的。"

他和其他的富家子弟不同，是吃过苦的。

温衍顿了顿，挑眉问她："你从哪儿知道我军校毕业的？"

"盛诗檬说的。"盛柠说，"她是从您弟弟那儿知道的。"

"他倒是什么都跟女朋友说。"温衍冷嗤两声，"看来是动真情了。"

"您父亲到底是为什么这么反对他们在一起？"盛柠好奇地问，"他之前见过盛诗檬吗？"

"没见过，也没必要见。"温衍的语气极淡，"她配不上。"

盛柠抿了抿唇，还真是这个老土又封建的原因。

盛诗檬早就跟她说过，温家之所以看不上她，就是因为家世。

所以现在从温衍嘴里得到确切答案，并没让她觉得多意外。

其实她和盛诗檬都清楚所谓的阶层差距是什么，也早就认识到了这个无法跨越的现实，但还是不免觉得讽刺。

出身的差距并不是一个人能自由选择的，如果可以选择，谁不想当那个含着金汤匙出生的天之骄子？谁不想生来就是少爷小姐，谁不想要一个人人艳羡的好出身？

盛柠不禁想到了数年前举世闻名的占领华尔街运动。

楼下的人在抗议呐喊，而楼上那些衣着精致的上流社会精英则举着香槟站在楼上谈笑风生，将脚下数千名的游行者当成动物园里的猴子，将这场阶级对抗的游行当成是用来观赏取乐的闹剧。

如果没有办法改变这种现状，就只好拼命往上爬。

不想被人当作猴子，就努力做那个在楼上看猴子的人。

而她居然还圣母心泛滥地在担心资本家那金贵的肠胃，会不会吃不习惯这么接地气的烤串。

简直愚蠢至极。

想东想西，思绪都飞到华尔街那边了，直到温衍的话又将她拉回了现实。

"怎么不吃了？出来前不还嚷嚷着要吃夜宵？"

盛柠回过神，低头狠狠咬了口肉，又对服务员叫了几瓶啤酒。

温衍的脸色不太好："我那儿有红酒你不喝，跑这儿来喝啤酒？"

"您家里的红酒太贵了，我的胃承受不起。"盛柠语气平静，"还是便宜的啤酒更适合我。"

温衍无言以对，眼看着啤酒被端上来，她给自己倒了满满一杯，然后仰头一饮而尽。

然后没多久，一瓶啤酒就见了底。

她喝得很急，像是在发泄什么，因而醉得也很快。

温衍根本来不及劝她别喝，等两个人吃完结账出来，盛柠已经走不了直线了。

"你还知道自己现在跟谁在一起吗？"温衍扶着盛柠走出商场，沉声教训道，"我有没有跟你说过，在男人身边的时候要有防备心。"

盛柠点头，回答得挺好："说过，我记得。"

"那你还喝醉？"男人的目光瞬间幽深下来，低声问，"你成心的？"

她先是困惑地"啊"了声，然后语气坚定地说："你不一样，你不会的。"

温衍真是服了。

不知道是谁给她灌输"温衍和别的男人不一样"的这种言论。

温衍突然拉着她快速地往另一个方向走。

盛柠脚步踉跄，被他拉到了街边霓虹照不到的小巷子里，她刚回过神来，人已经被圈在了男人的身体和凹凸不平的墙壁之间。

温衍抬手捏住她的下巴逼她抬起头来，嗓音沉哑。

"……你怎么知道我不会。"

"因为我这样的人不配。"她打了个酒嗝，笑着说，"而且你不会做这么掉自己身价的事情。"

他猛地愣怔住，略带错愕地看着她。

纵使温衍平时的姿态高傲到了极点，却不会让人觉得不可理喻，因为他有傲慢的本钱，也有矜贵的条件，这些都是常人无法触及的东西。

他大可一直维持着骄矜的态度，永远被人高高仰望。

换作平时，温衍根本不可能陪着人跑过来吃夜宵。

今天的种种行为，反常到连他自己都觉得荒唐。

早应该在盛柠今晚出现在自己面前的那一刻就把她打发走。

但他似乎从认识盛柠的那一天起，就断断续续被她夺走了太多的目光和时间。

他不该做自掉身价的事，而她也确实不配，但他现在在干什么？

温衍用力闭了闭眼，心里乱成一团麻。

一直以来秉持的冷静理智和现在的行为完全背道而驰，怎么理都理不清楚。

"我要回家了。"盛柠突然说。

她推开他往外走了几步，然后被人一把拉住胳膊又给扯了回来。

温衍带着愠怒厉声问："你喝成这样怎么回家？"

盛柠仰头，自信道："我走回去。"

他"呵"了声，毫不客气地讽刺道："脚都喝成鸡爪子了还走回去，你有本事走个直线我看看。"

"你凶什么啊，又不用麻烦你。"盛柠瞪圆了一双杏眼恶狠狠地看着他，龇牙咧嘴的，比他还凶，"我打个顺风车走总行了吧，但是车费你报销！"

……都醉成这样了满脑子还是只有钱。

温衍被气得呼吸困难，胸口起起伏伏，那眼神恨不得当场揍这姑娘一顿，直到揍老实为止。

最后他狠狠叹了口气，背对着她蹲下身子，声音里带着浓浓的烦躁："上来！再多嘴一句就给你扔这儿，明儿我再来收尸。"

第 11 章

不合适的人

男人的个子原本比她高出许多，此时突然背对盛柠蹲下，让她不自觉恍了下神。

她盯着他的头顶，感叹原来他也有发旋这东西。

温衍不耐烦的声音再次响起："喝聋了？"

盛柠咽了咽口水。

之前温衍开车送她回家，她当时还特别感慨过，有生之年竟然让他给自己当司机。

人生果然处处充满了惊奇。

把她的大老板当马车用，数年后如果她功成名就被出版社邀请写自传，这段经历绝对会是浓墨重彩的一笔。

酒后仅存的理智和情感都在告诉她——有便宜不占，大傻蛋。

盛柠踌躇上前，试探着将手扶上他的肩膀，见他没有抗拒的反应，再深吸口气，将自己的身体慢慢靠上去。

清晰地感受到有个小心翼翼的重量压了过来，温衍喉结微动，胳膊往后伸，穿过她的腿窝，膝盖稍一用力，背着她直挺挺地站了起来。

温衍背着她走出小巷。

明晃晃的街边灯光照得盛柠清醒了些，男人个子高，她借他的身高，顿时感觉映入眼帘的街景都开阔了不少。

原来个子高的人视野这么广阔。

盛柠回想她上一次被男人背的记忆，已经是几岁的时候父母还没离婚那会儿了。

那时候盛启明还是一个人人夸赞的好父亲和好爸爸，她那时候也天真地觉得世界上没有什么比爸爸的背更可靠、更温暖了。

温衍的背靠起来真的很舒服，不同于还是小不点的盛柠靠着爸爸时的那种感觉，却一点也不亚于那种感觉。

她的手搭在他大衣的硬挺肩线上，指尖不自觉地往手心处蜷缩了下。

"干什么？"温衍感受到她的小动作，低声嗤道，"不老实就算了，还要挠人？"

他的声音很近，盛柠晕乎乎地说："……没有，再说你穿这么厚，我就是想挠也挠不到啊。"

温衍没什么表情地说："那我得感谢这会儿还好是冬天。"

盛柠皱眉。

她原本是很感谢他肯背她走的，为什么每当她对他有了那么一点点改观，感受到他的人情味的时候，他就会迅速把她的这种感觉给打破。

"还好是冬天，我穿得厚。"盛柠狠狠地说，"否则让你背着就太轻松了。"

温衍"呵"了声："你对自己的体重倒是挺自信的。"

盛柠翻了个白眼："比你轻。"

"一个姑娘家的跟男人比，好意思吗你？"

"特、别、好、意、思。"

温衍不反感和她拌嘴，有来有回的谁也不服输，有时候她没吵赢，耷拉着脑袋像公鸡垂下了骄傲的鸡冠子，看着特别有意思，哪怕有时候她占了上风，又看她把鸡冠子挺起来了，同样也很有意思。

但他不想跟喝醉了连拌嘴都要耍赖的人浪费口舌。

温衍没理她，沉默地背着她继续走。

盛柠看他不反驳了，闭了眼专心享受有人背的服务，也不再说话。

今天路上的氛围很不一样，大都是男女一对，迎着雪花和夜灯结伴而行。

温衍平时很少轧马路，他出行一般都有司机接送，尤其是像今天这种日子，坐车里往外看都是结伴成行的光景，就更不想在街上溜达。

那些亲密结伴的人中也不乏外貌登对的情侣，今天出来过节，大多数人都盛装打扮，走在路上，不免会吸引到路人关注的眼神。

如果盛柠没醉，一定会边欣赏边感叹满街都是俊男美女。

她没看路人，这会儿却在被路人看着。

大家都是牵手或挽胳膊，最肉麻的也不过跟连体婴似的抱着，唯独她被一个男人背着。

温衍本来心无旁骛地走着，直到某个年轻女孩没忍住对旁边的男朋友撒娇。

"你看那个小姐姐被她男朋友背着欸，你跟人家男朋友学学啊，每次让你背我都说我太重，明明是你力气太小了！"

温衍："……"

路过街边一家商场的镜面橱窗时，他顺势往旁边瞥了一眼。

一身笔挺及膝的深色大衣的男人背上背着个穿着厚厚羽绒服的年轻姑娘，橱窗四周是圣诞节的装饰布景，红绿色的帷幔上系着金色铃铛，像是画框将他们框在了一张画布上。

盛柠今天穿的羽绒服是鹅黄色的，蓬松的大廓型泡芙款式，帽檐处还缝了一圈白色毛领，衬得她的脑袋小小圆圆的，脸只有巴掌大。

温衍当然看不出款式，就觉得自己现在特别像是背了个蛋黄口味的汤圆。

两个人一个笔直挺拔，一个蓬松圆润，看起来特别不搭调，但估计是今天平安夜的氛围滤镜太重，显得这副场景跟漫画似的，特别引人注意。

"你怎么不走了？"盛柠睁开眼问。

温衍回过神来，继续向前走。

走了几步，他莫名其妙地问了句："你到底有多少种颜色的羽绒服？"

盛柠想了想，回答："挺多的吧。"

上个月过节，各家电商都在搞大促，她趁着活动一口气买了好几件，今年正好流行各种亮色，她就赶时髦买了。

果然这个汤圆是多种口味的。

温衍不屑评价："花里胡哨。"

见他又开始找碴，盛柠不服气地回呛："比你好看，总穿那些暗了吧唧的颜色。"

"你懂什么。"温衍"哼"了声，语气嫌弃，"男人穿那么花像话吗？"

盛柠故意说："长得帅穿得再花都像话。"

温衍淡淡地说："那我也不稀罕穿。"

她一下子就抓住了他话里的漏洞，语气激动起来："我是说长得帅的人，你对号入座干什么？"

他身形一顿，沉默了几秒后沉着声音问："你什么意思？"

盛柠欠揍地说："自恋又没什么不好承认的。"

他突然放了撑着她身体的胳膊，盛柠反应不及，整个身体顿时往下滑，用手攥着他的衣服才勉强没被他扔下来的时候摔在地上。

盛柠好不容易站稳，"报复"两个字还未说出口，就被人攥住两边肩膀，被头顶上方传来的声音命令道："抬头，好好看看，我给你机会纠正你的审美。"

她抬起头，瞬间撞进了一双黑沉沉的眼睛。

浓眉阔目，英俊标致的五官，甚至连发际线和鬓角都是漂亮的。平时只顾着交流，没这么仔细看过，如今借着酒劲，盛柠把他的五官都在心里描绘了一遍后甚至又多看了好几眼。

温衍此举是故意嘲讽她的审美，没料到她还真的在认真端详。

她的脸皮不知道是什么做的，盯着一个男人看这么久也不觉得害羞，在她那双又亮又圆的杏眼的注视下，温衍耳根发麻，终于忍无可忍，伸手把她的脸掰了过去。

盛柠被强行偏过了头。

他有些暴躁地问："审美纠正过来没有？"

"……我审美一直很正常啊。"她无辜地解释道。

温衍不想再跟她继续在这个话题上兜圈子，他走到马路边，顺势拦下一辆出租车，拉着盛柠坐了进去。

司机师傅问他们去哪儿。

温衍："京碧公馆。"

盛柠又补充道："先去京碧公馆，他在那儿下，等他下了麻烦师傅你再送我去博臣花园。"

师傅："好嘞。"

温衍皱眉："你不加班了？"

"啊？"盛柠说，"加班不是结束了吗？"

"加班结没结束我说了算。"温衍睨她一眼，淡淡道，"你不想要加班费了就回去吧，我不勉强。"

"加加加。"盛柠立刻又跟师傅说，"师傅麻烦你，不用去博臣花园了，我们都在京碧公馆下车。"

师傅嘴上应了声，动手删掉了导航上博臣花园的定位，眼睛却透过后视镜偷偷望了眼坐在后面的一男一女。

他们刚上车的时候还以为是男女朋友，刚听对话才知道是上司和下属。

师傅叹了口气。

都快十点了还要加班，这老板真不是人，小姑娘真可怜。

到了京碧公馆下车，临坐电梯上楼前，盛柠又发出疑问。

"不过我上去干什么啊？再接着陪你喝水？"

温衍愣了下，显然刚刚叫她继续过来加班时，也没考虑到这个问题。

"先上去再说吧。"

盛柠看了眼室外还飘飘洒洒下着的大雪，这会儿她喝了酒，浑身都热乎乎的，有些不想这么快就回室内。

她忽然想起今年下半年自初雪那天，她因为忙各种事情，到目前为止都还没跟人打过一场雪仗。

盛柠来了兴致，指着室外的雪问温衍："要不咱们去玩雪吧？"

温衍有些惊诧地看着她："你几岁？"

盛柠伸手比了个数："三岁。"

温衍好笑道："真喝糊涂了？连自己几岁都不记得了？"

"还行。"盛柠觉得自己此时虽然是有点晕，但脑子还是比较清醒的，"去不去啊？"

"不去。"温衍直接拒绝，"我让你过来加班不是为了看你玩这种小孩游戏的。"

"那喝水也不是正经加班啊。"盛柠鼓了鼓嘴，反驳道，"反正你不就是因为今天是平安夜，大家都有人陪，就你一个人没人陪觉得寂寞，所以才找人来加班吗？"

温衍张了张嘴，顿了几秒后黑着脸斥责："你胡说八道什么。"

盛柠今天格外硬气，她平常就挺牙尖嘴利，今天喝了酒更是不给他面子。

"本来就是啊！你不承认什么？反正只要加班费到位，我肯定不会跟别人说的。"

"……"

温衍没说话，盛柠自顾自转身，真跑到室外去玩雪了。

这些雪等明天估计就被铲走了，得趁着被铲走前赶紧玩。

盛柠找了块积雪最多的地方，捏了两坨雪，做了个小雪人。

她自己本来看着这个迷你雪人挺开心的，直到身后男人嘲讽的声音响起："小家子气。"

盛柠侧头瞪他："你怎么出来了？"

"怕你不小心在雪地里摔一跤爬不起来。"温衍冷冷地说，"不然还得叫铲雪车过来捞你。"

盛柠撇撇嘴，没理他，又继续做自己的第二个迷你雪人。

嘲讽的声音又响起："这么小的雪人也叫雪人？"

"我老家没下过这么大的雪！每次下雪就一点点雪粒子！只够做这么小的！"盛柠气得站起身，狠狠推了他一把，"你来！你做个巨无霸雪人我看看！"

温衍看了她一眼，真的开始做了。

盛柠在一旁看着他昂贵的大衣拖在雪地里，堆雪球的动作娴熟，很不服气地说："原来你还会堆雪人啊。"

温衍觉得她这个问题很可笑，之前在烤串店的时候也是这样，他就吃个烤串，差点没把她下巴惊掉。

"那你怎么还会吃喝拉撒？"他面无表情地反问，"这是你该会的吗？"

盛柠："……"

酒劲又上来的盛柠没有反驳他的话，而是默默地蹲在地上搓起了雪团子。

温衍以为她还要做那种小家子气的迷你雪人，没理她。

等他滚好了两个雪球，把小的雪球放在大的雪球上面，虽然没有现成的道具做鼻子眼睛，但已经能看出来雪人胖乎乎的身形。

温衍瞥了眼盛柠做的迷你雪人，冷冷的嗓音中夹杂着几分不屑。

"看到没？这才是雪人。"

回答他的是盛柠扔过来的雪球。

她举起搓好的雪球，狠狠地朝他脚边扔了过去。

打什么嘴仗，又对他造不成一点实际伤害，他要有本事就来跟她打一场痛快的雪仗。

雪球砸到了温衍的裤脚，迅速散开成零碎的雪粒子。

温衍不可置信地看着她："你敢扔我？"

盛柠毫无愧疚之心，硬气回挥："活该，谁让你讽刺我。"

温衍问："喝了酒把你胆子都给泡大了是吧？"

"我胆子本来就大。"盛柠弯下腰又捡了个雪球拿在手里，"要不是看你有钱，谁惯着你。"

温衍一听这话，瞬间愠怒地冷呵了声，随手抓起一把雪，然后直直往她的脸上砸了过去。

他的动作很快，盛柠反应不及，直接被砸了个满脸。

她用手拍掉脸上的雪，吐着舌头"呸"了两声后怒吼："我砸的你脚！你为什么砸我脸！"

温衍讥讽道："那是你准头不行。"

"你给我等着！"

盛柠为了向他证明自己的准头很行，不甘示弱地迅速又从地上抓起一把雪往他身上砸过去。

男人的反应很快，偏了个头轻松地躲过她的雪球攻击。

盛柠绝不是那种轻易就认输的人，一个没中，还有下一个。

但连着扔了几个都没砸中温衍，反倒是她的胳膊、肚子和腿都接连中了招。

盛柠气得完全失去了理智，直接蹲下身，两条胳膊往雪里一埋，捧起一大坨的雪，迈开腿冲到男人面前，打算放弃远程攻击，直接给他来个近战的物理重击。

男人看她那来势汹汹的样子本来愣了下，居然也没躲，就想看看她是不是真喝到神志不清敢这么对他。

结果这姑娘因为在雪地里跑得太急，自己的左脚拌右脚，在他几步之外狠狠地摔了个狗吃屎。

“啪”的一声，整个人都埋进了雪里。

盛柠摔蒙了，趴在原地半天没反应，然后她听到温衍低沉但爽朗的笑声。

面积宽广的公共绿化广场上，呼啸的冷风声伴着簌簌雪花，男人被她闹得輾然而笑，直笑得忍不住扶额叹气，从喉间溢出的低悦笑声像是奏鸣的大提琴，传进盛柠的耳朵里却一点也不显得好听，格外刺耳，简直就是在侮辱她的人格。

他笑够了，终于记得关心地上的人。

“你还要在地上趴多久？”

盛柠依旧没动作，她决定至少在冻得失去意识前，要有尊严地把他的话通通当成放屁。

“嫌做人太累，想变成冰棍了是吗？”

一只大手轻轻拍了下她的脑袋，她还是在装死。

温衍只好动手一把将埋在雪里的人给提了起来，可是刚把她提起来，盛柠又一屁股坐在了地上。

他蹙了蹙眉，面朝她单膝蹲下，一只胳膊搭着膝盖，另一只手在她眼前挥了挥。

“盛柠，摔傻了？”

盛柠看到了他眼角眉梢处还没来得及消失的笑意，咬着牙闷闷地说：“你笑屁。”

温衍勾唇反问：“干什么？自己做了蠢事还不让人笑？”

“那是意外。”盛柠反过来指责他，“打个雪仗玩玩而已，你那么认真干什么？”

“你那是打雪仗？”温衍回想起她刚刚凶神恶煞冲他跑过来的样子，冷哼道，

"我看你是要吃了我。"

盛柠瞪了他一眼："那是你把我惹毛了。"

"惹毛了你就要吃人？"温衍问，"哪个姑娘像你似的这么皮？"

盛柠不甘示弱地反问："你还是个男人呢，打个雪仗而已，你让都不让我一下，你有绅士风度吗？"

温衍语气淡淡："哦，技不如人就开始跟我论男女了。"

"那是你比我有经验。"盛柠为自己辩解，"我老家没下过这么大的雪，我上大学来了燕城以后才开始打雪仗的。"

"我也是上大学后才开始玩的。"温衍轻蔑地睨了她一眼，"而且大学毕业后就没这么玩过了，真要算起来，我打雪仗的经验还不如你多。"

盛柠不信："你上大学前没玩过吗？"

温衍莫名道："没人陪怎么玩，一个人玩那不是傻子吗？"

没人陪是什么意思？是没人陪他还是他从小就高冷不近人情，不需要人陪？

盛柠还想继续质疑，被他沉声打断提醒道："再不起来裤子要湿了，我这儿没裤子给你换。"

她连忙站起身来，下意识摸了摸屁股。

还好坐地上的时间不久，裤子没湿。

温衍看到她在自己面前没点避讳的摸屁股的动作，转头避开视线"啧"了声。

雪越下越大，丝毫没有要停的样子，脚下雪的高度几乎要埋住整个小腿。

温衍抬头看了眼越发激烈的雪势，张嘴问她："玩够了没——"

最后一个字的音节才刚吐出一半，谁知盛柠早已趁他抬头看天的时候，迅速从地上抓起一把雪，狠狠对着他英俊的脸毫不留情地砸了过去。

温衍被偷袭，还顺便吃了一嘴的雪。

他抬手抹去脸上的雪，一张俊脸顿时阴下来，目光沉沉地看着她。

"玩够了。"

大仇得报，盛柠又开心又害怕，匆匆回答他后迈开腿立刻往外跑。

温衍腿长，在雪地里也走得比她快，迅速追上，一把拉住她的胳膊。

盛柠吓得肩膀颤了颤，也不敢回头，语气虚虚地解释："你刚刚也扔我脸了，我这是以牙还牙——"

"我拉着你走。"温衍没理会她的解释，只是说，"免得待会儿又摔个狗吃屎。"

"……"

原来是她以小人之心，度君子之腹了。

有力的手提着她的胳膊，盛柠走在雪里的步伐都变得轻盈起来。

两个人回到温衍所住楼栋的一楼室内大厅，等电梯的间隙，盛柠顺便拍了拍身上的雪。

她的羽绒服是浅色的，雪花沾在上面也不算显眼，而温衍穿的是深色大衣，还是特别容易沾灰的那种。

他这大衣一看就是不能扔洗衣机里洗的那种，还得定时拿到门店去保养。

温衍对自己的衣服并不在意，反倒是盛柠在替他心疼。

"这么贵的衣服能沾水吗？"盛柠也没等他回答，手已经摸上去了，"我帮你拍掉。"

温衍低头看着盛柠绕着自己转圈拍雪，她那被雪花染成白色的头顶格外显眼。

"小老太太。"他嗤了声，顺便帮她拍头上的雪。

他力气没把控好，拍得盛柠脑袋疼。

"轻点行不行啊？你拍的是脑袋又不是球。"

然后她踮脚举起手想给他也来一下，让他感受一下力道。

温衍稍微一抬头，躲开她的手，还顺道讥讽了她的身高。

"别白费力气了，你够不着。"

说完他自己甩了甩头，瞬间就甩去了不少雪。

盛柠看着他的动作，突然"噗"的一声。

温衍皱眉："笑什么？"

盛柠老实回答："……好像狗狗甩水。"

"……"

还没等他开口回掼，盛柠立刻说："你刚刚也笑我了，扯平。"

回到屋子里，身体重新暖和起来。

盛柠看了眼时间，还好她没真的喝到不省人事的程度，否则连今天的加班费都算不清。

那她今天就白来了。

刚刚说他像狗，外面有监控他可能是不好动手，现在屋里只有两个人，盛柠怕被他报复，一进屋就开始晕，靠在沙发上好像一副酒劲又开始上头的样子。

有的人喝醉是一醉到天亮，有的人喝醉就是时而清醒时而迷糊。

温衍看她那醉醺醺的样子，也不知道是真是假。

他去饮水机那儿接了杯热水，走到盛柠面前，用水杯碰了碰她的脸。

"喝水醒醒酒。"

盛柠缓慢睁眼，接过水杯："谢谢您。"

"别装得多有礼貌，跟我在这儿您来您去的了。"温衍皱眉，"刚打雪仗的时候没见你对我有多客气。"

盛柠被他的话噎了一下。

温衍虽然年轻，但或许是因为成长环境的关系，气质方面给人的压迫感很强，所以才让人在他面前不自觉严肃起来。

毕竟有他这样的出身，也并不需要给人营造一种亲近温和的形象，说句现实的，他就是再高冷再不近人情，也有的是人围上来对他溜须拍马。

她自己就是其中之一。

但也因为今天喝了酒，盛柠说话没大没小起来，虽然还是有些怕他秋后算账，但心里还是痛快的。

这男人的岁数又没真的大到能压她一个辈分，老跟他您来您去也怪累的。

她抿了抿唇，改口："好吧，那你别过了今天又倒打一耙说我没礼貌。"

温衍好笑道："你本来就没什么礼貌。"

"我没礼貌那也是你的原因。"盛柠愤愤说，"但凡你嘴巴不那么毒，我肯定能跟你和平相处。"

男人闻言，漫不经心地挑了挑眉："那还是算了，不稀得跟你和平相处。"

"你就这么喜欢跟人吵架？"

温衍没说话。

其实他对谁话都不多。

比如盛柠跟他虚与委蛇的时候，温衍也不爱搭理她。

盛柠一提出来，温衍也觉得自己今天的话太多，多得不像他自己。

他坐在单人沙发上不再说话，神色复杂，拧着眉不知道在想什么。

没话说的时候，气氛又变得沉闷起来。

盛柠突然悟了。

如果不吵架，他们之间根本没话说。

她和温衍之间根本没有和平相处这个选项，要不就是针锋相对，要不就是无言尴尬。

她抱着水杯，硬着头皮开口："温先生。"

他淡淡应了声："嗯？"

盛柠绞尽脑汁找话题："你打雪仗的时候为什么瞄人那么准？"

"在学校上过射击课。"温衍随意说道，"你比靶子大那么多，难道我还瞄不准吗？"

盛柠眨眨眼："都这么久了还能记得？"

"肌肉记忆。"

"那烤串呢？"盛柠问，"你吃那个真的不会闹肚子吗？"

温衍叹了口气。

他不知道她哪儿来的奇怪认知，就好像他是个手不能提、肩不能扛的废物有钱人。

还是说她觉得所有的有钱人，都是没人伺候就生活不能自理的废物？

"烤串可比我以前吃的食堂饭菜好吃多了。"温衍往后一仰靠在沙发上，闭上眼，倦怠地说，"吃了四年食堂，我也没落下什么病。"

读军校那会儿，温衍和其他学生是一样的。

制服一穿，谁管你姓甚名谁，是哪家的少爷或千金，反正都是进去磨炼的。

几年读下来，再金贵的身子也锻炼出来了。

盛柠惊了："你竟然还吃过食堂。"

"……"温衍乜她，"你要实在没话说可以闭嘴。"

盛柠闭嘴。

她这还不是看气氛太尴尬。

还不如醉着，至少醉的时候不用考虑缓和气氛这种问题。

她索性就当自己还醉着，靠在沙发上，闭眼什么都不想了。

也不知过了多久，温衍问："酒醒了没有？"

盛柠没回答。

他也不等她说话，轻声说："你今晚睡这儿吧。"

盛柠突然睁开了眼。

"我喝了酒送不了你，现在太晚了你一个人回去也不安全。"温衍沉声解释，但解释了以后又觉得没必要解释，又"啧"了声，冷冷地说，"我本来就打算让陈助理留在这儿过夜，谁知道他叫了你过来。"

盛柠小声开口："我想问个问题。"

温衍低低"嗯"了声："问。"

"过夜的时间算加班吗？"

"……"

在温衍无语的眼神下，盛柠知道自己这个问题问得相当白痴。

但她还是用抱着一丝丝希望的目光看着他。

温衍抿了抿唇，漫不经心地问她："我要说不算，你留不留？"

盛柠没料到他会这么问。

留吧，又没钱拿。

不留吧，这么晚了她一个人走也确实不安全。

她张了张嘴，半天了也没个答案。

他们进了室内，脱了外套，去掉了那一身冷冽的冰雪味。

盛柠内搭的毛衣上有淡淡的栀子味，和从温衍穿着的羊毛衫里散发的浓郁罗勒叶木质香裹在一起。

还是温衍先皱起了眉，不耐烦地打断她的纠结，烦躁地妥协道："行了，算加班。"

盛柠一下子就做出了决定。

"那今晚就打扰了。"

温衍扯了扯唇角，没再理她，自己又坐回躺椅那边，望着窗外渐渐暗淡下来的夜景发呆。

也不知道发了多久的呆，放在外套里的手机突兀地响起，温衍叹气，又起身去拿手机。

拿手机的时候，温衍看到盛柠已经躺倒了沙发上，看起来一副准备睡过去的样子。

温衍暂时没管她，低头看了眼来电显示。

眉头一皱，但还是接了。

"干什么？"

"你不在家？"

温衍瞥了眼沙发上的人："不在。"

温征有些烦躁地说："今天平安夜开派对，我玩得好好的，爸一个电话打过来让我回家，说你不回我就必须回。我说你不是从来不过洋节的吗？你今天不回家去哪儿了？"

"我在京碧公馆。"

"嗯？你怎么今天突然心血来潮去那儿了？"

"跟你有关系吗？"温衍一只手拿着手机，另一只手抬起顺势解开衬衫领口，"我今天睡这儿，你回去陪爸吧。"

"别啊，我一大男人平安夜跟自个儿爸过算怎么回事啊。"温征语气抗拒，"你反正光棍一个又没约会，正好回去陪着爸尽孝道啊。"

温衍皱眉："我平时尽得还少吗？"

温征一听顿时也心虚了。

老头子两个儿子，温衍绝对是二十四孝子，而他是那个二十四不孝子。

"你那里太冷清了，连个阿姨都没有，晚上要是你睡不着想泡杯咖啡都没人帮你。"温征说，"要不这样，我待会儿就过来找你，你跟我一起回去？"

"不需要。"温衍立刻拒绝。

温征被他的冷淡态度打击到。

"……你弟我连派对都不玩了特意过去陪你，你这什么态度啊？"

温衍语气冰冷："没态度，不需要你陪，滚边儿去。"

温征沉默片刻，话锋一转："你是不是已经有人陪了？"

温衍只是迟钝了几秒而已，温征顿时明白地笑了："放心吧哥，大家都是男人，我懂得，我不会去打扰你的。"

"……"

"对了，提醒你一句。"温征暧昧地说，"记得做好措施，玩归玩，别闹出人命来了。"

说完这话，温征兴致勃勃地等着下一秒他哥把他骂到狗血淋头。

温衍是个思想刻板又自律到极点的男人，跟他开这种玩笑就相当于在侮辱他的耳朵。

那后果不亚于在老爷子面前说黄色笑话。

当然哥哥又不是爸爸，温征不敢在自家父亲面前说这种话，在哥哥面前还是挺敢的，反正哥哥又不会像老头子那样真的停掉他的卡以示惩罚，而且隔着手机他又揍不到自己。

可是想象中的愤怒没有如期而至。

"我不是你，"温衍说，"至少我清楚对不合适的人不该动真情。"

"……"

电话被挂断，温征愣在原地。

他其实并不确定温衍拒绝他过去是不是因为那边有其他人在，他平时跟那帮狐朋狗友浪荡惯了，嘴上没个把门的，一群男人时常拿这种事互相打趣而已。

而温衍的那句话，在讽刺温征的同时，也让他察觉到了什么。

平安夜，他真的跟一个女人在一起。

是那个女人吗？餐厅里，还有办公室里的那个。

温衍真的跟一个女人有了牵扯？

温征知道他哥从来不过这种西方节日，他从小连自己的生日都不爱过。

他们的父母是商业联姻，感情并不好，父亲温兴逸那会儿的事业正如日中天，而母亲一年中起码有半年的时间在国内外各地旅行，剩下的时间则是在自己的苏沪娘家，平时和他们兄弟俩相处最多的就是同父异母的大姐温微。

父亲挚爱发妻，因而非常器重大姐，甚至有想过瞒着母亲的娘家把集团交给大姐继承。

温征是小儿子不用担责，所以母亲把期望都放在了大儿子身上。

她时常表现出对温衍很失望的样子，失望他竟然没有优秀到能把温兴逸的目光转移过来，竟然还是不如温兴逸那个死得早的糟糠妻给他生的女儿。

直到大姐自己放弃了这个机会，不顾父亲反对找了个没钱没势的艺术生，吵着闹着和父亲断绝了关系，父亲才终于把目光看向了温衍，却依旧在期盼着大女儿能回心转意。

可是父亲没能等到那一天，温微车祸离世，温衍终于如了母亲的愿，成了父亲重点培养的儿子。

但母亲也没来得及看到温衍接管集团，几年前因意外去世了。

温家的女人们一个个地走了，只剩下几个性格冷硬、压根儿不知道该怎么培养亲情的男人和被他们带大，最后也长成了讨厌性格的外甥女。

温家的直系现在统共就四个人，居然也得等到过年时才能聚齐。

前几年温衍从老爷子手里接过了集团，每年的生日其实只要他想过，都一定会有一大堆人乐意帮他过。

但温衍觉得自老爷子退休后，每年帮老爷子搞大寿就算是一场温家和外界的社交盛宴，所以没有必要再借用他的生日费心办一场。

在温征的印象里，担得起一家之主这个头衔的，一定是个强大独立到不需要过节和庆祝生日的人。

以前是老爷子，现在是他哥。

温衍好像永远都在工作，就连过年一家人围坐在一块儿吃饭，他也会因为一个电话吃到中途就退席。

即使过年在温家已经形式主义到这个程度，温衍依旧坚定地在每年强行把他们都叫回来吃饭。

因为老爷子年纪大了，从前在老爷子心中相对淡薄的舐犊之情又被唤起，需要他们的陪伴。

温衍就是为老爷子满足心愿的执行者，至于他自己到底期不期待过年，那就不得而知了。

如果他不是一家之主，或许他也不想过年，只想一个人扎进工作里。

话说温衍的生日是什么时候来着？

温征想着温衍的事，表情复杂地回到了包间。

今天是平安夜，他原本是打算和盛诗檬单独过，但因为几个要好的发小组了个局叫他过来玩，温征问了盛诗檬的意见，心想如果她想过二人世界那就拒绝发小。

结果盛诗檬说没关系，于是他和几个发小各自带着女伴参加聚会。

温征只带了盛诗檬一个人，他的发小们还是单身，所以各自带了好几个女性朋友。

发小见他回来，立刻招手："温征回来得正好！你的诗檬妹妹刚游戏又输了啊，快过来帮人家喝！"

盛诗檬冲他心虚地耸了耸肩。

温征被朋友撺掇着拿起酒杯，心不在焉地干了一整杯酒。

他喝完就又坐在了一边，眼睛盯着他们手里的牌，心里却不知道在想什么。

盛诗檬注意到他的分心，放下手里的牌打算问问他怎么了。

谁知却被他的朋友们又拉回了游戏局。

"谁让温征只带了你一个女伴过来，一家总得出一个人玩，他不玩就只能劳烦诗檬妹妹你上了。没事，等这局玩完我给你俩单独开个包间，你俩爱干什么就干什么，干一夜都成！"

这话说得颇有歧义，一帮听懂的成年人立刻笑出了声。

盛诗檬听着这话有些不舒服，但没说什么，温征平时带她见的那些朋友大都是身份低他一等的，知道她是温衍正儿八经的女朋友，开玩笑也比较有分寸。

温征的这几个发小都是家世颇好的富家子弟，他们是第一次见盛诗檬，听说她还是个大学生，立刻就调侃说温征厉害。

温征这时候回过神来，抬起脚狠狠踢了脚茶几。

"都他妈嘴放干净点，你当我女朋友跟你们带来的这几个似的，有的做都不挑地方。"

包间里其他几个女人听到这话，都略感不适地皱了皱眉，但又不敢反驳温征的话。

"哟，别生气啊。"其中一个发小立刻打圆场，"咱们这不是还没习惯你浪子回头的新形象吗？见谅见谅，诗檬妹妹见谅，咱不说了。"

盛诗檬好脾气地说："没事。"

温征"啧"了声："你说没事，他们下次就该开更过分的玩笑了，知道吗？"然后挑眉看着其他人，"嘴上再没个把门的，就别怪我见色忘义啊。"

"知道了知道了，错了还不行吗。"

开了一局新游戏，盛诗檬抓牌，她今天运气实在差，又是几张小点数的烂牌。

"你往旁边坐坐，喝点东西休息会儿。"温征接过她手里的牌，"我来吧。"

温征接了她的手也没能拯救这一把稀烂的牌，输了。

"喝酒还是大冒险？"发小提议，"要不大冒险吧，老喝酒也没意思啊。"

温征点头："那就大冒险吧。"

反正是他来。

抽了张大冒险的牌，上面写着"给众人展示你的手机相册"。

一群人顿时眼冒金光："温征！手机！让哥几个看看你手机相册里有没有不该存的照片！"

温征犹豫了会儿。

手机相册确实是一个男人不小的命门，而且他没有清理手机相册的习惯，也不确定里面有没有不该存的照片。

这时盛诗檬说："我跟温征是一家，看我的相册也可以吧？"

几个男人愣了愣，更兴奋了。

比起男人的相册，他们对女大学生的相册更感兴趣。

盛诗檬打开了自己的手机相册，一群人凑过去看。

温征也好奇地凑了过去，主要是他和盛诗檬都没有互查对方手机的习惯，所以也不知道盛诗檬平时会存什么照片。

会存他的照片吗？

手机相册里有自拍，有和朋友们的合照，还有食物和景色照，以及一些从网上下载下来的壁纸。

她喜欢看漫画，所以还存了很多漫画截图。

男人们对盛诗檬和朋友们的合照很感兴趣，主要照片上都是水灵灵的女大学生。

"这个姑娘长得挺好看，看着就斯文，我就喜欢这种看着有距离感的，是我的菜。"

他指的是盛柠的照片。

"诗檬妹妹，这姑娘谁啊？有男朋友吗？"

盛诗檬不禁笑起来，又翻了好多盛柠的照片给他们看，有她和盛柠一起的自拍，还有盛柠的单照。

"好家伙，这么多，不知道的还以为你暗恋这姑娘呢。"

盛诗檬收起手机："这是我姐姐。"

"你姐？那你们长得不太像，没看出来。"其中那个对盛柠很感兴趣的发小耸耸肩，"你姐还是算了，我可不想跟温征做连襟。"

温征抿唇，没搭腔。

另一个发小看温征不说话，猜到了什么，笑着问盛诗檬："奇怪了，你相册里怎么都没我们温征的照片啊？"

盛诗檬愣了下："啊？"

一个正常的热恋期的女孩子，手机相册里怎么可能会不存男朋友的照片。

一个人提出疑问，另外几个人也七嘴八舌地问了起来。

"没有就没有，她天天看着我还不够？"温征扯了扯嘴角，起身往外走，"尿急，我上个厕所。"

温征一走，发小们立刻幸灾乐祸地笑了起来。

"诗檬妹妹，行哪，小看你了。"

都是浪惯了的成年人，一点小细节就能察觉到真心假意。

"不是你们想的那样。"盛诗檬只能胡乱解释，"他的照片我都存在别的地方。"

"知道，存在心里嘛。"

"快去哄你男朋友吧，跟我们解释有什么用啊。"

完了，要露馅。

盛诗檬没空再跟他们解释，当务之急是赶紧把温征糊弄过去。

她换男朋友快，手机里本来就不存男朋友的照片，怕分手后清理起来太麻烦。

而且她也从来不查男朋友的手机，一副对对方很放心信任的模样。男生一般看她不计较，也自然不好意思说想看她的手机，所以和之前交往的男朋友就这么相安无事地过来了。

她往洗手间的方向追过去，温征正好站在走廊上抽烟。

盛诗檬小心翼翼地走过去："宝贝？"

"嗯。"温征淡淡应了声,朝她伸出手,"再给我看看你手机。"

盛诗檬老实地把手机交给了他。

他又翻了翻相册,咬着烟没什么情绪地笑了声:"你姐挺漂亮的。"

"……你是不是生气了?"

"没有。"温征把手机还给她,侧过头吐了口烟,"你存你姐的照片,又没存别的男人的照片,我生什么气。"

"可是我看出来你在生气。"

"没生气。"

盛诗檬深吸了口气,低着头说:"你知道吗?你是我第一个交往的男朋友,在你之前我从来没这么喜欢过一个人。"

"我知道你在我之前遇到过很多比我好的女孩子,我不敢保证自己会不会那么幸运,能让你一直喜欢我。我很清楚我们可能走不到最后,可是我却发现我越来越控制不住自己喜欢你。"盛诗檬突然吸了吸鼻子,带着些许哽咽的语气小声说,"我不是不存你的照片,我是不敢存,我不敢太喜欢你了。"

"……"

温征愣愣地看向她,眸子里夹杂着说不清道不明的情绪。

盛诗檬心里没底,正打算再补充两句,突然被人一把拉入怀中。

"傻瓜。"他低声说,"一张照片而已,有什么不敢存的。"

盛诗檬回抱住他。

"我知道了,从今天开始我要存好多好多你的照片。"

哄好了温征,两个人牵手回包间的路上,盛诗檬故意问:"宝贝,我可以看看你的相册吗?"

温征顿了顿,还是柔声拒绝了:"别看了,没什么东西。"

盛诗檬眯了眯眼。

里面肯定也没她的照片,说不定还有他嫌麻烦没删掉的前女友的照片。

她乖巧地"嗯"了声:"我不看,我相信你。"

包间里的发小们本来等着看好戏,结果还不到十分钟温征就又回来了,还说不跟他们玩了,他要跟女朋友单独过平安夜去了。

发小们诧异地看向清纯甜美的诗檬妹妹。

完了,燕城的风流浪子大军中从此以后恐怕要少一位得力干将了。

挂掉电话的温衍站在景观窗前发了很久的呆。

温征猜得对,他今晚确实不是一个人。

温征以为这个人是温衍心中觉得是可以发展关系的女人，所以才会在电话里那么说。

但和他在一起的女人是盛诗檬的姐姐。

就在温征打电话过来前，他用上司的特权，以加班费为借口，让盛柠留下来过夜。

温衍从来不过平安夜，却第一次觉得平安夜是一个节日。

他揉了揉眉心，觉得自己今天应该是喝多了。

再加上温征的那个电话，又被这该死的节日氛围给影响，竟然真的在考虑该把盛柠这姑娘往他人际关系中的哪一栏放。

等温征分了手，就没有任何私人交集了。

她如果以后留在兴逸集团工作，对他来说最多也就是下属而已。

理清楚了这一层，温衍收回思绪，转身走回到沙发旁，轻轻踢了踢沙发脚，对躺着的人吩咐道："起来，去卧室睡。"

盛柠听到这话，眼睛突然睁开。

她转了转眼珠子，心想这太过了，到目前为止她今晚的经历已经足够浓墨重彩，再浓再重就要出事了。

见人迟迟不给出反应，男人不耐地"啧"了声，弯下腰打算自己动手。

谁知她敏捷地往沙发内侧一缩，拒绝了他的帮忙。

"男女授受不亲。"

温衍忍不住气笑了："刚背都背了，这会儿你跟我说男女授受不亲？"

盛柠将脸埋在枕头里，闷闷地说："背和公主抱不一样。"

"……还公主抱？汤圆抱还差不多。"温衍轻哼，"年纪不大，想得挺美。"

盛柠装没听见，反正她现在因为喝醉了，有些间歇性失聪，温衍也分辨不出来真假。

她不说话，让温衍莫名觉得烦躁。

之前在他面前大大咧咧的，完全没把自己当姑娘看，这会儿又莫名其妙跟他说什么男女之防。

折腾这么一遭，他也有些疲惫，不想再跟她浪费口舌。

"那你睡沙发可以吗？"

"没问题！"盛柠抱着沙发枕，闭着眼享受地说，"贵的沙发就是好，比床还舒服。"

"行，你爱睡哪儿睡哪儿吧。"温衍也不打算再管她，只丢下冷冷的一句，"有客卧不睡，真傻得没边了。"

盛柠压根儿不知道温衍说的卧室不是主卧而是客卧，所以才拒绝了去卧室睡觉的提议。

她突然坐起来。

"客卧？"

温衍转头："不然呢？"

盛柠总不能说自己误会，以为他是邀请她去睡主卧。

但她欲言又止的样子，温衍还是很快猜到了她刚刚拒绝的原因。

怪不得说什么男女授受不亲。

"你在想什么？"温衍挑了挑眉，"但凡用脑子想想也知道我不可能让你睡主卧。"

盛柠直接把锅甩到了酒精上："我今天喝多了，所以脑子不清醒。"

温衍不咸不淡地反驳："你没喝多的时候脑子也不怎么清醒。"

"不是你说的吗？在男人身边的时候要有防备心。"盛柠羞愤欲死，立刻牙尖嘴利地把他说过的话全都还给了他，"有钱的男人最坏，这是不是你教我的？"

温衍冷嗤："那我让你留下过夜，你还留？"

盛柠理直气壮地说："那这是加班啊，有加班费拿，我干吗不留？"

又是加班费。

温衍的情绪被她那钱罐子一般只想着钱钱钱的想法搅得心烦意乱，直到忍无可忍。

"如果加班费是我的借口呢？"他用几近恶劣的语气逼问她，"如果我是别有用心呢？你想过留下来的后果吗？"

盛柠愣住了。

当话题在你来我往的争辩中无意间绕进了一个暧昧的死巷子，双方才会猛然意识到自己刚刚都脱口而出了什么不该说的话。

无言的尴尬再次在两人之间弥漫开来。

"……我相信你是个正人君子，所以对你放心，你为什么总要反驳我？"盛柠实在有些受不了这种气氛，低头咬着唇，有些羞愤地指责他，"你老是做这种绝对不可能发生的假设，把气氛搞得这么尴尬干什么？"

其实温衍不是不懂她的意思。

她是觉得他们之间坦坦荡荡、光明正大，所以不会发生任何越轨行为。

但他还是被问住了。

室内的温度骤然升高，还残存在室内的最后一片雪花也化开成水。

他闭了闭眼，待内心恢复到往日的平静后，才克制而冷淡地对她说："以后加班留宿这种事还是让陈助理来吧，你不合适。"

盛柠垂下眼，一瞬间有些失望。

至于是为错失了加班费而失望，还是为以后可能没机会再和他一起打雪仗而失望，她不知道。

攥在手里的手机屏幕突然亮了一下，显示已经到十二点。

温衍起身准备回卧室，盛柠突然叫住他。

"温总。"

"温先生。"

一连好几个称呼没得到回应，盛柠有些不耐烦了，脱口而出他的名字："温衍！"

是第一次从她嘴里听到自己的名字，男人背影一滞，转头看她。

"干什么？"

"十二点了，圣诞快乐。"她随便想了个理由，冲他甩了甩亮着屏幕的手机，屏幕已经换成了红彤彤的白胡子圣诞老人，笑着问他，"这个平安夜有我在，还算开心吧？"

也不等他回答，盛柠又先一步堵死了被他矢口否认的这条路："你别否认，打雪仗的时候我摔了一跤，你笑得那么开心，我中五百万都没你那么开心。"

就算盛柠不强调，他也没想否认。

他开口，声音哑得像是砂纸刮过："所以呢？"

"所以只要你别老是做那种假设，我们还是可以以上司下属的关系和平相处的。"盛柠试图劝他，"要不加班的事情你再考虑一下？万一陈助理哪天又没空呢？"

她终究还是舍不得这么轻松就能入账的加班费。

她比谁都清醒，都这时候了还记得自己要的是什么。

不清醒的是他。

他做不到停止那种假设。

因为他真的有了那样的念头。

在意识到这点后，温衍的喉间微微发紧，他徒劳地张唇，只觉得口中干涩说不出话来，耳根和后颈处掀起一股灼人的热浪。

盛柠是盛诗檬的姐姐，无论她们是否有血缘关系，她们姐妹两在他眼里应该是一样的。

如果和温征谈恋爱的是盛柠，他会找上盛诗檬，用同样的条件和她达成合作。

她想要的就只有钱，他不缺那仨瓜俩枣，如果温征能顺利跟盛诗檬分手，让老爷子以后不再拿温征的事烦他，给她就是了。

这样目光浅显，贪财又虚伪的姑娘他压根儿就看不上，一套房子就能让她为他鞍前马后，根本没必要放太多心思在她身上。

这些早就清晰了然的认知在反复提醒他眼前这个人是谁。

明知道她是什么样的人，明知道他们之间不能有太多的牵扯。

温征和盛诗檬分手的那一天，就是他和盛柠彻底撇清关系的那一天。

明知道如此。

垂在身侧的手倏地攥紧，捏疼了手心，仍是没有松力放开。

他听到自己内心深处有个声音在无声地嘲笑他。

——温衍。

——你疯了。

第 *12* 章

近距离实习

他现在还没有醉到神志不清的程度。

幸而从小就被培养并标榜的冷静处事态度在这时候起了作用，即使此时他的眼睛里有情绪翻腾，如岩浆般灼热滚烫，但他侧过头，喉结凸起处微微滚动，任凭理智和现实将他的思绪重新往回拉，最后终于克制地放慢了呼吸。

"再说吧。"

他敷衍地丢下一句，转身回房，干脆地关上门。

啊，应该是被拒绝了。

盛柠其实不想承认自己今天也很开心。

原本来的时候没抱希望，温衍那么难伺候，一定会刁难她，她以为今晚一定会熬得很辛苦。

然而并没有，温衍比任何时候都好说话。

甚至对她有些纵容，让她在喝酒之后不自觉变得大胆，说了很多逾矩的话，做了很多叛逆的事。

她甚至有些羡慕陈助理，原来在无比繁忙的工作背后，他还能跟自己的老板这样完全没有上司下属之分地相处。

温衍今天这么好说话，大概也是因为她是代替陈助理来的。

盛柠困惑地抓了抓头发。

莫名搞得她好像是陈助理的替身似的。

"好员工守则"上说了，可以适当地跟上司打好关系，拉近距离，但切记对上司，绝不能让私人感情超过工作上的关系。

摆正自己的位置，反正以后也没机会再跟温衍打雪仗了。以后功成名就出自传，有这么一个夜晚可以当素材写进去就足够了。

功成名就是她的目的，努力赚钱才是她的真正追求。

想明白了这点，盛柠的心情顿时轻松下来，往后一仰，直接瘫倒在了沙发上。

睡沙发吧。

客卧是陈助理的地方，她一个加班代工的睡沙发就行了。

沙发是进口的，睡起来不比床差多少，等她抱着沙发枕真的睡过去后，也不知凌晨几点，主卧里的人实在难以入睡，不得不出来倒水喝，试图安抚住烦躁的情绪以及干涩的喉咙。

温衍一出来，透过窗外夜色看到有个人睡在沙发上，呼吸绵长缓慢。

她还是没去客卧睡。

他只好放缓了呼吸，轻声踱步到饮水机旁给自己接了杯水。

喝完水准备回主卧，路过沙发时又往那边瞥了眼。

温衍的神色冷肃沉默，衬托得周身的空气都岑寂下来。

看着这姑娘没心没肺睡得这么香，他忽地面色一哂，指尖抵着眉心自嘲地轻轻叹了口气。

漫长的平安夜终于结束，可能是由于在别人家过夜，所以即使宿醉，盛柠还是起了个大早。

因为前一夜喝了酒，又是在温衍家过的夜，她也不好意思跟他开口借洗手间洗漱，就只好穿着当天的衣服在沙发上将就过了一夜。

第二天醒来只觉得自己浑身都臭，哈了口气感觉嘴里都有异味，她嫌弃得不行，也不等温衍醒来，便匆匆从他家离开赶回去洗澡换衣服。

天还没亮，温衍收到她的微信。

他一晚上都没睡好，因而床头柜上手机的振动声很容易就吵醒了他。

盛柠："我先回家了，您慢慢睡。"

又恢复了礼貌的语气，丝毫看不出昨天晚上对他胆大包天的样子。

温衍没来由地有些躁郁恼怒，不想回这条微信，直接将手机又扔回床头柜上，困乏地重新闭上眼。

圣诞节正好在周末，对爱过洋节的人来说是个天时。

盛诗檬就很爱过这种节日，今天一天必定是在外面玩的。

而盛柠的态度属于可过可不过，所以在这大好的周末圣诞节中，她也没强迫自己非要出去社交出去玩。

盛柠回到公寓后洗了个热水澡，边吹头发边用手机搜好看的电影，之后又下楼去便利店买来零食，点了杯奶茶，一切准备工作就绪后往沙发上一躺，一口气看完了好几部高分电影。

夜色降临，在接近零点的时候，她终于想起了今天是圣诞节，匆匆打开了听歌软件，用蓝牙音箱放了首专属于圣诞节的英文歌。

——All I want for Christmas is you.

——我想要的圣诞礼物只有你。

本来是挺浪漫的情歌，盛柠跟着唱，唱着唱着就把最后的那个"you"改成了"money"。

她没什么想要的人，她想要的圣诞礼物只有钱。

零点一过，盛柠就这样一个人舒舒服服地度过了这个惬意又无聊的圣诞节。

双旦佳节是挤在一块儿的，没几天就是元旦。

因为导师被停职，而盛柠要到来年的六月才毕业，她的硕士毕业论文都还没开题，院里肯定是要再帮她安排一个导师的。

但不巧这事赶在年终，院里上下都忙，主任让她耐心等等，过年放寒假前一定会帮她安排上新的导师。

于是年末的这几天，没有导师的盛柠相当于放了好几天的假。

年末的最后一天晚上，盛诗檬难得没跟男朋友一起跨年，因为温征在这天强行被叫回了温宅和他那年迈的老父亲一块儿迎接公历新年。

姐妹俩窝在公寓里一起看跨年演唱会，在十二点的时候互相道了一句"元旦快乐"。

元旦小长假过后，盛柠的新导师还没着落，陈助理那边倒是联系上了她。

之前关于公寓的合同因为温衍耍了个小心眼被盛柠看了出来，他答应会拟订一份新的合同，终于这份新的合同在新的一年送到了盛柠手上。

盛柠这回很谨慎，特意找了律师帮忙看。

律师确定没问题，她才放心地签上了自己的名字。

合同依旧是一式两份，她自己保留一份，另一份则交给了陈助理，请他帮忙带给甲方温衍。

合同一签，一切就有了法律效应，盛诗檬和温征一旦分手，公寓就是她的了。

"又麻烦你跑一趟了。"陈助理接过合同，"你快考试了吧？应该不会打扰你复习吧？"

盛柠摇头："没事，少复习一天我也不会挂科的。"

陈助理边将合同收进牛皮纸袋里边打趣："对，差点忘了你是学霸。"

被一个高校出身的真学霸夸学霸，盛柠怎么听都觉得有些受之不起。

"不是。当年的研究生考试我都考过了，一个期末考试算什么。"盛柠咳了声说，"现在对我来说最难的是下学期的口译证考试，而且最近我还真的挺闲的。"

"闲？"

"嗯，我的新导师还没有定下来，所以暂时还比较闲。"

"你要是闲的话，不如早点来公司报到？"陈助理提议道，"也没必要非等到寒假，多上一天班多拿一天的工资。"

盛柠觉得这主意不错。

"你要是早来报到，还能赶上我们的年会。"陈助理想了下，笑着说，"我们历年年会上给员工抽奖搞福利都很大方，有一年我就抽中了普吉岛的带薪七日游。"

盛柠睁大了眼睛，不可置信道："真的吗？后来你去了吗？"

"肯定去了啊，就是那几天辛苦张秘书了。"

太有钱了，做对外贸易的大企业是真有钱啊。

陈助理问："要来吗？"

"来。"盛柠猛地点头，"等过几天我就来报到。"

"那你记得提前跟人事打招呼。"

盛柠本来以为就她一个实习生会提前过来报到，结果到报到那天才发现，有好几个实习生都跟她一样，想着早点入职来多积攒点实习经验，顺便多挣点钱，所以都在寒假前就过来报到了。

盛柠来报到那天，和她一块儿入职报到的都是和她年纪差不多的实习生。

不过就她一个是燕外的，其他几个实习生都来自其他几个本地高校。

这批实习生都是来自名校，通过公司的重重筛选进来的，报到第一天，负责带他们的HR（人事专员）并没有急着给他们安排工位，而是先带他们去集团总部的各个楼层参观。

兴逸集团发家于20世纪80年代，在20世纪90年代末临近千禧年的时段成了本地赫赫有名的对外贸易企业之一。

经济腾飞的这几十年，无论哪行哪业，大陆都是全世界品牌最青睐的代工厂之一。

而一直给外来品牌做代加工并不会使自己成为行业强国，集团创始人温兴逸先生是大陆最早发现对外商机的企业家之一。

"以前大家一提起国外的牌子，第一反应就是贵、名气大、有保障，但他们的东西都是在我们这儿做出来的，只是加上了国外的标签，价格一下子就能翻个十几倍。"

所以温兴逸先生提出了要把本土品牌推向世界，让外国人看到我国不仅仅会做代加工，也能有自己引以为傲的本土品牌。

由此念头建立起了兴逸集团，并发展至今。

负责人一边带着这些实习生参观，一边为这些实习生讲解集团由始至今的发展史。

"那个……"一个叫高蕊的实习生突然问道，"二十八层就是总裁办公室吧？"

负责人点头："对，看来你提前做过功课了啊。不过那儿不是我们今天的参观景点之一，况且我也不敢带你们去那儿参观。"

"哈哈，懂得。"

"我们懂。"

参观完能参观的地方，一帮人正站在电梯前准备下楼，电梯提示到层的时候门向两边打开。

HR 看到里面站着的人，顿时惊住。

"温总。"

一听这个称呼就知道电梯里的人肯定不简单，一帮初生牛犊立刻朝里面投过去好奇的目光。

电梯里面站了两个男人，长得都很帅，但一眼就能猜到谁是 HR 嘴里的温总。

有几个实习生入职之前做过功课，知道兴逸集团现任的顶头上司跟创始人同样姓温，是子承父业，所以非常年轻。

不过只是知道名字，不知道真人长什么样。

这位顶头上司并不如他们想象的那样大腹便便。

成熟英俊的相貌，五官冷峻，西装革履，身形高大笔挺。

不光是女实习生，就连男实习生都看呆了眼。

哎呀，真是有够帅的，帅得简直让人自愧不如。

站在温衍身侧的陈助理看到了盛柠，冲她挑了挑眉。

盛柠回了个浅浅的微笑。

HR 立刻说明自己今天是带着实习生们在参观公司。

温衍原本正低头看手机，闻言略略抬眸，淡淡看了这帮实习生一眼，惜字如金道："欢迎。"

HR 语气恭敬："您先走，我们等下一趟。"

"没事。"温衍说，"反正都是下楼，进来吧。"

于是几个实习生加一个 HR 受宠若惊地进了电梯。

唯一一个宠辱不惊的盛柠特意最后一个才进，站在最靠近电梯门口的地方，离他远远的。

温衍个子高，即使站在最里面，也依旧是一眼就看到了那个站在最前面的后脑勺。

他不动声色地盯着那个刻意躲避的后脑勺。

电梯内饰是镜面的，和温总坐同一趟电梯，没人敢说话，难免尴尬。

这种社交尴尬场合，玩手机是最好的解决办法。

于是大家都不约而同地掏出了手机。

盛柠抬头，透过镜面的反射看到她的老板在看自己。

温衍很明显察觉到了她的视线，傲慢又高冷地低下了头。

看着那张面若冰霜又对她不屑一顾的脸，盛柠计上心头，对着电梯门做了个斗鸡眼，然后张嘴，往外吐了吐舌头，做了个滑稽的表情。

要是他真没在看她，那就肯定看不到她做的表情。

谁能料到漂亮的姑娘会突然做这么蠢的表情。

"噗。"

是一声忍俊不禁的低笑。

高冷的上司莫名其妙地在沉默的电梯里笑出了声，电梯里的人纷纷诧异地望过去。

计谋得逞的盛柠无声勾了勾嘴角。

男人迅速垂眸敛目，抿着嘴咳了声，装作没看见其他人投来的目光。

其他人虽然不解，但又不敢开口问，只好也装作什么都没听见的样子。

电梯里的人心情各异，等终于到了一楼，实习生们看着温总阔步走出电梯，步伐优雅从容，大衣摆尾划过空气带起一阵微风。

助理熟稔地替他推开旋转大门。

男人头也不回地走入室外的凛冽寒风中，坐上了门口停着的黑色轿车。

一群人就那么站着目送他，直至轿车彻底不见。

温总一走，实习生们立刻七嘴八舌地讨论起来。

HR说："你们运气可以啊，我在这儿上班有时候大半个月都不见得能碰上一回温总。"

"第一天来报到就碰上老总，这运气简直了。"

"好家伙，来面试之前没人告诉我咱老总居然长这么帅啊。"

"他刚刚在电梯里突然笑的那一声差点没给我心脏吓出来。"

始作俑者盛柠悄咪咪地挑了挑眉。

几个今天才见温衍真容的实习生都不太淡定，唯独盛柠和另一个叫高蕊的女生挺淡定的。

高蕊注意到盛柠跟她一样淡定，凑过去小声问："你也是来之前就知道温总长什么样吗？"

盛柠觉得没必要瞒着，见过就见过呗，温衍又不是看一眼就会被诅咒变成石头的美杜莎。

"之前有幸见过。"

"果然见过，不然不可能跟我一样淡定。"高蕊顿时绷紧了语气问她，"那你来这里实习的目的不会也跟我一样吧？"

盛柠不解："你什么目的？"

高蕊指着公司大门，非常坦荡地说："温总啊。"

"……"

好家伙，又一个"盛诗檬"。

所以兴逸集团每年招收的高校实习生当中，到底有多少人是冲着集团名声来的，又有多少人是冲着温衍来的，还真是不得而知。

"如果你也是冲着温总来实习的，那我们就是情敌了。"高蕊仔细打量了下盛柠的脸，有些挫败地说，"完了，首先颜值我就没优势，希望温总不是颜控[1]吧。"

盛柠觉得温衍什么都不控，因为他无论对着男人还是女人，永远都是一张毫无感情的面瘫脸。

但如果像她一样经常给他拍马屁，或者把他惹生气的话那就另当别论。

"不一样。"盛柠语气坚定，"我来这儿实习的目的就一个，挣钱。"

因为兴逸集团给实习生开的工资不是一般中小企业能比的。

高蕊顿时松了口气："那我们就能愉快地做朋友了。"

---

[1] 网络用语，指看重外貌。

刚进来实习谁都不认识，能有个人跟自己一起慢慢熟悉环境还是挺不错的。

上午参观完，盛柠和高蕊结伴去了公司食堂吃饭。

这个叫高蕊的女生长了张亲和力十足的娃娃脸，扎着丸子头，光看相貌是所有实习生中年纪最小的，但其实她比盛柠还大了半岁，是燕大金融系研二的学生。

而且盛柠认出来她一身上下穿的都是名牌，光是背的包就小几万块。

比起高蕊的一身名牌，盛柠的重点在于燕大金融系。

顶级学霸们的聚集地，和陈助理是同门。

学霸其实也分等级，盛柠属于肯吃苦天赋也不差的那种。上大学之前，她的成绩在同龄人当中一直属于佼佼者，是老师们最喜欢的优等生。

并不算多么天赋异禀，因此不骄不躁，性格也不傲慢，学习刻苦努力、低调勤奋。非常听老师的话，从来不迟到不缺课，按时交作业。即使考试的时候早早写完了试卷，也不急着交卷或是发呆走神，而是真的按照老师们教的那样，认真且细心地检查卷面。

而上了大学之后，盛柠明白了什么叫人外有人。

比她优秀的人实在太多了。

坐在井底的蛙以为天就井面那么大，可当眼界和学识真正变得开阔后，才发现自己的优秀远不如自己想的那么无可比拟。

"燕外？牛。"就在盛柠感叹高蕊是个学霸的同时，高蕊也在感叹她，"西语和德语完全就不是一个语系啊，你怎么学过来的？"

盛柠咬了口蔬菜，含糊地说："熬过来的。"

高蕊连连摇头："熬的话我不行，学外语这种事，没兴趣太难坚持了。"

她们专业不同，在专业方面属实也没什么可聊的话题，所以聊着聊着，高蕊就很自然地把话题带到了她的目的上。

如盛柠猜想，高蕊果然是个千金小姐。

她见温衍是在两年前的一个企业家酒会上，那时候她刚大学毕业，所以父亲特意带她去见世面。

酒会现场环顾一圈几乎都是叔叔辈的人，年轻的也有，但可惜都已婚。

直到兴逸集团的温总姗姗来迟，惊鸿一瞥，让高蕊彻底见识到了什么叫男主角。

温老爷子有两个儿子，小儿子是圈内有名的纨绔子弟，对普通人来说确实是条件颇好的有钱小开，但对眼光更高的千金们来说，还入不了她们的眼，自然是子承父业的大儿子温衍更受欢迎。

温衍相貌英俊，优秀又有能力，关键是私生活方面很干净。

温征太浪荡，温衍太清高，但凡中和一点，老爷子对他们的婚姻大事也不至于这么头疼。

最近这两年老爷子确实也有帮温衍牵线搭桥过，要不就是温衍忙到没空去赴约，要不就是去赴了约，但没看上。

后来温衍觉得太浪费时间，有和女人吃饭的时间还不如多出两趟差，就再也没应约过了。

高蕊明年研究生毕业，她爸这才后知后觉地考虑着为闺女介绍个男人。

结果就是时机太晚，在温衍这儿甚至都没报上名。

"我那个指不上的老父亲啊。"高蕊摇头愤愤道，"所以我就只能自己上了。"

真正自信的女人从来不会觉得主动追求男人是件有失淑女风范的事。

翩翩君子，淑女也好逑。

盛柠老实说："我觉得你来这里实习能成功的概率，其实还不如让你爸爸再想办法帮你牵线。"

看温衍对盛诗檬的态度，就知道他有多眼高于顶了。

绕这么大一个弯子，何必呢。

"我之前也是这么想的，但是我听说前不久就有一个实习生把温衍他弟弟给泡到手了。"看盛柠没什么特别大的反应，高蕊又夸张地说，"你知道他弟弟以前有多浪吗？现在简直二十四孝好男友，天哪，浪子回头，因为一个实习生，这还不叫成功？"

"……"

原来盛诗檬的光荣事迹已经传得这么开了。

高蕊佩服地说："真的好想认识一下这位撩男界前辈，跟她学个一两招。"

盛柠心说这个一般人还真学不来。

盛诗檬追男人一般都是靠感觉，就跟学外语靠语感差不多，全凭天赋。

纵使盛诗檬在这方面天赋异禀，也依旧没追到温衍。

失败不是因为盛诗檬的技术不行，而是因为她的身份不够。

换成是高蕊这样的千金小姐，技术不够家世来凑，也许还真能追上。

盛诗檬要准备期末，学渣们临时抱佛脚，靠的就是这几天的努力，因而最近都没来上班。

盛诗檬知道盛柠也来兴逸集团实习了，但无奈她要准备考试，所以只能含泪错失跟盛柠一起上下班的机会。

盛柠叹了口气。

她一个无产阶级在这儿操心资产阶级的婚姻大事，真闲得慌。

经过一周的岗前培训，HR下达通知，几个实习生的部门正式确定下来。

盛柠收到邮件，她被分配到了总裁办。

高蕊一听说她被分配到了总裁办，在微信上直接抓狂起来。

高蕊："啊啊啊啊啊为什么不是我!! 为什么!!"

高蕊："上天! 你就如此残忍! 非要拆散我的姻缘吗!!"

盛柠也不知道该怎么回，她还特意问过陈助理，陈助理却表示分部门这个事他没插手，纯属巧合。

"总裁办不是更好?"陈助理说，"比起去其他地方，在这里有什么事你可以直接问我。"

盛柠想了想，也对。

她才刚实习，很多东西都要学，如果被分配到那种不愿意带新人的老人手上，那就甭想好过。她跟陈助理比较熟，两个人算得上是关系还行的朋友，有他带着，肯定能学到好多东西。

但陈助理终归是围着温衍转的，第二天他就跟着温衍去外头应酬了。

真正负责带她的人叫徐百丽，盛柠叫她丽姐。

上岗的第三天，丽姐就给盛柠扔了一摞书面文件让她翻译成西语，其中专业词成堆，晦涩又难懂，盛柠翻了几页就感到了些许崩溃。

"这就晕了?"丽姐皱眉，"你西语不是已经过C2了吗?"

"……没有，我以为是翻译成英文。"

她本科是学的西语不错，但现在主要心思都在中英同传口译上，平时接的活也大都是英文翻译，乍一看这密密麻麻的专业文件，会晕很正常。

"这是南美那边工厂的贸易文件，公司每年招那么多翻译进来，要是个个都只会英文，早就完犊子了。"

丽姐说话很直白："你要是只会英文，也进不来公司。"

看，平时刻苦学习的好处这不就来了，她的优势就在这儿。

盛柠立刻有了干劲，点头道："明白了。"

然后开始埋头苦干，当天就直接加班到晚上九点，剩下的她弄不完了，打算打包回去继续弄。

正收拾的时候，高蕊给她发了条微信，问她下班没有。

盛柠："你还没走?"

高蕊："没走，等你呢。"

盛柠的内心不禁有些触动，短短两周时间，高蕊对她就已经热情到这个份儿上了。

结果高蕊一上来，开口问的第一句话就是："温总走了没有？"

盛柠："……"

什么狗屁友情，还是盛诗檬这个继妹比较香。

"他不在。"盛柠继续面无表情地收拾东西，"外出应酬了，估计今天不会回公司了。"

"不是吧。"高蕊的肩膀瞬间垮下来，"我本来都打算好了，以后就用找你的借口来总裁办偶遇温总，今天就是首发战。"

果然是在利用她。

盛柠在心里默默给高蕊竖了个中指。

"那你首发战就失利，之后打算怎么办？"

高蕊从包里神秘兮兮地拿出一个小本本给她看。

"这就是我拟订的，对温总开展的详细追求计划。"

盛柠拿过来看了一眼，密密麻麻的，果然很详细。

不愧是金融系高才生，追求男人的计划写得跟公司上市计划书似的。

高蕊问她："你觉得怎么样？"

盛柠老实回："不知道。"

"那如果你是温总，你会上钩吗？"

"不会。"

"我辛辛苦苦上网搜罗了这么多招数，竟然没一招能打动你吗？"

高蕊心态有点崩，正好这时候她手机响了，虽然现在是下班时间，但由于兴逸集团内卷十分严重，所以这会儿各个工位上的人还挺多的。

不方便在这里接电话，高蕊只好说："我出去接个电话，你再仔细帮我看看，你刚看得太快了，万一你刚好就看漏了哪个绝世妙招呢。"

于是盛柠又勉强自己多看了两眼。

高蕊匆匆往没人的电梯口那边走，才刚走过去，电梯里正好走出来两个人。

是温衍和他的助理。

她顿时惊讶地睁大了眼睛。

"温总。"

温衍听到有人叫他，垂眼看了一眼，不认识，于是淡淡应了声，和人擦肩而过。

因为是在完全没有心理准备的情况下见到仰慕的男人，他的气场又太强，高蕊的大脑直接罢工了几秒，等回过神来后才匆匆朝着他的背影跑过去。

她看到温衍没有径直朝自己的办公室走去，而是绕了个弯，走到了盛柠的工位旁边。

而盛柠此刻完全不知，还在低头看自己让她看的追求计划。

高蕊："……"

盛柠我对不住你啊。

盛柠通过这份计划书悟到了点门道。

原来女追男也是分段位的，如果按照游戏排位的说法，盛诗檬大概是钻石段位，高蕊这些招数都是从网上找来的，她最多黄金段位。

至于她自己……盛柠很有自知之明地想，勉强算青铜吧。

靠自己努力是没什么可能了，她以后大概率只能靠相亲脱单。

一道阴影不动声色地笼罩过来，她突然嗅到了一股深邃冷冽的木质香，尾调清新而绵长。

如果忽略他语气中带着的几分作弄意味，男人的嗓音低沉，让她的耳膜不自觉引起一阵共鸣，纵而头皮发麻，是相当低沉好听的低音炮。

"我给你发工资，就是为了让你在这儿想怎么把我追到手的？"

盛柠猛地转过头，跌进一双似笑非笑的眼眸里。

她几乎是立刻将本子合上，藏进桌下。

对于她如此掩耳盗铃的动作，温衍并没有给她留面子，而是更加毫不留情地点穿："晚了，都看到了。"

盛柠反驳："不是，您听我解释——"

"小点声。"温衍用食指虚抵了抵她的唇，轻声斥责，"想让别人都听见？"

其他工位上还在加班的人这会儿都已经看见温总了，他们是亲眼看着温总往实习生的那个工位走过去的。

来自四面八方的目光朝这边好奇地投过来，盛柠身形虚晃，强烈的羞耻感侵袭全身，只想赶紧解释清楚。

"这不是我的本子。"她小声说，"这上面的东西也不是我写的。"

原本站在她身后，弯下腰倾身靠近她的那道阴影突然离开，撑在她桌上的手也一并撤离。

温衍直起身，居高临下地看着她，唇角抿成一条没有情绪的直线。

"所以这是谁的本？"

盛柠下意识往四周看，高蕊也不知道去哪儿了。

就算她在这儿，估计也不敢承认。

盛柠只好说："她不在这儿。"

温衍冷冷"呵"了声，不再理她，转身就走。

盛柠最怕的就是被人误会，尤其是被温衍误会，他们之前就已经发生过好几次这种乌龙，每一次都搞得她好像对他有非分之想似的。

如果她真的有，那她认了，敢作敢当。

可是她没有，就算她对这个男人有过一丁点，真的只有那么一丁丁点的想象，但她分得清想象和现实的区别。

盛柠管不了那么多，一心想解释清楚，直接追着温衍进了他的办公室。

陈助理知道盛柠跟温总有话说，没有跟着进去，反而关上了办公室的门。

在总裁办其他同事好奇又八卦的眼神攻势下，他微微一笑，解释道："实习生上班摸鱼被温总抓个正着，估计要被狠骂一顿，大家不要学习。"

刚刚还很八卦的同事们瞬间露出了同情的眼神。

温总没人性哪，小盛惨哪，自主的加班时间摸个鱼也不行。

才上岗几天就被顶头上司教训，估计职场阴影从此将要长伴一生。

温衍知道盛柠跟着他进了办公室，他权当没看见，完全把盛柠当空气，闲适地往办公椅上一坐。

直到盛柠忍不住开口："那个追求计划真不是我写的。"

温衍瞥都没瞥她一眼，自顾自做自己的事。

他顺势拿起摆在桌上的一份文件，又抽了支笔开始在文件上进行修改工作。

她以为他还是不信，大胆绕过了办公桌，直接走到他身边。

温衍感觉到她的靠近，握笔的指尖下意识捏紧，白皙骨感的手背上泛起青色。

"你靠我这么近干什么？"

他朝盛柠没有站着的那一侧偏过头，一贯沉稳的嗓音突然像是平静水面被投进了一颗不轻不重的小石子。

盛柠没说话，直接把他手里的笔抢过来，在他桌上拿了张白纸，弯下腰在纸上认真写着什么。

温衍不明所以，转过头来看她。

盛柠今天扎着松松的马尾，眉眼秀丽低垂，唇角紧紧抿着，鬓角边落下几缕柔软的碎发，看起来又软又细。

温衍没留过这么长的头发，柔软的头发贴着脸颊，也不知道痒不痒。

短暂的注视不过几秒钟，盛柠很快写好，笔一扔，将纸推到了他面前。

温衍迅速将目光侧开，没来得及看纸上的内容，语气不耐地问："写了什么玩意儿？"

盛柠用手指点了点纸上的字，言之凿凿："您看，我的字跟那个本子上的字就不一样。"

温衍低头，纸上写的"针对温衍所展开的追求计划"，字迹清秀端正，确实和本子上的字迹不一样。

"我写您的名字，温和衍两个字的三点水只有下面两个点是连着写的，但是那个本子上的字是三点连写。"盛柠点着字给他一一分析，"每个人写连笔字都有自己的习惯，如果不是刻意的话，肯定改不过来。"

温衍抿唇，语气不悦："你多写几个我看看。"

盛柠立刻拿起笔一口气写了好几个"温衍"。

他盯着自己的名字看，越看眉头蹙得越紧，脸色也慢慢阴沉下来，最后沉声赶人："行了，你出去吧。"

盛柠再次强调："真不是我写的。"

"不是你写的东西那你看什么？"温衍抬眼，眼神愠怒，牢牢锁住她的脸问，"看那么仔细，你说你想干什么？"

盛柠非常无辜地说："就非得有目的吗？单纯地看看而已。"

男人黑着脸冷冷嗤道："所以别人写的东西你想看就看了？"

"写这个的人都没意见。"盛柠不服气地低声嘟囔，"您倒是管得挺宽。"

"那本子上写了我的名字，我为什么不能管？"

"那我错了好吧。"盛柠的脾气顿时也上来了，口不择言道，"我把我这双看了写您名字的本子的眼睛挖出来谢罪可以吗？"

温衍"呵"了声："你的脑子已经记住了内容，有什么用？"

"那我去撞墙，我把自己撞失忆，您看这办法行吗？"

这辈子碰上这么个不依不饶又难伺候的老板，算她倒了八辈子血霉。

盛柠气恼之间甚至在想要不就真的撞墙算了，反正在他办公室撞出问题肯定算工伤，到时候叫他出医药费。

温衍也不知道是不是有读心术，竟然冷血地回了句："去，撞成傻子了，别哭着叫我负责。"

盛柠气得转身就往墙边走。

坐着的男人迅速拉住她的胳膊，将她扯了回来。

"你傻？还真要去撞墙？"

"我就算记住了内容又怎么样，我又不会用上面写的招数追您。"盛柠甩了两下胳膊，没挣脱他的手，语气激动地反问，"您有什么好担心的？"

"……"

温衍听她这么言之凿凿，神色倏地一滞，突然主动甩开了拉着她胳膊的手。

"那最好不过。"他死死摁着眉心缓气，等心情平静过后才压着嗓音说，"出去吧，别打扰我工作。"

他突然的休战和妥协，让盛柠觉得自己一拳打在了棉花上。

不上不下的，搅得人心神不宁，不知道他是不是在憋什么大招。

她转身走到门口，实在怕他有后招，没忍住问："我解释清楚了，您就不好奇那本子是谁的吗？"

"没兴趣知道。"温衍低声威胁道，"转告那个人，上面的招数对我没用，本子赶紧扔了，再让我看见就走人。"

盛柠下意识问："那么多，一招都没用吗？"

她还以为就她觉得都是些烂招，所以她看了都没什么感觉。

原来温衍也不吃这套。

"跟招数没关系。"他乜她一眼，淡淡说，"看人。"

"什么意思？"

"你问什么问，又不是你追我。"男人低低"啧"一声，心烦意乱地说，"赶紧走，晚了没地铁，我不报销打车费。"

这句话成功戳中盛柠要害，立刻二话不说地离开了办公室。

办公室重新恢复宁静。

外出应酬了一天，此时的温衍怎么都静不下来心神，他伏在桌上，阴沉着脸不住地揉捏眉心。

明明已经让陈助理加快了拟合同的速度，就是想着赶紧把温征的事解决，然后楚河汉界般地和她划清界限。

可是几天前，无意中在公司撞见人事部经理，又无意间问起最近公司新招的几个实习生，当经理向他询问这几个实习生的安排时，他漫不经心地提出最近总裁办缺一个精通西班牙语的翻译。

又在今天看到她在看乱七八糟不知所谓的对他的追求计划时，被那本子上笨拙又心机的招数挠得思绪纷乱。

她那样言辞激烈地解释，越是想撇清，他越是觉得气闷又胸痛。

……一个只知道钱钱钱的财迷汤圆。

除了长得还算漂亮，还有什么令他值得欣赏的地方吗？

没有。他否认道。

即使再次否认，可素来冷静理智且对自我认知非常清晰的男人还是意识到了，有时候他越是不想承认什么，就越是控制不住什么。

几个同事探头看过去，从温总办公室里走出来的实习生盛柠非但没哭，甚至还面色红润，眼睛也是亮亮的，表情算不上高兴，但绝对跟难过扯不上关系。

不错，心理素质真好，很适合待在他们总裁办。

其他人都只是在看，只有陈助理走过来问："温总说你了吗？"

温总去盛柠工位上的时候他没跟着，所以也不知道发生了什么。

如果盛柠确实被骂了，那他作为朋友肯定要安慰。

"也不算说我吧，就是有一点误会。"盛柠抿了抿唇，"我已经跟他解释清楚了。"

"那就好。"陈助理说，"温总平时挺少训人的，除非是真犯了错，你别太放在心上了。"

"我没放在心上，我就是觉得我跟他八字不合，天生犯冲。"盛柠叹了口气，问道，"我想问问实习岗位能调动吗？"

陈助理不解："你不想留在这儿吗？"

盛柠欲言又止。

陈助理其实也能理解，估计是她觉得私人关系已经大过了工作关系，所以想要离温总远点。

"这个我决定不了，你得去找人事部经理。"

"行吧，我明天去问问。"盛柠无力地冲他笑了笑，"那我回去了。"

陈助理目送盛柠离开，默默叹了口气。

温总前些时候催他赶紧让律师把新合同拟出来，那意思就是想要尽快解决温二少的事，然后跟盛柠桥归桥路归路。

谁知道盛柠又偏偏被人事分到了他们总裁办。

他是真有点心疼这个姑娘。

这么些日子接触下来，陈助理觉得盛柠很好相处，长得漂亮脾气也温和，虽说对谁都不太亲近，可是对谁都很有礼貌。做朋友可能相对疏远了点，但跟她做同事的话，相处起来就很舒服。

盛柠收拾好东西下了楼，导致这个误会发生的始作俑者倒是有点良心，还没走，站在一楼等她。

高蕊看到盛柠，立刻跑了过来，语气里满是愧疚。

"怎么样？你没事吧？"

其实她刚刚很想上去帮盛柠解释，可是小女生心态作祟，她不想让仰慕的男人知道那个本子是自己的，只能硬着头皮让盛柠替她背了这口黑锅。

盛柠摇头："没事。"

高蕊又立刻问盛柠温总有没有骂她，有没有扣她工资甚至更冷血无情地辞退她。

"没有。"

高蕊狠狠地松了口气："还好没连累你，我刚差点打电话给我爸，让他给你安排到他的公司去实习。"

盛柠也挺庆幸。

温衍一开始误会那个本子是她的的时候，竟然没有立刻大发雷霆辞退她。

那本子上可都是对他的非分之想。

可是他明明就让她转告这个本子的主人说再让他看到就要辞退人。

想到温衍的这种双标行为，她不自觉咬了咬唇，耳根发烫，心跳莫名有点快。

缓了缓心神，盛柠还是把温衍让她转告的话如实都告诉了高蕊。

高蕊挠了挠脸，顿时更愧疚了："对不起啊，害你刚刚被误会了。"

她又说请盛柠吃饭，盛柠说不用，高蕊怎么都不同意，说是一定要请她吃饭才能弥补自己心里的愧疚。

"真的不用。"盛柠想了想，还是决定跟她把话说清楚，"如果你以后还想追温总，也别用我做借口了，我已经够得罪他了。"

盛柠不想再跟温衍之间产生那种误会。

原本自平安夜之后，他们之间没再见过面，盛柠好不容易整理好心情，结果今天又撞上这种乌龙。

她真的不想跟他有什么，但上天就非要把她往那男人身边推。

真是水逆。

盛柠的脸色不太好，她没什么表情的时候就会让人觉得疏离，距离感十足。

高蕊因为盛柠替她背了黑锅而且大度地没跟她计较这件事，对盛柠感到很是愧疚，她很怕因为这件事跟盛柠交恶，小心翼翼地问："那以后我还能去总裁办找你吗？"

"单纯只是找我可以。"盛柠轻声说，"如果是想见温总那还是算了，我不想当工具人。"

她觉得自己跟高蕊并没有熟悉到能帮她追男人的份儿上。

高蕊立刻说："放心，只是找你。"

盛柠淡淡"嗯"了声。

"其实我刚刚还在想，如果温总误会那个本子是你写的，会不会对你……"高蕊说到这儿，又是自嘲又是复杂地叹气，"断了自己的姻缘，却意外促成了你的姻缘，那我真是，不知道该用什么词来描述这种心情了。"

"不会的。"盛柠抬头，不知道在仰望什么，"他看不上我的。"

第二天盛柠就去找了人事部经理，打听有关岗位调动的事。

答案并不令人意外，换岗位不是读书时期换座位，人事调动其实是件很麻烦的事，当然不是盛柠想换就换的。

不过经理还是似是而非地提醒她，如果她真想换岗位的话，还是和温总亲自说一声比较好。

盛柠一听要去和温衍说，立刻打消了换岗位的念头。

总裁办就总裁办吧，既来之则安之。

即使留在总裁办工作，可在这之后的一段时间，她都没再见到过温衍，连带着陈助理也一起消失不见。

丽姐告诉她这是温总年前的最后一次出差。

第13章

策划分手戏

　　在温衍出差的这段时间，盛诗檬终于结束了期末考。大四的课本来就少，很多人大半个学期都不在校内，而且临近毕业，老师们当然也不会在分数上为难学生，所以盛诗檬几门功课的成绩毫无悬念地低空飞过。

　　她考完试也没急着买票回老家，而是先去找了盛柠。

　　盛柠在盛诗檬的后几天考完，她这个寒假要留在燕城实习，所以压根儿就没打算买票回去。

　　姐妹俩都不急着回老家，还一起送季雨涵去了机场。

　　送走室友后，盛柠回寝室收拾好衣服，拖着行李箱搬去了博臣花园。盛诗檬说要体验跟她一起上下班的感觉，也跟着一块儿搬了进去。

　　搬进公寓的当天，即使这套公寓的房产证上写的还是温衍的名字，但盛诗檬却有了种这就是盛柠的公寓的感觉。

　　盛诗檬优哉地躺在懒人沙发上问："那合同你签了吗？"

　　"签了。"盛柠从抽屉里拿出合同给她。

　　盛诗檬看了两眼，发现她还是看不懂，皱着眉还了回去："你觉得没问题就行。"

　　"我找律师看过了，确定没问题才签的。"

　　"那就好，看来温总还是有诚意的。"盛诗檬顿了顿，开口，"那——"

　　而此时盛柠也恰好开口："那个——"

　　两个人同时停住等对方说，还是盛诗檬先笑了："姐你先说吧。"

　　"你和温征……"合同既然已经签了，恶人就得当下去，盛柠不得不昧着良心问，"你打算什么时候跟他说分手？"

盛诗檬愣了下，面色微哂："巧了，我刚好也想跟你商量这个事。"

盛柠见她有些犹豫，不禁问："舍不得吗？"

"没有。"盛诗檬摇头，"拖了这么久终于要分了，有点感慨而已。"

盛柠好半晌没说话，想了半天还是开口："合同上写了，你们一旦分手那就是真散了，温衍那边绝对不会允许你们再复合，你考虑好了吗？"

这有什么好考虑的？

一个纨绔风流的浪荡小开而已，真心没有几分，假意倒是很够，喜欢盛诗檬伪装出来的天真，享受她面对他时的纯情和懵懂。她骗他自己是第一次谈恋爱，他是她的第一个男朋友，这种"清纯"只要是个男人都会不可免俗地感到自豪和满足，因为女朋友的任何第一次都是自己的。

温征喜欢的她全都是假的，盛诗檬知道男人要什么，于是就给男人演什么。

她之前也差点以为温征是真的喜欢她，并不是喜欢那个伪装出来的她，而是她这个人。

可是自那次盛柠说温征要在餐厅里向她求婚，她对此毫无所知，温征对她连提都没提起，反倒说求婚的是他认识的一个朋友。

后来盛柠又说为了她，温征和自己的父亲几次吵翻，盛诗檬也丝毫没听他提起过。

再后来就是在酒店他和朋友们的对话，以及平安夜那天他发小们对她的调侃。

他因为盛诗檬的手机里没有自己的照片而生气，而他自己的相册里却藏着不知道什么东西，简直将男人的自私和双标演绎到了极致。

在这场感情游戏里，其实他们都是骗子，把对方骗得团团转。

也就只有没谈过恋爱的人才会相信，温征会真的爱上一个人。

盛诗檬觉得她担心太过，笑着说："这还用考虑吗？赚一套燕城的房子和跟温征谈没有未来的恋爱，我肯定选前者啊，天下男人又不是死光了就剩他一个。"

然后她就拉着盛柠坐下，商量着这个手该怎么分。

之前本来还写了分手宣言，但如果这么轻易就分了，温衍那边一定会觉得古怪。

他估计会想，怎么他跟盛柠的合同一签，温征和盛诗檬的手就分了？

然后也许就会怀疑姐妹俩是不是早就打好了商量合作薅他的羊毛。

"这样吧，温征朋友的酒吧最近打算在放假前搞个年会，他叫我一起去。到时候你叫上温总过去，当着他的面让我跟温征分手，我就装着不同意，你再大骂我一顿，想演真点的话扇两巴掌也行，然后你再把我拉走。"

盛诗檬摸着下巴说："这样应该能显得我很喜欢温征，所以死活不愿意分手，是你出手才让我俩分成手的吧？"

盛柠皱眉："太 drama（戏剧）了吧。"

"就得这么 drama 才能让温总认为送你这套房子不亏啊，要是我自己随随便便就分了手，那温总还找你干什么？"

盛柠想的却不是这个。

"一定要扇巴掌吗？"

盛诗檬愣了下，语气很爽快："就是要真动手才能让温总相信你的能力啊，没事你扇吧，别太重就行，要不你现在练习扇我几下试试？"

盛柠摇头，淡声拒绝："不了，没那爱好。"

盛诗檬扶着下巴，眯起眼睛看着她笑。

睡觉前，盛诗檬陪盛柠看了部电影，里面有个女配角，那个演员演技特别好，把恶毒演得入木三分，隔着屏幕都看得人牙痒痒。

导致她们上床睡觉的时候，盛柠躺在被子里，看着天花板突然问盛诗檬："我是不是就跟电影里那个女配一样坏？"

盛诗檬微愣，继而很干脆地否认了："你不坏。"

盛柠突然侧了个身，背对着她说："我记得我小时候经常欺负你。"

盛诗檬小时候长得很可爱，性格也开朗，周围邻居家的小朋友们都喜欢跟她做朋友。

所以当石屏告诉她以后多了一个姐姐时，她心里是非常开心的，很期待和这个姐姐成为朋友。

但是见到这个姐姐后，盛诗檬很明显地感觉到这个姐姐讨厌自己，甚至都不愿意在早上牵着自己的手一起去学校上学，在学校也当作不认识自己，仿佛她们是陌生人。

那时候盛诗檬很难过，跟妈妈说姐姐不喜欢她。

妈妈抱着她说不怪她，不是她不讨人喜欢，都怪妈妈，是妈妈的错。

如果漠视和冷待是一种伤害，那确实是欺负。

小小的盛诗檬当时也认为，她和盛柠的关系这辈子可能也就这样了。

可等孩子们稍微大了，有了自己的想法和主张，盛诗檬才发现，跟真正的欺负比起来，盛柠的冷漠又算什么。

盛诗檬永远忘不了她被同班的女生拉进女厕所，扯掉皮筋又脱掉了校服，朝她头上浇水，还用很难洗掉的马克笔在她身上写字，理由很简单，因为她是小三的女儿。

男生们不会脱她的衣服，他们喜欢在背后议论脱了衣服以后的盛诗檬是什么样的。

他们那个地方小，家事都能传得很远，连老师们都知道盛诗檬的妈妈是小三，所以对此睁一只眼闭一只眼。

盛诗檬接受不了这样巨大的人生转变，她以前的朋友们都是那么善良热情，为什么到这边之后就变成了这样？

再次的转变是在某次放学，几个男生女生合伙把她拉到了学校后门的小巷子里，恰好被从这里经过的盛柠看到了。

盛柠和她的朋友走在一起，正要上前，那个朋友拦住了盛柠。

"她是你那个小三后妈的女儿，你帮她干什么。"

"当小三的是她妈不是她。"她听到盛柠平静地说，"她是她妈跟前夫生的。"

盛柠用报警两个字赶走了这几个小屁孩，把自己的校服脱下来给盛诗檬罩上，第一次让盛诗檬坐上了自己的单车后座，载着盛诗檬回了家。

在家等她们的石屏看到盛诗檬这副样子，很是惊讶，忙问她怎么了。

以前盛诗檬被欺负了，总会在回家前擦干眼泪，重新扎好头发穿好衣服，所以石屏并不知道她在学校经历了什么。

盛柠冷冷地对石屏说："这就是你给我爸做小三的代价。"

石屏顿时脸色煞白，支支吾吾地想说什么，却被盛柠直接无视。

她回了自己的房间，按往常那样将房门狠狠关上。

盛诗檬被妈妈抱着安慰，心里却绝望地想盛柠或许只会帮她一次，到了明天她还是会被欺负。

可是到了第二天，盛柠破天荒地在家等她一起出门。

"你以后跟我一起上下学。"盛柠淡淡地说，"下课和午休的时间你可以到我班上来找我，我跟我班上的同学说过了，他们是哥哥姐姐，不会欺负你，但是你不能吵，能做到吗？"

盛诗檬眼眶一湿，用力点头："嗯。"

记忆突然回笼，回到现实的盛诗檬侧身从背后抱住了盛柠。

"你不坏。"她再次说，"我知道。"

如果不是你，我甚至都不知道我能不能活到这一天。

和盛诗檬定好第一场戏开演的时间地点，接下来的任务就是找观众。

盛柠需要找的观众就一个，温衍。

但由于她最近跟温衍频繁闹出乌龙，所以并不是很想主动找他。

况且他最近还出差去了，人都不在公司。

盛柠只好找陈助理打听，想知道温衍什么时候回燕城。

陈助理："我也不太清楚，其实早就谈得差不多了，但是合作商那边这几天一直请温总到处去景点打卡观光，温总也没拒绝，所以就一直回不来。"

陈助理："叹气.jpg"

盛柠觉得无所谓，心想反正只要温衍在酒吧年会前回来就行了。

陈助理这边刚发过去表情包，走在前头的温总就催他了。

"陈丞，愣在那儿干什么？"

陈助理立刻收好手机，小跑两步跟上了温衍的脚步。

合作商走在温衍旁边，侃侃而谈地向他介绍这个城市中最广为人知的景点标志。

温衍表情淡定，偶尔客气地附和合作商两句。

陈助理在他们后面跟着，没过多久手机就又振动起来，他试着无视，结果手机一直振，停了又振，振得大腿都麻，实在忍不了掏出来一看，不是盛柠发来的消息，是个来自境外的陌生电话。

临近过年，诈骗电话特别多，陈助理没理会，直接挂断了。

但还是被温衍发现了。

"你拿着手机不放到底在搞什么？"

陈助理只好解释："诈骗电话。"

温衍明显不信："诈骗电话需要打字回？"

"啊，刚刚不是，那个是盛柠给我发微信。"

温衍下意识蹙眉，问："她跟你说了什么？"

"她问您什么时候回燕城。"陈助理说，"我看她好像挺希望您快点回去的。"

由于集团年会和酒吧年会日期挨得很近，所以盛柠两边都在做准备，上班的时候在公司忙，下班的时候就在家里复习盛诗檬给她写的剧本。

作为总裁办这段时间唯一的新进实习生，整个总裁办的同事都是盛柠的前辈，她辈分最小，于是被前辈们统一叫作小盛。

都是小盛了，那自然什么杂活累活都交到她手上了。

往年年会，总裁办都要负责出个节目，论记忆深刻程度，总裁办出的节目向来都是总部所有部门当中的佼佼者。

比如去年的集体女团舞，再比如前年的"超级变变变"。

作为顶头上司的温总从来不参与，毕竟一年就搞这么一次年会，总裁办的人既然想闹那就闹吧。

盛柠还在跟她的翻译文件斗智斗勇，丽姐突然叫了她一声，还朝她招了招手："小盛，你过来一下。"

盛柠放下手里文件，老实走了过去。

丽姐冲旁边的男人扬了扬下巴："老张，你说。"

这位老张前辈咳了咳，语气郑重："小盛，是这样。最近别的部门同事跟我们反映，说我们去年一帮大老爷们儿跳女团舞，实在太辣眼睛，都一年了还忘不掉那个画面。所以今年他们希望我们搞个真正赏心悦目的节目，顺便给他们洗一下眼睛和心灵。"

盛柠越听预感越不好："所以呢？"

老张前辈站起身，隆重地对盛柠鞠了一躬："所以我们希望今年你能够站出来，为我们总裁办争光！"

"……"

盛柠把希望的目光投向带她的丽姐。

丽姐躲开她的眼神，淡淡地说："谁让你是实习生，这倒霉事你就老实认了吧。"

他们连衣服都已经从网上买好了，盛柠打开袋子一看，脸色顿时有些不好。

老张前辈颇为自豪地挑眉："漂亮吧？我们几个挑了好久才选定的这件，去换一下试试。"

"现在就换吗？"盛柠环顾了一圈，"毕竟是上班的地方，在这里换这身不好吧。"

"哎呀没事，反正老板不在，大家都是同事有什么的，换吧换吧，码数不对的话还来得及寄过去换。"老张前辈自信地对她比了个"watching you（看着你）"的手势，"小盛，我们都看好你，别让我们失望。"

盛柠拿起衣服，先给他们打了预防针："穿着不好看别怪我。"

另一个前辈立刻接话："笑死，要是你穿都不好看那没人能穿这个了。"

他们未免也太高看她了。

盛柠只好去洗手间换衣服，换好以后她看着镜子里的自己，怎么看都觉得不像自己。

于是她对着镜子拍了张照片给盛诗檬发过去，想问问她的意见。

结果盛诗檬没头没尾地回了句。

盛诗檬："你好，虽然不知道你是谁，但请把我姐姐的身体还给我姐姐。"

盛柠："说人话。"

盛诗檬："回答这个问题之前我想先问，为什么突然穿成这样？"

盛柠："公司年会，总裁办的同事让我穿这个。"

盛诗檬："你是不是有什么把柄被总裁办的那群人抓到了？"

盛柠："实习生没人权而已。"

盛柠："你能不能别贫了，正经点，说人话，到底怎么样？"

盛诗檬："但凡我要是个男人，我们估计就要来一场刺激的禁忌之恋了。"

盛诗檬："该死的，为什么我不是个男人！"

盛诗檬："是个女人就算了，可为什么我偏偏是个直女！"

盛诗檬："相信我，你这身绝对的直男天菜[1]！"

盛柠有被小小地恶心到，不再理盛诗檬。

既然都克服心理障碍换好衣服了，好歹出去给前辈们看看。

刚走出洗手间，就听见围坐在一块儿闲聊的几个前辈突然异口同声地说："哎？温总。"

盛柠听到这声称呼，脑子还没转过弯来，身体已经做出了反应，整个人又赶紧缩了回去。

老板出差回来为什么都不事先跟总裁办打声招呼？

还是说因为她是实习生，所以没资格提前知道老板回来了？

盛柠的脑子里顿时闪过各种职场阴谋论。

然而事实证明她想错了，因为其他人也很蒙。

温总的行程只有陈助理和张秘书两个人提前知道，陈助理跟着温总去出差了不跟他们一块儿，好巧不巧张秘书因为得了流感请了一天假，刚好没来上班，所以办公室的其他人都不知道。

"温总？"老张赶紧将手里的瓜子扔掉，抹了抹嘴站起身，故作淡定道，"您回来怎么都不提前通知我们一声？"

温衍下了飞机后直接来的公司，因而大衣外套上还夹裹着些许冷冽的寒气，这会儿他面色淡漠，垂着眼皮轻轻乜了乜桌子上摆着的各种小零食。

"提前通知了还能看着你们在这儿开茶话会吗？"

老张干笑两声，解释道："我们这不是想趁着午休时间，在一块儿商量商量年会上要准备的节目嘛。"

温衍蹙眉，想到了去年的节目。

他一向不爱干涉下属们在年会上表演的节目，但去年那个属实有点过分了。

---

[1] 网络流行语，这里的意思为会被喜爱。

"你们几个又要穿裙子跳舞？"

他的语气听不出什么情绪，但混迹职场的几个老油条还是琢磨出了老板话里话外那浓浓的嫌弃。

老张面色一凝，立刻否认："不是不是，猎奇的玩一回就够了，玩两回那就有些恶心人了。"

丽姐也在旁帮忙解释："温总，今年老张确实是打算弄个赏心悦目的。"

"不是男人穿裙子就行。"温衍没兴趣刨根问底，挥挥手道，"你们继续讨论吧。"

说完就要往自己的办公室走。

几个人纷纷松了口气，心想还好今年他们总裁办来了个小盛。

也不知道是不是心有灵犀，温衍走到一半，又回过身来淡淡扫了眼他们。

"盛柠人呢？"

"啊。"老张说，"她上洗手间换衣服了，这会儿还没出来呢。"

温衍："换什么衣服？"

"年会节目上穿的衣服啊，刚跟您说了我们弄个赏心悦目的节目，所以就打算让小盛出马。"老张说到这儿又"呵呵"笑起来，"多漂亮一姑娘，到时候一定赏心悦目。"

没等温衍表态，他旁边的陈助理先好奇地问出了口。

"什么衣服啊？去年你们穿的那个吗？"

"不是，去年我们穿的那纯粹就是想故意搞笑来着。总之蛮漂亮的，我们几个男女同事全票通过给小盛选的。"老张一个大老爷们儿也不太会形容衣服具体长什么样，只好说，"陈助你要是好奇待会儿等小盛出来就知道了。"

陈助理很是感兴趣："那我得看看。"

然后又看了眼温总，不知道老板是什么打算。

结果老板又朝桌子那儿走了回去，冲下属们扬了扬下巴。

"让个地儿给我。"

几个人都没回过神，老张反应最快，赶紧站起了身，难以置信地问："温总您也要看啊？"

"嗯。"温衍掀了掀眼皮子，淡声反问，"我不能看？"

"……那倒也不是。"

就是不太符合您往年不闻不问的作风。

等了半天盛柠还没回来，同事们不禁想这小盛平时做事看着挺利索的，怎么换个衣服这么慢。

小盛是丽姐带的实习生，于是丽姐主动说："我去催催她。"

她刚进去洗手间，盛柠正好站在镜子前发呆，丽姐从头到脚打量了她一番，略微咳了声。

"不是早穿好了吗？怎么还不出去？"

盛柠欲言又止，但又不得不硬着头皮问："温总他回自己办公室了吗？"

"没，他也在等你换好出来。"丽姐冲她招手，"走啊，别磨蹭了，温总都在等你。"

盛柠一脸不情愿，耳朵也红了："我——"

"怕温总看到？"

"……"

"这有什么好怕的，你在想什么呢。"丽姐也不管盛柠的面子，说的话直白到不行，"你们年轻姑娘就是平时偶像剧看太多了，他有多高冷你这些日子难道还没看出来？放心吧，他不至于冲你一个实习生下手。"

如果是刚认识温衍那会儿，她肯定也不会多想，这么想纯属自作多情。

盛柠内心纠结，但架不住丽姐的句句直白话，只好走了出去。

"哟小盛终于出来了。"

因为盛柠还没毕业，平时的打扮还是偏学生气一点，衣服的颜色柔和，款式也都是舒适简单的。上班不是走秀，不需要特意做造型，因而她习惯将一头长发柔顺地扎在脑后变成马尾。

这一身是偏成熟的小西装衬衫款式，但不是正式刻板的那种。

盛柠的头发微卷，垂披着看上去又软又蓬松，显得脸只有巴掌大。

偏低的小V领，肩线和袖子还做了些柔和精巧的设计，包臀的裙摆在大腿中部，虽然是有些小性感的打扮，一手可握的腰线之上和之下却都是恰当地被衣服包裹住且呈现出完美的弧度，一双纤细的腿很直很白，脚上的细高跟鞋衬得脚踝骨消瘦，但那张漂亮斯文的脸以及有些赧意的不安眼神，着实给这身打扮平添了几丝矛盾的禁欲感。

能露的地方刚好，不能露的地方也不给人看，男人喜欢这身打扮恰到好处的撩拨感，女人喜欢这身打扮下越发凸显的清冷气质。

老张比盛柠的岁数大不少，因而几个男人中，他夸赞的态度最大方。

"好看！贼好看！"

"好看的，我就说这身肯定行。"一个女同事"哼"了声，自信地对其他几个男人说，"之前挑的那几套就只有你们男的觉得好看，咱们女同胞还好没同意，明明我们女人也爱看美女，也有欣赏美女的权利好吧？"

陈助理抿起唇笑，被盛柠抓到幽幽地瞪了一眼。

他赶紧默默地竖了个大拇指表态。

几个同事都前后表了态，只剩下温总一言未发。

他沉默地看了盛柠片刻，又低下头去，指尖抚上眉心，揉搓着并不存在的皱褶。

"温总，你看我们给小盛挑的这套怎么样？到时候穿这个上台跳个舞，随便扭扭肯定能惊艳全场啊。"

一听到要跳舞，当事人盛柠和老板温衍的脸色都不约而同地变了。

"问我有什么用，问她自己吧。"

温衍冷冷丢下一句，没有对盛柠的打扮做出任何正负面的评价，起身径直离开。

盛柠被前辈们围着商量她在年会上跳舞的事，她心里不愿意，但贼船已上又不知该怎么下，只好对着温衍的背影喊道："温总！我有事找您说！"

温衍驻足，缓缓"嗯"了声："进我办公室说。"

还好没有被拒绝。

盛柠松了口气，在前辈们的挽留声中跟着温衍去了办公室。

一进去，她就赶紧关上了门。

温衍不动声色地看着她关门还顺便落锁的动作，等人转过身来，他又偏过了头。

"找我什么事？"

盛柠正经了神色说："就是盛诗檬和您弟弟的事。"

"就这个？"

"就这个。"

男人抿唇，语气不耐："你说吧。"

"既然合同已经签了，我就想尽快把这件事做个了断。"

温衍沉声问："就这么急着解决？"

"这不也是您的意思吗？"盛柠不解反问，"之前的合同拖了那么久，现在又签得这么快，不就是赶紧把这件事解决的意思？"

男人顿了顿，点头："我是这个意思。"

盛柠继续说："所以早分手早完事，您最近忙没空管弟弟，我得替您分忧。所以过几天温征朋友的酒吧开年会，到时候您跟我一起去，我会向您证明我不是那种只拿钱不做事的人。"

"我之前跟那两人都谈了，死活不分手。"温衍觉得她口气太大，漫不经心

"呵"了声又问，"你有什么办法？"

盛诗檬之前赌着气不肯答应温衍跟温征分手的原因，是因为温衍找她谈话的语气实在太差又太居高临下，她不像盛柠姓社名畜，为了钱肯对资本家点头哈腰，资本家的架子摆得越大，盛诗檬越是不爽要跟他对着干。

至于温征那边的态度，不在她的考虑范围内。

"到时候您跟我一起去酒吧年会不就知道了？"

温衍看了她半晌，点头答应："好，我跟你去。"

"那就这样。"

把观众请到了，盛柠打算溜。

她想赶紧把这身衣服换掉，穿着这身站温衍面前说话都不太自在。

"你等会儿。"温衍叫住她，脸色不太好，"年会上你真要穿这身跳舞？"

"啊？"盛柠的脸顿时也跟着垮了一下，老实说，"没办法，他们几个都是前辈，我一个实习生也不能拒绝。"

温衍直接下了吩咐："别跳了，我帮你拒绝。"

盛柠眨眼："真的？"

"嗯。"温衍又看了一眼她的打扮，继而垂下眼皮低声说，"穿这个跳舞，像什么样子。"

像什么样子？

盛柠低头看了眼自己的打扮，虽说不是她平时的风格，领口有些低，裙子有些短，胸口处的衬衫裹得也有点紧，只是不那么正经，但绝不是他口里的那种不像样。

虽然知道温衍的性格比较刻板，但她也是个正经人，哪儿能接受这种评价。

于是盛柠不满道："您要是觉得不好看就直说，没必要讽刺我伤风败俗吧。"

温衍顿了顿，莫名地反问："我有说不好看吗？"

"没有。"盛柠说，"但我知道您肯定在心里这么想了。"

温衍冷哼一声。

"你是我肚子里的蛔虫，我心里在想什么你也能知道？"

"好歹认识您这么久了，您对我什么态度我心里还是挺有数的。"盛柠抿唇，本来也没期待他说什么，"对我这身打扮，您今天没泼冷水我就很感激了。"

"酒吧年会的事我已经提前跟您说了，那天晚上您要是有约会的话麻烦往后延延。"

交代完最后一句，盛柠没什么诚意地冲他鞠了一躬："温总，那我先出去了。"

"盛柠。"

温衍突然叫住她。

盛柠只好又回过头："您还有事吩咐？"

男人随即不屑地瞥她一眼，冷嘲道："我看你心里就没点靠谱的数。"

盛柠："什么？"

"猜不准就别瞎猜。"他依旧板着张冰块脸，抿唇淡淡道，"我想的是好看。"

盛柠睁大眼："啊？"

看她那一脸被雷劈了的傻样子，温衍不禁皱眉，沉声轻斥："你这个假蛔虫。"

盛柠对他的指责有些不知该如何反应。

但温衍明显没有再理会她的意思，最后她也只能不明不白地离开了他的办公室。

有老板的帮忙，盛柠成功从前辈们手里逃脱，也顺便逃过了在年会上跳舞的命运。

第二天的午休时间，主策划人老张就被温总叫进办公室不知说了什么，约莫两三分钟就出来了。

他一脸失落地告诉其他几个人，年会叫小盛上台表演的事，黄了。

"为什么啊？小盛她自个儿不是都同意了吗？"

"小盛是同意了。"老张一脸便秘，"咱老总不同意啊。"

负责带盛柠的徐百丽不禁疑惑道："温总不是从来不管这种事的吗？"

"他说以前不管，是因为再丢脸也是我们几个大老爷们儿。"

老张回想起刚刚温总用那张面无表情的冰块脸淡淡说出这句话的画面，脸上不禁流露出了受伤且哀怨的表情。

几个男人脸色一滞："……"

温总这话说得可真够伤男同胞的心。

老张深吸了口气，撇嘴说："小盛是个姑娘，他让我们别打她的主意。"

"叫小盛上台表演怎么就叫打她主意了？她到时候一上台，要跳得好，那打她主意的人多了去了。"一个男同事义正词严地说，"小盛还是单身，咱们这是在帮她招桃花运好吧。"

"你跟我说有个屁用。"老张用下巴指了指温总办公室的门，"你跟温总说去。"

"……那还是算了。"

虽然大家都是男人，但温总又不是走亲切人设的老板。

跟他聊这个，还是算了。

几个男人同时沉默，徐百丽出声问："那节目怎么办？没多少时间了。"

"还能怎么办，一块儿上呗。"老张"哼"了声，叛逆地说，"还是要把小盛拉上。"

徐百丽偏过头看了眼正在自己工位上埋头苦干的乖巧实习生盛柠。

这会儿早就到午休时间了，她还在干活。

总部那么多个职能部门，她去哪儿不行，偏巧就被安排到这里，究竟该说是运气好还是运气不好。

几个人只好重新考虑年会节目，此时突然被一个甜美的声音打断了思绪。

"中午好。"

是个长相相当清纯的小女生，脸上挂着毫无攻击性的微笑。

老张反应最快，立刻回了个笑脸："中午好。"

她先是礼貌地跟几个前辈打了声招呼，然后直奔着盛柠的工位走去，盛柠看到她，关掉电脑起身。

盛柠抬头，朝几个前辈围坐着的方向说："丽姐，我先去吃饭了。"

徐百丽"嗯"了声："去吧。"

接着盛柠被人亲密地挽上胳膊，两个年轻姑娘就这么肩并着肩走了。

终于有个目前还单身的男同事忍不住了，问道："那姑娘谁啊？"

老张睁大眼："你不认识？"

"全公司上下这么多人，我应该认识吗？"

老张一脸无语："那是小盛她妹妹，也在咱们集团实习。"顿了顿，他又小声说，"她就是二少的女朋友，小盛好歹是单身，追她比你追上小盛的概率还小，你小子死心吧。"

男同事顿时惊讶地张大嘴："之前听说二少找了个小实习生，难道就是刚刚那个？她跟小盛是姐俩？居然是姐俩？！"

公司里上上下下确实都对这件事有所耳闻，但大部分人没见过当事人，所以并不知道当事人就是刚刚那个姑娘。

"对。"徐百丽点头。

男同事喃喃道："难怪温总这么护着小盛，我差点还以为温总对小盛——"

几个人中资历最老的老张和徐百丽同时翻了个白眼。

老张先是骂道："一天天的，就知道瞎想，那兔子还不吃窝边草呢，小盛再漂亮也是窝边草，弟媳的姐姐，都算半个亲家了，温总能下得去手吗？"

再是徐百丽淡声补充："你在这儿干这么久了，温总什么样的人你还不知道吗？陈助理天天跟着他，不也没擦出火花来？"

顿了顿，徐百丽突然想起了谁，扯了扯嘴说："我看你跟那谁一样，都偶像剧看多了。"

"……但陈助理是男的啊。"男同事弱弱补充。

"男女在咱温总面前有区别吗？"徐百丽语气平静，"反正他看谁不都是板着张脸？"

几个人同时赞同地点了点头，没一会儿又换了个话题。

毕竟是老板的家事，祸从口出，不宜多聊。

"吃什么啊？"

盛诗檬看着眼前满目琳琅的食堂菜单，心里犯了难。

"糖醋排骨味道不错。"盛柠说，"生煎包也行，不算地道，但还蛮好吃的。"

看着盛柠对食堂的菜如此了解，盛诗檬不禁问："你怎么比我这个在这里上了半年班的还了解食堂？"

"你三天打鱼两天晒网的，又没来过几回食堂，我肯定比你了解。"盛柠催促，"快点选，我不等你了。"

说完她就扔下了盛诗檬，独自端着餐盘去窗口打菜。

盛诗檬赶紧跟上，她懒得选，反正她跟盛柠口味差不多，跟着她选就对了。

两个人打好菜，找了个相对偏僻的位置坐下。

盛诗檬看盛柠右手拿着筷子左手拿着手机，一心两用地不知道在看什么。

"你在看什么？"她好奇地把头探过去，"在看短视频吗？我也一起看。"

盛柠把手机朝向她："你想看？"

盛诗檬定睛一看，竟然是密密麻麻的电子词典。

"……你吃饭的时候看这个还能有胃口吗？"

"有。"盛柠咬了口肉，"很下饭。"

"又不是还在读高三，吃个饭都需要争分夺秒。"

盛诗檬实在不能苟同，她本来是想跟盛柠趁着吃饭时间随便聊聊天，如今也没了兴致，也掏出手机看了起来。

和盛诗檬吃饭不像跟同事们一起吃饭，和同事们一起的时候，为了表现得合群，盛柠还得集中注意力关注他们的话题，再根据这个话题表达自己的观点，但跟盛诗檬一起就很轻松，姐妹俩一句话不说，各干各的，也不会觉得尴尬。

然而这种轻松吃饭的氛围没有持续多久。

"盛柠！"

盛柠抬起头看过去，端着餐盘的高蕊正冲她招手。

266

她惊讶之间，高蕊已经走了过来，并在她身边坐下。

"你不是在外面吃饭的吗？"

她一个富家千金，不用省这点午餐费，盛柠有时候刷到她的朋友圈，每次午休的时候都是去公司附近的网红餐厅，然后点一桌精致的东西拍照打卡。

"哦我刚去找你想叫上你一块儿，但晚了一步，你组长说你来食堂吃饭了，所以我就来了。"高蕊说，"我第一次来食堂，没想到菜式还挺丰富的。"

盛诗檬不认识高蕊，正等着她姐给她介绍。

"盛诗檬，我妹妹。"盛柠顿了顿，补充道，"温征女朋友。"

没必要瞒着，反正她不告诉高蕊，高蕊也迟早会知道。

不出所料，高蕊立刻惊讶地喊出声："原来你妹妹就是温征女朋友啊！久仰久仰！"

盛诗檬虽本来就因为"温征女朋友"这个身份得到了公司上下的很多关注，但还是吓了一跳。

不过好在高蕊和她都是性格比较外向的姑娘，聊了两句很快就熟悉起来了。

"牛×，你太牛×了，连温征这种男人都能管得住。"高蕊直接对盛诗檬竖起了大拇指，语气无比崇拜，"我姐妹团那几个要有你一半的本事，也不至于回回都碰上渣男。"

盛诗檬被夸得怪不好意思，谦虚说是自己运气好才能遇见温征。

"你要真运气好就不会遇见温征，他以前在我们圈子里那名声简直就……"说到这儿，高蕊突然意识到自己的话太直白，猛地打住，"……但那都是以前，现在他遇上你了，已经彻底洗心革面变成一个模范男友了。"

盛诗檬不介意地笑笑。

她瞥了眼一直在旁听的盛柠，盛柠冲她耸了耸肩。

姐妹俩都看得出来，这是个从小就衣食无忧的富家千金，没有弯弯绕绕的小心思，有时候说话确实不太注意，但肯定没有恶意。

又聊了两句，高蕊才不好意思地说："其实吧，我这么想认识你，主要也是想跟你学几招。"

盛诗檬那一肚子坏水仅限于对付男人，对女生没什么伪装的必要，下意识问："你想追男人？"

"嗯。"

"追谁啊？"盛诗檬端起小汤碗，"每个人性格不同，具体问题要具体分析。"

高蕊一下子害羞起来："追温衍。"

"噗——"

刚喝下的汤差点喷出来。

高蕊吓得直往后躲："你怎么了？"

盛柠淡定地递过去一张纸巾。

盛诗檬被一口汤呛得面红耳赤，捂着胸口直咳嗽，半天才缓过来。

她擦了擦嘴，不确定地问："温总？"

"对啊。"

"你为什么想追他啊？"盛诗檬面色复杂。

"追他需要理由吗？你不觉得他真的好吸引人吗？"

平心而论，盛诗檬不否认温衍的吸引力，"嗯"了声承认："这倒是真的。"

"他给人感觉越是高冷，就越是让人想把他那层高冷的外皮撕下来。"

"同意。"盛诗檬点头，"就想看看他到底是真面瘫还是假面瘫。"

"假面瘫，我打赌一定是假面瘫，我不信他谈恋爱的时候也能这么高冷。"高蕊突然叹了口气，扶着下巴语气幽幽地说，"我想跟他谈恋爱，然后看他一脸无奈又宠溺地骂我小笨蛋。"

盛柠不禁皱眉："……？"

盛诗檬很懂高蕊的这种感觉，补充道："还有他一边装作对你不感兴趣，一边却又不由自主想要靠近你的那种纠结。"

盛柠眉头皱得更紧了："……？"

"对对对！"高蕊激动地说，"你太懂我了！"

因为喜欢的男人类型恰好是同一种，高蕊和盛诗檬相见恨晚，恨不得当场认亲。

高蕊说："我相信面对喜欢的人，再高冷的男人也忍不住。"

盛诗檬点头，接着说："一个看着那么成熟稳重的男人，只有在面对你的时候才会暴露出男人幼稚孩子气的那一面，简直爽飞了。"

"我异父异母的亲生姐妹！"

"二十多年了，我终于找到你了。"

"……"

盛柠全程听她们在那儿幻想谈恋爱的温衍会是什么样子，越听越吃不下饭。

这得是多有挑战精神以及自虐倾向的人才能把温衍变成那样？

聊着聊着，高蕊越觉得盛诗檬跟她的品位一样，就越是想不通为什么她会喜欢温征。

"姐妹你为什么会喜欢温征啊？你明显跟我一样是喜欢温衍这款的啊。"

盛诗檬脸色一窘。

她一开始追的就是温衍，只不过他没上钩，才换的温征。

"温总属于稀世 SSR 卡 [1]，我没那运气。"盛诗檬咳了声，"当然我没说你，你抽中的概率肯定比我大。"

高蕊看了眼盛诗檬，又看了眼盛柠。

姐妹俩长得不像，气质也大相径庭，但很明显，两个人放在人群里都是"×花"级别的美女。

"我概率比你大？别逗了，我要长你这样，早直接上了，都不需要用脑子。"

"温总不看长相。"盛诗檬说。

"那他看什么？"

看什么？

阶级、家世、背景。

如果只是说喜欢哪种类型的女人，男人们大多喜欢漂亮的，有个性的。不同的男人会有不同的喜好，但若是真要选一个人过下半辈子，他们大多数都会精明地从更现实的角度考虑。

一个只是漂亮的女人，又怎么比得过一个没那么漂亮但出身富贵的女人。

温衍很明显不是那种会把时间浪费在和女人谈恋爱上的男人，因此他择偶的话，会忽略掉对他来说可有可无的外貌条件，只考察他最重视的家庭背景。

男人就是这么现实。

盛诗檬心里很清楚，因而对高蕊说的"管得住温征"的夸赞，她就当听了个不痛不痒的笑话。

高蕊足够幸运，生在了一个好的家庭里，她的条件已经足够配得上温衍了。

但这个回答太现实了，还是不要打破高蕊的少女心。

盛诗檬说："反正我没戏，你加油吧。"

高蕊受到鼓励，爽快道："没事，你要是哪天对温征腻了，随时欢迎你回心转意跟我公平竞争。"

盛诗檬噎了下："我想不会有那么一天的。"

她还没那么头铁 [2]。

两个人就这么一直围绕着温衍在聊，餐盘里的饭菜没动几口。

直到盛柠吃完了，起身说："你们慢慢聊，我吃完回去干活了。"

---

[1] 网络用语，多用于抽卡游戏中，是稀有的高等级卡牌。

[2] 网络用语，指人固执，认死理。

盛诗檬惊了："你怎么吃这么快？"

"是你们吃得太慢。"盛柠好心提醒，"你们注意着点时间，别聊到忘记回去上班。"

然后她端着餐盘走了。

等盛柠一走，高蕊突然小声说："你不觉得你姐也挺难追的吗？"

"嗯？"盛诗檬愣愣地问，"你双性恋啊？"

"不是，我是说做朋友。"高蕊赶紧否认，抿唇说，"我觉得你姐对我挺冷淡的。"

她跟盛诗檬今天才认识，才聊了一顿饭的时间，竟然感觉都比跟盛柠熟悉。

"我姐就那性格。"盛诗檬耸耸肩说，"做普通朋友容易，但你要跟她交心的话，不太容易。"

毕竟是人都有一定的防备心，如果曾被人伤害过，那大概率在之后的很长一段时间，都不会再轻易地将心交付给他人。

高蕊之所以一副对谁都热情的性格，是因为她在宠爱中长大。

可盛诗檬很容易想清楚的事，高蕊却想不清楚。

她觉得自己可能是前二十多年活得太顺利了，身边的人都宠着她，所以一看到这种对她态度冷淡的，无论男女，无论是温衍还是盛柠，她都有点蠢蠢欲动，想把对方给攻略下来。

高蕊困扰地问："你说我这样的还有救吗？"

盛诗檬听她描述，小心翼翼地说："我能说句不好听的吗？"

"你说，没事。"

"你可能……"盛诗檬考虑了半天措辞，最后也没想出什么体贴的词来，只能硬着头皮说，"……有点小犯贱？"

高蕊愣了好半天，就在盛诗檬以为她对这个形容词不高兴刚打算道歉的时候，高蕊突然醍醐灌顶地感叹道："怪不得呢，我就说为什么你姐和温衍这么吸引我。"

盛诗檬："……"

好家伙，她还挺自豪。

盛诗檬通过盛柠认识了高蕊，她跟她姐一样心思玲珑，一眼就能看出高蕊是个怎样的女生。

她觉得高蕊还挺有意思的。

晚上下了班回家，睡觉前盛诗檬又跟盛柠聊起了这个新朋友。

"我觉得她人还不错，虽然她也有钱，但没温总那么看不起人。"

盛柠问："所以呢？"

盛诗檬好奇地问："所以你会帮她追温总吗？"

"我又不会追男人，我怎么帮她追？"盛柠说，"她自己加油吧。"

"温总话不多，和高蕊那种话痨型的女生正好可以互补。"盛诗檬看着天花板喃喃道，又对盛柠说，"就比如你跟我，你话少我话多，在一起就很舒服。"

盛柠应了声："嗯。"

"那你以后会找跟我一样类型的男朋友吗？"

"不知道。"

大多年轻女生一聊起这个话题就来劲，盛诗檬也不例外，即使盛柠的回答非常敷衍。

她侧了个身面对着盛柠，推了推她的肩膀："今天我跟高蕊聊天的时候你一句话没说，现在她不在，就我们两个，你跟我说说你喜欢哪种类型的男人啊。"

"不知道，没想过这个问题。"盛柠老实说。

"我不信好吧。"盛诗檬说，"就比如你读高中的时候，你班上那个跟你总轮流考第一名的男生，你觉得他怎么样？"

盛柠在黑暗中睁开眼睛。

"你怎么知道他？"

盛诗檬顿了下，心想反正都这么久了，就把自己以前跟那个男生合伙，帮着他追盛柠的事情给坦白了。

盛柠恍然大悟，轻声说："我就说他怎么连我喜欢喝什么牌子的牛奶都知道，原来是有内应。"

盛诗檬不好意思地笑了笑，又赶紧转移话题："他怎么样？"

"高考完就没联系了，能怎么样？"

"那你喜欢他那种类型的吗？"

"还可以。"

盛诗檬不解："那你们当时怎么没在一起啊？"

盛柠比她更不解："在一起那我高考怎么办？"

"……在一起跟你高考有什么关系？"

"影响学习。"盛柠语气正直，"你读高三的时候不就受过教训？"

盛诗檬干笑一声："你还记得啊。"

这种黑历史，她以为只有她自己记得。

"很难忘记。"盛柠淡淡说，"换男朋友比换衣服还勤快的人居然为了个男生哭成那样。"

盛柠当然不知道，盛诗檬以前交往的男朋友，都是痞痞的不良少年类型，并不是因为喜欢才在一起，只是单纯地因为蠢蠢欲动的年纪恰好到了。

或许比起这个更不愿意承认的原因是，她读高中的时候盛柠已经去了燕城上大学，没有姐姐在，她想如果交了一个那样的男朋友，就能在学校保护她。

盛诗檬沉默几秒，又突然说："不是，现在是在说你，怎么又说到我身上了。"

"我暂时还不想考虑这个问题。"盛柠回答，"我现在只想赚钱。"

"又没让你现在谈恋爱，就只是好奇你喜欢哪种类型的男人。"

"……"

"姐，睡了吗？"

"不知道。"盛柠闷闷地说，"反正不是温衍那样的。"

盛诗檬和高蕊今天说的那些，简直就跟她之前做的梦一模一样。

太瘆人了，绝对不要。

盛诗檬摸了摸鼻子，心想可能是今天中午在食堂吃饭的时候，她和高蕊对温衍那些比较玛丽苏[1]的想象把盛柠搞得起逆反心理了。

"行吧，不跟你聊这个了。"盛诗檬说，"这周末的酒吧年会你别忘了，记得叫上温总。"

"记得，放心吧。"

"晚上会搞大活动，玩游戏有奖品拿的。"盛诗檬说，"反正你到时候也会去，要不要顺便玩一玩？万一运气好能拿到奖品呢？"

盛柠觉得这个主意好，大老远过去就演一场戏，演的还是反派，也太没意思了。

"玩什么游戏？"

不会又是上回那种嘴对嘴夹扑克牌的游戏吧？

"你应该不习惯，都是比较开放的那种游戏。"

盛诗檬先给盛柠打了个预防针，然后又安慰她："不过没事，组队不限性别的，如果到时候一切顺利，等温总和温征走了，趁着人多，反正灯光一暗谁也不认识谁，你跟我假装是一对，咱俩组队玩。"

---

[1] 网络用语，Mary Sue的音译，最初是对天真角色的代称，现在泛指不符合实际的、偏美好化的设定。

盛柠："行。"

两个直女之间没那么避讳，再加上又是一起长大的，如果是跟盛诗檬一起的话，开放一点她觉得也能接受。

对国人来说，农历新年才是一年之中真正的终点和起点。

温征这个开酒吧的朋友虽然思想开放，但骨子里还是国人本质，更重视农历新年，因而酒吧的年会活动也跟一般公司一样，非常传统地选在了农历新年之前。

在放寒假前，学校终于给盛柠安排了负责她毕业论文以及毕业答辩的导师。

导师人不错，知道她寒假有实习工作，没有催她赶紧写好开题报告交上来，而是让她自己把握好时间。

暂时没有学业上的事要忙，但酒吧年会和公司年会的日子挨得很近，还是得忙。

忙到焦头烂额，酒吧年会的当天晚上，居然是温衍给她打的电话。

盛柠接到电话才恍然："啊。"

男人一听她这声惊呼就懂了，语气不太好："你叫我去，结果你自己忘了？"

盛柠嗫嚅，说不出话来。

"算了，知道你不靠谱。"温衍叹了口气，妥协道，"在哪儿？我去接你。"

"公司。"

"嗯，等着。"

温衍从家里出发，到公司楼下后又给盛柠打了个电话。

她动作很快，没几分钟就下来了，匆匆坐到后面，才发现开车的是温衍本人。

"怎么是您开车？"

"你不过周末，我的司机总要过。"温衍淡声吩咐，"上副驾驶坐着，我不是你的司机。"

盛柠只好又从车子里出来，改坐到副驾驶位。

司机位上的男人今天没穿西装，难得闲适慵懒的装扮，浅色羊毛衫打底，衬得他冷峻的五官竟然柔和了几分，整个人的气质看上去也没有平常那么生人勿近，冷锐感骤减。

"你工作怎么比我助理还多？"温衍单手把着方向盘，眼睛盯着后视镜，动作流畅地开出侧方停车位，漫不经心地问她，"还是说被欺负了？"

就连陈助理今天都去过周末了，她竟然还在公司。

盛柠解释："不是工作，年会彩排。"

温衍眉头一皱："我不是已经跟他们说了不用你上台？"

"不是。"盛柠说，"不是我一个人上台了，是我们所有人一起，而且也不穿那身衣服了。"

温衍顿了下，淡淡地问："那穿什么？"

盛柠不太好意思地抿唇，对他卖了个关子："反正到时候您就知道了。"

"……"

男人抿了抿唇，没回话，继续专心开车。

今天酒吧来的客人可能是整年最多的一天，泊车小哥忙不过来，大多数客人都是自己找停车位。

顺着道往前开了好久都没见到空着的停车位，温衍拧着眉，终于不耐地"啧"了声。

趁着温衍的注意力都在路况上，盛柠偷偷给盛诗檬发了条微信。

盛柠："我到了。"

盛诗檬："VIP 阿波罗间。"

知道包间名字后，盛柠就赶紧关掉了聊天页面，生怕被温衍发现自己和盛诗檬串通。

但转念一想，这样着急忙慌地发一条微信会不会显得更做贼心虚，于是又随便找了个人聊。

上回她来这个酒吧的时候，认识了一个小姐姐，两个人还交换了微信。

在社交方面，盛柠其实是个挺慢热的人，所以每认识了一个新的朋友，如果对方不是很主动，那么两个人的关系很快就会慢慢淡下来，最后逐渐变成通信录里的陌生人。

再不就是像温衍这样的，她跟他属于不同阶层，共同话题除了各自弟妹那更是为零，并且他对她的态度也不怎么样，基本上都是挖苦和讽刺。

如果是在一般情况下，盛柠绝对不会跟他有任何交集，但现在有了交集，而且他还用钱吊着她，所以她一直保持着对他的热情，几乎是有求必应。

这个叫 Linda 的小姐姐很会说话，盛柠对她警戒心没那么重，再加上对方幽默又会找话题，于是就这么一直保持着联系，聊到了最近。

Linda 邀请过她好几次，让她有空再来酒吧玩。

今天既然来了，盛柠就顺便跟她说了一声。

那边立刻发了一串惊喜的表情包过来，盛柠觉得这些表情包很有趣，一个一个地添加进自己的图库里。

她专心偷表情包，也就没注意到男人的视线。

"你挺闲。"温衍扯了扯唇角，"出来干活还不忘跟人聊天。"

盛柠赶紧收起手机。

"不是聊天，您还记得上回我在酒吧认识的那个小姐姐吗？我跟她加了微信，她说下次我来玩的话一定记得跟她说一声。"

温衍蹙眉，想起来了。

是上回来酒吧找温征，碰上的那个想拐着盛柠去玩游戏的女人。

温衍没再说什么，转了半天终于找好停车位，利落地拉起手刹熄了火。

"下车。"

没想到时隔几个月，兜兜转转又来到了这里。

还是熟悉的夜景熟悉的招牌，只不过上回是温衍带她来，这回是她带温衍来。

两个保安认识温衍，齐齐叫了声温先生。

温衍点头，正欲进去，却被其中一个保安拦下。

"不好意思啊温先生。"保安抱歉地说，"今天酒吧里人多，为了安全，还得麻烦您和您的女伴登记一下个人信息。"

看满满当当的停车场也知道今天酒吧人有多多了。

但填好信息后进去，还是被里头的景象震撼了一下。

比上回来的时候多了好几倍，蹦迪的大厅灯光还是那么刺眼，一闪一灭间映出人头攒动的景象，感觉走两步都能撞到别人肩膀。

温衍和盛柠都很不喜欢酒吧的氛围，尤其是人多的地方。

盛柠走在温衍前面给他带路，走着走着停住了，转着头朝四周看。

温衍问她："怎么？"

盛柠回过头去，张嘴说了什么，温衍听不清，皱着眉说："你大点声。"

她抿唇，又摇了摇头。

温衍叹了口气，只好弯下腰将耳朵凑到她嘴边："有话就说。"

"刚刚好像有人碰了我一下。"盛柠委婉地在他耳边说，"不知道是不是故意的。"

温衍眉头微皱，往周围看了一圈。

"谁碰你了？"

"不知道，没看清。"

身边全是人，等反应过来，也早就看不见了。

温衍的脸色很差，抬起胳膊环住她的肩膀，将她拉近到和自己贴身的距离。

"你靠着我走，再有人碰你立马告诉我。"

盛柠顿时松了口气，本来不想告诉他，但现在却觉得无比安心。

温衍虽然环住了她，但肩膀以下的身体却始终和她保持着微妙的距离，若有若无的触感，偶尔盛柠的脚步慢了点，背就会撞上他的胸腹。

在嘈杂拥挤的人群中，身形高大的男人就这么牢牢将她护在身前，有人挤过来，他就用胳膊挡开其他人。

在他绅士风度十足的保护下，盛柠敏锐地感知到每一次他的胸腹和自己后背的接触，垂在两边的手都不自觉地攥紧了衣角。

她一直不说话，温衍反而不太放心，弯下腰在她耳边问："还有人碰到你没有？"

男人鼻息间的热气打在盛柠耳朵上，低沉的声音酥麻震耳，她心脏一紧，摇头呆愣愣地说："没有。"

两个人磕磕绊绊地终于穿过蹦迪大厅。

此时主持人正好上台，拿着话筒在嘈杂声中宣布："帅哥美女们！再过半个小时就是我们今晚最万众瞩目的年会游戏环节！男女不限，年龄不限，只要双方都愿意就可以！大家现在就可以物色你们的队友了。"

台下顿时响起各式的欢呼声。

"哇哦！"

盛柠想起她跟盛诗檬约好了要一起玩这个游戏，得抓紧时间。

盛柠随便抓了个工作人员问阿波罗包间在哪儿，工作人员忙得晕头转向，语速极快地给她指了路。

去包间的路上，人就没那么多了，盛柠独自在前面走着。

温衍走在后面问她："你怎么知道他们在哪个包间？"

盛柠早就想好了回答："我看了盛诗檬的聊天记录，知道他们今天在这里约会。"

温衍没再多问。

"您在外面等我。"盛柠说，"看我表现。"

温衍挑了挑眉，默认了她的安排。

她深吸一口气，推开门进去，一声大喊："盛诗檬！"

包间里本来还在和人玩骰子的盛诗檬瞬间抬起头来。

一帮人也跟着抬起了头。

温征坐在盛诗檬旁边看她玩，一听到有人叫盛诗檬的名字，也跟着懒懒掀了掀眼皮。

一看到来人，他有些惊讶。

他之前看过盛诗檬的相册，知道眼前这个不速之客是她姐姐。

盛柠看这么多人在，心里头有点犯怵。

但盛诗檬就非要安排在这么多人面前演这场戏，说是效果最好。

盛柠对这种事也没什么经验，只好听从了盛诗檬的安排。

早有心理准备的盛诗檬立刻进入状态，不可思议地睁大眼睛："姐？你怎么在这里？"

"我怎么在这里？你说我怎么在这里？还不是担心你。"盛柠三两步走上前，厉声指责，"你一个女孩子，怎么能来这种不三不四的地方？爸妈辛苦供你读书送你上大学，就是为了让你在这里糟蹋自己的吗？"

包间里其他几个小开和他们带来的女伴都愣了，没料到这个看着跟盛诗檬年纪差不多的漂亮妹妹能说出这么家长式的话来。

门外的温衍抱胸站着，眉峰微挑，靠墙默默听着盛柠的话。

接着是盛诗檬的反驳："我已经长大了，我能为自己的所作所为负责，姐你能不能不要管我？"

两个漂亮姑娘就这么当着众人的面大吵起来，把一群人都给看呆了。

该怎么说呢，夸张中透着一丝狗血，狗血中透着一丝 drama，drama 中又透着一丝赏心悦目，很想让人接着看下去。

而且姐妹俩除了语气激动，也没真动手，所以没人上前劝，大家都坐在原地看戏。

温征是第一次见盛诗檬的姐姐，看照片原以为是个很斯文的姑娘。

他微眯着眼，一直静静地看着盛诗檬和她姐姐吵，直到盛柠将战火蔓延到他这里。

"你就是我妹妹的男朋友吧？"盛柠看向温征，"我妹妹年纪小不懂事，但你应该很清楚，你们不是一个世界的人。"

"看着挺漂亮一姑娘，怎么也这么古板？"温征微微仰头，看着盛柠淡淡笑了声，很明显没把她的话放心上，"我们就是谈个恋爱而已，别这么激动，要不坐下来喝一杯？"

"对你来说只是谈恋爱，对我妹妹来说不是。"

温征挑了挑眉："怎么不是？"

"姐你别说了。"盛诗檬突然捂住耳朵，拼命摇头说，"我知道他不是真爱我，我自己骗自己骗得好好的，你为什么说出来！"

温征神色一怔，略微诧异地看向盛诗檬。

她知道？

看盛诗檬兴致这么高，盛柠还是打不下这个巴掌，她觉得效果已经够了，决定收尾走人。

"我不说出来你能醒吗？你要想继续跟他在一起，以后就不要叫我姐姐，也不要回家了，爸妈绝对不会同意你把人生毁在一个男人身上，要男朋友还是要家人，你自己选。"

放完狠话，盛柠转身就走。

听到她姐姐让她做出选择，温征一直绷紧的脸色终于松懈了几分。

他勾了勾唇，好像知道她会选谁，慢悠悠地瞥向盛诗檬。

盛诗檬的反应很激动："姐！"

然后拔腿就要追上去，却突然被温征从身后拉住。

温征蹙着眉，难以置信地问她："你选你姐？"

盛诗檬没料到他会问这个。

感受到他手上慢慢收紧的力道，刚刚他完完整整听了那一段对话，包括她的"真心话"和盛柠的质问，他没有任何反应。

甚至就好像这是一场戏，他已经提前知晓，又或许是他根本不在乎。

到现在盛诗檬要走，彻底打破了他的自信，也同时出乎了他的意料，他的身体才给出了反应。

明明很爱他，但还是在他和家人之间选择了后者。

这么多人在场，盛诗檬最终还是给他留了几分余地，没说那两个字，也没有把话说得很死。

她轻声说："我骗不了自己。"

然后甩开温征的手，大步跑出了包间。

等盛诗檬走了，包间里其他几个人才后知后觉回过神来。

"看来诗檬妹妹是真爱你啊。"就在其他人疯狂脑补猜测的时候，知晓内情的朋友委婉地感叹道，"温征你这回是真玩大发了。"

温征握紧拳愣在原地，内心挣扎了很久，最后还是低声骂了句，拿上盛诗檬的外套迈步追了出去。

"温征！"

"征少!"

没叫住人，包间门经过剧烈的推拉动作，因为惯性又重新被关上。

包间里几个人面面相觑。

drama 啊，谁能料到有生之年竟然真的亲眼看见如此精彩的爱情伦理大戏。

小开们都在佩服温征的魅力，女伴们都在感叹爱情的伟大。

都以为征少和他女朋友只是逢场作戏，谁知道这俩竟然是真的在认真谈恋爱。

第 *14* 章

冲动占便宜

"您可以先带您弟弟回家了。"

三分钟之前，温衍看到盛柠头也不回地跑出了包间，紧接着盛诗檬也跟着跑了出来，姐妹俩的身影都很快消失在走廊上。

盛柠说她要向他证明自己不是那种光拿钱不做事的人。

温衍站在门外从头听到尾，虽然盛柠跟盛诗檬吵得确实很卖力，但他还是觉得哪里不对劲，莫名觉得这三个人都不对劲，都好像在对他隐瞒什么。

男人微微蹙着眉不知道在想什么，直到盛柠给他发来这条消息。

收起手机，温衍正打算推门进去带温征走，结果温征先从里面跑了出来。

他神色焦急，焦急到甚至来不及注意站在门边的温衍，还是温衍眼疾手快先一步拉住了他。

"×你妈找死！放开老子！"

温征破口大骂，刚打算给这个挡路的人来一拳，转头就看到温衍板着的一张脸。

他顿时睁大眼睛："哥？"

然后又想起刚刚在包间里发生的一切，咬牙问道："她姐是你找来的？"

温衍没作声，不置可否。

"你什么时候找上她姐姐的？"温征问，"从爸让你调查我女朋友的家庭背景那天开始？"

也不等温衍回答，温征就猜到了。

他恍然地"哈"了一声，点点头说："我就说她姐为什么说话的口气跟你一模一样，古板到像是从上世纪穿越来的。"

"你既然知道我和爸调查了她的家庭，就应该知道我为什么这么做。"温衍神色平静，冷漠地再次点出这个原因，"她配不上你。"

温征厉声反问："那谁配得上？爸给我找的女人吗?!"

温衍："是。"

"是个屁！也就你被爸洗脑了才觉得是。"温征扯了扯嘴角，说出来的话也不自觉带了刺，"因为大姐已经死了，爸把集团留给了你，你现在是他最器重的儿子，整个温氏都是你的，你当然心甘情愿被他控制着。女人算什么？毕竟你是听老头子的话听到肯跟曾经出生入死过的兄弟决裂，估计今天爸给你找来一个女人让你结婚，明天你就能去民政局领证。"

温衍没有反驳温征气急时口不择言的猜测，看着他的目光却渐渐冷却下来。

他感觉到温征情绪上的过于反常，神色凌厉地质问道："你到底是因为盛诗檬在闹，还是因为爸的控制在这儿跟我控诉？"

温征的眼神晃了下，立刻回驳道："有区别吗？反正都不是我能决定的。"

温衍没有再继续纠缠这个问题，而是沉声反问他："如果不是爸，如果你不姓温，你会活得这么舒坦吗？你的出身给你带来衣食无忧的生活和这些年的顺风顺水，现在就为了一个女人，要全盘否认这些年你因为温氏所享受到的便利和特权？"

"温征，我们都是这个出身的受益者，既然享受了，就得承担起应该承担的。"

温征无法反驳这些话，被这个事实说得蒙住，脸色微微发白。

颤抖的身体和濒临爆发的情绪在温衍的注视下无所遁形，仿佛一个只会发疯跳脚的小丑。

眼前这个理智到仿佛没有情感的男人是他亲哥，他说的每一句话都在否认自己。

从小到大都是这样，他永远是冷静的、优秀的，而自己永远是鲁莽的、幼稚的。

温征迫切地想要找到一个突破口，用来撕破温衍那冷静到令人生厌的外壳，让自己显得不那么可笑。

他想到了什么，神色突然松懈下来，淡淡问道："哥，那个因为我的恶作剧被你求了婚，后来又和你在办公室里单独相处的女人是怎么回事？"

温衍下意识蹙眉，问："你从哪儿知道的？"

温征依旧固执地重复刚刚的问题："你甭管我从哪儿知道的，你就说那女人是怎么回事？"

温衍神色微变，语气不虞："现在不是在说我。"

而温征却得了逞。

"你发现没有？你甚至都没有否定你和那个女人的关系，要换平时，你撇得比谁都清。"

温衍没了耐心，嗓音低怒："你到底想说什么？"

"爸会这么对我，也会这么对你，你一直都这么听他的话，他对你的失望一定会胜过对我的，我等着那一天。"温征突然冷冷笑了声，磨着后槽牙狠狠说，"到那一天，就算你被爸打成残废，我也绝对不会帮你说一句话。"

温衍的脸色刹那间变得有些阴沉可怖，周身的空气突然一滞，瞬间落入冰点。

感受到哥哥的手劲小了些，温征挣开胳膊，很快消失在走廊上。

此时盛诗檬已经追着盛柠跑出了酒吧。

"真的行吗？"盛柠有些担心，"我觉得有的话太夸张了。"

盛诗檬却不觉得："有吗？我想台词的时候已经尽量贴近生活，让它听上去不那么假了啊。"

盛柠摇摇头："不知道，可能因为我知道是假的，所以就下意识觉得夸张吧。"

"夸张就夸张吧，反正温总和温征信了就行。"

姐妹俩站在酒吧门口吹冷风，盛诗檬因为出来得急，连外套都没拿，冷得揣手缩着脖子。

盛诗檬的声音都发抖："等温总带温征走了以后我们再回去，游戏快开始了。"

"他们也不知道多久才会出来。"盛柠说，"我们先找个地方等吧。"

零下温度的天气，盛诗檬就穿了件毛衣，盛柠伸手抱过盛诗檬，正打算给她暖和一下身体。

盛诗檬也正打算往盛柠怀里缩，突然兜头被罩上一件外套。

姐妹俩回头看过去。

温征绷着张脸看着她们。

盛诗檬倍感诧异，下意识问："你怎么——"

后面几个字没来得及说完。

温征一言不发，耐心帮盛诗檬一颗颗扣上外套纽扣，接着拉着她的胳膊要带她走。

盛诗檬立刻看向盛柠："姐！"

盛柠果断拦住："你要带她去哪儿？"

温征哑声说："我向你保证，我一定不会伤害她，请让我和她单独谈谈。"

紧接着他又看向盛诗檬，眼中情绪纷杂。

"和我单独谈谈，就一会儿。"

盛柠和盛诗檬彼此交换了一个茫然的眼神，温征的这个反应完全不在她们的预想之内。

之前盛诗檬很肯定地告诉盛柠，温征是一个好面子的人，当着那么多人的面，他一定不会追上来。

他对女人一向看得很轻，和所有的少爷一样，对女人的态度都是可以宠可以纵容，但绝不允许女人爬到他头上当众给他难堪。

分手原本是两个人的事，盛诗檬之前是想要跟他体体面面地分开。

可对温征这种男人，她有时候真的分不清他的真心或假意。

既然他觉得她很爱他，那她就一骗到底，即使分手了也还是要骗他。

盛诗檬不想给自己留有好聚好散的退路，事情闹得越大越难看，他们就能断得越彻底，所以她才特意选在了这么一个时间和地点。

但最后温征还是带走了盛诗檬，至于他要带盛诗檬单独去哪儿谈，盛柠不清楚。

盛诗檬是成年人，这是她自己的事，她没有干涉的权利。

盛柠站在原地发了好半天的呆。

所以今天到底是成功了还是没成功？

不太清楚，只好掏出手机给温衍打电话，想问问他为什么没带走自己弟弟。

电话一接起，盛柠就向他汇报："您弟弟刚刚把盛诗檬带走了。"

男人的声音听上去没什么情绪："我知道。"

盛柠又问："那您在哪儿啊？"

"缪斯。"

盛柠过了好一会儿才反应过来，缪斯是酒吧里另一个包间的名字。

没办法，她只好又折回了酒吧。

这个叫缪斯的包间比阿波罗小一点，也是只为 VIP 客户预留的。

温衍不是这间酒吧的 VIP，但他是温征的哥哥，酒吧老板又和温征很熟，所以想要这个包间自然也很容易。

盛柠亦步亦趋朝他走过去，语气不解："您不带您弟弟回家，怎么还自己开了个包间？"

坐在沙发上的男人重重地揉了揉眉心。

"我拦不住他。"

盛柠想到刚刚温征的那个语气和眼神，并不觉得意外。

她叹了口气，果然世事难料，早知道会变成这样，还不如就让盛诗檬跟温征说分手。

玩这些复杂的干什么，把温衍也给叫了过来，结果他白来一趟，她也白演一场。

两个人都很烦躁，不太想说话。

盛柠踌躇片刻，轻声问道："您就打算一直坐在这里？"

"头疼。"温衍说。

她想了想，走近了点想要查看他的情况。

"是身体不舒服吗？"

"不是。"

"那我帮您倒杯水？"

"不用。"

盛柠抿唇，在他身边坐下："那您坐着休息下吧，我陪着您。"

温衍拒绝："我不需要人陪着，你赶紧回去。"

"但是您的脸色很差。"盛柠说，"是不是着凉了？"

温衍"啧"了声，侧眼睨她，嗓音低沉道："你是不是觉得有加班费拿所以才要陪着我？"

盛柠在他警惕又抗拒的眼神下迷茫地眨了眨眼。

温衍撇开头，冷下语气说："没有加班费给你，回去。"

她喃喃道："我没有要加班费啊，就是单纯地觉得您不舒服，所以才想陪您坐坐。"

温衍神色一滞，将目光牢牢锁住她，语气复杂地说："盛柠，你是我什么人？"

盛柠不确定地说："下属？"

"下属就是你为我付出劳动力，我给你相应的酬劳，除此之外我们没有别的关系。"他冷冷地阐述，"如果没有酬劳，你就没有必要为我付出什么。"

盛柠哑口无言。

他说得很对，是这样没错。

如果没有钱拿，她留在这里有什么意义？

她为什么要关心一个资本家的头疼不疼，需不需要人陪着？

头疼他可以花钱找医生看病，需要人陪也可以花钱雇人陪着。

这世界上没有什么是花钱解决不了的事情。

而她跟个傻×似的，就因为今天他护着自己穿过人群的行为，就愚蠢地想着投桃报李，谁知人家根本不需要她的回报，人家有钱有势，有的是人冲上去讨好谄媚，又怎么会在意她这点微不足道的关心。

盛柠想通这点，自嘲地扯了扯嘴角。

"您说得对，是我逾越了。"她站起身，"您慢慢坐吧，我走了。"

"等等。"

他每次都是先把她赶走，又再把她叫住。

搞什么？搞她心态吗？

盛柠转过头："您到底想干什么啊?!"

温衍沉默了会儿，还是说："外头人太多，我送你出去。"

"……"

盛柠的心态有点爆炸，刚刚在抗拒她的好意，现在又要主动送她出去。

她直接拒绝："不用了，我自己会走路。"

"会走路不代表会保护自己。"温衍冷冷反问，"想再被占了便宜都不知道是谁碰的你？"

盛柠实在很讨厌他的这种口气，好像就他想得周全，做什么都是对的，所以她就必须听他的。

但她说的他却不听，她的关心全部被他当成是为了钱的谄媚。

盛柠也有脾气，她忍不了就要立刻反驳回去："你能不能别这么双标？让我别管你，那你老管我干什么啊？"

温衍一愣，怒道："我是为你好。"

"难道我刚刚关心你就不是为你好吗？"盛柠恨恨地说，"我被谁占了便宜关你什么事！你只是我的上司！不是太平洋警察！"

丢下这几句话，她甩门跑了出去。

温衍头疼欲裂，被她的话气到呼吸困难，双脚宛如钉在原地。

管她干什么，一个神经大条到被人占了便宜都可以不在意的姑娘。

可没过几秒，他重重叹了口气，还是忍着剧烈的头疼追了出去。

追到蹦迪大厅那儿，男人的脸色又迅速往下阴沉了几分。

满大厅的男男女女抱在一起在玩夹爆气球的游戏，嬉笑打闹声甚至盖过吵闹的音乐声，温衍在人群中穿梭找人，等他眯着眼睛找到盛柠，却看到她旁边还有个女人。

是上次盛柠在酒吧里认识的那个女人。

盛柠说她叫 Linda。

他阴沉着脸走过去。

夹爆气球的游戏这会儿刚刚结束，主持人在台上 cue（提示）下一个游戏流程。

"下一个游戏！请灯光师再把灯调暗一点！音响师麻烦把音乐换一下，换个唯美点的。"

盛柠原本是和盛诗檬约好了一起玩游戏，但盛诗檬现在不知道被温征拐到哪里去了，她只能放弃游戏。

结果走的时候穿过大厅，却又碰到了 Linda。

游戏是循序渐进的，越往后游戏内容越刺激，奖品也越丰厚。

灯光变得昏暗，甚至难以看清面前人的脸，音乐此时已经换成了暧昧轻佻的轻爵士乐。

盛柠不知道下一个游戏具体是什么，直到 Linda 笑着问她："妹妹你是初吻吗？"

盛柠意识到什么，整个人愣住。

"果然。"Linda 笑得更开心了，"放心，知道你是直的，只是碰碰嘴唇，我不会伸舌头的。"

她话音刚落，就听见盛柠一声惊呼："你要干什么！"

Linda 以为是自己刚刚调戏的话太过火，盛柠一个直女受不了，她刚要解释是玩笑，怀里的人就被一股力道给掳走了。

她眯着眼睛四处找人。

"妹妹？"

Linda 在模糊至极的光线中叫她，盛柠却已经被温衍强行拖走了。

他又把她拖到了包间里，关上门，摆出了一副要兴师问罪的架势。

盛柠不想理他，转身想出去。

他在她身后，胳膊一伸，摁住了她刚打开的门。

"要去哪儿？"

"我要出去玩游戏。"

"你给我老实待在这儿！"

"我、要、玩！"

温衍顿时有些气急败坏，沉声质问："你喜欢女人？"

盛柠觉得他莫名其妙。

"跟女人接吻就是喜欢女人？21 世纪了，你思想能不能别那么古板？"

温衍却压根儿不听她解释，"呵"了声，也不知道是在嘲讽她还是在嘲讽自己。"你居然是同性恋。"

盛柠莫名因为玩游戏就被怀疑了性取向，大声反驳："我不是！"

"你不是你跟女人接吻？"

"跟女人接吻就是同性恋？那我以前亲过猫猫狗狗是不是就是人兽恋？"

"你听听你自己在说什么。"听着她的诡辩，温衍觉得自己太阳穴上的青筋被她气得直突突地往外蹦，"人和动物那是一回事吗？"

"怎么不是一回事？"盛柠理直气壮地说，顺便还斥责他多管闲事，"我就是玩个游戏想拿奖品而已，我自己都不在意，你替我在意什么？"

温衍觉得她简直不可理喻："那奖品就好到能让你做这种事？"

"没错。"盛柠语气激动，"因为那些奖品很值钱，我就是喜欢钱。"

就在吵到如此剑拔弩张的时候，温衍却突然沉默了下来。

他的怒目而视和此刻的沉默形成对比，让盛柠的心里不禁有些发怵，不敢出声。

"好，可以。"温衍气得连连点头，再次开口道，"你算算那些奖品值多少钱，我按双倍给你折现。"

盛柠一愣，顿时警惕地看着他："你什么意思？"

他迈步朝她走过来，盛柠下意识往后退，但还是被他抓着拎了起来。

整个人被拎起来又被重重摔到了沙发上，盛柠慌得大喊："温衍你他妈要干什么？"

她手脚并用，撑着沙发就要站起来，又被温衍一把狠狠推倒重新摔在了沙发上。

身形高大的男人此时不再是她的保护罩，而是变成了危险的侵入者。

他整个人倏地笼罩过来，在盛柠惊恐又害怕的眼神下，仅仅用单手就轻松攥住了她的两只手，而后抱起她整个人与她调换了位置。

男人靠坐着沙发，将人一把抱坐到自己腿上，另一只手扣着她的腰不准她起身。

"跑什么，让我看看你是不是真的为了钱什么都肯做。"

盛柠终于反应过来他想干什么，立刻用尽全身力气挣脱。

然而并没有起到什么效果，他们之间的力量悬殊太大，男人轻松压制住她的挣扎，意味不明地冷冷笑了两声。

他皮笑肉不笑地说："永远只会跟我耍嘴上功夫，有本事你就亲。"

温衍放开了她的手，盛柠立刻双手抵着他的胸口把他往外推。

"我不要！你走开！"

不痛不痒的反抗，男人并不在意自己身上的衣服被她扯皱，空出来那只手改扣着她的后脑勺，又拉近几分距离，死死摁住不准她离开。鼻尖相抵，呼吸急促粗重，两个人这时候都在气头上，谁也不肯服软。

温征在气急时对他说的那些话此时又涌进了脑子里，提醒着他那清晰得不能再清晰的事实。

温征和盛诗檬就已经得不到父亲的同意了，他和盛柠都是很清醒的人，他们之间更加不可能。

然而下一秒他说的话却再次与理智背道而驰。

面对旁人时从容不迫的那股淡定和冷静都因为此刻的对峙烟消云散，他用强势且恶劣的嘶哑语气将盛柠的脾气直逼到临界点。

"不是只要给你钱就不在意和谁接吻吗？敢亲吗你？"

气氛窒息，两个人都在气头上，脑子里残存着的理智此时完全被怒意占领。

怎么会有性格这么恶劣又差劲的人！

要不是看他有钱，要不是看在他是她上司的份儿上，要不是刚刚他在蹦迪大厅里护着她走路……

盛柠承认盛诗檬和高蕊那天在食堂的对话影响到了她，也承认如果内心没有一点对他的想法，她绝对不可能做那种梦。

她也承认自己很好奇眼前这个男人温柔的时候是什么样子。

她不得不承认自己是个不折不扣的俗人，还是个为了钱可以暂时抛掉做人底线的俗人。

有句俗语叫富贵不能淫，可是也有句俗话叫人为财死。

盛柠不想做什么道德高尚视金钱如粪土的人，这世上从来不缺少为尊严抗争的高尚人士，可除了这些人，也有她这种愿意为了钱对上层人折腰卖笑的俗人，她由衷地佩服那些高尚的人，但她做不到。

他们追求他们的精神财富，她追求她的物质财富。

一个这样英俊多金的男人，说对她而言半点吸引力都没有，那绝对是假话。

他站在高处，拥有人人艳羡的出身，出色到极致的工作能力，再加上那张好看到她讨厌不起来的脸。

人本质慕强，盛柠亦不可免俗，这些日子相处下来，内心总有动摇的时刻。

可她摆得清自己的位置，从来没对他抱有什么期望。

比如像朋友一样平等相处的期望。

这个期望原本在今天又随着心里的悸动多了几分，但此刻因为他说的话，又瞬间消灭下去。

自平安夜之后，盛柠一直试图将两人之间的界限再划得分明一些。

可她划得再清，也抵不过这男人一次次越线。

两个人挨得很近，呼吸交错，只要其中一个人再靠近一点就能碰到那个地方。

温衍强硬地不准她退后，可他自己也极为小心地掐着这一丁点的距离，克制且试探的目光牢牢锁住眼前的人，她的脸色明显已经很生气，甚至可以说是恨到咬牙切齿，可依旧没有凑近一分。

刚刚因为看到她跟一个女人抱在一起，那个女人还调笑着问她是不是初吻的画面而导致从心底冒出来的惬意已经慢慢冷却下来。

就算对方是女人，也不该就这么和人随意地亲密。

他告诉她要防备男人，结果她却对女人无限放宽了亲密的尺度。

男人在生气她轻佻行径的同时，又不自觉对此时她面对他的无动于衷而灰心。

温衍发现自己只要是在盛柠面前，就越来越不知道冷静两个字该怎么写，刚刚对她说的那些挑衅又恶劣的话也不知道是怎么说出口的。

"你果然不敢。"他哼笑一声。

失望她不敢，却又庆幸她不敢，现在冷静下来，悬崖勒马还来得及。

本来就已经对温衍此刻的所作所为忍到临界点的盛柠，因为这句话直接让她彻底炸开。

践踏她的尊严也就算了，还嘲笑她没胆。

生气上头有时候比喝酒上头还可怕，刑法里有个专业词，叫激情犯罪，指的是一个人在强烈的情绪推动下实施犯罪行为，而此刻盛柠就被气到失去理智，觉得去你妈的划清界限，她一定要给这个男人一个教训。

"你孙子才不敢！"

盛柠一把抓上他的衣领，然后狠狠将自己的嘴唇撞了上去。

用撞这个字来形容再贴切不过，温衍被这股鲁莽的力气撞得头微微后仰，只觉得嘴唇一疼，然后才感觉到有柔软的触感在贴着自己的嘴唇。

他整个人僵住，错愕且慌乱地睁大了眼睛，满眼不可置信地看着近在咫尺的盛柠，向心房输送氧气的血管好像在这一瞬间堵塞，心瓣顿时紧缩，导致他呼吸困难。

温衍眼中划过挣扎的情绪，但还是没能敌得过嘴唇上结结实实的触感。

紧盯着盛柠的眸色越来越暗沉，最后变成了望不见底的旋涡，将倒映出来的那抹影子彻底吸了进去。

他的手还扶着她的后脑勺，指尖酥麻到不自觉蜷缩，缓缓插进她的发间。

这个因怒意催生而没有一丝旖旎感的吻并没有持续多久，虽然盛柠亲是亲了，但牙齿还是紧闭着的，柔软的唇瓣下都是强硬的防线，碰到嘴唇已经是极限。

她同样睁着眼，然后张开嘴，毫不留情地朝他的下唇狠狠咬了一口。

温衍吃痛地"嘶"了一声，直到盛柠察觉到嘴里的铁锈味，这才得逞地放开了他。

她从他身上站起来，居高临下地看着他，此时她脸颊的温度烫得吓人，面前没有镜子，她也不清楚自己的脸是不是已经红到可以去演关公。

但温衍肯定可以，他耳根那儿掀起的红晕都能直接去给年画娃娃打腮红了。

男人回过神来，英俊的脸上还残留着几分无措，胸口处剧烈起伏，喉结不安地上下游移，张嘴又抿嘴，一句话也说不出来，只能一言不发地用恶狠狠的眼神盯着她看。

激情犯罪后的盛柠也没有淡定到哪里去，她用力地擦了擦嘴唇，压下混乱的心跳，强迫自己用最镇定的语气对他说："我亲了，记得给我折现。"

他顿时不可思议地哑声问她："……你说什么？"

"折现！给钱！"盛柠像一个凶巴巴的强盗，"你嘴上的伤口就是证据，别想赖账。"

盛柠放下狠话后，转头潇洒走人。

徒留下温衍坐在包间里发愣，他茫然地抬起手抚了抚嘴唇，大拇指指腹划过被咬破的地方，擦得有些疼，让他下意识皱起眉头。

指腹上有淡淡的血迹，这些血迹都是盛柠亲他的时候咬出来的。

"……"

心跳依旧很快，又是生气又是无奈，但最令他不安的是，他还在回忆。

温衍深深地喟叹一声。

盛柠也不知道自己是怎么走出酒吧的。

这一路撞到了好多人，有的人不在意，有的人叫她走路看着点。

盛柠仿佛聋了也哑了，宛如失魂般地逃离了酒吧。

她现在需要呼吸新鲜的冷空气，等终于走出来，冰刀子一般的冷风往脸上打，终于稍稍缓解了她脸颊的温度。

兜里的手机振动起来，她吓得一激灵，很怕是温衍的消息。

颤抖着手指点开手机，盛柠这才松了口气，是 Linda。

Linda 问她人去哪儿了。

盛柠没心情解释，只能敷衍地说临时有事所以走了。

Linda："不会是被我吓跑了吧？"

盛柠脸色一窘，赶紧否认："不是。"

Linda："那就好。"

Linda："我刚是逗你的，我也是直的，24K 纯直女。"

然后 Linda 就跟她解释了游戏内容到底是什么。

每组发一张纸巾，两人分别咬住纸巾的一端，在规定时间之内，哪一组用嘴将纸巾变得最小就算赢。

就这？

说什么伸舌头，害得盛柠以为是什么大尺度的游戏，还能深入到这份儿上。

盛柠："……"

Linda："不过你是初吻，害羞也正常，我能理解啦。"

盛柠不想再纠结什么吻不吻的问题，她现在看不得这个字。

站在外面吹了这么久的冷风，理智也早就找回来了。

人来人往的大街上，盛柠就这么呆呆站着，人渐渐清醒过来，也慢慢意识到自己刚刚在酒吧包间里对温衍说了什么做了什么。

说什么不重要，反正她也不是第一天在他面前没大没小了。

关键是做了什么。

做了什么？

她刚刚都做了什么？？

她是疯了吗！！

她今天没喝酒，不能用发酒疯的借口为自己开脱，她完全是在精神正常且清醒的状态下对温衍做了那样的事情。

盛柠顿时恐惧到就地蹲下，崩溃地抱着头，用力抓乱了自己的头发。

她也不知道自己在酒吧门口用了多长的时间重塑三观，总之叫回她三魂七魄的人恰好也是让她失魂的那个人。

温衍在包间里冷静了很久才离开的酒吧，心想这个时候盛柠应该早就跑了。

结果出来就看见她蹲在酒吧门口，孤孤单单地缩成一团，没脚的汤圆更像汤圆了。

他重重捏了捏眉心，抿着唇犹豫了片刻，还是朝她走了过去。

"你怎么还没走？"

盛柠一听是他的声音，内心一紧，浑身僵硬，尴尬又瞬间占领了智商高地，只能继续装聋作哑，更加抱紧了膝盖，埋着的脸也更往里缩了缩。

温衍见她迟迟没有反应，皱着眉说："起来，我送你回去。"

开玩笑，他送她回去？那岂不是又要跟他单独待在一起？

盛柠猛地站起身，抬起胳膊将硕大的棉服帽子戴好，用帽子旁边缝着的那一圈人造毛成功挡住了脸。

"不用。"盛柠尽力用很淡定的语气拒绝，"我自己打车走。"

她刚走出两步，被温衍一把拽住了帽子。

帽子被扯掉，盛柠立刻又抢回了帽子，赶紧戴上。

"你犟什么？"温衍神色不耐，"一个人打车有我送你回去安全吗？"

盛柠扯了扯唇："那可不一定。"

温衍被她的阴阳怪气搞得神色微愣，等反应过来后立刻恶狠狠地低声反驳回去。

"刚刚难道是我咬的人？"

听他提起刚刚，盛柠瞬间瞪大眼睛，浑身一颤，来不及多想，拔腿就跑。

温衍从后面拽住她，强行拖着她往车子那边走。

两个相貌出众的人在大街上你拉我推的，尤其是那男的，浑身矜贵的衣着，路过的行人都忍不住多看了两眼，但谁也没打算上去阻止，因为这是酒吧街，所以大家都心照不宣。

温衍被路人的目光盯得脸色微窘。

"闭嘴。"他瞪着盛柠，冷冷威胁道，"再吵我就咬你。"

盛柠惊吓之余，看到他下唇上的小伤口，比起淡淡的唇色，猩红猩红的，格外显眼。

她又心虚又羞耻，思绪已经飘向天际，只能愣愣地被人拉着胳膊走。

等她被温衍扔进了车子里，盛柠意识到，他是真的要送自己回去。

这段路至少半个小时，也就是说在这死亡的半个小时里，她和温衍又要独处。

想到这里，从脚底往头顶直冲而上并扩散至全身的尴尬让她浑身都起了层鸡皮疙瘩。

她反应过来，急忙要开门，却发现门打不开。

"我要下车！"

开了好几下没动静，盛柠知道温衍按了一键锁车，所以她打不开车门。

但她此时已经尴尬到没办法停下来，什么都不做会让她更加窒息，只能愚蠢且不停地拉把手。

温衍语气沉沉地问："你是要把它拆下来吗？"

盛柠不理他，继续折磨车门拉手。

温衍看她拼命想跑不愿意跟自己待在一起的反应，心烦意乱，故意威胁她。"弄坏了赔钱。"

一提到钱，盛柠果然停下了动作。

温衍："……"

盛柠小声说："我要下车。"

男人狠狠"啧"了声，质问她："这车是哪里不入你眼了，你宁愿坐出租车坐顺风车，都不愿意坐这儿？"

她仍是固执地说："我要下车。"

温衍不再说话，直接发动车子，三两下开出侧方位，将车开进湍急的车流。

"下吧。"温衍开了车锁，冷冷地说，"不怕死就下车。"

盛柠立刻破口大骂："温衍臭男人！资本主义终将被社会主义打败！你一定会遭报应的！"

然后伸手攥拳，狠狠朝他胳膊上来了一下。

"你要动手下车再动手。"温衍闷哼一声，紧盯着前方路况，一手紧握着方向盘，一手抓着她的手摁下，厉声警告道，"在车上跟我闹，真不想活了？"

他一个老男人死不死无所谓，她还这么年轻，她不能死。

想清楚这点，盛柠收回了拳头。

看着温衍的侧脸，还有他嘴唇上的伤口，她用力地吸了吸鼻子，终于忍不住哭了起来。

盛柠的眼泪大颗大颗地往下掉，她一边坚强地抹眼泪，一边嘴里振振有词地骂他臭男人。

温衍听见她啜泣的声音，此时也很崩溃，明明已经刻意不去提两个人在刚刚那种气急上头的情况下亲嘴的事，但是总有新的情况猝不及防地出现。

他无奈道："你哭什么？我又没骂你。"

盛柠不能说自己是被尴尬哭的，那太丢脸了。

按理说一时糊涂亲了人就应该要敢作敢当，但她不敢作也不想当。

如果她是个男人，早就被人唾骂渣男了。

盛柠现在就想找个没有温衍的地方好好冷静一下，为了不见到温衍，她甚至还打算下周请假不去公司上班。

她拼命摇头，边哭边喊："你懂个屁，跟你待在一起我会死的，我真的会死的。"

听到她用这么可怜的语气哭诉跟他待在一起会死，温衍本来就不怎么好看的脸色不禁越来越黑。

温衍原本在包间里独自安静了会儿，情绪已经恢复如常。

可一出来，又看到盛柠孤零零地蹲在酒吧门口，像个被家长当街抛弃的熊孩子。

这地方乱，一条街都是各种玩乐场所，谁知道她继续蹲着会出什么事。

他不想管，但又没办法不管，结果她还不乐意，现在又哭喊着和他待在一起会死，好像跟他待在一起比她一个姑娘家落单的处境还危险。

不知好歹。

他扯着嘴角哼笑道："会死是吧？"

也不等她说什么，男人麻利地打转方向盘，将车开到路边停下，然后又在她回过神之前把车门上锁，冷冷侧目朝她看过去。

"你就这么老实给我在车里待着。"他说，"我看你多久死。"

盛柠下不了车，一双泪眼就那么直直地瞪着他，朝他大声控诉道："你怎么这样啊！你还是人吗？"

温衍磨着后槽牙，一字一顿地反问："我有你不是人吗？你对我做了什么？"

盛柠一愣，眼神又不自觉瞟到了他嘴上的伤口。

他因为极怒的唇部开合动作，原本已经干涩了的血痂好像又崩开了，缓缓溢出铁锈味的液体。

那伤口实在太刺眼了，而且是自己造成的。

盛柠一下子就不哭了，她心虚地擦掉眼泪，吸了吸鼻子，声音终于弱下来："大不了我赔你医药费呗。"

温衍"呵"了一声，语气鄙夷："我缺你那点医药费？"

"……那你想想怎么样？"盛柠辩驳，"又不怪我，是你叫我亲你的。"

"你这么听话，那我让你做别的你是不是也做？"

盛柠一愣，茫然地问："做别的什么？"

"……"

因为温衍突然的沉默，气氛再次尴尬起来。

盛柠的脑子又开始因为羞耻而变得有些混沌，咬着唇不再追问，也不说话了。

对话凝滞，她觉得就这么尴尬着也挺好的，只要不再绕回刚刚的话题上。

但下一秒，温衍就又气恼地指责她："我看你就一心钻钱眼儿里，人能随便亲吗？"

盛柠再次被点燃，凶巴巴地喊："你干吗一直说这件事啊！还嫌现在不够尴尬吗！已经亲了你要怎么样吗！"

温衍被她这破罐子破摔的凶样搞得蒙了会儿，差点有种是他占她便宜的错觉。

男人的脸色顿时更阴沉了："你做了我不能说？"

盛柠偏过头不看他，嘴上却振振有词："你一个男的，这点承受力都没有？实在不行你就当被狗咬了一口不行吗？"

"那你是狗吗？"温衍的怒意又更甚几分，"你汪几声让我听听你是不是。"

盛柠也不甘示弱，故意问："我汪一声一千块，你给吗？"

温衍被她气得直瞪眼。

"……一个巴掌拍不响，如果不是你先用钱勾引我。"她低着头，整个人已经羞耻到快原地爆炸，却还是坚决地把锅全都甩给了他，"我也不会一时糊涂犯错误，你明知道我这人一见了钱就走不动道，你还跟我提钱，这能怪我吗？"

还好车上只有温衍，不然她这种无耻的话，如果性别转换一下，被其他任何一个人听去了都得唾弃痛骂她。

温衍扯了扯嘴角，眼神复杂地看着她。

"所以只要有人给你钱，不管男女，你都能下得去嘴？"

盛柠没好气地说："不一定，我挑人的。"

温衍冷呵一声："怎么挑？"

"你说呢？"盛柠被他问得很烦，愤愤地说，"要不是看你有几分姿色，我才不会赚你这种钱。"

温衍被她下意识的惊人发言噎住，一时间哑了口，错愕地盯着她看。

盛柠也被自己刚刚脱口而出的真心话吓到了。

她知道自己没什么原则，但没想到自己居然这么没原则。

温衍好半响没说话，最后重重地对她叹了口气："……你真是。"

然后他没再说什么，重新发动车子。

盛柠老老实实地坐在副驾驶上，双手拽着安全带扯来扯去。

她这会儿不吵着要下车了，安静得很，温衍时不时朝她瞥过去一眼，只看她刻意坐得离自己很远，座位只坐了一小半，身子几乎都贴在车门上。

他不满地皱了皱眉。

"车门上粘胶水了是吗？"

盛柠没回答，也没任何动作，依旧贴着车门，把车门当老公靠着。

温衍扯了扯嘴角，冷冷地说："对，跟我待一块儿会死，挨近了也会死。"

"我不是那个意思。"盛柠闷闷地解释道，"我就是觉得太尴尬了，我受不了。"

温衍讥讽道："咬人的时候没看出来你受不了。"

盛柠被他这样一说，鼻子又不自觉酸起来，这回不是因为尴尬，而是因为莫名其妙的委屈和因为一时糊涂而产生的悔恨。

她承认，自己确实为了钱肯干很多事，但绝对不是他说的那样来者不拒。

其实就是一时被气糊涂了，盛柠心里很清楚温衍的为人。刚刚在包间里，两个人的鼻尖都已经碰上，但凡换成其他另有所图的男人，被占便宜的就是她。

他在戏弄她的同时，竟然还能克制住自己。

那一秒盛柠的脑子里没别的，只想着送上门的赚钱机会，不要白不要，然后再狠狠给他一个教训，真的占了他的便宜，让他知道兔子急了也会咬人。

冲动是魔鬼，但凡在当时冷静一点，就不会做出这种荒唐的事。

她没有再像刚刚那样哭闹，而是默默地掉眼泪。

眼泪流到下巴上有些痒，她才伸手擦掉。

温衍"啧"了声："又哭什么？"

盛柠倔强地说："哭也不行吗？又没吵到你，你为什么那么多意见？"

车子开到十字路口，恰好碰上红灯停车，温衍得空拿出手机。

盛柠感觉到兜里的手机在振，但她这会儿没心情看手机，所以没理它，继续哭自己的。

温衍见她没反应，开口道："看看手机。"

盛柠置若罔闻，他叹了口气，又说："别哭了，给你转账，要不要？"

她愣了下，赶紧从兜里掏出手机，发现刚刚手机的振动声是温衍给她转账的消息。

温衍面无表情地说："先转你一万，奖品折现乘以二是多少？给我个数，不够我再给你。"

盛柠盯着那串数字。

"……我得先算算。"

然后就赶紧给 Linda 发消息，问奖品是哪些，她好算钱。

看着盛柠顿时恢复了元气，温衍皮笑肉不笑地说："哭包，果然给你钱比给你纸巾管用。"

盛柠："这本来就是你答应我的钱。"

温衍："知道，所以没赖你的账。"

反正被占了便宜的是他，最后破财哄人的也是他。

合着她怎么都不亏就是了。

温衍睨她，看见她纤细的手指在屏幕上飞快打字，委屈的样子没了，只是白皙柔软的脸上还残留着泪痕。

"今天的事责任在我，不该刺激你。"

盛柠转过脸，满是不可思议地看着他："你这是，在跟我道歉吗？"

道歉这两个字让温衍有些烦躁，抿了抿唇，语气不太好地反问："不然呢？我在跟狗道歉？"

又来了，态度就好不了几秒钟。

盛柠不想跟他计较，反正钱也拿了，就翻篇吧。

她小心翼翼地问道："那你能忘掉今天的事吗？"

温衍没有很快回答。

他沉默了半晌，才冷着声音说："忘不掉，没你那么没心没肺。"

盛柠顿时犯了难，那以后还怎么相处啊。

温衍皱眉说："你要实在觉得很难面对，就回家躺几天，假我给你批。"

"病假？事假？"盛柠委婉暗示他，"病假不扣钱，事假扣钱的。"

温衍："……"

第 15 章

玩偶服之吻

在盛柠希冀的眼神下，温衍淡淡地说："你倒是一点都不藏着掖着。"

"反正我是什么样的人你又不是不知道。"盛柠满不在乎，"再装就没意思了。"

确实，这就是盛柠。

"病假……"温衍重新恢复商人本质，"你有病例证明吗？"

怎么可能会有。

盛柠也没指望真的能钻空子，于是说："没有，我还是请事假吧。"

温衍意味不明地瞥了她一眼，没再说话。

车子开到博臣花园，他开车送她的时候甚至没有提前问盛柠是去公寓还是回学校，似乎已经默认这是盛柠的家。

回到熟悉的公寓，盛柠才想起今天晚上两个真正的主角。

她在下车前问温衍："我今天在小情侣面前的表现还行吗？"

温衍神色平淡："我的想法没用，得看结果。"

盛柠立刻自信地说："结果肯定是分了。"

"那恭喜。"温衍睨她，语气平静，"这套公寓是你的了。"

得到想要的回答，盛柠神色一松，恭恭敬敬地对温衍道别："那我回家了，温总慢走。"

她完成他交代的事情，他履行承诺给她公寓。

盛柠只喜欢钱，并对此毫不遮掩，她那坦诚的爱财之心每时每刻都在提醒温衍，如果不是因为钱，他们之间不会有任何交集，更不会发生这么多的事。

仿佛在警告他不要多想。

哪怕一个多小时之前，她在他故意的激怒下吻过他。

温衍觉得莫名讽刺和受挫，他因为那个吻内心起了波澜，她却能轻描淡写地叫他忘掉。

只要有钱，她竟然可以不在意到这个份儿上。

现在她最想要的东西他给了，从此以后桥归桥路归路，盛柠就只是兴逸集团的普通实习生，而温衍也只是她的上司。

男人偏头错开她的目光，"嗯"了声："上去吧。"

等她下车后，他迅速驱车离开。

在听到温衍的那句恭喜的时候，盛柠深深地松了口气，并目送他的车子离开。

有钱万事大吉。

她的上司现在估计已经坚定地认为她是那种为了钱什么都肯干的人，吃到了这次教训，以后应该再也不会对她开这种玩笑了。

再也不会有这样单独相处的时候。实习一结束，盛柠就会专心忙毕业和就业的事情，等时间一长，今天晚上发生的事，甚至是之前发生过的很多误会都会烟消云散，任凭此刻心里有多大的波澜，也没什么是时间淡化不了的。

盛柠掏出手机，又看了眼温衍刚刚的转账记录。

"没想到今天还有意外收获。"她自言自语，"赚钱小能手啊我。"

然后又抬起手狠狠擦了擦嘴巴。

回到家以后，盛柠开了灯四处看，没有盛诗檬的身影。

她又上楼去卧室找，也没看到。

明明温征说只谈一会儿，现在她都回来了，盛诗檬居然还不见踪影。

难道是因为当场被甩，导致温征的男性自尊心受挫，所以借谈话的机会，把盛诗檬骗到了一个无人的地方用非法手段对她实施人身报复行为？

想到这里，盛柠不禁打了个哆嗦。

所以就说分手是两个人的事，又不是表白，完全没必要当着一群人的面宣布，盛诗檬不听她的，非要往大了搞。

她赶紧给盛诗檬发消息问她在哪儿。

几分钟过去，盛诗檬那边没动静，盛柠又打了个电话过去。

很快被挂断了，紧接着盛诗檬给她回了消息。

盛诗檬："我还跟温征在一起。"

盛柠："你晚上还回来睡吗？"

有的情侣喜欢在分手后来个告别的仪式，不知道他们是不是也有这个打算。

盛诗檬："可能要晚点回来，你别等我了。"

盛柠想问她是不是后悔跟温征分手了，不然为什么和他谈了这么久。

指尖在屏幕上犹豫了好久，最后还是只回了一个"好"。

洗了个热水澡换了身舒适的睡衣，盛柠带着笔记本上了床，窝在被子里继续翻译丽姐布置给她的文件。

盛柠看着看着就走了神，心思又拐到了盛诗檬身上。

合同已经签了，盛诗檬和温征不分手的话，就算是盛柠违约。

到时候她要赔温衍不少钱。

盛诗檬和温征分手对她和温衍来说是皆大欢喜，可如果盛诗檬是真的喜欢温征怎么办？

一段感情换一套房子确实是很划算的买卖，但两个人切切实实地交往了半年，即使盛诗檬对待这段感情并不算认真，这半年的时间，也总会在她心里留下或多或少的回忆。

盛柠觉得自己现在的状态实在没办法继续工作，她狠狠盖上笔记本，蒙上被子准备睡觉。

迷迷糊糊间又梦到了温衍。

这个梦比之前所有的都可怕，都不像是梦，因为嘴对嘴的触感实在太真实了。

如果仅仅是嘴对嘴也就算了，梦里的那个冷血资本家甚至还伸了舌头。

而梦里的她脸颊滚烫，手脚发软。

"啊啊啊！"

盛柠惊醒，崩溃地掀开被子，连拖鞋都来不及穿，急匆匆翻下床跑下楼去漱了个口。

漱完口还是惊魂未定，她只好给盛诗檬发了消息。

"谈完没有？"

"我又做噩梦了。"

盛诗檬并没有像盛柠所想的那样被温征骗到哪个无人的地方。

她就坐在温征的车上，温征喝了酒开不了车，所以两个人只能坐在车里谈。

温征放下自己这边的车窗，迎着擦过车身的冷风点了根烟，盛诗檬不知道他要跟自己谈什么，所以一直在等他开口。

直到大半根烟都吸完了，温征才出声。

"你刚在包间里说的话,是要跟我分手的意思吗?"

盛诗檬点头:"嗯。"

"就因为你姐的那些话?"

"那些话还不够吗?"

温征扯唇,淡声问她:"我对你不好吗?"

"好。"盛诗檬说,"就是因为太好了,所以我才不想继续下去。"

"因为我对你好,所以你要跟我分手?"温征点点头,"我还真头一回听见这样的理由。"

"你是觉得我这个理由很荒唐吗?"

"我觉得很烂。"温征意味不明地笑了声,神色讥讽,"你不是说跟我在一块儿很开心吗?因为你姐的几句话,你就下定决心要跟我分手?"

"不是因为我姐,而是因为她的话点醒了我。"盛诗檬语气郑重,"我们之间没有未来的。"

未来未来。

女人们总喜欢跟他说未来,希望他能给她们承诺。

可即使承诺了又如何,他想反悔还不是分分钟的事。

他从不屑于用这种谎话去哄女人,而盛诗檬之前也从不问他要这种承诺,所以他们之间相处得很开心,因为他绝对不会给的,她也不会开口要。

从什么时候开始,盛诗檬也变成这样了?

她竟然想跟他要一个未来。

因为爱他吗?

温征不知道自己是怎么了,明明很不耐烦听到未来这两个字,可他这时候的反应却是突然蹙起眉,摁灭手里的烟,盯着她问:"那如果我能给呢?"

盛诗檬倏地睁大眼睛:"什么?"

这话一出口,温征自己也愣了。

愣怔过后是慌神,他挪开眼睛,抿了抿唇说:"当我没说。"

盛诗檬神色不解,但她不想再纠结温征刚刚脱口而出的反问是什么意思。

两个人同时沉默下来,最后又异口同声地说。

"那就这样吧。"

"不分手行吗?"

在盛诗檬惊诧的眼神下,温征心绪纷乱,躲开她的眼睛,声音喑哑地补充道:"至少在这段时间不要分。"

盛诗檬不懂:"这段时间是什么意思?"

温征闭了闭眼，三言两语解释清楚了自己和父亲的矛盾，然后说："我需要你来帮我摆脱我爸对我的控制。"

盛诗檬没有说话，不是因为震惊，而是因为早有预料。

早有预料他这半年来对她的专一和宠爱并不只是因为单纯地喜欢她，也并不只是因为她是他女朋友。

都是做给他父亲看的戏。

他并没有收心，她也没有特殊到让他从此收心。

温征见盛诗檬一直没有反应，也知道她这会儿应该很难过，觉得自己被他利用。

于是他柔声说："等我爸放弃以后，你要什么补偿都行。"

盛诗檬心中发笑。

她差点以为他是真的喜欢她，看到他一脸难以置信地听到她说分手，追着她跑出了酒吧，还不忘拿上她的外套替她穿上，她甚至有一瞬间的自责和痛心，觉得这半年来给他画的饼实在太大，才让他一时接受不了。

感情骗子是所有骗子中最低级最可恶的，而两个彻头彻尾的感情骗子偏偏撞在了一起，真是好笑。

"我不要什么补偿。"她轻轻抚上他的脸，"我很高兴自己对你还有用处，你想我做什么都可以，只要你开心就好。"

温征哑口无言。

盛诗檬答应了他对她的利用，不分手的目的已经达成，可他却不觉得松了口气。

因为她的妥协，他的心情反而变得更加复杂，喉间堵塞，心口也有些不自觉地发疼。

等她叫车离开后，温征仿佛脱力般地将额头抵着方向盘，闭上眼发呆。

然后他掏出手机，点开相册。

上次盛诗檬要看，他没有给，因为怕相册里有不该存的东西，让她看了不高兴。之后他就想着先清理下相册，下次她再要看，就能大大方方地给她看。

可是清理相册的时候，却发现压根儿没有什么不该存的照片。

温征自己都不知道是从什么时候开始，有了存盛诗檬照片的习惯。

刚刚盛诗檬跟他提到未来，他甚至都在思考，盛诗檬要的未来，他该怎么给。

和父亲对抗，和哥哥对抗，和所有反对他和盛诗檬在一起的人对抗。

温征习惯了做感情中的掌控者，可盛诗檬的相册里都没有存过他一张照片。

比起让她看到别的女人照片而吃醋生气，他更不想让她知道自己存了好多她的照片。

不想让她知道在她说分手的那一刻，他心里是真的慌了，什么都没想，什么都不管地就这么追了出来。

等追出来了才发现如果要挽留，只有两条路可走。

告诉她自己栽在了她手上，或者告诉她自己和父亲之间的恩怨。

他不愿承认自己在一个小姑娘这儿彻底栽了跟头，动了真心，所以他选了后者。

也不知道坐在车上发了多长时间的呆，最后温征叫了个代驾，载着他回了温宅。

盛诗檬回家的时候，盛柠已经睡了。

她小心翼翼地洗漱完毕，摸黑上楼回到卧室，掀开被子躺进了盛柠给她留的床上。

盛诗檬看着天花板发呆，身边人的呼吸平缓柔和，渐渐抚平了她的心情。

她侧了个身，从背后抱住了盛柠。

盛柠还在睡着，迷迷糊糊地用困倦的语气问："回来了？"

"嗯。"

"跟他谈好了吗？"

"你先睡，我明天再跟你说。"

"嗯。"

过了没几分钟，盛柠动了动身子，嫌弃道："你别抱着我，热。"

盛诗檬说："但是我冷。"

"去贴个暖宝宝。"

"我懒得下床拿了。"

"……"

盛柠不说话了，盛诗檬知道这是无声妥协的意思。

从小到大，那些口口声声说对她好的人，其实并不是真的对她好。

在知道她是小三的女儿后，他们都疏远她、孤立她，甚至霸凌她。

因为他们觉得有其母必有其女。

她的妈妈知道这件事，只能心疼地抱着她，向她道歉，说都是妈妈的错，可对她的遭遇却无能为力。

后来她开始交男朋友，明面上不再有人敢欺负她，背地里却得到了那样的戏谑——你们说盛诗檬那么会，是不是都跟她妈学的？

盛诗檬突然问："姐，你觉得我脏吗？"

"嗯？"盛柠懒懒地问，"你多长时间没洗澡了？"

盛诗檬抿着嘴笑。

口口声声说对她不好的人，很少对她说熨帖暖心的话，却在睡着之后下意识分了一半的床给她。

第二天一大早，盛诗檬就立刻跟盛柠说了她和温征之间的事。

盛柠花了好一会儿才消化掉这个事实。

她对感情比较单纯，寻思着两个人之间的感情，无非就是你爱我我爱你，再狗血点的要不就是我爱你你不爱我，知道盛诗檬和温征这两个人会玩，但没料到他们这么会玩。

盛柠实在忍不住问道："你们两个这么玩弄感情，就不怕哪天把自己给玩进去吗？"

盛诗檬拍着胸脯跟她保证："我有信心，事成之后绝对全身而退。"

沉默片刻，盛柠面无表情地说："我昨天也是用这么自信的口气跟温衍说你们俩肯定分了。"

盛诗檬挠了挠脸颊，干笑道："那怎么办？"

"我哪儿知道。"

就在昨天她还高兴地以为，等盛诗檬和温征分了手，房子一到手，她跟温衍就不会有工作之外的交集了。

谁知道盛诗檬又跟他男朋友玩了这么一套。

还没等盛柠想好该怎么跟温衍交代，温衍那边问罪的电话先打了过来。

"你昨天不是信誓旦旦跟我说他们肯定能分吗？"

盛柠刚接起温衍的电话，就对盛诗檬比了个嘘声的手势。

盛诗檬睁大了眼睛用唇语对盛柠说："开免提啊。"

盛柠没办法，怕她真出声被温衍听见，只好开了免提。

男人的声音一下子又变得清晰大声起来，只是依旧低沉。

"你说让我看你表现，你就给我这个结果？"

盛诗檬被这个带着低电流的声音挠了下耳根，男人的声音有时候不亚于男色对女人的诱惑，于是咧着嘴对盛柠悄声犯起了花痴："低音炮欸。"

只可惜盛柠不是高惢，所以没有跟她一起犯花痴，反而翻了个白眼。

盛柠面上没有搭理盛诗檬，但成功地被盛诗檬带偏了重点，不再关心温衍说了什么，心思全都在听他的声音上了。

温衍喊了好几声没反应，终于失去耐心，微愠地叫她的名字："盛柠，说话。"

"啊，在呢。"盛柠回过神来，表情依旧有些呆，"您怎么知道他们没分成？"

温衍语气不怎么好地反问："你是从你妹妹那儿知道的，那你说我从哪儿知道的？"

盛柠也觉得自己问了个蠢问题，抿唇说："哦，温征告诉您的。"

温衍："所以给我个你没办成事的理由。"

盛柠没急着回答，幽幽地看了一眼盛诗檬。

盛诗檬立刻心虚地冲她比了个双手合十的动作。

盛柠只好瞎编："是我低估了他们之间的感情，他们爱得太深了，不是三言两语就能拆散的。"

"……"

盛诗檬没忍住，捂着嘴在旁边狂笑，又朝盛柠竖起了大拇指。

温衍那边沉默片刻，冷冷道："三言两语就能让他们分手，那我找你干什么？"

"所以这件事情我们要从长计议。"盛柠说，"光动嘴皮子不管用，还要有实际行动的计划。"

他打断她："别跟我在这儿东支西吾的。"

温衍怎么可能听不出来她在插科打诨，跟他平时看的那些垃圾策划书一样，看着做得很漂亮，实际就一个壳子，真内容半点没有。

盛柠不承认："我哪儿有那胆子，我说真的。"

温衍淡淡"呵"了声，直接说："隔着电话我看你胆大得很。"

盛柠抿唇没说话，男人又吩咐道："你要真有计划，那就想好了周一当面来跟我说。"

她想起昨天，皱着眉说："昨天您都同意了给我批假来着。"

温衍拿出了他那套冷血上司的经典说辞："那是你办好了事，事办成这样还想请假？"

盛柠再次幽幽看了眼盛诗檬。

盛诗檬用眼神卖惨，就差没给她跪下请罪了。

盛柠倒是很快就想通了，反正请事假也要扣钱，为了躲一个男人，多少有点划不来，所以还是去上班吧。

她有些无奈地说："知道了。"

"明明昨晚上是你主动的，都过了一晚上了还没缓过来？"温衍听出她语气中浓浓的不情愿，微顿了顿，沉声说，"什么时候才敢见我？"

盛诗檬敏感地抓住了关键词，竖起耳朵仔细听。

盛柠立刻关掉免提，将手机凑到嘴边小声说："缓过来了，没有不敢见您，周一见。"

然后迅速挂掉电话。

挂掉电话后，盛诗檬迅速地扑了上来，摇着盛柠的肩膀疯狂发问："什么主动？什么没缓过来？为什么温总说你不敢见他？为什么他刚刚说的那些话每一个字我听着都这么暧昧？是我想多了吗？"

盛柠不自在地咬唇，否认道："我跟他能有什么暧昧，你动脑子想想都知道。"

盛诗檬不动脑子也知道他们之间绝对不可能会有什么暧昧，但架不住温总刚刚的那番话听着确实很不对劲，是个人都忍不住往那方面想。

她不甘心地问："那你干吗心虚关免提不让我继续听？"

盛柠故作淡定："商业机密，怎么能让你听见。"

盛诗檬觉得她太大惊小怪："我一个实习生而已，还能当商业间谍吗？再说我你都不放心？"

盛柠却扯了扯嘴角："你现在不就是在玩碟中谍？"

被戳中要点，盛诗檬不说话了。

沉默了半晌，她才开口承认错误："我的错，不该临时改变主意。"

是她之前信誓旦旦地跟盛柠说一定能分，盛柠信了她，才会同样信誓旦旦地对温衍承诺。

如今她突然改变了主意，温衍来找盛柠问罪，怎么想都是她的锅。

"我没怪你。"盛柠也没有真的怪她，语气平静，"分手本来就是你的主观意愿，就算你哪天后悔不想分手了，我也没什么可说的。"

盛诗檬摇头："我不是后悔说了分手。"

她犹豫片刻，还是决定跟盛柠说出心里话。

"其实这半年来，温征一直对我很好，有时候会让我产生一种错觉，他是不是真的喜欢我。"

盛柠："然后呢？"

盛诗檬垂下眼老实说："我怕他来真的，我也很怕自己真的喜欢上他。所以当我知道他对我不是真心，这些日子真的是在利用我的时候，我才觉得心里松了一口气。"

她谈过很多次恋爱，分得清好感和爱的区别。

一个人在一生中或许会对很多生命中的过客产生好感，而这些好感往往来自对方在某一瞬间给自己带来的吸引力，那一刻感觉来得汹涌，却也去得很汹涌。时间一长，就变成了淡淡的一段回忆。

唯一刻骨的一段感情在高中，那是她真正意义上的初恋，结束得太仓促，却让她很长时间都没走出来。最后还是被盛柠骂了一通，自己才重新打起精神来，可仍旧至今都难忘。

盛诗檬不想重蹈覆辙。

她和温征是同一类人，对待感情太漫不经心，只想做上位者，他们这样的人不会轻易栽进一段感情，因此也不会在抽身时像大多数普通人那样被伤得千疮百孔。

所以，他们也更不配得到别人的真心。

"现在他跟我坦白了，但我却还在骗他，等他知道我也骗了他，估计会气得想掐死我。"盛诗檬不怎么开心地笑了笑，耸耸肩说，"就当是我受不住良心谴责最后帮他一回，他想利用就利用，反正我没损失，人情上能少欠他一点就少欠一点吧。"

这是盛诗檬和温征之间的感情，盛柠是外人，她无权干涉。

"我还是那句话，如果你哪天改主意了不想分手，就立马跟我说。"盛柠没有多说什么，只是语气复杂地提醒她，"签合同的是我和温衍，不是你们俩，法律约束得了人，但约束不了感情。"

"不可能的。"盛诗檬掩下眸中情绪，语气笃定，"我们不是一个世界的人，就算没这些弯弯绕绕，我跟他也走不到最后。"

昨天在酒吧里，她给盛柠准备的那些台词虽然夸张了点，但都是真的。

盛柠也沉默下来。

盛诗檬和温征不是一个世界的人，她和温衍也不是一个世界的人。

"我搞不懂你们两个。"盛柠淡声说，"你和他既然都知道这一点，那为什么当初还要选择在一起？"

盛诗檬故作生气地说："喂喂喂，我要是不跟他在一起，你现在能坐在这里吃早餐吗？"

"……也是。"

盛柠低头咬了口包子，默契地和盛诗檬终止了这场早间对话。

电话猝不及防被挂断，手机那头只剩下寂静的回音。

"真是遗憾，棒打鸳鸯的计谋失败。"

温衍转过头，发现温征不知什么时候开始，倚在门边似笑非笑地看着他。

昨晚一身酒气的温征刚到家，就直奔温衍的房间，然后向他哥得意地宣布：你棒打鸳鸯的计谋失败了。

他说这话时，狭长的一双眼笑成弯钩，嘴角也一直上扬着，神色散漫但欠揍。

当时的温衍脸色并不好，也不想跟一个喝了酒的人多说什么，就让阿姨过来扶温征回房间睡觉，打算睡醒了再跟他谈。

等温征回了自己的房间，阿姨过来告诉温衍，说温征压根儿就没醉，他说自己今天晚上喝的那些酒，还不足以让他醉。

既然没醉，为什么还笑得像个醉鬼。

温衍只当他是醉鬼不承认自己喝醉，现在一大早酒醒了，他竟然又过来重复了一遍昨天晚上的话。

温征一大早起来，洗了个舒舒服服的热水澡，穿着简单的家居服，留长了点的头发没刻意梳成造型，只是柔顺地往下垂着，遮住了他漂亮的眉眼，看着没有平时那么纨绔，气质中反而透着几分温和。

但眼神和说话的腔调依旧吊儿郎当，听得人莫名不爽。

温衍不动声色地问："从哪儿开始听的？"

"你甭管我从哪儿开始听的，反正不该听的我都听着了。"

温征一手插着裤兜，拖着步子朝温衍走过来，笑容散漫："你以为把檬檬她姐也叫上，你们两个人强强联合，就能拆散我们了？"

温衍并不在意事情被温征知道。

只要结果还是朝着他预期的方向走，就无伤大雅。

"所以你昨晚跟盛诗檬说了什么？"温衍淡淡地问，"能让她转眼间就改变主意。"

温征说："能说什么，说我很爱她啊，用我的真心让她改变了主意。"

他现在这副漫不经心的样子和昨晚那个因为听到盛诗檬说分手而勃然大怒的样子，完全就是大相径庭。

昨天他激动到对着温衍放了一通言之凿凿的狠话，今天就又恢复如常了，好像一觉起来，忘了自己昨晚说了什么。

如果他昨晚不是喝醉了，那就是疯了。

自己昨天竟然因为一个醉鬼的话失了措，差点也跟着失去理智。温衍自嘲地扯了扯嘴角，没再搭理温征，准备下楼吃早餐。

老爷子年纪大了人也变懒了，早餐一贯都是护工送到房间去，偌大的餐桌上就只坐着两兄弟。

温衍平时吃东西就很斯文，今天更是尤为斯文。

一碗粥喝了好几口，跟没动似的。

温征终于发现不对劲："我才发现，你嘴上的伤是怎么回事？"

温衍下意识抚唇，指尖挡住了已经结痂的伤口。

"没怎么。"

见他不肯回答，温征也丝毫没考虑别的可能性，直接猜测道："晚上梦见吃东西把自己嘴给咬破了？"

温衍眉头松弛，淡淡"嗯"了声。

温征笑着打趣："你还是小孩吗？晚上做梦都嘴馋。"

温衍垂下眼，没说话，继续喝粥。

温征看他哥又恢复到冰山状态不说话了，于是找了个别的话题："对了，我刚看你床头柜上摆了副眼镜，你什么时候近视的？"

温衍神色一凝，没回答，反过来斥责他太吵："你吃个早餐能不能安静点？"

"我这不是关心你吗。"

他哥嘴角破了，到吃早餐的时候他才发现。他哥近视了，他也是看到床头柜上的眼镜才知道。

虽然两兄弟之间的关系没必要太亲密，但也确实是太粗心了。

温衍并不吃他这套："你要真关心我就不会跟我对着干。"

"你要不反对我谈恋爱，咱俩不就能不对着干了吗？"温征没好气地说，"之前那个陪你一块儿去餐厅的，还有那个在你办公室的女人，都是檬檬她姐对吧？"

温衍抿唇，淡淡地应了声："嗯。"

温征愤愤地骂了句："我就知道，他妈的——"

"我本来指望你总算也能体会到我这种被爸逼着分手的感受，从小到大，再到现在，终于轮到爸揍你，我站在边儿上看戏了。我就知道不可能，你跟爸真就一个模子刻出来的老古董，谁敢质疑你不是爸的亲生儿子，我第一个上去告他造谣。"

温衍此时仿佛一个没有感情的喝粥机器，对温征的愤愤然没有任何反应。

温征又想到了别的，"我昨天还是第一次见檬檬她姐，"他回忆了一下，"挺漂亮一姑娘，你找她同盟的时候没这么觉得吗？"

这回温衍终于给出了点反应，目光冷冷地看向温征，不耐烦地问："你到底想说什么？"

"没什么，你就当我胡言乱语。"温征放弃跟他哥讨论关于女人的话题，又说起别的，"今年过年我想留在燕城陪爸，你一个人回妈老家去拜访那些长辈吧。"

"你不回？"

"我怎么回？檬檬跟我的事被他们知道了，我要回了不得被他们拎到祠堂对着祖宗牌位跪上三天三夜？"

温衍皱眉："你既然知道后果，还不跟她分手？"

温征张嘴，却突然噎住。

"不分。"片刻后他烦躁地"啧"了声，破罐子破摔地说，"就这样吧，等他们抓我回祠堂下跪的时候再说吧。"

温衍略显诧异地抬了抬眉。

他本以为，温征为了盛诗檬和父亲闹翻就已经是他的极限，却没想到他甚至肯为了盛诗檬和母亲娘家那边的长辈们较劲。

"她就那么好？"

温征没说话。

一开始是见色起意，没怎么认真，后来决定利用她，才假意对她认真了起来。

这半年来，他一直对她很好，这种好真假掺杂，有时候他也分不太清楚哪些是演的，哪些是他真想做的。

尝试了专一地去和一个人交往，只守着她一个姑娘。

他本以为自己很快会腻，却渐渐发现盛诗檬总能给他带来无穷无尽的新鲜感。

温征知道盛诗檬并不喜欢他带着她去那些聚会，他之前圈子里的那些兄弟对女人的态度并不友好，但盛诗檬还是陪他去了。面对他那些兄弟的调侃，她都是一笑而过，并没有因为言语被冒犯而找他抱怨。

后来他也陪盛诗檬看了几场电影，有一回还陪她去了一趟燕城新开的游乐园。

温征帮她买了快速通道票，看她把同一个项目玩了好几次都不腻，又看她像孩子似的和那些穿着角色衣服的工作人员合影。

穿着汽车人衣服的工作人员问盛诗檬："人类，你是一个人来的吗？"

盛诗檬说："男朋友陪我来的。"然后对工作人员指了指一旁的温征。

工作人员就对温征说："人类，我现在命令你上来陪你的女朋友一块儿跟我合影。"

莫名被叫上台的温征一脸蒙，台下围观的游客们看到这一对般配的俊男美女，纷纷发出了惊呼的感叹。

盛诗檬小声问他愿意一起拍吗？

温征点头，那就拍吧。

可是要拍了，工作人员又不满意了，说："你们真的是情侣吗？"

盛诗檬说："是啊。"

装扮成暴躁汽车人的工作人员一下就怒了："那为什么还这么害羞！我命令你们靠近点！"

台下的人都在笑，台上的盛诗檬和温征一瞬间都有些尴尬。

那天在游乐园，他们就像一对普通的小情侣，温征是第一次陪姑娘来游乐园玩，虽然是累了点，但并不觉得无聊。

具体也说不出哪里好，就是单纯地打心底里觉得好。

"嗯，好。"温征回过神来，低头抿了口粥，故作轻松地笑了笑，"反正到时候把膝盖跪坏了，横竖有她照顾我。"

温衍轻轻嗤道："傻子。"

转眼周一，因为冷血的上司临时反悔不给盛柠批假，所以她最终还是老老实实去上了班。

但她没能和温衍说上话，在之后的几天也同样没什么机会跟温衍说话。

因为接近农历年关，即将迎来一年中最重要的春节假期，大多数单位在放大假前永远是最忙的，包括兴逸集团。

不过好在总裁办有个实习生，有些简单的活可以推给实习生做。

盛柠这个实习生乖巧又听话，而且肯吃苦还肯加班，如果放假前有评选最佳实习生的奖项，她肯定能得到总裁办的全票支持。

但不是每个实习生都像她这么任劳任怨。

盛柠、盛诗檬和高蕊有个三人的微信小群，她平时很少说话。盛诗檬经常在群里面发一些帅哥图片，然后高蕊就跟她一块儿在群里喊好帅好帅。

高蕊就常发一些美妆的链接，然后问她们要不要一块儿下单。

偶尔半夜还会突然冒出来一些链接，附带上一句："一声姐妹，一生姐妹，有福同享，有肉同吃。"

盛柠想，要是她室友季雨涵在这个群里，估计会乐疯过去。

但是最近因为快放假，小群变成了抱怨垃圾桶。

盛诗檬："我真服了，那老女人自己做不完的东西全推给我！推给我就算了，还故意不跟我说数据有问题要改，害我把错的数据交上去被经理臭骂一顿！！老女人！！活该嫁不出去！！"

高蕊："姐妹我也是！！"

高蕊："呜呜呜，我读高三都没这么拼过。"

高蕊："温衍啊温衍，你何德何能让我为你受此等委屈！"

高蕊："结婚以后生了孩子必须跟着我姓高！"

盛柠："……"

这就已经想到孩子跟谁姓了？

她在群里发了两个摸头的表情以示对她们两个的安慰，放下手机，继续埋头干自己的活。

之前还能利用休息时间干活，但这一周年会和工作全挤在一起，一到休息时间盛柠就要被几个前辈拉去排练节目，实在分不出心来再想别的。

温衍比她只忙不闲，不是在办公室里忙，就是外出开各种大会小会。偶尔他从外面回来，盛柠听到别人叫了声温总，下意识抬起头来，两个人的目光撞在一块儿，又迅速淡淡地分开。

就这样一直忙到了年会当天。

兴逸集团的年会向来搞得很大，为了犒劳员工这一年的辛勤工作，年会现场不但有各种酒水点心，在节目过后，还会有丰厚的抽奖活动。

盛柠就是听陈助理说他之前抽到过普吉岛的带薪七日游，才决定提前过来打工，好赶上年会抽奖。

她已经决定了，如果今年的奖也有这么大，她有那个运气能抽中，就折成现金，大赚一笔。

不过在抽奖之前，还有总部各部门准备的年会节目。

平时年会都只在最后的抽奖发言环节现身的温总，今天也不知道怎么的，突然有了与民同乐的心思，在年会节目的时候就过来了。

男人一身衬衫西裤，长身玉立地站在台下看。

每个人的反应都不太一样，有的员工觉得被顶头上司看着表演太羞耻，所以动作就有点划水[1]，有的员工觉得被顶头上司看着表演正是自己表现的大好机会，于是更卖力地表演了。

在上一个跳健康操的节目结束后，主持人上台，刻意告知道："温总，下一个就是总裁办的节目了。"

---

[1] 网络用语，在团体活动中不出力不贡献的行为。

接着所有人都屏息期待，看总裁办今年又会搞出什么花样来。

然后热闹的人群中，几个头特别大，看着特别显眼的玩偶走上了台。

"……"

合理怀疑是因为去年的女团舞太羞耻，所以今年总裁办的这几个大老爷们儿连脸都不愿意露了。

这些玩偶都是各种卡通形象的动物，穿着喜庆的红衣服，一个个有秩序地走上了台。

接着音乐响起，几个玩偶站成一排，开始跳舞。

台下的其他人都很捧场，在下面大声喊。

"可爱!!"

"萌!!"

"这才是猛男本色!!"

他们都以为今年总裁办上台表演的还是去年的那几个老爷们儿，殊不知里面多了个新来的实习生。

实习生穿着招财猫的玩偶装，两个毛茸茸的耳朵上还系着会响的小铃铛。

至于那个在一众划水的玩偶中，跳得最卖力，最元气满满的招财猫是谁，不言而喻。

台下的男人看着舞台，眼底渐渐蓄起笑意。

而盛柠却毫无所知已经被认出来了，并且完全不觉得羞耻。

反正穿着玩偶服装，谁能认得出来，放心大胆地跳就是了。

之前老张跟她说温总也会来看，他来看就来看呗，反正他又认不出她是哪个，等下了台，头套一摘玩偶服装一脱，她还是那个盛柠。

表演完，盛柠手脚灵活，迅速地从人群中溜出去，抛下了因为年纪大跑不快而被众人迅速拦截包围强迫拆头套看谁是谁的前辈们。

她偷偷从安全通道的门里钻了出去，摘下头套，坐在楼梯间擦汗。

在台上跳了三分钟，人都快热爆炸了，盛柠感觉她的头发已经湿到能拧出汗来。

年会现场很是热闹，隔着门都能听见里头的嬉笑声。

消防楼梯口这儿安静得不行，灯光昏暗，和里面的氛围形成强烈反差。

人在热闹过后，总需要一些安静缓缓。

盛柠打算在这里坐一会儿，再回去把衣服换下来，最后还有抽奖活动，那才是她最期待的年会环节。

盛柠靠着楼梯，一边重重地呼气，一边给自己擦汗扇风，笨重的毛茸爪子一下一下地摇摆着。

突然门被推开，她迅速反应过来，赶紧慌忙地把头套戴上。

戴好头套后仔细一看，竟然是温衍。

"别藏了。"温衍淡淡地揭穿她，"我知道是你。"

伪装失败，盛柠顿时有些气馁地说："您怎么知道招财猫是我扮的？"

"因为招财猫最矮。"

"……"

原来是靠身高认出来的。

"适合你。"温衍评价道，"比那些乱七八糟的打扮好。"

盛柠也不知道他是真心夸奖还是讽刺，没理会他的评价。

"您今天怎么提前过来了？"

"来看个热闹而已。"温衍说，"等抽奖的时候才需要我上台。"

盛柠的眼睛顿时亮了："您负责抽奖吗？"

"嗯。"

盛柠立刻激动地对他说："拜托了，请您一定要抽中我。"

温衍瞥她，漫不经心地说："这得看你自己的运气，拜托我有什么用。"

"有用。"盛柠肯定地说，"我的房子不就是您给的？"

温衍沉默几秒，突然问："你是不是在暗示我给你开后门？"

"……"

他"呵"了声："果然。"

被戳穿意图，盛柠不说话了，耷拉下脑袋。

温衍瞧着她那财迷的样，不得不说这招财猫的打扮真的很适合她。

"抽奖看运气，这个我没法帮你，但是加班费是你该得的。"说这个也不知道是不是因为不能给她开后门，所以在安慰她，温衍语气低缓，"徐百丽说从来没带过你这么拼的实习生。"

"我想趁着自己还年轻，再多拼一点。"盛柠说，"我没背景没人脉，除了这个，没什么能拿出来跟别人比的东西。"

盛柠乖巧地坐在楼梯上，毛茸茸的爪子搭着膝盖，硕大的脑袋垂着，明明顶着一张笑嘻嘻的可爱卡通脸，却还是显得有些低落。

"年纪还这么轻。"温衍隔着头套敲了下她，"说话怎么像个老太太。"

她沧桑地说："温总，普通人活着不容易的。"

接着又絮絮叨叨地说："读书的时候因为某次考试名次退了就不高兴好几天，

生怕这一次的退步就意味着高考的时候失利，一分落后好几千个人，遗憾错失重点大学的录取通知书。

"现在大学也考上了，书也读完了，又要忙着找工作，为生计奔波。

"大多数的人好像永远都在焦虑，为学业、为工作、家庭、为生计，为自己看不见前路的渺茫未来。"

盛柠觉得自己已经算是非常幸运的那种人了。

她虽然天赋不太够，但这么多年的刻苦，也算是帮她保住了学霸的称号。

现在快毕业要工作挣钱了，有了温衍给她的房子，至少在别人还担心能不能在有生之年攒钱买上燕城的一套房的时候，她已经不用再操心房子的事了。

盛柠突然又觉得自己跟温衍说这个很愚蠢，他要什么有什么，哪儿能理解她的话。

他生来就是上层，该拼搏该努力的，他的上一辈早就替他完成了，做到了金汤匙喂到他的嘴边，他只要肯张嘴，就什么都有。

他随随便便给出的一套房，就能让多少上班族为之渴望和奋斗小半辈子。

在父母离婚前，盛柠也曾享受过奢侈的物质生活。

她不得不承认，即使那时候自己还小，对金钱还没有树立起观念，也能体会到那时候日子过得有多舒适。

后来父母离婚，妈妈不要她，她只好跟着爸爸生活，又过早地接触了柴米油盐的琐事，落差感太大，就更加怀念曾经衣来伸手饭来张口的日子。

所以盛柠一直坚信，有钱就能过得很幸福。

她共情不了温衍，也同样不指望温衍能共情她。

"算了。"盛柠叹了口气说，"您就当我在无病呻吟吧。"

"别妄自菲薄。"温衍淡淡地说，"至少在我看来，你很努力。"

盛柠抿唇，故意问："那您觉得我以后会飞黄腾达吗？"

温衍模棱两可地说："努力的人值得。"

但她听出来了，他在夸她。

难得他竟然没有挖苦她，盛柠觉得惊讶的同时又有些小开心。

她被顶头上司夸了，这在职场上绝对是毋庸置疑的正面鼓励。

那她总要回报点什么的。

于是招财猫突然从楼梯上站起身。

温衍淡淡地看着她。

"快放假过年了，我在这儿先提前给您拜个年，祝您在新的一年身体健康，家庭美满，万事顺意，财源广进。"

盛柠双手交握，又正儿八经地给他做了个拜年的姿势。

她以为自己很正经，她的上司却被她那傻得可爱的笨拙动作逗笑。

"无事献殷勤，你又要干什么？"

"没干什么，真心祝福。"盛柠理所应当地说，"因为只有您好了，我作为您的下属才会好。"

他"嗯"了一声，算是接受了她的这个马屁，语气闲适道："马屁精，再说两句我听听。"

"您还是单身吧。"盛柠觉得该祝福的都在那几句里头了，只好硬着头皮又想了个新的，"那就再祝您新的一年里不再孤单一个人，无论什么节日，包括圣诞节这种洋节，都有人陪着您过。"

她还没忘记不久前的圣诞节，就是她这个下属以加班为名义陪他过的。

话说完，好半天没等到温衍的回应，盛柠有些尴尬，她是不是太多管闲事了？

可是她觉得，这个祝福很棒，是为他好，也同样是为她好。

她和温衍之间已经不可避免地变得奇怪起来，既然没有办法避免之后两个人的接触，唯一能让他们划清界限的方法，就是他找一个女朋友，或者是她找一个男朋友。

就在盛柠思考这个的时候，温衍的浅色衬衫还有他的深色领带突然映入眼帘。

头套上用来看外界的区域被他用手遮住，就在盛柠不知道他要干什么的时候，男人好像是低下了头。

不过几秒钟的时间，自上而下朝她涌来的气息离开，盛柠用笨拙的爪子摸了摸头套，刚刚似乎感到了一下极其细微的触碰。

盛柠不确定地问道："……您刚刚是不是打我了？"

温衍盯着那张并没有表情的卡通脸，盛柠穿着这身招财猫的玩偶服装，用笨重的外壳把自己跟他隔绝开来。

他们都看不见对方的脸，所以不用刻意隐藏表情。

在她看不见也察觉不到的这一刻，他才好做一些下意识想做却又不得不克制的事。

人虽然是感性动物，但有的时候也很迟钝，当察觉到某样东西的存在时，往往那个东西已经在心里存在了很久，只是被发现得晚而已。

对人的感觉也是如此，宛如被泡在一池温水中，一旦心朝外豁开了一点点的口子，就会慢慢地被这种感觉渗透侵蚀，等发现这种感觉有些收不回来的时候——

往往人已经不知不觉地陷了下去。

可也只能到这种程度为止了。

在盛柠看不见的地方，温衍目光隐忍，声音也压抑着："嗯。"

果然。

盛柠有些得意地说："那还好我戴了头套，您打了我我也没什么感觉。"

第 16 章

那就爱她吧

看她迟钝到不知道他刚刚到底做了什么，还在那儿扬扬得意，温衍安静地扬起嘴角。

盛柠以为温衍肯定会回嘴，可是等了半天也没等到。

"哦对了。"盛柠只好没话找话，"有关我妹妹和温征的事，这周太忙，都没来得及跟您单独聊。"

正好就趁着现在楼梯口只有他们两个人，把事情说清楚。

盛柠一直认为温征是真的浪子回了头，所以她之前对这位二少还抱有几分愧疚，结果却是她太天真，把这位的感情想得太简单。

温征想要利用盛诗檬和父亲抗争，而不是温衍。

那就代表目前还是温衍在替父亲对这段感情施压，一旦温衍没做到，盛诗檬就不得不面对这段感情中真正的反对者。

兄弟俩的父亲，乃至整个温氏。

这可比温衍难对付多了。

所以其实她不太赞同盛诗檬的做法，可这毕竟是盛诗檬的感情，她已经介入得太多，不想再过多干预。

盛柠索性也想通了，只要结果不变，过程怎样都无所谓，之前是盛诗檬给她打配合，现在换她给盛诗檬打配合。

站在上帝视角的碟中谍真的太难了，两边都得应付。

听她提起温征，温衍敛下目光，示意她继续。

"他们会分手的。"盛柠说，"只是时间问题而已。"

"我要具体的时间。"温衍并不接受这个说法，淡淡地问，"难道要等到他们结婚那天？"

盛柠下意识反驳道："您想多了，他们怎么可能结婚。"

"你别忘了，之所以反对温征和盛诗檬交往，就是因为他有结婚的打算。"

有个屁，全是做戏。

盛柠心中门儿清，嘴上肯定地说："有这个打算也没用啊，就算他真的背着你们去结了婚，得不到自己家人肯定的婚姻，就算结了也是在折磨自己，这道理我都懂，他肯定也懂啊。"

因为两个人之间的门第差距和家人的反对会成为这段婚姻中永恒的隔阂。

就算一开始浓烈的爱意会暂时掩盖掉隔阂，岁月一久，这些看似已经消失的隔阂会慢慢演化成矛盾再次被翻出来，直至彻底毁掉两个人之间的感情。

盛柠不信她都能明白的简单道理，温征和盛诗檬会不明白。

所以他们就算入戏再深，也必定不会拿婚姻开玩笑。

温衍蹙眉，目光渐渐冷却下来。

他看着盛柠，突然很轻地笑了声。

他们不是小孩了，他们是经历过生活历练的成年人。

他们很清楚为感情冲动的后果，所以能够控制好自己不去做傻事。

"说得对，他懂。"他说。

盛柠见他被自己说服，松了口气，试探地问："那我们现在就回去吧？我估计快到抽奖环节了。"

为了避嫌，盛柠让温衍先回去，等过了好几分钟，她才离开楼梯口。

回到现场的时候，几个和她一起穿玩偶服的前辈早就换好了衣服，正站在一块儿吃点心聊天。

老张最先看见人群中朝他们走过来的招财猫，没忍住笑出了声，边冲她用力招手边打趣道："小盛你刚上哪儿躲着了？我还以为你换衣服去了，你这是打算穿着这身回家啊？"

盛柠愣愣地问："你们都换好了？"

"我们几个大老爷们儿在哪儿不能换？又没人看。"老张说，"你丽姐到处找你呢，赶紧给她回个电话。"

盛柠"哦"了声，刚回来就又往外跑，边跑边托着头套防止它掉下来。

老张和其他男同事在后头看得乐不可支。

一个男同事说："难为小盛陪着我们胡闹了，你说要是温总没反对我们一开始那个提议多好啊，指不定这会儿多少人来问小盛要微信呢。"

另一个男同事说："是呗，多漂亮一姑娘，戴着个头套又看不见脸，可惜了。"

"我说小盛自个儿都不急着找男朋友，用你们操这心吗？"老张满不在乎道，"现在世道变了，这帮小姑娘的事业心重着呢。"

没过多久，盛柠换下了笨重的玩偶装，重新梳好头发，换上了稍显正式的小裙子，和丽姐一块儿回到了年会现场。

换好衣服的盛柠和前辈们打完招呼，又陪着喝了两杯酒，才终于到自由活动的时间。

她拿了个餐盘走到自助取餐区选蛋糕吃，正考虑着是选红丝绒蛋糕还是黑森林蛋糕，旁边突然冒出了一个声音："找一大圈可算找着你了。"

盛柠转头一看，是高蕊。

高蕊笑着问："干吗去了？年会你都迟到啊。"

盛柠没告诉高蕊她会上台跳舞，连盛诗檬她都没说。

戴着头套没人认识，当然可以肆无忌惮地跳，脱了头套脸皮那就薄了。

"有点私事。"盛柠敷衍道，"你找我干什么？"

"找你说话啊。"

"你部门的人呢？今天没来？"

高蕊耸肩说："来了，但我跟她们的比赛已经落幕，所以来找你了。"

盛柠很快反应过来高蕊说的比赛是什么。

对有些女孩来说，年会上穿的衣服不叫衣服，那叫战服。

因为平时上班不能穿太高调，所以像年会这种大场合，整个总部包括一些分部的员工齐聚，这么多人面前，自然要铆足了劲好好臭美一番，展现自身品位。

高蕊身上这件奢侈品牌的手工小裙子，就足以吊打在场很多战服，她为了搭配裙子，还拎了个巴掌大的链条小包包，虽然小，但小几万块的价格，着实很不低调。

但这份攀比之心，仅限于对关系一般的表面同事。

盛柠不在高蕊的攀比范围内，所以高蕊在她面前就没什么必要假惺惺地说"哎呀其实我没有刻意打扮，只是随便从衣柜里挑了件出来穿啦"这种话。

"我特意找造型师做的搭配，结果当然是完胜。"高蕊得意地挑了挑眉，又看向盛柠身上的裙子，"你这裙子好看，衬得你皮肤特白，哪儿买的？"

盛柠一边挑蛋糕一边说："网上买的。"

"什么牌子啊？"

"没注意看。"盛柠说，"你搜关键词法式丝绒裙，应该能搜出同款来，四百多的那个就是我买的那家店。"

高蕊沉默几秒，表情复杂地说："绝了，你穿四百块的裙子，跟我穿四万块的裙子一个效果。"

也不等盛柠说什么，高蕊又感叹道："长得好看真好，诗檬今天也只是穿了条七八百块的裙子，跟仙女似的。"

盛诗檬刚刚还在和高蕊聊天，男朋友打来电话，就去外边接电话了，这会儿还没回来。

"有钱更好。"盛柠语气实诚，"长得好看的不一定有钱，但有钱的一定好看。"

高蕊立刻笑开了："感谢姐妹，明儿我就去做医美。"

两个人端着餐盘聊了会儿，这时主持人上台，终于到了最万众瞩目的抽奖环节。

今年的头等大奖比往年还要豪华，带薪的欧洲七日游。

奖品一公布，整个年会现场的人都疯了，尖叫声此起彼伏。

"那我们现在请温总上台来为我们依次抽取今年的幸运儿！"

温衍一上台，盛柠立刻放下餐盘，双手合十，在心里默默祈祷。

抽我抽我抽我抽我！！

结果旁边的高蕊也跟着在祈祷。

"高小姐，"盛柠语气不爽，"你们资产阶级就别来跟我们社畜抢好运了行吗？"

高蕊哭笑不得地解释道："我不是想抽头奖，我就想中个安慰奖上台，然后跟温衍站一块儿。"

盛柠："……"

好吧，是她以小人之心，度君子之腹了。

盛柠拼了命地想中头奖，最后老天也算没辜负她，她中了个三等奖，一台空气净化器。

总裁办的人听到盛柠抽中了三等奖，都开心地恭喜她。

"小盛！你这运气可以啊！"

"请客请客！"

"再多干几年估计都能抽中头奖了。"

虽然不是头奖，但也很不错了，她不打算把奖品折现，正好可以放在公寓里用。

盛柠兴高采烈地上台，果然台下有人在小声问这个姑娘是谁，知道的人就说这是总裁办新来的实习生。

兴逸集团平时给员工们的奖金和福利就不少，更没有那种实习生不能在年会上抽大奖的规定，人人有份，全凭运气。

脱下了那身笨重的玩偶服装，盛柠穿着黑色的法式连衣裙，长鬈发温柔地披在脑后，没有多余的装饰，唯有耳朵上小颗的水钻耳钉点缀她的笑脸。

她兴高采烈地从温衍手上接过奖品卡。

"谢谢温总。"

男人不自觉勾唇，挑眉看着她："又没抽中头奖，高兴什么。"

"够了够了，头奖对我来说太大了。"盛柠觉得很满足，"知足常乐。"

现场太吵，他们面对面说话，就连旁边的主持人都听不见，盛柠领完奖就下了台。

而事实充分证明了什么叫有心栽花花不开，无心插柳柳成荫。

三等奖让一个实习生拿了去，结果在抽头奖的时候，居然又是一个实习生。

"实习生 buff ！"

"这期的实习生牛 × 啊。"

抽中头奖的高蕊却一脸苦相："完蛋，我还真抢了你的好运。"

盛柠本来也只是开玩笑，笑着说："那是你运气好，快上去领奖吧。"

高蕊怀着愧疚又激动的心情上了台，越是朝温衍走近，她越是控制不住心跳。

男人对她淡淡地道了声："恭喜。"

这是她上台后，他唯一对她说的两个字。

可高蕊还是欣喜万分，紧张得手指发颤，如此近距离地看这张冷峻的面庞，她越看越觉得帅。

台下的精英白领个个都在职场上混了这么多年，见过的世面不少，很快就看出来这个实习生的打扮很不一般。

几个消息灵通的同事都在讨论这个实习生。

"富二代？那为什么不去自家公司直接做小领导，还来我们这儿做实习生？"

"能为什么，为咱们温总呗。"

他们的顶头上司温衍年轻英俊又未婚，而且他还不是那种仅仅是笼罩着出身光环的富二代，各方面的工作能力更是没得说。

这样一想，高蕊这个富二代为什么不去自家公司，反而来这里的动机就很合理了。

大家恍然大悟，嘴角露出会心的笑容。

此时盛柠也看着台上的高蕊，默默地羡慕高蕊的好运气。

果然有钱的人运气也好。

而且她觉得，高蕊身上那件昂贵的手工裙子看着跟温衍的手工衬衫还挺配的。

大家都知道高蕊家里有钱，是来这里体验生活的富二代，所以无论她穿多贵的裙子都不会有人觉得奇怪。

其实公寓里也有一大堆的裙子供她挑选，她一开始也想从里面挑一件穿来参加年会，可是衣柜里的那些裙子都太贵了，暂时还不适合她一个拿实习工资的实习生穿。

所以她最后还是从网上下单了一件价格不贵的裙子。

盛柠叹气，自言自语道："努力赚钱吧。"

抽奖结束，温衍在台上简单说了几句场面话，他在员工们心里一贯是高冷人设，今天也一如既往地保持着，没有那些长篇大论的华丽演讲词，言简意赅，惜字如金。

"最后祝大家新年快乐。"

台下众人异口同声地回应："温总新年快乐！"

高蕊因为今天中了头奖上台而跟温衍有了面对面接触的机会兴奋得不行，下台后一口气灌了好几杯酒。

盛诗檬接完电话回来，高蕊已经是半醉状态。

她茫然地看向盛柠，盛柠解答道："中了头奖，又跟温总近距离接触，兴奋过度了。"

盛诗檬了然道："原来是钱和男人一起砸她头上了，难怪。"

高蕊见盛诗檬回来，立刻抱着她边哭边感叹："呜呜呜太帅了，他真的太帅了，我一定要把他追到手！一定！"

盛诗檬拍着她的背敷衍地鼓励："加油加油，我看好你。"

这场年会足足搞到快十一点才彻底落下帷幕，不少人今天都喝了酒，有的喝多了，已经醉得走不动道，只能被几个同事架着走。

盛诗檬扶着高蕊，盛柠抱着空气净化器一起离开了公司。

三个姑娘加一台空气净化器站在公司门口等了会儿，高蕊家的司机来接她了。

送走高蕊，姐妹俩同时松了口气，叫了辆顺风车回公寓。

司机很有情调地开着音响放情歌，盛柠靠着椅背，不自觉打了个哈欠。

"我要准备买票了。"盛诗檬突然开口，语气有些犹豫，"你跟我一起吗？"

盛柠没说话。

盛诗檬知道她的意思，于是说："你要是不想回去，那我也留在这里陪你吧。"

"不用。"盛柠顿了顿，说，"我们一起回。"

盛诗檬的眼睛一下子亮了，惊喜道："真的吗？"

"嗯，前几天我爸打电话催我回去。"

盛诗檬笑着说："他肯定是想你了。"

盛柠扯了扯嘴角，盛启明那副口气，可一点也不像是因为想她才催她回去。

在电话里命令她今年必须回家，只要今年回来了，以后过年她爱去哪儿就去哪儿。

盛柠想如果这真的是最后一次回家过年，那就回去吧。

"那边下雪了吗？"盛柠望了眼车窗，突然问道。

"嗯？"盛诗檬掏出手机，查了下老家的天气，摇头说，"没有。"

盛柠叹了口气。

她不喜欢不下雪的城市。

跟盛柠敲定好回家的日子，盛诗檬提前在手机上准备抢票，还特意买了VIP，做好充分的准备，终于买到了两张回老家的机票。

因为过年，公司这时候已经走了不少人，总裁办的同事提前走了好几个。

盛柠回家的前一天还在公司上班，碰上了临近过年才终于闲下来的陈助理。

陈助理是本地人，没有挤春运的烦恼，就顺便问了盛柠打算怎么安排。

虽然盛诗檬有一辆温征送她的MINI，但车子停在机场停车场里，停车费也是笔不小且没有必要的开支，所以她们还是决定打车去。

陈助理觉得姑娘家行李肯定多，打车也不方便，就主动提出送她们去机场。

盛柠没有拒绝，道了声谢说等过完年回来请他吃饭。

因为陈助理是温衍的人，所以不能让他看见盛诗檬目前也住在博臣花园，于是三个人约了在外面碰头。

如陈助理猜的那样，两个看着瘦弱的姑娘，一人拎了个超大的行李箱，还好他的SUV（运动型多用途汽车）后备厢空间够大，能放得下这两个超大行李箱。

这个时间，燕城哪儿哪儿都堵，到处都是车。

好在他们出来得早，再堵久一点也不怕迟到，于是趁着堵车的时候，三个人就在车上闲聊起来。

"陈助理你今天怎么有空送我们去机场？"盛诗檬坐在车上好奇地问道，"你不用跟着温总吗？"

"温总啊，他小年的时候就已经回老家去了。"

盛诗檬不解道："温总不是燕城人吗？"

而且她完全没听温征说要去哪儿过年。

陈助理解释："他是回他妈妈那边的娘家，温总妈妈的老家是苏沪那边的。"

盛诗檬突然想起来之前听季雨涵说过，温总的父母是商政联姻，他母亲祖籍在苏沪。

再往深了没细说，总之他母亲娘家非常牛×，如果不是因为自古男尊女卑的父权社会遗留下来的封建思想难以在老一辈心中破除，再加上他父亲经商头脑了得，把生意做得这么大，说不定温衍和温征还得跟着母亲姓。

"对哦，他跟我们还算是半个老乡。"

"是啊，离得近，有机会的话你们还能当面跟他拜年。"陈助理笑着说，"温总难得小年就给自己放了假，也是那边的长辈催着他回去，他才提前放假的。"

"给老总拜年？算了吧。"盛诗檬立刻摇头。

"盛柠你呢？要去给温总拜年吗？"

又不是什么亲戚长辈，要是没有盛诗檬这档子事，她就一个小员工，有必要特意上门给顶头上司拜年吗？

盛柠完全没有这个打算，故意问："我要是给他拜年，他会给我红包吗？"

"会啊，一般老板都会给啊。"陈助理回想道，"有一年我们整个总裁办的人过年都没放假，陪着温总赶项目，大年初一那天我们一块儿去他办公室给他拜年，他给我们一人发了一个红包。"

盛诗檬："发了多少啊？"

"两千八百八十八。"

盛诗檬惊叹："哇哦。"

"……"

一听到有这么大的拜年红包拿，盛柠心动了。

这可是两千八百八十八！

注定要发！

盛柠故作淡定地说："那我看看有没有时间去一趟。"

陈助理和盛诗檬通过后视镜交换了一个"不愧是你（我）姐"的默契眼神。

从燕城到沪市大约两个小时的航程，盛柠和盛诗檬到机场时，刚好过了午饭时间。

然后她们又坐上了大巴，大巴开往远离中心市区的边缘，这才到了地方。

她们经过以前住的弄堂，那里还是原来的样子，被交错的天线围绕着。几天前刚下过一场冬雨，空气潮湿，老红墙上沾着水珠，显出几分湿润的钝感，地上的青苔踩上去直打滑，姐妹俩小心翼翼地一步步踱过去。

这里的老人多，对这个小小的弄堂有天然的眷恋和归属感，即使搬走，也说什么都不同意把这里改成现代风情街用来吸引游客，于是这里就一直这样，与几十年前无异，古朴陈旧，承载着无数时光，从没变过。

拆迁这事确实看运气，大大小小规划了那么多地方，运气好的发家致富，运气不好的，守着老房子拿不到半毛钱。盛启明就属于最倒霉的那一批人，就算挂牌卖了，也够不上目前水涨船高的房价。

穿过弄堂，又往前走了几百米，终于到了现在住的老小区。

上楼的时候，正好碰上下楼的邻居奶奶。

"哎呀柠柠檬檬回来了呀。"

盛柠和盛诗檬都叫了声王奶奶。

"好好，两个囡囡越来越漂亮了哇。"王奶奶笑意盈盈地点头，立刻扶着腰冲楼上喊。"石屏！你两个囡囡回来了！"

王奶奶年纪大了，不记事，今天记住的东西明天就忘了，所以盛家的那些恩怨，无论子女跟她说了多少回她也记不住，只知道盛家有两个女儿，长得都很漂亮。

石屏听到这声喊，赶紧从家里出来。

她的头发松松地挽在脑后，戴着袖套和围裙，脸上已有明显的风霜，可还是能看出来当年的温柔和清秀。

"妈。"

"阿姨。"

石屏用围裙擦了擦手，伸手过来："这么大箱子很重吧，来我帮你们提。"

姐妹俩都没答应，自己搬了行李箱上楼。

进了家门，石屏问她们吃不吃橘子，盛柠环顾了一圈，问道："我爸呢？"

"啊，他们公司有事，又给叫回去了，要到大年三十那天才回来。"

盛柠叹了口气。

说有话跟她说，结果自己不在家。

盛启明经常出差，很少在家，家里就石屏一个人在打理。

326

屋子面积不大，但干净整洁，盛柠回到自己房间，一点灰尘的味道都没闻到，床单也是新换的。

她坐在床上，摸了摸柔软的床单，一摸就知道床单肯定是趁着晴天拿到外面晒过。

隔壁盛诗檬的房间传来母女俩的笑闹声。

她掏出手机，给亲妈发了条信息，说自己回老家了。

不一会儿，宁青回复她，简单的几个字。

"我不在沪市。"

盛柠抿唇，翻了个身，将脸埋进了被子里。

大年三十的晚上，盛启明回来了。

盛柠长得很像他父亲，父女俩都是非常斯文的长相，即使盛启明现在已经快五十岁，走在路上还是能吸引到不少阿姨的目光。

但盛柠非常反感自己长得像父亲，她想或许就是因为她长得太像盛启明，当初离婚的时候，宁青才不愿意要她。因为只要一看到她，就能想起盛启明带给自己的伤害。

盛启明刚进屋坐下，就朝盛柠招了招手："你来房间，我跟你说件事。"

正在看电视的石屏和盛诗檬好奇地看了过来。

盛柠跟着父亲走进房间，又看着父亲关上了门。

盛启明直截了当地问："你毕业以后有什么打算？"

盛柠："留在燕城工作。"

盛启明突然睁大眼睛，拍了拍桌子："那以后你想怎么办？嫁外地佬？外地佬有什么好的，回家工作难道不舒服？"

"我是留在那里工作，不是留在那里找人嫁。"

"迟早要嫁的，这次我叫你回来也是这个意思。我们科长他儿子年后打算回来工作了，你们见见。"盛启明顿了顿，简单说了下男方的条件，"长得还可以，在银行上班，学历是本科，虽然没你高，但本科也可以了。主要还是你，一个女孩子干什么读那么高的学历？读完男朋友都不好找。"

盛柠淡淡地说："不好找可以不找。"

"那怎么行，你现在研究生毕业，年纪刚好，再过几年就不好嫁了。"盛启明自顾自说道，"我们科长说等他儿子结婚就给他买房子，这点你不用操心。"

盛柠越听越觉得讽刺。

所以这就是非让她过年回来的原因，想着给她介绍男人，让她回老家结婚，然后毕业后就不得不回来过日子。

等盛启明絮叨完，盛柠直接拒绝："我毕业以后要留在燕城，不打算回老家结婚。"

说完她也不等盛启明开口发脾气，推开房门直接走了出去。

结果盛启明追了出来。

"你是不是早就想好了拿着你妈给你的钱在燕城买房子？所以才不回来。"

盛柠没想到他会突然提起这笔钱，但还是点头承认了："嗯。"

盛启明怒笑着问："那爸爸呢？爸爸要你那笔钱养老，还有你奶奶年纪也大了，生病住院都要花不少钱，那笔钱你就这么自私地全留给自己了？"

盛柠诧异地望着盛启明，不知道他是怎么说出这种倒打一耙的话来的。

盛柠一开始是跟着父母住在寸土寸金的花园洋楼里，那是母亲宁青的娘家出钱买的婚房。后来盛启明出轨，夫妻打离婚官司，盛启明扬言要钱，可出轨只能算是情感过错，冰冷的法条不会维护被出轨者的损失。

有钱能使鬼推磨，宁青有个好娘家，帮她请了当地最好的离婚律师来打这个官司。

于是法槌一敲，愣是让盛启明净身出了户。

宁青不想要女儿的抚养权，盛启明也不想要，宁青就跟盛启明说，孩子跟着他，她每个月会支付给他孩子的生活费和抚养费，可如果跟她，那他一分钱也别想从她这里拿到。

于是盛启明就同意了，可后来他结了婚，那些钱也就不够一家四口用了，生活又变得拮据起来。

直至成年前，盛柠的日子都过得不太好。

到盛柠考上大学要去外地读书的那一年，宁青给她办了张银行卡，说从离婚那年算起，她把单独给盛柠的生活费都存在了卡里，现在盛柠十八岁了，可以自己处理这笔钱，就把这笔钱给了盛柠。

而后每半年她都会定时往这张银行卡里打钱，钱怎么花随盛柠自己，但绝不能给盛启明。

盛柠知道这张银行卡是她和妈妈之间唯一的联系，她不知道妈妈是否还爱她，她们之间的联系是否会在某一天突然中断，于是不敢再多要什么，也不奢求妈妈再多给她什么别的关心。

她曾体会过奢侈的物质生活，只是那些生活都是妈妈给的，随着妈妈的离开，爱和物质都一并被收回了。

爱是靠不住的，哪怕是至亲的人，唯有牢牢把握住手上的这点钱，因为这是她唯一的安全感。她小心翼翼地存着这笔钱不敢乱花，在学校里的开支也全都来源于兼职挣的钱，就想等毕业后，用这笔钱在燕城安家。

"那是我妈留给我的钱，跟你有什么关系？"

盛柠的态度着实把盛启明给气到了。

"盛柠我告诉你，我是你老子，别说钱，连你这条命都是我给的！"

盛柠不屑一顾："你凭什么说我的命是你的，辛苦怀了我十个月拿命把我生下来的又不是你。"

"没我你妈也不可能十月怀胎生下你！"

"提供了一条染色体就以为能当我的上帝了？"盛柠笑了两声，死死盯着盛启明冷声讥讽道，"你们男人可真够自信的。"

"盛柠！你怎么敢这么跟自己老子说话！"

盛启明气得朝着盛柠的脸甩了一巴掌。

石屏和盛诗檬本来在小心翼翼地看着父女俩吵架，结果盛启明动了手，急得母女俩赶紧起身过来拦，石屏拦盛启明，盛诗檬拦盛柠。

"想要我的钱，没门。"被打了的盛柠仍旧陈述般地平静说道，"我也不可能结婚，要相亲你自己去相吧。"

盛启明已经全然没了平日里那副斯文的样子，狰狞着五官冲盛柠吼。

"白眼狼！看老子不教训你！"

盛柠完全没看他，头也不回地径直出了门。

石屏见盛柠走了，赶紧对盛诗檬说："大晚上的外面不安全，快去把你姐姐追回来。"

盛诗檬点头，立刻追了出去。

姐妹俩一前一后离开，盛启明气得坐在沙发上抽烟，抖着腿大骂："我真是生了个白眼狼！"

"那是她妈妈给她的钱，你凭什么拿。"石屏叹了口气说道。

"我怎么不能拿！她不是吃我的穿我的长这么大的吗！"盛启明理直气壮地说，"亲生女儿对老子都这么冷血，你的那个便宜女儿我更不敢指望她能给我养老送终了，你说当初你要是把肚子里的孩子生下来多好，我们两个还愁以后养老吗？蠢！"

石屏反问："我为什么要把他生下来？"

"问的什么蠢话，怀了为什么不生？"盛启明瞥她，"要不是你怀了，我能离婚吗？"

石屏浑身一颤，突然失控般地大喊："盛启明你他妈的不要脸，那是因为你骗我！你骗我！"

盛启明神色一滞，又很快大声反驳："骗你又怎么样！你那个时候已经怀孕了，不老老实实把孩子生下来还去流掉，你配当妈吗！"

"我要把他生下来那才是真的不配当妈！"石屏捂脸痛哭，又戚声说，"盛启明，你已经毁了我的人生，就不要再毁掉你女儿的人生了。"

盛启明颇感好笑道："我女儿我自己会管，用不着你这个后妈操心，就算你为她操心，你看她领你的情吗？"

石屏绝望，不再反驳，只是默默地流泪。

"大过年的，哭哭哭，晦气死了。"

明明当初在老家的时候是个那么可爱的女孩，就算后来他考上了城里的大学和她分开，又在大学里认识了宁青，和宁青结了婚，盛启明也没能忘记石屏，还会时不时地在梦中想起她来。

命运奇妙，他们竟然在沪市重逢，石屏成了他女儿的班主任，比年少时多了几分温柔可人，令他不禁想起从前，更加抓心挠肝。

那个时候很爱她，爱到连同她的那个便宜女儿，他也一并接纳，还叫她改了姓，加了个和亲生女儿对应的"檬"字，意味着把她的女儿也当作自己的亲生女儿看。

可这些温柔都随着石屏的变化渐渐消失。

盛启明想不通，为什么石屏现在成了这么令人倒胃口的怨妇样？

盛诗檬追着盛柠跑出来，盛柠不想回去，她就陪着盛柠坐在小区楼下的秋千上发呆。

坐了一会儿，盛柠轻声说："你回去陪你妈吧。"

盛诗檬听出她不想回去的意思，赶紧问："那你呢？你不回家要去哪儿？"

"我这么大了，身上也有钱，不回家也有地方去。"盛柠说，"大过年的你陪着我不合适，回去陪你妈吧。"

盛诗檬抿着唇，没有说话。

她很清楚，她和盛柠之间始终有一层隔阂在。

这层隔阂就是石屏，没有办法避免，更没有办法消灭。

可那是她妈妈，盛诗檬没有办法理性地从道德层面上讨厌她，也没有办法做到帮理不帮亲。

她更加没有资格去帮妈妈求得盛柠的原谅。

盛诗檬觉得自己在盛柠和妈妈之间，什么都做不了，什么忙都帮不上，她只能小声说："对不起。"

"我讨厌她是我的事，但她是你妈，她十月怀胎把你辛苦地生下来，你没错。"盛柠轻声安慰，"你回去吧，大年三十，你们母女应该在一起。"

盛诗檬还是不放心："那你呢？"

"我去找我妈。"盛柠说。

盛诗檬觉得这样好，比起跟石屏在一起过年，盛柠应该更想去她妈妈那边。

她吸了吸鼻子，妥协道："那你去吧，我送你去坐车，等过完年我再去找你。"

"嗯。"盛柠点头。

盛诗檬送盛柠去了车站，过年值班的司机不多，但好在也不是完全没有。

萧萧寒夜中，还有一辆大巴停在站口，亮着昏暗的灯光。

大巴往沪市市区开去，而盛柠却不知道一会儿下了车该去哪儿。

其实宁青每年冬天都会去最南方的城市过冬，今年也不例外。盛柠之前就给她发了消息说想去给她拜个年，宁青说不用，她不在沪市。

刚刚对盛诗檬那么说，只是一个想要离开的借口。

车上开了暖气，公共电视正在直播春节晚会，等红灯的间隙，大巴司机接了个电话，用方言对电话里的人说回来了回来了，搞完最后一趟就回。

伶仃的几个乘客都低着头，拿着手机和即将见面的家人或朋友聊天。

车子到站，盛柠下了车，裹着厚厚的围巾站在站口发呆，心想可以去哪儿打发时间。

想不出来，索性坐着慢慢想。

放在兜里的手机一直在振，她加的那些微信群里，大家都在发红包和抢红包，互道新年祝福。

她掏出手机，从手机里感受到了热闹。

学校的群里，红包金额都不大，图个节日气氛。而总裁办的多人小群，工作多年的上班族就大方多了，红包都是往最大额的限度发。

老张："就你俩了，出来抢红包当运气王啦！@陈丞 @盛柠"

盛柠点了下红包，一百八十八块钱的红包，她就抢到五块钱。

盛柠："……"

盛柠："哭泣.jpg"

没人同情她，都在发哈哈哈。

"小盛这手气也是没谁了。"

也不知道是气手气太差还是群里的人都在嘲笑她，盛柠突然跟自己刚刚发的表情同步，抿着嘴哭了出来。

在她默默哭的时候，陈助理终于冒泡了。

陈助理："来晚了来晚了。"

群里的人都在问他干吗去了。

陈助理："刚刚温总给我打电话，所以没看群。"

大家自然而然地顺着问，温总怎么大年三十还给助理打电话，难道今天还有活要吩咐助理干？

陈助理："不是，温总问我机票的事来着。"

陈助理也没多解释，只说温总前几天临时决定回燕城过年。

"买不着，这会儿怎么可能买得着。"

"我帮他订了初四从沪市回燕城的机票。"

老张："那温总岂不是一个人在沪市过年？"

陈助理："应该是吧。"

再次和陈助理电话确认了初四那天可以回燕城后，温衍仰头，一口喝完了杯子里剩余的咖啡。

一周前他接到外公的消息，叫他在小年夜这天过来母亲娘家，陪他们这边的亲戚过年。

温征今年决定留在燕城陪父亲过年，所以没跟他一块儿过来。

和温兴逸那个有钱就爱显摆，给家里搞豪华装修的老头子不同，贺宅坐落在半山腰，整座宅子庄严肃穆，装修也更接近最传统大气的中式风格，最外面的铁门边有两个警卫看守，开着车子绕过一片绿化带，才到了正门口。

听到温衍回来了，外公直接让他来后庭。

后庭处假山巍峨，绿植映衬其间，还有浅浅流淌着的人工溪流，贺老爷子就坐在这景色中。

他今年八十有六，一身暗纹唐装，头发花白却仍是精神矍铄，那双瞳孔已经略显灰色的鹰眼仍旧冷厉。

温衍来的时候，贺老爷子正坐在躺椅上悠闲地喝茶，旁边摆着微缩山景式样的茶台。

一听温征今年不回来，贺老爷子冷哼道："不回来也好，省得我见了他就生气！"

温衍站在一旁没说话，心想温征不回来的决定是明智的。

贺老爷子抿了口茶，又幽幽道："他交女朋友的事，我和你爸的想法一致，谈恋爱可以，但结婚，不行。"

温衍："我明白。"

贺老爷子"嗯"了声，放下茶杯，仔仔细细地打量温衍。

温兴逸和他女儿的长相气质都不差，生出来的儿子能差到哪里去。

可惜温征那小子就继承了个长相，气质是一点都没继承到。

在贺老爷子眼里，长相什么的是次要的，最重要的是气质。

就像温衍这身沉稳的气质。

站如劲松，坐如古钟，举手投足间都是名门世家出来的高门子弟气派。

这都是长辈们从小就管教督促他，长大后又让他去读军校，一点点花时间和耐心教导出来的。

他的这个外孙，哪里都好。

唯一的缺点，就是他不是孙子，而是外孙。

不是他任何一个儿媳生的，而是他的女儿生的，但凡他不姓温，跟着这边姓贺……

他原本就一直可惜这点，如今他老了，孙子孙女们也都长大，他们最多能混到哪个地步，老爷子心中也十分明了。

于是温衍这个外孙在他心里就显得越发亮眼，让他又改变了主意。

贺老爷子委婉地问他："温衍，你想没想过换条路走？"

温衍很快听懂，回："没有。"

贺老爷子皱眉："你知道我在说什么吗？就这么干脆地否决了？"

"知道，您膝下的孙子孙女很多，不差我一个。"温衍语气平静，"我爸这几年身体不大好，温征又不着调，温家没我不行。"

"多是多，成器的没几个，有什么用。"

其实贺老爷子想的是，温衍能从他父亲那边回来，上他们贺家的族谱。

至于温征那个不争气的小子，贺家这边不管也罢，随他父亲爱怎么管就怎么管。

他只要最优秀的这一个就够了。

"什么没你不行，你不在了温征那小子不行也得行。"贺老爷子嗤道，"就是因为有你这个哥哥在，凡事都帮他顶着扛着，他才那么吊儿郎当！"

温衍蹙了蹙眉，淡声问道："当初您不是说我不适合走这条路吗？"

"你以前年纪小不懂事，我不会计较以前，你也不用再想着。"

温衍依旧拒绝："我身上有处分，不适合再回去。"

"你当初不听长辈的劝告，一心想着替你的朋友们抗下责任接受处分，可他们一听说要受处分，可能还要被降军衔，就立刻跟你划清了界限。"老爷子笑了笑，说，"这个教训已经吃过一回，我相信你不会再吃第二回了。"

听老爷子又提起这个，温衍下意识地冷了脸。

"阿衍，你听外公跟你说，你爸那边的生意是做得大，可再大有什么用呢？你接手你爸的生意也这么长时间了，应该知道生意越大越不好做，你爸当年也是，他最后还不是为了寻求庇护和我女儿结了婚？

"就拿温征举例子，没你在背后帮忙，他的餐厅能开得那么顺利吗？他难道还真的以为是自己有经商天赋？还有你那个外甥女，她好像是个演员吧？她当演员这些年来吃过什么大亏吗？不也是你在背后悄悄护着她？

"可你能指望他们理解你吗？嗯？他们到头来不还是怪你多管闲事，这样做有意义吗？"

温衍脸色阴沉，仍旧一言不发。

"所以说这些孩子都不知感恩哪。"贺老爷子幽幽叹了口气，"你去问问你父亲，一个人从零开始要混到他这个高度有多难？再或者去大街上随便找个普通人问问，读个书上个班，等退了休享福，一辈子的时间都耗费在挣钱买房娶妻生子上了。你们呢？吃着上一辈的红利，一出生就什么都给你们了，还口口声声喊着要自由。"

老爷子目光慈爱地看着他："但是你不一样，你能理解我和你爸的一片苦心。"

温衍垂眼轻声问："您想我怎么做？"

"你照顾你爸也那么久了，是时候该回来为我们尽孝了，走我给你安排的路，一定比你现在好。"见他松口，贺老爷子缓下了语气，"过年这几天我的几个老朋友会上门来拜年，他们会带着自己家的姑娘来，人我都提前看过了，都很漂亮，气质也好，跟你很般配，到时候你见见，合适的话就试着谈谈。"

贺老爷子话里每个字听着都只是长辈对晚辈的关心，可每个字却又像是承载着无形的压力，像一座大山似的朝温衍压过来。

他给人的这种压力，是身居高位后又经过岁月沉淀的结果，年纪轻的小辈在他面前，根本不敢抬起头直视他。

温衍很清楚外公的话是什么意思，他之前也觉得不无道理。

一出生什么都有，听从安排又如何，反正听从安排的这些年，除了有时候为管教弟弟和外甥女头疼过，其余时候过得也还算是舒服。

他原本就是在压抑又冰冷的管教中长大，现在自然而然也就继承了外公和父亲的思想，变成了一个唯利益是图的上层人。

温衍觉得这没什么不好，等再过些年，长辈们都走了，他就会变成他们，继续管教弟弟和外甥女，维持着这个家一直以来的教育理念。

他们不理解也没关系，他是一家之主，只要这个家还在，只要他们能好好的就行。

他是认同这个观点的，并在此之前一直履行得很好，从没让父亲和外公失望过。

明明之前是认同的，现在听了为什么又觉得无比窒息。

谈完话后，贺老爷子叫他回房休息，准备过年的事情。

温衍跟着用人去了为他安排的房间。

待在这个陌生的房间里，他思索良久，还是给陈助理打了个电话。

"帮我订回燕城的机票，尽快。"

陈助理明显是愣了，语气为难道："那个，您也知道的，现在是过年期间，机票实在太紧张了。"

温衍当然知道，重重揾着眉心，缓了语气问："那有什么办法能尽快回燕城？"

这地方他一天都不想多待。

"您稍等，我给航空公司打个电话问一下，我待会儿给您回复。"

"好。"

过了不久，陈助理效率极快地给温衍回了电话。

"经济舱我没替您考虑，初四这天有一趟沪市到燕城的航班，是头等舱。这样，您坐最近的一趟高铁去沪市，我现在帮您订好酒店和回燕城的机票，您先在沪市休息几天，然后再回燕城，这样可以吗？"

陈助理心思玲珑，知道温总不想留在母亲娘家过年，所以安排温总先去沪市。

温衍"嗯"了声："辛苦了。"

"没事的。"陈助理语气温和，"温总新年快乐。"

"新年快乐。"

于是在大年三十这一天，温衍一个人坐在酒店套房里，不知道这个日子对自己来说究竟意义在哪儿。

老张："可怜的温总。"

老张："突然就不羡慕温总了，赚再多钱又怎样，还不是孤家寡人？"

老张："不像我，老婆孩子热炕头，还能陪丈母娘打牌，简直不要太幸福。"

其他人说要截图去跟温总告状，老张立刻撤回消息，然后又是一串的"哈哈"。

盛柠从聊天记录中抓取到关键的信息。

温衍在沪市？也是一个人过年吗？

她突然觉得自己不那么可怜了，因为资本家也跟她一样可怜。

盛柠呆呆地坐在出站口发呆，不知道在想些什么，直到穿着绿色荧光服的执勤交警发现这个姑娘在寒夜里坐了好久都没离开，上前询问她怎么回事。

盛柠穿得厚，只露了一张被冻得通红的脸，一双杏眼里蓄满了眼泪，交警把她当成了迷路的高中生小姑娘，问她父母的电话是多少，说要送她回家。

她顿时有些尴尬，给交警看了身份证，证实自己已经成年，交警才放下心来。

交警哭笑不得地说："成年了也不能大晚上在外头乱逛啊，大年三十这么重要的日子，快回家看春晚吧，啊。"

盛柠抓了抓头发，语气嗫嚅地告别交警。

她实在没办法了，重重往外吐了口白气，从通信录里找到温衍的电话，给他打了过去。

温衍接起，是带着几分疲倦的男人声音。

"有事吗？"

盛柠干巴巴地问："我听陈助理说，您现在在沪市？"

"嗯。"

"正好我也在沪市。"盛柠犹豫半天，鼓起勇气说，"要不我去给您拜年吧？"

温衍沉默很久，久到盛柠以为他已经挂断了电话。

"我把地址发给你。"温衍说，"但你好好考虑，到底要不要过来。"

然后就挂掉了电话。

没过多久，盛柠的手机上收到温衍发来的消息。

她看着这个地址，想了很久，还是决定去。一路上，盛柠都在思考她的这个决定到底合不合适。

她想和妈妈一起过年，可妈妈并不想跟她一起过年。她也不想待在那个有父亲的家，她讨厌父亲，讨厌后妈，唯一不讨厌的妹妹却是后妈的女儿。

妹妹在亲妈和继姐中辛苦地周旋，盛柠不想她为难，替她做了选择。

这是她的老家，是她从小生长的城市，她人在这里，却好像举目无亲。

她觉得，很多人甚至还不如温衍对她好。

他虽然看不起她，又总是挖苦讽刺她，可是他给了她最想要的东西——钱。

毕业后她会留在燕城独自打拼，每天工作会很忙很累，唯一的慰藉就是那套公寓，而那套公寓是温衍送她的。

今天是团圆的日子，她不想一个人看春晚，不想一个人迎接农历新年。

她实在太孤单了，而今天是最不应该孤单的日子。

她只能来找温衍，想问问他愿不愿意收留自己，哪怕他扔一堆的工作给她做也没关系，她不要加班费。

盛柠坐在车上偷偷抹了抹眼泪，又突然觉得一个人抹眼泪的行为也显得她很孤单。

于是她打开车窗，任凭冷风往脸上刮，然后替她擦掉那些眼泪。

等终于到了酒店，盛柠整理好情绪，准备进去。

可她忘记了像这种星级酒店，如果不是住客的话，是上不去的。

她只好报出房号，拜托前台接待给温衍打个电话确认她的身份。

通话过后，前台接待笑容可掬地对她说："温先生说他下来接您，请您稍等。"

"谢谢。"

盛柠在大厅的沙发上坐着等温衍下来接她。

温衍坐电梯下楼，他知道她来了，然而等到了一楼看到她的时候，还是愣了下。

很奇怪，这个人只是出现在自己面前，什么也没说，什么也没做，他却觉得整颗心脏都要被揉碎。

他叫她："盛柠。"

听到温衍叫自己，盛柠立刻从沙发上站起来，朝他小跑了过去。

温衍看着她跑到自己面前停下，整个人还是包裹得严严实实，像个汤圆，唯独露出来的一张脸被冻得通红，眼睛依旧很亮，睫毛上似乎有湿润的痕迹。

男人声音沙哑地说："来了？"

他披着厚重的外套，里头不是整齐的西装领带，而是领口有些松散的家居服，一看就是接到了前台的电话，来不及换衣服，匆匆披上外套就这么下了楼。

盛柠默默从他敞开的领口上挪开视线，又转了转眼珠子，冲他尴尬地笑了笑。

"……啊，我来给您拜年了。"

就算她上门拜年，他也不会给她红包。

既然没红包拿，这个财迷为什么还要来？

他不想她来，却又很想她过来，于是把地址告诉了她，但把选择权交给了她。

如果她不来，那就当一切结束，他该过什么样的日子照旧过。

可如果她来了。

其实自己也不知道如果盛柠来了，他要如何应对。

温衍坚守着最后的底线低声说："没红包的。"

盛柠抿唇小声说："不要红包。"

她的这句回答，让他的心犹如坠进茫茫热海，一直以来标榜的冷静和理性也被这无孔不入地渗透进身体每一处的海水全部吞纳。

即使告诉自己那个人并不合适，不该动的心思不要去想，不该爱的人不可以去爱。可还是忍不住去想念，大脑放空的时候会不自觉浮现出那个人的身影。

心里说着你不要来，却还是很希望那个人能真的出现。

现在这个人真的出现了。

温衍很清楚，违背一直以来坚守的原则，要付出怎样的代价，即使知道以后会有多辛苦，也同样很清楚——

从这个念头开始的那一刻，到被迫结束的那一天，他或许都不会等到一个好结局。

可还是决定在这一秒放弃挣扎，任凭自己无比清醒地沉沦下去。

那就不挣扎了。

那就爱她吧。

第 17 章

他和雪同至

温衍好半天没说话，垂眸静静地看着她，眼睛里有什么情绪渐渐散开了。

盛柠盯着他的大衣翻领，按兵不动。

她也不知道他对自己的突然拜访是什么想法，但又不好意思说出自己来这儿的真实目的，拜年只是个幌子，她只是不想一个人过年。

他会不会让她当场在酒店大堂拜个年说个祝福语，然后就叫她回去？

"冷不冷？"温衍低声问了句。

盛柠一愣，摇头："还好。"

然后他们又不说话了，盛柠只好硬着头皮又重复了一遍自己来这儿的目的。

"那什么，我是来给您拜年的。"

"知道。"温衍轻声说，"上去拜吧。"

盛柠在心里松了口气，看来他没打算让她拜完年就滚。

访客想要上楼，要先在酒店前台登记个人信息，盛柠把身份证递给前台接待的时候，前台接待好奇地看了眼温衍，又看了眼盛柠。

职业素质使然，前台接待当然不能问，但是她可以看，并且脑补。

做前台接待这几年，大大小小也见识过不少 drama 情节，最常见的就是富太太带着一帮闺密来，叫她们提供房号去抓渣男和小三，或是一个老男人搂着两个年纪至少能当他女儿的姑娘来开房，甚至还有表面光鲜亮丽，实则内心胆怯不敢出柜的精英人士们，只能和他们的同性伴侣偷偷来酒店。

温先生是他们酒店的 VIP 客人，几乎每次来沪市出差都会选择他们酒店，自然也有酒店专为他安排的套房和服务。

往常跟他一起过来出差的助理或秘书有安排另外的房间，所以套间一直是温先生独住。

住得起星级酒店的男人并不代表就真的有多衣冠楚楚，有不少 VIP 男客人会在晚上放松的时候，选择去他们酒店独层开放的酒吧内猎艳，挑一个漂亮女人，如果看对了眼，就搂着女人回房间。

温先生的行程忙，一般只有晚上的时候才会回酒店，认识他的几个前台接待之前特意观察过，温先生每次回来，都是带着疲倦直接坐电梯上楼回房间。

他出差就真是出差，和别的男人不同，一点乐子都不给自己找。

也正是因为这样，现在的画面看上去就很新奇。

虽然现在很多的年轻人不讲究过年一定要在家过，但传统如此，和家人一起才是过年的意义。

温先生和一个学生模样的年轻姑娘，在大年三十的这天晚上，没有和各自的家人一起，而是两个人单独在他们的酒店套房里迎接新年。

"温先生，您的套房里只有您单独的个人用品。"前台接待贴心地问，"需要让人帮这位小姐准备吗？"

盛柠脸色一窘，刚想说不用，她哪儿好意思，温衍能施舍个地方给她落脚就不错了。

结果，温衍淡淡地说："嗯。"

盛柠不禁感动地撇了撇嘴，心想老板人真好。

"二位现在可以上去了。"前台接待把身份证还给盛柠，用最真诚的笑容说，"希望我们酒店的服务能为二位带来一个愉快舒心的夜晚。"

温衍冲盛柠扬了扬下巴："走吧。"

"哎。"盛柠应了声，乖乖跟在他身后准备搭电梯上楼。

"对了温先生。"前台接待突然叫住温衍。

温衍回头，盛柠也跟着回头。

前台接待犹豫了会儿，还是用非常专业且委婉的服务业语气提醒道："之前您说有的东西用不着，所以让我们不用准备。但其实我们还是有准备的，那些东西放在红酒柜下面的收纳抽屉里，如果您需要的话。"

原本神色淡然的男人突然愣了下，然后错愕地微眯了眯眼。

盛柠已经问出了口："什么东西啊？"

大堂还有人，前台接待也不好意思说得太明显，心里想这姑娘对某方面还真是单纯。

现在的人都是"秒懂怪"，能这么单纯不容易，简直就是稀有物种。

盛柠没等到前台接待的解答，温衍已经拽住了她的羽绒服兜帽，强行拖着她往电梯那边走。

前台接待看温先生急着拽着姑娘走，不禁捂嘴笑出了声。

"您别拽我帽子啊！"

盛柠一边挣扎着，一边被人拽着朝后走，结果因为男人迈的步子太大，而盛柠的小碎步太小，距离拉开，盛柠的身体被迫往后仰，鞋子在光滑锃亮的大理石地板上打了个滑。

温衍意识到盛柠要摔，迅速张开手臂去接她，两只胳膊穿过她的胳肢窝把她架起来，然而架起了她的上半身却没管住她的下半身，盛柠的屁股还是没能抵过重力势能和地球引力，重重往地上一坐。

盛柠被架着胳肢窝，上半身硕大的羽绒服也被架得往上一缩，毛衣从腰间露出来，羽绒服犹如乌龟的壳将她的头一整个藏进去，只露出用长发扎成的一颗圆圆的丸子头。

"……"

"……"

一直没舍得从他们两个人身上挪开目光的前台接待笑得花枝乱颤转过了头。

还好除了前台接待没人认识她是谁。

盛柠脸颊一热，赶紧站起来，用力将羽绒服往下一拽。

她不拽羽绒服还好，一拽就又让人想起了刚刚有如乌龟那重重的壳一般的羽绒服往上一缩，把她脑袋都给"吃"了进去的场面。

服了这姑娘了。

原本刚刚在看到她的时候，心间涌出的如岩浆般滚烫的柔软也全被打散，只留下眉梢眼底的浓浓无奈和自心间至嘴角而来的舒心笑意。

温衍微微低了低头，指尖捻上眉心来回摩挲，手掌遮住眼帘，却没有挡住高挺鼻梁下勾起的嘴角和颤抖的肩膀。

盛柠看到他在笑，简直又气又尴尬。

她咬着唇，愤愤指责道："你还笑，都是你没完全接住我我才摔的。"

"我要真没接住，你刚就不只是摔屁股了。"

温衍嗤了声，敛下唇角弧度，只是眼睛里依旧有没来得及褪去的笑意。

盛柠继续指责："那罪魁祸首不还是你？你要不拽我帽子我能摔倒吗？"

温衍扯了扯嘴角，眼睛往她腰间以下的位置轻轻一瞥，轻声问："摔疼了没有？"

"你说呢。"盛柠故意说。

温衍听出她夸张的语气，冷哼了声，抬手惩罚性地摁了摁她的脑袋，嘲弄道："这么平的路你也能摔，人才。"

盛柠捂着自己的头猛地退后几步，恼怒地瞪了眼男人，不给他碰的机会。

温衍收回手，勾着唇角，语气散漫且戏弄地说："走吧人才，坐电梯了。"

"……"

盛柠跟在他身后乌龟似的挪动步子，嘴上嘟嘟囔囔的不知道在骂谁。

温衍已经按下了电梯，回头一看盛柠还在老远，"啧"了声催促道："快点。"

盛柠本来就因为刚刚平地摔而内心不爽，始作俑者不但丝毫不愧疚，反而还倒打一耙，于是她干脆停下脚步，手扶着后腰问他："我怎么快？我尾椎差点就摔裂了你知不知道？"

温衍"呵"了声："那要不要帮你打个120？"

"不用，到时候你报销医药费就行。"盛柠故作体贴地说。

这都能拐弯抹角地提到钱，简直服了。

于是温衍只能站在电梯里，一直摁着开门键，满眼不耐又无可奈何地看着盛柠装模作样地扶着腰，用蜗牛的速度慢慢走进电梯里。

电梯到达，温衍从里面先出来，然后盛柠又开始学蜗牛走路。

从电梯走到套房门口也有几十米的距离，温衍终于无法忍受，冷着声警告道："盛柠，差不多得了。"

盛柠置若罔闻，一手扶着腰，一手还特别假惺惺地扶着墙，慢吞吞地"蜗牛爬"。

着实把温衍气无语了，绷着下巴闷闷笑了两声。

脾气到头，他也懒得再跟盛柠浪费时间，直接迈步上前走到她面前，阴影顿时笼罩而下，在她惊恐又不解的眼神下，弯下腰，一手抓着她的肩膀，一手穿过她的腿窝，轻轻松松将人抱了起来。

盛柠双脚悬空，等反应过来自己被"公主抱"的时候，温衍已经带着她往前大步走了。

对于他的这个举动，她又是震惊又是呆滞。

她盛柠何德何能，能被老板"公主抱"着走一路。

温衍冷着脸往前走，走到房门口停下脚步，他要掏房卡开门，于是双手一松，将盛柠原地扔下了。

盛柠差点又摔倒，回过神来，才勉强站稳。

温衍开了房门，径直往沙发走，而后脱了外套扔在一边，往沙发上一坐。

他靠着沙发，侧目瞥了眼还站在门口傻愣着的盛柠。

"不进来？"男人睨着她问，"刚刚还没演够？"

盛柠小步走进来，关上了房门，嘟囔着说："你知道我是装的，那刚刚还——"

温衍："什么？"

盛柠双手往上一抬，对着空气做了个抱人的姿势："——公主抱。"

她承认，她头发长见识短，没见过世面，这辈子除了小时候这么被盛启明抱过，还真没被谁这么抱过，所以就很不习惯，内心也不太平静。

"我刚刚抱的是公主吗？"温衍眉峰微挑，先是淡淡反问，然后再面无表情地说，"我抱的明明是个碰瓷的汤圆。"

"……"

盛柠不说话了。

她刚刚在楼下说自己是来拜年的，温衍让她上来拜，现在她上来了，拜年的祝福语是一个字都没说。

而且她也不知道为什么，本来到这儿之前，她的心情还很低落，觉得自己是全沪市大年三十这一天最可怜的孤家寡人，但一见着温衍，低落没有了，而且他一说话她就想掐，掐得自己心情轻松又愉快。

掐完冷静下来，盛柠又开始纠结，该如何对温衍提出希望他收留自己一夜的无耻请求。

她环顾了一下套房，和小公寓差不多的面积，而且还做了隔间。

原来这就是星级酒店的套房，一室一厅一卫，沙发也够大，她可以睡沙发。

温衍似乎也知道她不是真来拜年的，没戳穿她，也没问她，当然也没有赶她走。

他让她上来拜年，现在她人也上来了，也没催她快点说拜年祝福语。

两个人都有些心照不宣，知道拜年是个借口，但就是谁也不捅破。

"看电视吗？"温衍问她。

盛柠呆呆地问："看春节晚会吗？"

"随便。"温衍拿起遥控器打开电视机。

液晶电视里响起年味十足的节目声。

温衍冲盛柠说："过来看吧。"

盛柠走到侧边的单人沙发上坐下，她人生中还真是第一次和上司一起看春节晚会。

春节晚会本来就无聊，几个小时的节目能找出一两个好笑的就算不错了，跟笑点低的人一起看，不被节目逗笑也会被人逗笑，但是跟温衍这个不苟言笑的男人一起看，那就显得更无聊了。

盛柠有种自己在看"青年大学习"的错觉。

电视看不进去，她只能找点别的乐子，于是问："温总，有零食吗？"

温衍不爱吃零食，说："柜子里有，自己去拿。"

套房内的食物准备得很齐全，都摆放在大大小小的柜子里。

就连红酒都有，盛柠看了眼面前有她一个半那么高的红酒柜，突然想起什么来。

"底下那个抽屉别开。"温衍见她已经走到了红酒柜前，适时出声提醒。

盛柠平时看着听话乖巧，其实骨子里就是个叛逆熊孩子，尤其是对温衍。

在楼下的时候，前台接待提醒温衍说这个抽屉里有什么，前台接待越是提醒，温衍越是含糊其词，她就越是好奇。

温衍叫她别开，她叛逆的手一往外拉，还真就开了。

打开抽屉看到里头的东西，她狠狠愣住。

盛柠不是没住过酒店，她知道只要是住宿的地方，甭管是小招待所还是星级大酒店，一般都会准备这个。

但是这个东西为什么不放在床头柜里，要放在红酒柜的抽屉里？

这里面难道不应该放一些配酒吃的小点心吗？

所以前台接待说的如果温先生需要的话，就是需要这个东西？

正当她沉浸在堂堂星级酒店这令人迷惑的收纳习惯，以及思考该如何就地装成一个瞎子，当作什么也没看见自然无比地关上抽屉时，突然一只手从身后伸出来，替她关上了抽屉。

盛柠浑身一颤，动弹不得。

怪不得他不让开，敢情全都是为了她。

她这手怎么就这么欠！

温衍站在她身后，手撑在她两边，弯着腰朝她耳边叹了口气，侧眸看着她通红到几乎要滴血的耳垂轻声问："我是不是让你别打开看？现在好了，这么尴尬算谁的？"

"……算我的，是我手欠。"

盛柠勇于承认错误，但一直不敢转过头来。

男人好整以暇地盯着她越垂越低的脑袋，唇角微微勾起。

后脑勺被不轻不重地敲了下，然后盛柠听到温衍低声警告道："你是小孩吗？别多手。"

这时房门被叩响，温衍暂时放过了她，退后两步往房门口走去。

刚刚那股凑近的压迫感离开，盛柠悄悄松了口气，眼神跟着往房门口瞥。

"温先生打扰了，我给您送新的个人用品过来。"

是侍应生。

温衍"嗯"了声，转头对还呆站在酒柜前的人说："盛柠，过来拿。"

盛柠急忙上前接过侍应生手里的东西。

"谢谢啊。"

侍应生看到她愣了愣。

接到前台接待通知说让他送个人用品到温先生的套房来，特别说明要女士的，他本来还不太相信。

他平时负责这一层的 VIP 套房，专为固定住在这层套房的客人服务。温先生他认识，每次来沪市出差的时候都会住这里。

这层的其他客人也大都是非富即贵的精英阶层，白天衣冠楚楚，有时候晚上会带一些人回来过夜。星级酒店的管理严格，为防止接待到非法入境的客人，或是违法违纪的行为出现在酒店，都会对每天进出酒店的人员进行信息登记。

既然没有违法违纪，那就属于成年人之间的你情我愿，玩得再花再野，酒店也管不着。

但他从来没见过温先生带人回房过夜。

眼前这位小姐还真是第一位，看穿着打扮，也不像是在他们酒店和温先生一夜邂逅的那种。

于是侍应生做出了和前台接待一模一样的行为。

有的东西温先生一个人的时候用不着，让他们不用准备，但酒店房间准备这个是规定，于是他们就把这些东西收进了酒柜抽屉里，以防温先生哪天有不备之需，这样也避免了在某些时刻箭在弦上，还要打电话叫他们送上来。

所以盛柠才会看到各种牌子、各种式样的计生用品，如同精致的糖果盒一般满目琳琅地被摆放在抽屉里。

侍应生委婉提醒道："温先生，那些您平时用不上的东西我替您收在酒柜抽屉里了。"

本来以为刚刚的画面已经成为过去，谁知道侍应生又提起。

盛柠的脸又开始发烫。

温衍眉峰微挑，不但没像往常那般表现出被误会的反感，反而闲适地应了声："我知道。"

盛柠却受不了这种误会，如果说之前觉得这种误会很荒唐可笑，但不知从什么时候开始，她和温衍一旦被误会，她就会觉得羞耻又紧张，浑身都不自在，甚至还有些不知所措。

她赶紧解释："那个，他是我老板，我是他下属。"

盛柠说得也很委婉，侍应生眨了眨眼，迷茫地看向温先生。

"辛苦你送过来。"温衍语气平静，"去忙别的吧。"

侍应生点头："好的，那不打扰你们了。"

房门关上，盛柠手里捧着个人用品，有些纠结地问道："他是不是没听懂我的解释啊？"

"听懂了又怎样。"温衍轻飘飘地睨她一眼，"你觉得他会信吗？"

然后他又走到沙发旁坐下，继续看起了电视。

"他说得那么委婉，我也不好明解释啊。"盛柠解释道，语气有些没理找理，"以前陈助理和张秘书就经常陪着你出差，下属和老板一起这不是很正常吗？"

温衍："他们是男人。"

"男人怎么了，你之前不也怀疑过我是同性恋？"盛柠反问。

温衍突然顿了下，唇角轻抿道："你不也跟我证明了你不是吗。"

盛柠迅速回想起那天，突然睁大了眼睛。

计生用品的误会还没过去，上次的一时冲动又被他拎出来"鞭尸"。

她又开始悔恨当初的脑热和冲动。

不想回忆之前，盛柠又把话说回了现在："你怎么一点都不在意被误会？"

"为什么要在意？"

"你之前明明就很讨厌被人误会跟我有什么。"

"那是之前。"

盛柠又说："那现在你为什么又——"

盛柠话没说完，被温衍突然的反问打断。他皱着眉，语气不悦道："难道老板和下属不能发展出别的关系？"

盛柠愣了下，一时半会儿没理解他的问题。

见她傻愣着不说话，温衍扯唇冷嗤，又傲慢地补充道："而且我没规定过不允许办公室恋爱。"

话不投机半句多，盛柠选择闭嘴。

反正她待一晚就走，以后被酒店的工作人员当八卦津津乐道的是他，关她什么事。

她继续找零食，从柜子里拿了薯片和饼干出来，还问温衍吃不吃。

温衍不出意外地用不感兴趣的眼神拒绝了。

他不要那正好，她可以吃独食。

盛柠吃薯片的声音像小仓鼠在吃东西，叽叽喳喳的，吃到一半她口又干了，于是又去给自己倒了杯水喝。

温衍安静地看着她起来走开，又过来坐下。

他们没再交流，两个人的相处方式一直都是这么极端，要不就是你来我往地吵，要不就是互相沉默，半点共同话题都没有。

春节晚会看到快十二点，因为实在太无聊，盛柠眼皮打架，忍不住打了个哈欠。

"困了就去洗洗睡。"温衍说，"刚侍应生给你送过来洗漱的东西，你用那些。"

盛柠不知道为什么温衍一点都不惊讶她要在这里过夜。

她觉得温衍应该看出来了，心虚地问："你怎么知道我是来这里过夜的。"

"大年三十红着眼睛过来给我拜年，而且见钱就走不动道的人竟然说不要红包。"温衍睨她，放轻了声音说，"说说吧，小可怜怎么了。"

盛柠挠了挠脸颊，心想她今天的反常举动果然被他看出来了。

她的家事一时半会儿也解释不清楚，只好简单地说："我和我爸吵了一架，然后我一气之下就离家出走了。"

离家出走。

听上去是只有小孩子才会做的事。

她都二十多岁，是快毕业的成年人了，竟然还会气上头做出这种事来。

肯定要被这男人嘲笑了。

预想的嘲笑并没有听到，男人只是淡淡地应了一声："难怪会来找我。"

"那你呢？"盛柠问，"陈助理说你是突然决定回燕城的。"

他垂了垂眼，没有回答。

盛柠以为自己多管闲事，问到了他的家事上，于是又说："算了，当我没问。"

温衍却突然低声说："离家出走。"

盛柠不可置信地张大嘴。

"闭上嘴。"温衍被她直勾勾又八卦的眼神看得浑身不自在，"敢多问一句就把你丢出去。"

盛柠赶紧闭上嘴。

心里却抑制不住地想，原来他也会跟家里人吵架啊。

原来他们都不如表面上看着那么成熟冷静，才会在大年三十的这一天，孤零零的一个人，没人陪。

电视里的主持人在倒计时，卡到零点，耳边似乎听到了从很远处传来的烟花和鞭炮的响声。

盛柠准时给温衍送上新年祝福。

"新年好新年好，新的一年祝温总工作顺利、财源滚滚、心想事成。"

"新年好。"省略了那些无意义的模板式祝福，温衍唇角微勾，直接问她，"有什么想要实现的新年愿望吗？"

盛柠撇嘴："难道你还能帮我实现？"

他用似是而非的语气说："看情况。"

盛柠没当真，于是说："新的一年，我最想要发财、暴富！"

"你没听说过吗？愿望越贪心越实现不了。"温衍皱眉说，"想个实在点的。"

她不是贪心，她就只是单纯地喜欢把愿望往大了说。

因为她从来没指望过新年的愿望能够真的实现，她从小到大许了那么多愿望，大多都没实现，只有高考那一年许的愿望实现了，她许愿自己可以考出一个好成绩，然后离开老家去很远的地方上大学。

反正也不会实现，那就往大了说，万一哪天老天一个失误，她就脱非入欧[1]了呢。

从来没体会过天上掉馅饼是什么感觉的盛柠，在去年第一次被大大的馅饼砸中。从而让她对未来生出了一点点更贪心的期望。

零点的钟声，让盛柠意识到从去年到今年，她做了一个明知是错却仍然觉得对的决定。

远比那次在酒吧要严重得多，那一次还可以解释自己是在极度愤怒和金钱诱惑下的一时冲动。

其实沪市这么大，她大可以去还开着门的快餐店里打发时间，甚至是联系以前的同学和老师，再不然，哪怕是去区派出所跟执勤警察们聊天也行。

明明除了温衍还有很多选择，而她却偏偏选择在大年三十这天来找温衍。

盛柠在此之前一直觉得自己很讨厌温衍，非常讨厌。

讨厌他的高傲，讨厌他的骄矜，讨厌他自以为高人一等，看不起她和盛诗檬的出身，以及不屑她对金钱的向往和痴迷。

而他却不吝啬给予她最想要的东西，甚至还能认同她作为一个普通人的努力，即使她的百般努力甚至都比不上他一出生就姓温。

---

[1] 网络用语，指运气不好的人变成了运气好的人。

他不知在何时已经从她心里剔除掉了从前跟她的立场完全对立的刻板身份。

温衍问她实在点的新年愿望，盛柠仔细想了想，如果非要说实在的新年愿望的话——她希望新的一年里，自己千万千万不要爱上温衍，可以仰慕他、可以崇拜他，甚至是像盛诗檬和高蕊那样花痴他，怎样都行，唯独不能是爱。

"想好了吗？"温衍问她。

"没有。"盛柠固执地说，"只想要发财暴富，没别的心愿。"

男人皱了皱眉，笑着说了她一句："你这财迷没救了。"

盛柠说："我这是专一。"

温衍嗤道："嗯，对钱专一。"

她理所应当地反问："对啊，不然对什么？"

温衍张了张嘴，喉结微动，没有回答她。

他发现这个姑娘矛盾得可怕，她身上有太多他并不欣赏的特征，甚至一开始让他觉得厌恶和反感，可她在他面前流露出来的那些真挚和倔强，以及那些偶尔的任性和呆傻，又不置可否地很吸引他。

温衍也是第一次发现，原来一个姑娘可以生动成这样，简直像一个盲盒罐子，里头装满了各色各样的糖果。

她是彩色的。

盛柠突然说了一句："下雪了！"

温衍从沉思中回过神，盛柠已经走到了窗户边看雪。

跟燕城的雪比起来，这里的小雪属实算不得什么，雨水一般砸向玻璃，形状只是一小团的雪粒子而已，就像是冰箱上刮下来的冰霜。

这也算是雪吗？

温衍不想打击她，只问："在燕城还没看够雪？"

"不一样。"

他一来，这里就下雪了。

温衍也不知道，都是下雪，究竟哪里不一样，她是这儿的人，她说不一样那就不一样吧。

春节晚会还有最后的半个小时才结束，而热闹非凡的电视屏幕已经没人再去关心。

世事无常，他们在彼此眼里曾是那么令人讨厌，而此刻却又在彼此面前那样明亮。

盛柠没有告诉温衍自己真正的新年愿望，而温衍也没有告诉她自己的。

这份压过了理智和原则，已经开始在心底滋生和深陷的爱意，他希望能够在新的一年的某一天，得到她的回应。

他在许这个愿望的时候还不知道，其实盛柠也并不是真的那么头脑清醒，只是比起他，她更清醒那么一点，对他们之间也更悲观那么一点。

雪断断续续地下了一阵，盛柠盯着看了会儿，又打了个哈欠。

"去洗漱吧。"温衍说。

"嗯。"

盛柠拖着步子，拿起那些洗漱用品去了卫生间。

站在盥洗池前洗了把脸，稍稍赶走了困意，她不由自主地往干湿分离的隔间看了眼。

其实还挺想在这里洗个热水澡的，南方没有集中供暖设备，冬天的时候室内和室外的温度差不多，透着一股由内至外的湿冷，但酒店的空调供暖很足，洗澡的水温够高，水压也够大，比在家洗澡要舒服得多。

反正酒店的水电费都包含在房费里了，不用才是浪费钱。

于是盛柠洗了个舒舒服服的热水澡，这澡一洗就是半个多钟头，洗到她不想出来。

侍应生想得很周到，送来的东西里连女士的睡袍和拖鞋都有。

她摸了摸睡袍，还是决定穿上自己的衣服。

盛柠洗好了出来，客厅里的电视还没关，正在重播春节晚会，温衍没回卧室，坐在沙发上，腕骨撑着下巴，心不在焉地盯着电视。

听到动静，他偏过头。

还没等盛柠开口，他先不咸不淡地来了句："我以为你打算睡里头了。"

盛柠干巴巴地解释："我洗澡比较慢。"

"洗澡了怎么还穿着自己的衣服？"温衍问，"送来的不合尺寸？"

盛柠也不知道自己在别扭什么，那睡袍的布料是贴身的，穿着肯定舒服，但她不想在温衍面前穿睡袍。

她含糊道："穿自己的衣服睡觉比较舒服。"

"那我让人准备这个有什么用。"温衍微微蹙了蹙眉，但没有勉强她，"随你吧。"

"嗯。"盛柠指了指沙发，"那我还是睡沙发？"

当初在温衍的豪宅里有客房不知道珍惜，非要睡沙发，现在酒店套房是一室一厅，所以只有一间卧室一张床，她想睡床也没得睡。

温衍扯了扯唇："你是不是有什么特殊癖好，不爱睡床只爱睡沙发？"

盛柠皱眉，觉得这男人有点不识好歹，但还是耐着性子讨好道："你是老板，当然你睡床。"

"不需要。"温衍说，"你去卧室睡。"

盛柠跟他客气："不了不了，还是温总你睡吧。"

"别跟我在这儿推三阻四的。"温衍看着她，语气很淡，"再废话你连沙发都没得睡。"

盛柠知道温衍一般这样说，那就是直接吩咐，没得商量的意思。

还好她刚刚洗澡了。

但转念一想，酒店的床单每天都会换新的，也难怪他不介意把床让给她睡了。

盛柠往卧室走，临关门前，她突然没头没脑地问了句："我可以反锁房门吗？"

刚关了电视准备去洗漱的男人脚步一顿，沉声问："什么意思？"

"没什么意思。"盛柠现在脑子很糊，说话也有些拧巴，"我随便问问，锁不锁其实都一样。"

温衍静静地看着她，眉峰微挑，而后轻描淡写道："盛柠，如果你早想到这个，那你今天就不应该来。"

"是，是我小人之心，人和人之间最重要的就是信任，我不锁门。"

盛柠点头认错，是她自己主动上的门，他好心收留了她，自己非但不感恩，反而还戒备他，确实有点狼心狗肺。

"觉得不放心就锁。"温衍却说，"不用问我，没什么意义。"

盛柠抿唇："问问你也不行？"

好歹这是他的房间，她问一下也是尊重他。

"你问我，我当然希望你别锁。"

盛柠倏地睁大眼睛。

温衍声音温淡，说的话却不怎么绅士："敞开门给我看那更好。"

回答他的是盛柠利落的关门声以及落锁声。

他轻轻扯了下唇角，一边揉着因为陪盛柠看了几个小时电视而有些酸疼的后脖颈，一边往卫生间走，也打算洗个热水澡舒服舒服。

盛柠刚刚洗完澡忘记开排气扇通风，卫生间里还充斥着热气和淡淡的香氛味。

是侍应生特意送来的女士香氛，被盛柠放在沥水台子上。

温衍扫了眼精致的瓶身，上头雕刻着不知什么品种的花，大概就是这种花的味道。

还写着这款香氛的名字。

Lost at night.

迷失之夜。

闻着这久之不散的香味，温衍的头有些疼，喉结不由自主地上下滑动，抬手摁了摁眉骨，叹着气打开排气扇开关。

盛柠这一夜都没怎么睡好，大年初一的早上快七点，她睁开眼，就再也睡不着了。

她本来以为温衍这个点应该还没醒，蹑手蹑脚地打开房门，伸出个头偷偷摸摸地往沙发那儿瞄。

"做贼呢？"

盛柠吓了一跳，闻声转过头，这才发现温衍就站在房门旁边，半边肩膀懒洋洋地倚着墙，手上拿着咖啡杯递到唇边，正垂眸一脸莫名地看着她。

"早上好。"她直起腰，咧嘴一笑，"您起得真早。"

他皱眉："别假惺惺地跟我您，我听着假。"

她说您，那就代表她在他面前又开始了那虚伪谄媚的样子。

之前温衍就说过这个问题，他不喜欢听盛柠叫您。

但是盛柠没听，睡了一觉第二天又变成了原样，她自己能无缝切换，他听了却并不觉得有多顺耳。

"哦。"盛柠顺从地点头，"那你以后别说我不讲礼貌。"

"我没那么闲。"温衍说，"去洗漱，我让人送早餐上来。"

早餐是中式的，完全是酒店根据温衍平时的用餐习惯特意准备的，侍应生特意问了盛柠合不合口味，盛柠哪儿敢说不合口味，点头说好吃。

吃过早餐，温衍问她今天有什么安排。

盛柠原本订了初七回燕城的机票，即使再不喜欢那个家，到底是从小长大的，短短七天还是能熬过来的。但没想到她爸会在大年三十的晚上说那种话恶心她，让她一时气急就跑了出来。

这七天肯定是要在外面找地方住了，但是她昨天出来得急，行李还放在家里，不得不回去拿。

"我得先回家拿行李。"盛柠说。

温衍扯了扯唇："离家出走连行李都不拿上？"

盛柠："……太急了，没来得及拿。"

"只顾着潇洒没顾着之后是吧。"温衍淡淡地说，"这几天你住哪儿？"

盛柠倒不担心这个："到处都是酒店，总有地方落脚的。"

总不能住这里吧，昨天是实在太难过了，所以没来得及思考，就那么莽撞地过来了。

今天怎么也冷静下来了，打搅他一晚就够了，要再打扰，那未免也太厚脸皮。

"你就住这儿吧。"温衍说，"我让人给你单独开一间房。"

盛柠赶紧摇头："那不行。"

温衍的好心提议被她这样不给面子地直接拒绝，心里难免有些不舒服，冷着脸说："又没让你跟我住一间，你怕什么。"

"不是。"盛柠老实说，"住这里太贵了。"

她现在正是打拼的年纪，还没到彻底实现财务自由享受生活的程度呢。

温衍听她解释原因，神色顿时一松。

他忽然问了句："陈助理有没有跟你说我初四回燕城？"

盛柠不知道他为什么突然提这个，点头道："说了。"

"这几天我都会留在沪市，没事做打算到处逛逛。"温衍说，"你是本地人，对这儿肯定比我熟悉。"

盛柠听懂了："找我做导游吗？"

"嗯。"温衍说，"不白做，这几天的工资用来抵你住酒店的费用。"

盛柠眼睛一亮："真的吗？"

温衍被她看得撇过头，语气平静："没空就算了。"

"有空有空，我太有空了。"盛柠生怕他后悔，赶紧说，"放心，一定包温总你满意。"

听她的语气那么积极，温衍抬手，指尖遮唇，无声勾了勾唇角。

盛柠心情颇好地坐着大巴回家拿行李。

温衍提出要让人开车送她回家，但她不想让他知道自己家里的情况，就没让他送。

原本已经做好了回家以后又和她爸大吵一架的准备，结果到家后，发现盛启明不在家。

家里只有石屏和盛诗檬。

石屏一见盛柠回来，立刻拍着胸口重重舒了口气，嘴上放心道："回来就好。"

盛诗檬拉着盛柠问："今天初一，你妈没留你在她那里吃饭吗？"

"没有，待了一晚我就回来了。"盛柠问，"我爸呢？"

石屏听她问盛启明，松开的眉头又顿时皱起，叹气轻声说："说是待在家里生气，一大早就出去了。"

"他不在正好，看不见他我们心情也好点。"盛诗檬撇了撇嘴，提议道，"这几天我陪你出去逛逛吧？"

"不了，我这几天有安排了。"盛柠摇头。

"什么安排？"

盛柠想了想，还是告诉了她："温总来沪市了，这几天我当导游带他逛。"

"他不是回他妈妈娘家那边过年了吗？"盛诗檬语气迷茫，"怎么来我们这边了？"

"不清楚。"盛柠含糊道，"反正我有工资拿，不管那么多了。"

其实她也是真的不太清楚。

就离家出走四个字，谁知道他跟家里人到底发生了什么。

不过大约也不是什么愉快的事，所以盛柠也不会问。

盛诗檬了解盛柠，知道天大地大都没有赚钱大，于是没再说什么，帮着她一起把行李箱拿到楼下。

石屏也一起跟着下了楼，送盛柠去坐车。

她犹豫了很久，还是从围裙里掏出了很久以前就准备好的红包，往盛柠的手里塞。

盛柠推搡着拒绝："不用。"

石屏没停下塞红包的动作，固执地说："过年你拿着，拿着吧。"

盛柠还是拒绝："真的不用，我妈给了我生活费，我不缺钱。"

听盛柠提起她亲生母亲，石屏的脸色僵住，拿着红包的手一下子缩了回去，有些不知所措。

"也对，你妈妈怎么舍得让你吃苦。"石屏苦笑一声，"是我多管闲事了。"

盛柠没有说话。

其实苦也是吃过的，成年以前她没有自主能力，只能跟着盛启明生活。

宁青怕在她小的时候给她那么多钱，到时候一个不留神就被盛启明以管钱的借口把钱拿走，于是就任由盛柠在这个并不宽裕的家里长到十八岁，到她成年后才把钱给她。

那时候她最怕的就是学校要收学杂费，以及每个月末没有饭钱吃食堂的时候，就不得不硬着头皮去找盛启明要，盛启明给她钱的同时，通常会带上一句"生个女儿有什么用，一天到晚只知道跟老子要钱要钱"。

她自尊心很强，受不了盛启明的这种态度，但凡饿不死，一天的饭钱她能分成三天吃。

心想着等以后独立了就好了，自己挣钱自己花，再也不用看盛启明的脸色。

现在这些日子终于都过去了，盛柠解脱了。

石屏见盛柠没有收钱，又慌忙说："我腌了些咸菜在坛子里，要不你拿一点，到时候带去燕城吃？"

"不用。"盛柠语气平静，"你给什么我都不会要的。"

石屏听她这样坚决地拒绝，眼神中的希望慢慢消散。

盛柠真的没有办法原谅。

她那时候是真的很喜欢石屏，每天放学一回家，如果爸爸妈妈不在家，就跟家里的阿姨说，石老师今天带他们写生字啦，她写得不好，石老师不但没生气，还握着她的手，带她一笔一画地写。

写了几遍后盛柠自己就能写好了，然后石老师就夸她，还奖励她小红花。

她那时候很小，别人对她好，她就全心用喜欢去回报。她以为这就是世界上最温柔的老师了，还信誓旦旦地说以后就算换了别的老师教她，她还是最喜欢石老师。

然后她最喜欢的老师，将她原本幸福的家拆得支离破碎。

大人们都以为孩子不记事，其实有时候孩子记得比谁都清楚。

这样锥心刺骨的背叛，对孩子来说是一辈子的阴影。

看着石屏那小心翼翼的模样，盛柠也没有多看两眼，等车子一来，就立刻头也不回地提着行李箱上了车。

车子驶去很远，石屏依旧站在原地没有离开。

盛诗檬也没有什么办法，只能轻轻捏了捏母亲的肩膀。

石屏轻声说："我没事。"

不论缘由如何，她都给盛柠带去了不可磨灭的伤害。

这些石屏都知道。

所以如今盛启明的厌恶也好，盛柠的冷漠也罢，这是她该受的。

离开家，盛柠拖着行李箱回到了酒店。

温衍没有给盛柠安排和自己一样的套房，而是叫酒店给她安排了楼下的大床房。

要是真的住套房，那一天的房费，就够她给温衍做牛做马的了。

所以大床房已经非常不错了，盛柠很满意。

放好行李箱，她没耽误时间，立刻拿出带过来的笔记本，开始认真制订导游计划。

　　只要一涉及工作，盛柠的干劲就会趋近正无穷大。

　　一共就几天的时间，也不可能哪儿都逛，当然要带老板去最值得去的地方。

　　盛柠觉得也不能光自己一个人想，万一温衍有特别想去逛的地方呢。

　　替人工作就要做好服务，盛柠十分贴心地给温衍发了条微信，问他有没有想去的地方。

　　温衍冷漠地回了她两个字："没有。"

　　盛柠又给他说了几个地点，他仍是没什么兴趣，说随便，逛哪儿都行。

　　盛柠觉得自己的老家被他嫌弃了，骨子里的爱乡之情让她莫名有些不太爽。

　　"……既然你都没有感兴趣的地方，那干吗还要我带你逛？"

　　"浪费钱又浪费精力，在酒店躺着多舒服。"

　　温衍："你管我？"

　　盛柠深吸两口气，在心里默念：I love my job, I love my job.（我爱我的工作）。

　　以前拼命学习，每当学不进去的时候就对自己说——"我爱学习"，现在即将踏入社会，用同样的方式来麻痹自己还是很管用。

　　老板不配合工作，盛柠只好自己来。

　　拟订好所有的计划，她发了份电子档给温衍，问他有什么意见。

　　盛柠已经听过太多关于甲方的故事了，开始做的时候跟你说随意，摆出一副我很好说话的样子，让乙方产生一种这钱真好挣的想法。等乙方做好了拿给甲方交差，对面立刻一改之前的态度，这也不好那也看不顺眼，哪里不行具体也说不出来，只会说"没达到我的预期你再改改"这类除了能在乙方面前摆谱外对工作效率没任何屁用的废话。

　　她反正也做好了打算，一开始问他他不说意见，如果这会儿再给她挑刺，这工资她就不要了，反正也不是给现金，她不是那么挑环境的人，哪儿都能住，大不了换个小宾馆。

　　有时候该硬气的时候还是得硬气一点。

　　结果温衍回了个："没意见。"

　　撂挑子不干的火气一下子被扑灭，盛柠看着他的回复愣了好半天。

　　盛柠："……"

　　行吧。

第二天上午，盛柠准时起床，上楼去套房找温衍。

温衍正在吃早餐，向上一扬下巴，眼睛指了指桌上的早餐。

"过来吃。"

盛柠正好也没吃早餐，真诚地说了声谢谢，坐下享用起早餐来。

大企业就是好，工作日包三餐，这福利不错。

今天的早餐菜色和昨天的明显不同，尤其是小笼包，酒店做得精细，一笼只有四个，压根儿不够吃。

盛柠以为是温衍爱吃，所以今天就叫人多做了些送过来。

"我老家的小笼包味道不错吧。"盛柠说，"皮薄馅又多，一咬开，里面汤汁又多又鲜。"

蒸熟后的小笼包整个外皮呈半透明状，滑嫩鲜美，精肉做馅。咬一口顿时满口生津，滚烫的汤汁从破口处流出来，立刻溢满用餐的小勺。

虽然有点烫，但架不住实在太好吃。

"还不错。"温衍"嗯"了声，懒洋洋地反问，"不是你爱吃吗？"

盛柠嘴里还在嚼，捂着嘴含糊问："你怎么知道我喜欢吃小笼包？"

她记得她昨天明明表现得每一道早餐都很爱吃。

"昨天看你吃最多的就是这个，一个人吃了半屉。"温衍淡淡说，"我夹最后一个的时候你的眼睛直勾勾地往我筷子上落，你说我怎么知道的。"

盛柠顿时有些不好意思地挠了挠脸。

他不说，她自己都没注意，一桌子的食物，她的眼睛会不自觉地落在最喜欢的食物上面。

吃过早餐后，温衍去里间换衣服准备出门，盛柠站在客厅里等他，正好这会儿负责打扫卫生的阿姨上来了。

是盛柠给开的门，阿姨一见开门的是个年轻姑娘，直接愣住了。

盛柠知道阿姨愣什么，主动解释："温先生在里面换衣服。"

阿姨眼中的好奇依旧没有散去，嘴上却说："哦，这样。"

等温衍从里面出来，看到阿姨正在收拾桌子，淡淡地说了声辛苦，然后对盛柠说："走吧。"

见温先生要出门，阿姨赶紧问："温先生，床单昨天您说不用换就没给您换新的，请问今天要换新的吗？"

男人神色一顿，点头："换吧。"

阿姨心说果然，可等她进去卧室准备迎接一片狼藉的时候，却发现大床上看着跟昨天没什么区别，一点也不凌乱。

温衍是军校毕业，在生活中依旧保留着当年些微的习惯，起床后有顺便把被子铺平整的习惯。

阿姨掀开被子，发现床单上也很干净。

这是已经收拾过了？

此时盛柠已经和温衍坐电梯下了楼。

盛柠心里一直在想刚刚阿姨说的话，三十晚上她睡的床，初一晚上温衍睡的床，这期间他居然没让人给他换新的床单。

那天晚上她洗了澡，睡得也挺规矩，都不敢轻易翻身，应该是没在床上留下什么味道和痕迹，所以温衍没注意到，就没换床单。

盛柠想通了，也就不再纠结换床单的事。

观光旅游免不了要四处走，坐公交地铁肯定不如自己有车方便。

盛柠学生一个，有证无车，原本想着要不要去租一辆车，好让老板有个愉快的观光之旅。

为此她昨天晚上还特意在网上搜了租车的价格，普通的车肯定不行，配不上温衍，劳斯莱斯这种档次的豪车他应该不会嫌弃，但就是租金太贵，租一天就要六千块。

盛柠自己出不起这个钱，可这一切都是为了温衍的面子，所以她把租车页面发了过去，心想这钱温衍应该会出。

温衍："这什么？"

盛柠："明天给你准备的豪车。"

盛柠："温总你喜欢吗？"

温衍："？"

温衍："我是观光，不是皇帝出巡。"

他让她搞点正经的计划，别把时间浪费在这上面，接着打了个电话，叫人第二天弄辆车过来用。

"温总，车子您慢用。"

酒店门口，负责送车子过来的人笑意盈盈地将车钥匙交给了温衍。

盛柠看着眼前这辆车子，无论是从车型档次还是从价格上来看，都过分亲民了。

跟她选的劳斯莱斯简直天差地别。

但是无所谓，他都不嫌弃了，她还挑什么。

"我来开吧，我给你当司机。"盛柠主动说。

温衍皱眉："你有驾照吗？"

"有，我大一就拿到驾照了。"盛柠将她那个巨大的背包挪到身前，从其中的一个拉链口袋里掏出来一个小本本，翻开给他看，"你看。"

盛柠那会儿刚成为大学生，又有了自己的小金库，做什么都是干劲满满。

她做事不喜欢拖沓，制订好计划后就会立刻去做，所以大一的寒假就把驾照考了。

温衍扫了眼驾照上的照片，照片上的盛柠十八九岁的样子，简单的马尾，一张白皙秀气的脸，面带微笑，一股浓浓的学生稚气。

刚成年的时候还看不出是个财迷，现在是比那时候更漂亮了，财迷气质也更明显了。

"照片该换了。"他收回目光，"差点没认出来。"

"马上就换了，满六年要换新的。"盛柠说。

温衍"嗯"了声，反正是有证驾驶，既然她想开那就让她开吧。

盛柠平时开车的机会很少，以前跟着导师外出的时候偶尔会帮导师开车，属于上路没问题，但是车技不算娴熟的普通水平。

她先带温衍去本市最著名的几个景点，一开始还行，等开到双向八车道的大马路上的时候，就有些犯晕了。

"温总。"

温衍在看手机，没抬头，淡淡应："嗯？"

"前面那个指示牌是什么意思来着？"

温衍闻言抬头，看了眼，皱眉道："你连个指示牌都不认识？"

"我认识。"盛柠说，"但是我一下想不起来了。"

温衍："……"

服了。

他耐着性子带她复习交通知识，等开出大车道之后，这才对她说："在前面靠边停车，快点。"

盛柠："还没到地方啊。"

"换人，我来开。"温衍说，"我还想多活几年。"

盛柠有些不爽："不至于吧，我觉得我开得挺好的。"

温衍皱眉："连指示牌都能忘记什么意思，开得再好有什么用？"

"那不是有你在我旁边吗？"盛柠也皱眉。

温衍怔了下，嘴唇微抿，没说话。

"新手都可以上高速，只要旁边有老司机带着就行，而且我这都不是在高速上。"盛柠语气认真，非常有职业道德地说，"我拿工资给你当导游，哪儿还有让你开车的道理。"

万一让他开，到时候他来一句"车子还要我自己来开，要你这个导游有什么用？别干了滚吧"，那怎么办，这几天岂不是白忙活。

不能冒这个险。

温衍突然叹了口气，抬手给她的脑袋瓜子轻轻来了下。

"没见哪个导游还要让游客带着复习交通知识的。"他一脸拿她没什么办法的样子，只能在嘴上给出警告，"好好开，出交通事故你全责，我不帮你赔钱。"

盛柠立刻打起十二分的精神："放心。"

之后车子平平稳稳地开到了目的地。

第一个景点是颇具上个世纪八九十年代韵味的老风情街，新年期间人很多，里头挤满了人。

节假日出来观光就这点不好，谁让大家都在放假。

和燕城的古旧气息不同，燕城的年代感更偏向于一种历史长河沉淀下的厚重与庄严，而这里更像是市井烟火中流露出的年代感，每一处地方都如同黑白照片上身姿婀娜的穿着旗袍的女人，风韵且雅致。

"葱油饼是好吃，但是不要吃这里的，味道一般价格还贵。"盛柠看着眼前排成一条长龙的店铺，贴心地对温衍提醒道，"等我带你去路上的那种小摊，你要是不嫌弃的话吃那个。"

虽然温衍不缺钱，但盛柠这个本地导游还是尽职尽责地告诉了他这个真理。

而且这种风情街基本上就看个景，随便逛逛拍两张照片打打卡就行，没必要花钱。

但其实只要是旅游过的人都知道，一般开在景点里的店，大都有个不成文的刻板标签——"专宰外地人"。

后来又经过几家卖特色小吃的店，盛柠都说不好吃而且贵，不要买。

温衍挑眉问她："你是不是嫌你们这儿旅游业太发达，所以想拉低一下老家的旅游 GDP？"

"你一个人不买能拉低几毛钱？"盛柠觉得这个男人有些不识好歹，"我帮你省钱你还不领情了。"

"是吗？"温衍睨她，故意说，"但是我想吃点东西。"

"我早就想到了。"盛柠笑了笑，立刻把她的背包拎到了身前，"我给你带了吃的，你想吃什么自己拿。"

温衍垂眸，往那个像哆啦A梦百宝袋的包里头一看，里头装满了各种零食，甚至还有几瓶矿泉水。

这个导游当得可算是尽心尽力，为出行做足了准备。

难怪她背着个包。

"你想吃什么？"

"不重吗？"

盛柠愣了下，说："还好。"

"给我。"温衍皱眉，"待会儿直接扔车上，不用背着。"

然后他就从她身上拎过了包提在手上，稍微掂量了一下，还真的有些重量。

"那你想吃东西了怎么办？"

"我没那么嘴馋。"

盛柠心说好吧不早说，害她白背了这么大个背包出来。

她带着温衍一路从街头逛到街尾，因为车子停在街头，于是他们又折了回去。

等快走到街头的时候，盛导游掏出手机问温衍："你要拍照留念吗？我帮你拍。"

温衍摇头："不用。"

他随意往旁边一看，周围拍照的男人不多，倒是有很多年轻姑娘正站在各个角落拍照，有别人帮忙拍的，还有自拍的。

这些姑娘大都化着漂亮的妆，穿得也精致，一看就是专门为拍照而来的。

再看盛柠，穿着她不重色的蓬蓬羽绒服，正在跟他吐槽这一条街有多少坑游客的套路。

今天是紫薯味的汤圆。

脸倒是一如既往的漂亮，哪怕没有刻意化妆打扮，还是能让人赏心悦目。

她和温衍往外走，一个专门负责给游客拍照的大叔走过来。

"帅哥美女拍照吗？"大叔热情地说，"情侣拍照十五块一张，拍出来很漂亮的哦，比你们自己用手机拍清楚多了。"

温衍皱了皱眉。

盛柠笑着拒绝了大叔："我们不是情侣，不用拍。"

然后又转头对温衍小声吐槽："十五块一张，干脆我自己买一台相机每天坐这里帮人拍照，多赚钱，都不用去上班了。"

温衍："……"

被第一个人误会，就会被第二个人误会。

其实也不怪别人，本来两个长相出色的男人女人走在一起，确实容易被人误会。

"帅哥，给你女朋友买朵玫瑰花吧。"

捧着一大把玫瑰花的阿姨过来推销，用带着浓重吴越口音的普通话说："买了我的玫瑰花，你们的爱情会长长久久，永远都不分离的。"

盛柠还是用那句老话拒绝："我们不是情侣，买不了。"

"不是情侣啊。"阿姨眨眨眼，又换了种推销方式说，"那买了我的玫瑰花，你们就捅破那层窗户纸，不就可以在一起了吗？"

盛柠："……"

这阿姨是推销鬼才啊。

但再能说会道对她也没用，于是阿姨失落地走开了。

两个人又往前走了几米，眼看着要到出口，盛柠正想告诉他到了，却无意间看到温衍心不在焉地转过了头。

他回头不知道在看什么，盛柠踮脚，顺着他的目光看过去，看到那个卖花的阿姨在几米之外跟其他几对结伴的年轻男女推销玫瑰花。

有点像是小孩子想要买零食，可是家长不给买，一般不懂事的孩子就会哭闹，但懂事的孩子即使再想要也会听话，不哭不闹，但还是会忍不住再回头恋恋不舍地看一眼想买的零食。

不是吧。

躲过了那些吃的，结果栽在玫瑰花上了？

她想了会儿，对男人说："温总，你站原地等我一下，我马上回来。"

"你去哪儿？"

"等我啊。"

说完盛柠已经挤进了人流。

她个子不高，但幸好温衍个子够高，视野也广，于是就眼看着那个紫薯味的汤圆挤进了人流，艰难地走到了那个卖玫瑰花的阿姨面前。

温衍顿住脚步，错愕地抬了抬眉。

等她再回来的时候，手上拿着一枝玫瑰花，递给他。

"来，送你。"

温衍怔怔地接过玫瑰花，眼中神色晦涩不明，盯着她语气复杂地问："你送我这个干什么？"

"啊？"盛柠说，"我看你一直看着那个卖花的阿姨，以为你想要花。"

温衍好半天没说话。

"节假日景点就是坑人。"盛柠心疼地说，"你知道这一枝多少钱吗？"

温衍："多少？"

"五十二块，那阿姨可真够黑心的，还说什么这个价格是她特意定的，寓意好。"盛柠不自觉翻了个白眼，扯了扯唇说，"我平时去花店买，也就五块钱一枝。"

不过无所谓了，就当破个小财，老板开心就好。

刚上车，温衍就说："买玫瑰花的钱我给你。"

盛柠正在用手机搜导航，摇头说："不用——"

可没过几分钟，手机还是振动了起来，屏幕上方跳出消息来。

她点开看，是温衍发过来的转账消息。

520.00
请收款

盛柠看着这个有些特殊的数字，犹豫了一会儿，没收。

"你是不是多打了一个0？"她语气茫然，"我只送了你一枝，只要五十二块。"

"难得某个财迷今天肯为我破费。"温衍眉峰微挑，眼里藏着点微不可察的笑意，嗓音清悦，"这是我的回礼。"

第18章

只管你闲事

盛柠抿了抿唇，不确定地再次问："十倍的回礼？"

"怎么，嫌少？"温衍反问。

她赶紧摇头，收下那五百二十块，然后又在手机上一通操作。

紧接着温衍也收到了她的消息。

520.00

请收款

男人看到她又把钱转了回来，皱眉问："不要？"

"不是玩那种转一返十的微信转账游戏吗？"盛柠眨了眨眼，一脸发现了财富密码的表情，"五十二变五百二，现在我给你再转五百二，你又会给我返五千二。"

温衍愣了下，原本疏朗的脸色迅速又阴沉下来。

"盛柠。"温衍磨着后槽牙沉声问，"你以为电信诈骗呢？"

盛柠理直气壮地说："如果我觉得是诈骗，肯定不会再转回给你了，我没那么傻好吧。"

在盛柠期待的目光和听似很有道理的话下，温衍意味不明地扯了扯唇，指尖轻点确认收款，然后将手机收进了大衣兜里。

盛柠提醒道："温总，五千二？"

"门都没有。"温衍冷冷地说，"开你的车，别耽误我时间。"

盛柠睁大眼睛："你这么有钱还玩电信诈骗?!"

"是你自己傻不棱登又转回给我。"温衍不为所动，"要是不服气就打 110 找警察来。"

盛柠当然不可能找警察，于是她失望地撇开头，发动车子载着他往下一个景点去。

在等绿灯时，盛柠悄悄偏头看了一眼温衍，发现他依旧是板着张脸，虽然英俊，下颌线冷峻硬朗，但嘴唇紧抿成没有情绪的一条直线，透着生人勿近的气势。

假设今天陪着温衍逛的是陈助理或是张秘书，他们比自己更有眼色，如果温衍想要花，甚至不会像她一样小家子气地只买一枝，说不定会承包下阿姨手上的那一整把。

如果说她是为了讨上司开心才买花，但上司的回礼又是什么缘由。

资本家平时给别人小费给惯了，没想到会有人在今天用这种愚蠢的方式拒绝他的小费。

可是这个小费的数字太特殊了，就算只是巧合，刚好只是五十二的十倍，他只是喜欢凑整数倍给小费，她也不能要。

盛柠垂了垂目光，嘴唇轻抿，双手不自觉抓紧了方向盘。

之后她尽心尽力地带着温衍去了好几个景点，这样一天奔波下来，盛柠口干舌燥，她自己带来的矿泉水，温衍连一瓶都没喝完，她倒是咕咚咕咚灌了两瓶。

三百六十行，果然哪行都不容易。

回到酒店，盛柠实在是累得不行，她觉得今天自己已经够敬业了。于是等电梯到她的楼层后，她拖着疲累的身子对男人说："温总，明天还有一天，我就不送你回房间了，我先回房休息。"

男人淡淡"嗯"了声，将手上的背包递给她，顺便抽走了插在侧边口袋里的玫瑰花。

她在电梯门关上之前还对他说了声晚安。

温衍回到房间，没来得及脱下大衣，先去找了个天鹅颈造型的玻璃瓶子，装了些纯净水，然后将那枝孤零零的玫瑰花插进了瓶子里。

即使用水养着，估计这枝玫瑰花也活不了多久。

兜里的手机振动起来，温衍收回目光，转了个身接起电话。

"舅，新年快乐。"电话那头是外甥女轻快的声音，"小舅说你今年不在燕城过年，所以我特意打个电话送来温暖的新年祝福。"

温衍淡淡地说："还要温征告诉你，说明你也没在家过年。"

外甥女被揭穿，心虚地解释："不是故意不回去看姥爷的，我是陪我们家宋老师回他家过年了。"

"行了，嫁出去的女儿泼出去的水，以后随便你去哪儿过年。"

"没泼。"外甥女说，"我一下飞机刚到燕城就立刻给家里打电话了，是小舅接的，他说你不在燕城，我就立马打电话给你了，那你现在是在你姥爷那边吗？"

温衍："没有，我在沪市。"

"沪市？工作吗？"

"不是，没买到飞机票，就在这儿多待了几天。"

外甥女惊讶地问："那你不是一个人过年？你怎么都不跟我说一声啊？"

温衍垂眸沉默了会儿，才平静开口道："反正你平时也不乐意回家跟我一块儿，我不在不是正合你们的意？"

外甥女连忙为自己据理力争道："……我工作那么忙，每回过年回家还要被你数落，你要是嘴巴甜一点，多跟我说点好听的，我会很乐意回去的。"

"好听的话你老公会跟你说，用得着我吗？"温衍嗤道，"但凡你让我省点心，你以为我乐意数落你？"

"我又不是小孩了，不靠家里不靠你，现在照样混得这么好，这还不叫给你省心？"

温衍扯着嘴角笑了笑，漫不经心道："你觉得是就是吧，挂了，赶紧回家陪姥爷。"

"等下先别挂，宋老师也想跟你说一声新年快乐。"

接着手机里换成了一个男人清冽低沉的声音。

"新年快乐，温总。"

他和这个外甥女婿的年纪差不了几岁，两个条件优异而且关系又不怎么样的男人之间总不可避免地存在着某种较劲的意味在，所以外甥女婿始终喊不出那一声舅舅。

"嗯。"温衍也没在意称呼的问题，依旧是淡淡的语气，"过年外头人多，你们俩都注意安全。"

外甥女婿轻笑了声："我们会的。"

挂掉电话，温衍又收到了另一个外甥发来的拜年信息。

"舅舅，新年快乐。"

"最近在准备新年演唱会，所以没办法亲自跟你拜年了。"

然后传来一张演唱会后台的照片，意思就是告诉温衍，他真的在工作，不是借口。

温衍看着那张证明照片，无声勾唇笑了笑。

同父异母的大姐当年走得急，留下两个年幼的孩子，姐夫因为丧妻之痛大受打击，照顾儿女已是分身乏术，于是两个孩子自然就交给了温家养。

外甥女跟着他们姓温，老爷子对姓氏看得有些重，所以对她颇宠，当孙女似的宠着，因而外甥女的性格也比较任性，温衍对她操的心也比较多。而这个年纪更小的外甥虽然是弟弟，性格却更早熟一些，不用他多操心。

这两人一个去婆家过年，一个忙着演唱会的事，也都没忘记给他这个当舅舅的拜个年。

晚辈知道给他拜年，他同样作为晚辈，自然也要给长辈打个电话。

温衍给温兴逸拨了个电话。

今年也不知道有多少人来家里给老爷子拜年，只有温征一个人陪着老爷子，估计这两天过得不怎么顺心。

果不其然，电话一接通就是老爷子的抱怨。

"温征那臭小子就是嫌我活太久碍他眼！这两天他差点没把我气死！今天你堂叔来拜年，说要给他介绍对象，你猜他怎么说？"

温衍被老爷子的咆哮吵得耳朵疼，但还是顺着父亲的话问："怎么说。"

"他说堂叔你介绍可以，但千万别介绍堂婶这样的姑娘给他，否则他以后跟堂叔一样外头彩旗飘飘了，自己老婆都管不住他，每天只会在外面打麻将做美容。

"你是没看到当时你堂叔堂婶那个表情！要不是这王八蛋是我生出来的，我都想当场给他掐死！"

温衍轻轻揉了揉眉心。

"……"

老爷子越说越气，斥责声中还夹杂着粗重的喘息，等好不容易冷静下来后，才问起大儿子的情况："你现在是一个人在沪市？"

"您怎么知道？"

"你姥爷给我打电话了，他说过年要给你介绍姑娘，你就从他那儿跑了？"温老爷子说，"你至于吗？就为这个跟你姥爷耍脾气，再说你总要结婚的吧，平时工作就很忙了，成家了以后有个女人帮着你打理生活难道不好？"

"不全是这个原因。"温衍顿了顿，沉声问，"他没跟您说别的？"

老爷子不解："还有什么别的原因吗？"

"没有。"温衍说，"我初四回来。"

"快回快回，家里没你真的不行。"老爷子叹了口气。

两任妻子和大女儿相继早早离世，温兴逸在身体最硬朗的那些年接连遭受打击，为了麻痹自己，只能闷头打拼事业，事业做得越大，对这个家忽视得也就越多。

这些年，小儿子的事业是大儿子在操心，外孙女和外孙的学业也是大儿子在操心，后来温兴逸的身体逐渐垮下来，在某次董事会上突发高血压倒了下去，大儿子又立刻顶上了集团的决策人位置。

他如今老了，想要颐养天年，子孙们膝下承欢，也是大儿子在帮他维系着这个家每年为之不易的团圆。

而今年大儿子也不在。

"我的宝贝外孙女嫁到那么远的地方，外孙要开什么劳什子演唱会，也不回家！小儿子只会气我，如果哪天连你都不在，等我两脚一登天，这个家就彻底散了。"老爷子说这话的时候，语气里不自觉地带着几分失落，"我是不是活得太久了，所以惹人烦了？"

温衍喉间一噎，轻声说："怎么会。"

老爷子喃喃说："很多人都说老人家活得越久就越是害孩子，我就怕——"

温衍打断父亲的话。

"有我在。"

温衍那平静却稳重可靠的语气突然让老爷子微微哽咽。

父子间平时很少说一些熨帖的话，但或许是特殊的新年时期，说话素来硬气不给人好脸的父子俩都柔软了语气。

"孩子，谢谢你替爸爸撑起了集团和这个家。"

虽然外甥和外甥女已经长大独立，但曾经作为这个家庭支柱的温兴逸却越来越像个孩子。

甚至在温兴逸眼中，温衍就是那个强大到可以成为全家人支柱的男人。

他不需要理解，也不需要陪伴，更不需要拥抱和保护。

听着父亲的话，温衍偏头看了眼瓶子里的玫瑰花。

他是那么多人的依靠，如果连他都露出了疲累和难堪的一面，那他悉心保护的那些人怎么办？

如果盛柠不只是为赚钱，而是真的想要陪着他，那该多好。

盛柠精疲力竭地瘫倒在床上。

刚刚困得不行，这会儿上了床却莫名地没了睡意，浑身累得散架，眼皮子却仍精神地提着。

她从兜里掏出手机，翻了个身趴在床上，又点开了自己给温衍做的导游计划。

反正睡不着，那就再确定一下明天的行程。今天去的几个景点，温衍看着兴趣都不大。

他不喜欢拍照，所以那些专门给游客拍照打卡的景点明天就不用去了。

盛柠边想边删删改改，等差不多确定后，出于乙方的敬业态度，还是决定将这份修改过的计划发给甲方看看。

点开微信，温衍却不在头一个，被好几个群的消息给压在了下面。

都是学校和公司的群，还有一个是她高中的群。

她读高中那会儿微信还没彻底流行起来，大家都是用 QQ 比较多。

这个班级群是上了大学以后才建成的，刚建好的时候还热热闹闹了些日子，可是大家早已毕业离开了高中，有了自己新的生活和社交圈，时间一久，这个群也就渐渐沉默了下来，偶尔有人发消息，都是帮忙砍价或是投票的链接。

或许是因为过年，大家都难得冒了泡，在群里送祝福。

她点进去，本来打算也发一条祝福消息，却看到群里的人都在商量明天在哪儿见面。

毕业这些年，当年同窗学习的同学们分散在五湖四海，有的甚至还出了国。

毕业前约定好每几年一聚，一个人都不能缺席，大家都信誓旦旦地保证一定会永远记得这个约定。

这才几年，虽然偶尔还会怀念当时的日子，但约定早已被各奔东西的生活遗忘在了脑后。

这次的聚会依旧凑不齐人，班长 @ 了全体成员，说是等定好了时间地点发在群里，明天有空的同学可以过来小聚，费用大家到时候一起分摊。

明天会去的一些人都在群里回了"1"。

稍微统计了下人，班长不意外地感叹。

"哦吼。"

"我们班潜水[1]的永远在潜水。"

其他人挨个 @，问这些潜水的人明天有没有时间出来。

---

[1] 网络用语，指在社交平台上只静静地观看，不发表意见。

盛柠本来在窥屏，就这么被猝不及防地点名了。

"@盛柠@陆嘉清"

她看着自己跟这个名字一起被@，稍微愣了下，紧接着有人比她更快地发现了端倪。

"那么多潜水的人，偏偏把他们两个单独圈出来一起@，这位同学你很懂嘛。"

"谁让他们两个以前总是轮流考一、二名，成绩单上名字老挨在一起，我想起一个人就自然想到另一个了，所以就一起@了呗。"

但其他人明显不接受这个理由。

"放屁，你就是看热闹不嫌事大。"

"只要眼睛不瞎的都看得出来当年陆嘉清对盛柠有那啥好吧。"

"每天早上准时一盒牛奶，现在想想，陆同学追女孩子的方式真是好青涩好纯情啊，哈哈哈哈。"

接着群里就开始讨论起了过往的那些事，搞得盛柠这个当事人也不好意思冒泡。

她决定当作没看见，继续潜水，可是即使放下了手机，仰头看着天花板发呆，也还是不可避免地因为群里的聊天想到了读高中的日子。

那时候一心埋头念书，满脑子想的都是考一个好大学，根本没有心思去想别的。

但是扪心自问，她那时候对陆嘉清也是有几分好感的。

成绩优异的男生，长相也清俊斯文，对人温和有礼，她又不是真的铁石心肠，怎么会没感觉。

但是有好感又怎么样，好感又不能当饭吃。她那时的人生计划只有努力学习，没有早恋。这样才能摆脱现状，毕业后彻底从那个家独立出去。

高考毕业以后，班里人最后一次聚会，几个同学偷偷问她有没有跟陆嘉清在一起，她摇头否认说没有。

除了她，其他人都觉得很不可思议。

他们以为这两个人在一起是板上钉钉的事，只不过因为两个人都是好学生比较注重学业，所以要等到高考后再谈恋爱。

没想到他们两个压根儿就没这个打算，毕业后更是去了不同的大学。

回忆着往事，盛柠想着想着就困了，眼皮半耷不耷地垂着。

毕业后就一直没再见过陆嘉清，都过去那么久了，反正就算现在再见，他们也依旧没什么在一起的可能。

……但至少比跟温衍可能多那么一点。

盛柠也不知道自己是什么时候睡过去的，睡之前忘了定闹钟，一大早还是被温衍的电话叫醒的。

她还不肯睁开眼睛，手往旁边到处瞎摸，凭着肌肉记忆点开了接听键。

"喂。"

年轻姑娘困倦至极的声音听着少了几分清脆，多了几分黏腻。

电话里的男人沉默两秒，沉声问："你还没起？"

盛柠猛地一个睁眼，看了眼来电显示，上司的电话比任何闹钟都管用，短短半秒内就替她赶走了所有的瞌睡。

"马上马上，我马上就好。"

她匆匆起身，因为起得太急，一只脚刚落地，另一只脚不小心绊着了被子，整个身子一倾，"啪"的一声从床上摔了下去。

盛柠反应快，迅速伸手撑住上半身，但膝盖还是狠狠磕了下。

她倒在地上，整个身子不自觉蜷缩起来，胳膊抱着膝盖无声痛呼。

手机也被摔在了一边。

"盛柠？"男人询问的声音传出来。

盛柠咬着唇勉强说："我在，我马上就收拾好上去找你。"

然后就挂掉了电话，忍着眼泪，用力揉膝盖，等痛劲过去，揉得差不多了才慢慢撑着地板站起来。

她赶紧去卫生间洗漱，才刚挤好牙膏把牙刷往嘴里送，房门就被敲响了。

来打扫房间的？

盛柠没多想，她现在住酒店，除了酒店的工作人员也不会有其他人找上门。

于是嘴里还叼着牙刷就去开门了。

门一开，看到外面站着的人，盛柠愣了。

门口的男人也愣了。

温衍看她顶着一头乱发，嘴里含着牙刷，嘴角边还有牙膏的白沫，一副没把他当外人的模样。

还没等他开口，盛柠"啪"的一声，又把门给关上了。

温衍摁了摁眉心，没忍住情绪，低声笑了出来。

他也不催促她赶紧开门，因为知道她此刻大概率正在手忙脚乱地收拾，企图挽回自己的女孩形象。

没过几分钟，门又开了。

其实没变什么样，就是洗了个脸，把头发随便梳了下，看着没刚刚那么乱了。

"你怎么来了？"盛柠侧身迎他进来，顺便小声问道。

"我打电话你才刚起，谁知道你要磨蹭多久。"

盛柠抿唇，只好说："那麻烦你再等我一下，很快。"

温衍抬了抬眉以示默认，盛柠转身又赶紧往卫生间走，因为脚步太急膝盖又弯了下，她下意识"啊"了一声，然后撑着墙弯下腰，另一只手放在膝盖上揉。

"我就知道。"温衍皱眉，"刚起床太急把自己给摔了是不是？"

盛柠"嗯"了声，揉了会儿觉得没那么疼了，这才说："就磕了一下，没骨折。"

"要是骨折你也不是现在这个表情。"温衍握上她的胳膊，"去那边坐着。"

被温衍扶着往床边走，待缓缓坐下后，盛柠看到男人单膝在自己面前蹲下。

她结结实实被吓了一大跳，整个身子猛地往后一弹。

"你跟个兔子似的干什么。"温衍抬眼睨她，接着用手虚指了下她的小腿，"裤腿掀起来，我看看磕哪儿了。"

原来是看伤口。

盛柠被自己上一秒下意识的发散思维弄得心虚，没敢看他此刻的表情，手握着裤脚，慢吞吞地掀了起来。

这一下摔得真不轻，整个膝盖骨范围瘀血了一大片，全是可怖的青紫色，她的腿本来就白，又纤细又瘦，全是骨头没几两肉，对比之下更加不忍直视。

光看这瘀青就知道那一下她摔得有多疼，在电话里都能听出她强忍着的痛苦。

温衍眉头紧拧，移开眼睛，"啧"了声，嘴上低斥道："都这么大的人了，会不会走路？"

盛柠抿唇，废话，她肯定会走路。

心里在撑，但嘴上还是好脾气地解释道："我今天起晚了，怕温总你等久了不耐烦，所以就急了点。"

温衍抬眼看她，眼中神色复杂。

"你现在摔成这样不还是要我等？"他顿了顿，又轻声嘱咐道，"以后我没催你，你都不用赶，慢慢收拾。"

盛柠有些诧异，心想以前他可不是这个时间观念。

没有像往常那般对她展开嘲讽的上司一下子让她有些不习惯，只能呆呆点头应道："嗯。"

温衍听她乖顺应下，松开眉头，起身道："等着，我去弄点冷水来给你敷一下。"

"不用了吧。"盛柠说，"等下瘀青就会自己消了。"

"别废话。"

温衍从卫生间拿了块毛巾，用冷水浸过后拿给盛柠。

盛柠接过毛巾，直接就往膝盖上按，那片肌肤瞬间又冰又疼，直弄得她吸了口凉气。

温衍看着都替她疼，一言难尽地从她手里抢过毛巾，又蹲下身来。

他先是轻轻用毛巾角碰她，等她习惯了后，再慢慢将整个毛巾盖上去，然后手腕使力，缓慢地挪动，边敷边揉，帮她化开皮肤下的瘀血。

男人的手很宽大，指尖修长骨感，手背上凸起的关节看着消瘦有力，不过力道却掌握得刚刚好，不轻也不重。

"温总你还会这个。"盛柠惊叹着说。

她又来了，总觉得有了钱就什么都不用做，也什么都不用会，也不知道是谁教她的刻板印象。

还是说她自己就梦想着，有钱以后什么都不干，每天就躺床上等人伺候。

大概率是后者，这姑娘所有的梦想都和钱脱不了干系。

"有钱请人伺候不代表生活不能自理。"温衍淡淡说，"我有个外甥，小时候皮得很，老磕这儿碰那儿的。"

意思就是照顾外甥照顾出来的经验。

盛柠从没听说他还有个外甥，而且盛诗檬说老爷子就俩儿子，家里没有女儿，温衍的这个外甥又是从哪儿冒出来的。

可能是表外甥或者是堂外甥？

盛柠没有多问，只说："那你外甥真幸福，有你这么个舅舅照顾。"

"幸福？"温衍淡淡说，"都巴不得我永远别管他们。"

"那可能是年纪还小。"

不小了，大的那个比盛柠还大个两岁，小的那个也只比盛柠小两岁而已。

温衍垂着眼，语气平静："不需要他们明白，没我看着他们也过得好就成。"

他看上去并不在意别人明不明白，但盛柠觉得如果自己对一个人好，那个人不明白也不知道的话，其实是件很令人失落的事。

"我明白的。"盛柠笑着说，"敷了一下子果然就不疼了。"

心尖突然被轻轻撞开一角，男人勾了勾唇，毫不留情地戳穿她的马屁："这是水，又不是灵丹妙药。"

等敷得差不多了，温衍说："站起来蹦两下我看看。"

盛柠站起身，听话地在原地蹦了两下。

所有人都是从小孩成长过来的，只是摔出了瘀青而已，虽然看着可怕，但其实没大事，年纪轻的话，过一会儿就又能活蹦乱跳了。

温衍语气闲适："行了，收拾收拾走吧。"

盛柠看了眼时间，不确定地问："我今天起晚了，你会扣我工资吗？"

温衍真是服了她了，冷声嗤道："都摔成这可怜样了，还想着工资？"

盛柠顺着他的话说："没工资那我就更可怜了。"

"只要有钱就不可怜了是吧？"

"对啊。"

温衍被她如此理直气壮的财迷发言给打败了，摇着头直叹气。

有了第一天的经验，盛柠明显对导游这个身份游刃有余了起来，今天她把控时间相当精准，成功地在晚饭前带温衍逛完了所有的景点。

两个人回到酒店，温衍问她饿不饿。

盛柠突然想起这份导游工作不但包房费，还包三餐，福利超好。

她当然说饿，还装模作样地捂了捂肚子。

温衍扯了扯唇，没戳穿她，说那就直接在酒店里的餐厅解决吧。

星级酒店的服务设施很齐全，基本上什么功能的服务型门店都有，包括餐厅。

开在酒店里的几家餐厅中评价最高的是一家法式餐厅，可盛柠不太喜欢吃法餐，太端着了，而且菜是一个个上的。她比较喜欢中式的用餐方式，一股脑全上齐，然后想吃什么就夹什么。

盛柠把自己的真实想法告诉了请客的上司，希望他能考虑一下。

"吃不吃自助？"今天格外好说话的上司挑眉问她，"都不用点菜，想吃什么就拿什么。"

盛柠眼睛都亮了："好主意，不愧是温总。"

自助餐厅晚餐的价格比午餐要贵一些，换盛柠可能还会想一下晚上过来吃自助划不来，但对温衍来讲，这点差价约等于无。

餐厅里客人不少，服务员带着他们找了个靠窗的位置坐下，就又去招待别的客人去了。

从这儿往窗外看，外面是一片繁华明亮的夜景。

取餐的地方人还挺多，盛柠起身主动说："我去拿吃的吧，温总你想吃什么，我帮你一起拿。"

"随意，少拿些甜点蛋糕。"

"好。"

餐厅很大，一共有两个取餐点，温衍不喜欢吃甜点，她先给他拿了些主食送过去，再专心挑自己想吃的东西。

她想吃天妇罗，但去得不巧，刚到窗口就被告知天妇罗已经被拿完了，现在还在炸新的，不过负责炸天妇罗的师傅告诉她可以去另一个区拿。

盛柠直接端着盘子去了另外一个用餐区。

盛柠走到天妇罗的窗口，盘子刚递过去给师傅，突然被身后的人喊了声名字。

"哎，是盛柠吗？"

盛柠转过头，是个年纪跟她差不多大的女生，脸上画着精致的妆，她一时有些没认出来。

后来女生报了自己的名字，盛柠这才恍然大悟，这是她高中同学。

刻意没在群里冒泡，躲过了这次的同学聚会，谁知道就这么巧，在她没看群消息后，其他人七嘴八舌地讨论，最后竟然把聚会定在了这家自助餐厅。

早知道就换一家店吃了，现在被撞见她没去同学聚会，却也在这家餐厅吃饭，属实有些尴尬。

不过这个女生倒是没介意，还热情地问她："你跟谁一起来的？"

盛柠如实说："我老板。"

"老板？今天才初三就工作了啊？难怪你没空来聚会。"女生立刻理解地点了点头，"不过也是巧了，你要不要去跟你老板说一声，来我们这边喝两杯？好多年都没见了，你老板应该会同意你稍微离席一下吧？"

盛柠不好拒绝，确实也是很多年没见，而且她跟班里的同学们没什么仇，最苦的一年做了同窗，某种程度上算是战友，实在没有必要再三拒绝别人的好意。

她让女生站在原地等她一会儿，拿着天妇罗回去找温衍。

"去吧。"温衍轻声答应，"别太久。"

"那这盘天妇罗你先吃，我待会儿回来再去拿。"

盛柠放下盘子，转身去找刚刚的高中同学。

女生见她回来得这么快，笑眯眯地说你老板还挺好说话的，然后拉着她去了同学聚会的那片餐区。

"都先别吃了，抬头看看谁来了？"

一帮人抬起头来，最先认出盛柠的是班长。

"我靠，盛柠啊？！"

班长一说出名字，其他人立马也跟着惊呼起来。

盛柠看着这些面孔，有些都不太记得了，有的男生胖了很多，女生们都化了妆，看着远比高中的时候漂亮很多。如此巨大的反差之下，她一时间竟然一个人都没认出来。

别人问她还记得自己不，她只能用尴尬的语气说对不起。

班长替她解围道："没事没事，你那时候整天埋在桌子前写试卷，课间都不怎么出来玩，记不得正常。"

"这我有印象，只要不是拿着题目去问盛柠，她一概对人爱搭不理。"一个男生打趣道，"我那时候为了跟她说上句话，愣是翻遍了试卷上的题目问她，最后好了，没跟她熟悉，倒是跟题目熟悉了，那次数学模拟考我记得多考了十几分，盛柠，感谢啊。"

然后这个男生就冲她举了举酒杯。

班长立刻倒了杯酒给盛柠："来，喝一杯。"

盛柠那时候确实满脑子想的都是读书，所以一直到毕业，跟班里的谁也没能成为亲密的好朋友，只能说是有几个关系还行的普通朋友和其他互相知道名字的同班同学。

后来上了大学，大学里不是只有学习，人际交往必不可少，所以不得不重新拾起社交，如今半只脚也踏进了职场，再加上这些日子给难伺候的资本家打工，为人处世都圆滑了不少。

"我那时候就一个书呆子，你别介意。"盛柠举起酒杯，"这杯酒算是我给你道歉。"

男生哈哈大笑："不介意不介意。"

盛柠一连喝了好几杯，脸上一直挂着柔和的微笑。

和高中时看着完全不一样，不但人更成熟漂亮了，性格也更加亲切了些。

"可惜陆嘉清今天没来。"突然有个人说。

"陆嘉清要是在，他俩说不定还能有戏，话说有人知道他这几年在哪儿高就吗？"

"我知道。"一个人举起手，"他本科毕业以后出国读研去了，开春就回来了。"

"怪不得没消息，原来是出国了，那回来以后呢？他有没有打算去哪儿找工作？"

"不是回来这里，就是去燕城吧。"这人说，"我听他当时的意思，好像是觉得回家工作太没挑战性了，所以想去燕城打拼试试。"

"可以可以，男人就要趁着年轻多拼一下。"

他们这厢聊着，盛柠觉得自己已经在这边待了挺久，温衍还在那边，她得回去了。

"你今天是跟谁一起过来吃饭的？男朋友吗？"班长大方地问，"男朋友的话叫他一起过来吃啊，有什么关系。"

"不是。"盛柠说，"是我老板，所以不太能让他过来，不好意思。"

"大年初三陪老板吃饭？"某个男生突然意味不明地笑了声，"哪个正经老板和正经下属会选这种日子一起吃饭啊？"

这话并不友好，且暗示意味太强，在场的人都听懂了。

盛柠朝那个男生看过去，平头短发，长相中等，奸人相够不上，她没什么印象，但那双眼睛里不怀好意的尖刺目光却给人很不适的感觉。

"我就说盛柠你当年一心只想着读书，陆嘉清那种条件的追你一整个学期，你都不为所动，在我们男生面前高冷得不行，怎么现在又会说话又会喝酒了。"那个男生继续说，"搞半天是你那个老板调教出来的啊？"

他说这话主要也是瞧不起盛柠这样的性格转变，因为盛柠当年读高中的时候在他眼里是个很清高的女生。

文静安分，不会随便跟异性说话，不跟外面那些乱七八糟的女生一样，见了个帅哥就犯花痴，跟这样的女生谈恋爱一定很安心，不用担心她到处乱搞，以后结了婚也听男人的话。

所以当盛柠突然出现的时候，他还是很兴奋的。

可紧接着盛柠大方喝酒的姿态和圆滑的发言就打破了他对盛柠的想象。

"所以说有钱就是好啊，看我们班盛柠，当年在学校的时候多清高，一出社会就变了，只要给她钱，卖笑喝酒什么都学会了。"

"喝多了，胡说八道什么呢！"班长立刻出声阻止。

其他几个男生女生也跟着阻止，那个叫盛柠过来的女生特别不好意思地挡在了盛柠面前。

女生说："你别理他。"

盛柠虽然脸色不好，但还是摇了摇头。

她那时还是个未成年学生，没有独立生活的能力，更别提赚钱，只有靠拼命学习才能为自己谋得出路。

现在有能力自己赚钱后，就越发意识到自己无论走到哪里做什么都需要钱，尤其是在一座陌生的城市，从头开始打拼，没钱寸步难行，没什么比钱更重要了。

学着讨好和谄媚有什么错？她不过是为了让自己过得更好一点。

她从来没有清高过，从头到尾就是个俗人而已。

见盛柠并没有理他，男生心中愤然更胜，挑起唇，几乎是用恶毒至极的低劣语气揣测道：“捞女嘛，指不定给的再多点，连睡觉都肯陪了。”

如果说之前的话她无可辩驳，那么这句就是直接踩着她的底线在对她散发恶意。

盛柠直接将手里的酒杯口朝着这个发言和思想都恶臭到极点的高中同学泼了过去。

“自己没本事赚钱就闭嘴。”她冷冷地说，“比你会赚钱的女人都是傍大款的捞女，比你会赚钱的男人都是傍富婆的小白脸，就你出淤泥不染，穷得理直气壮，穷得遗世独立，不想着多赚点钱，只会动嘴皮子诋毁别人给自己找心理安慰。”

男生猝不及防被泼了一脸，又被盛柠讥讽的话戳中了痛点，气盛怒极道：“看看，捞女对没钱的男人就是这个态度。你老板今年多大？能把你调教得这么能说会道，肯定得有五六十了吧？亏你也下得去口。”

叫盛柠过来的女生没料到会演变成这样，气急败坏地大喊道：“盛柠她老板就在隔壁区坐着呢，你说话注意点！”

“对着有钱老头儿就是小甜心，对着没钱的男人就端架子当女神，你这种女人我见多了，不信把你老板叫来！绝对是个老头儿！”

盛柠并不想为了反驳这种人叫来温衍，比起这种因为自己能力不如女人就爱从贬低女人中获取乐趣的男人，温衍那种冷血无情的资本家个性算什么，退一万步讲，起码他只看家世，不看性别。

他们这边的争吵，引来不少其他客人的眼神，服务员见状忙过来阻止，谁知道越是阻止，这个恶臭男同学就越是喊得大声。

直到另一个区的服务员领着个人朝他们这边走过来。

“先生，这边。”

盛柠看到来人，迷惑地皱了皱眉。

难道她这边吵架的声音已经大到传过去了？

男人皱眉，用冰冷凌厉的眼风扫过这一片乱哄哄的场景，精准地从人群中找到他想找的人，然后忽略掉所有因为看到他而彻底愣住的人，沉声叫她的名字：“盛柠。”

一开始参加同学聚会的这些人注意到温衍，是因为朝他们迎面走来一个穿着矜贵长得也英俊的男人，人是视觉动物，不管是男是女，都会下意识地看过去。

但没觉得这个男人跟他们的聚会有什么关系，所以只是看了一眼。

结果他径直走过来后，直接停下脚步，叫了盛柠的名字。

同学们当场愣住。

盛柠不是说是和老板过来吃饭的吗?!

这男人就是她老板?!

那个叫盛柠过来的女生显然也惊住了，有点后悔自己当时怎么没跟着盛柠去那个餐区看一眼她的老板，不然也不至于造成这样的误会。

她本科毕业后就去混职场了，到如今也算是个见过不少世面的OL（办公室女职员），眼力见儿是一门职场必修课，现在的人都虚伪，表面客套，见人说人话见鬼说鬼话，实则对方什么身份，只用眼睛看他的穿着就能猜到。

所以她一眼就能从男人的穿着打扮上看出他的社会阶层。

奢侈品和人其实是互相成就的，奢侈品能凸显个人品位，而合适的人能最大限度地凸显出奢侈品的昂贵。

上流、顶级、金字塔尖端。

"不是说打完招呼就回来?"温衍一脸不耐，"还在这儿磨蹭什么?"

盛柠瞥了眼那个刚刚还大吵大嚷这会儿已经歇火的男生，语气平静地说："我有个同学想看看我老板长什么样。"

温衍挑眉，眼神淡淡地扫过周围的人。

几个女生立刻异口同声地指着始作俑者说："他，就他。"

那个男生一见到温衍，嚣张气焰就顿时哑了火，讷讷道："你……你好。"

有的男人平时装得一副人五人六的模样，一喝酒就容易暴露本性。

他之所以气愤，是因为他觉得盛柠不再是他心目中那个清高又斯文的女孩了，他一直觉得盛柠是个好女孩，和那些因为他没钱就对他不屑一顾的拜金女不一样，因而心里对她一直有着一份幻想。

可是这份幻想如今也破灭了，他心中那个不染尘埃的好女孩也没能逃过社会的大染缸，最终变成了一个世俗又圆滑的拜金女。

这人之所以没控制住地发酒疯，就是因为觉得自己心中的美好被美好本身给打破了，美好的青春喂了狗，彻底破了防。

要当着这么多人的面诋毁她、用最恶毒的话羞辱她，让她颜面扫地，让她为自己那段曾偷偷爱慕过她的岁月付出代价，才能彻底消解他心中的气。

而如今这个恶毒的念想被突然到来的男人给打破了，他和眼前这个男人的差距让他不得不闭上了嘴。

温衍："你找我有事吗?"

"没事，没事……"

"没事那我带盛柠走了。"

就在男生终于松了口气以为这件事过去了的时候，温衍又面无表情地补充了一句："还有，盛柠是我下属，她没大没小我能包容，但别人不行。"

然后他对旁边的服务员说："这人你们看着处理。"

服务员立刻点头："好的温先生。"

短短一句话吩咐完，温衍才对盛柠说："盛柠，走吧。"

盛柠被男人这样简单干脆的处理方式震慑到，直到温衍叫她才回过神来，愣愣点头："哦。"

这件事这么简单就结束了，其他同学都还没反应过来，那个叫盛柠过来的女生迅速跟上。

"盛柠，我送送你吧。"

因为盛柠和她老板的突然到来，一场闹剧就这样匆匆开始又匆匆结束，但让人久久不能回神。

除了那个男同学羞愤难当，所有人都觉得大快人心。

几个女生阴阳怪气地嘲讽。

"有的男人就是这样，心里对自己什么样没点数，只会怪女人没眼光。"

"所以说别把女人都当瞎子，我们有眼睛，找不到女朋友麻烦多从自己身上找原因，有的人他配吗？"

在场的其他男生包括班长同作为男同胞，被说得也有些尴尬。

但他们都很确定自己不是她们口中说的那种男人，所以不会对号入座。

而自动对号入座的那个男同学面红脖子粗，一声招呼也没打，拿上外套愤愤离去。

"我刚录了视频传上网去了。"等人走了，一个女生晃晃手机说，"正好给其他男人做个反面例子。"

另一个女生偷偷竖起大拇指，并贴心提醒道："记得给他的脸打马赛克，否则他转头就告你侵犯他肖像权。"

"放心，网上那帮姐妹就足够教他怎么做人了。"

没过多久，班长发现这个男的退了班级群。

退了也好，下次聚会他不小心再喝多又发起酒疯，那真是给他们男性群体丢大脸。

本来最近社会新闻出得太多，他们男人的普遍风评迅速下降，社交圈里少一个这样的男人，也跟着少沾点晦气。

女生跟着盛柠出来送她，但其实两个餐区隔得很近，压根儿就不需要送。

她还有话要说，才跟着盛柠过来的。

女生面有羞愧地跟盛柠小声道歉："对不起啊，要是知道会这样，就不叫你过来了。"

"没事，不怪你。"盛柠摇头。

"明年那个男的应该没脸再参加聚会了，你可以——"

盛柠及时打断，语气平静："我不太适合参加这种聚会，今天要不是我去了，也不会打扰到你们聚会，以后就算了。"

"……好吧。"女生知道刚刚的场面对盛柠来说有多糟糕，自然也不好勉强她，"不过我还是要告诉你，陆嘉清马上要回国了，你们高中的时候关系不是还可以吗？而且你也在燕城工作，到时候你们可以单独约着出来叙叙旧。"

盛柠愣了愣，张嘴欲说什么。

"你到底在磨蹭什么。"温衍在她前面几步回过头问，"一顿饭要吃多久？"

"来了。"盛柠对女生一笑，"看情况吧，有时间再说。"

然后就匆匆加快脚步，甚至走在了温衍前面。

那女生见盛柠的老板又落在后面，鼓起了十万分的勇气，才大着胆子喊了声："盛柠她老板！"

这个称呼让温衍回了头："什么？"

"你和盛柠……"女生也不知道怎么开口，在职场上锻炼出来的直觉告诉她是这样，但从现实角度来说又觉得不可能，就这样纠结了一下，最后也只是委婉地说，"如果是我想多了的话，那我是真羡慕她遇到了一个好老板。"

温衍沉默几秒，似是而非地说："看来只有她比较傻。"

女生一时没反应过来，然而他已经走了。

等她反应过来后，整个耳根子一热。

不是吧不是吧不是吧。

好一部职场偶像剧啊，这是现实中真实存在的情节吗？

盛柠牛 ×！

女生瞬间脑补出一整部的偶像剧，光是脑补就令她激动到恨不得原地开花。

不过盛柠老板说盛柠傻，那就说明他还没把话说开。

嗯，她一个外人还是不要插手了。

女生冷静下来后又想起刚刚自己还跟盛柠说了陆嘉清也要去燕城工作。

完了，这个提醒是不是有些多此一举？

因为这个小插曲，盛柠这顿自助餐吃得很是心不在焉。

盛柠食欲不好，连带着影响了温衍的食欲。盛柠原本打算一定要吃够本，结果连零头都没吃回来，就和温衍离开了餐厅。

等电梯的时候，盛柠一直不说话，低着头不知道在想什么。

温衍突然说了句："不要因为别人的话影响到自己。"

"没有。"盛柠先是摇头，再又低声问道，"我这样的人是不是很讨厌？"

她和那个男生没仇没怨，高中的时候甚至连话都没说过几句，她真的不太明白那样大的恶意是从何而来。

"还说没影响？"

"我这是在自我反思。"盛柠把这些和钱有关系的贬义词通通往自己身上安，"拜金、势利、唯利是图、嗜财如命，这样一看我真的很招人讨厌。"

其实她也很羡慕那些视金钱如粪土的人，他们心里有原则有底线，即使现在这个社会利益至上，钱也根本动摇不了他们。

可她只是个俗人，顺应社会而活，她想要往上爬，只是因为想过得更好一点。如果她足够强大，起码能在遭受像今天这样的诋毁时，对方会在出口前犹豫一下这样做会不会得罪她。

温衍因她的自我贬低而拧起了眉头。

"所以温总你讨厌我，我完全能理解。"盛柠突然说。

温衍张嘴，正要说什么。

可盛柠紧接着的下一句话比他更快，似乎是不服他对她的讨厌和反感而表现出来的一种倔强和反击。

"其实我也讨厌你。"她说。

温衍喉结微动，收回刚刚没说出口的话。

他平静地垂下眼，说："我知道。"

"但你真的是个不可多得的好上司。"盛柠侧头看他，真诚道谢，"谢谢你今天替我解围，但下次就不麻烦你了。"

她并不想因为自己，让他被其他人误解。

他们曾一起度过两个夜晚，换成别的男人她不知道会面临什么，她这样粗神经，温衍却让她保持着防备心，提醒中带着居高临下的高傲，却又夹杂着因为教养而不自觉流露出来的风度。

因为她，他被误解成是那种色欲熏心的老头儿。

但他不是，盛柠很清楚。

盛柠替自己生气，也替他生气，更为自己的品行而连累了他被恶意揣测感到愧疚。

他完全没必要这样的，而且她也报答不了。

温衍沉声问："你觉得我多管闲事？"

"不是。"盛柠说，"我只是觉得你没必要掺和进我的私事里。"

"你以为我想管吗？"温衍"呵"了声，"我不管，难道任由你被那个男的欺负？"

盛柠反驳："我也泼了他一身酒好吗？"

温衍冷冷一笑："你泼他酒他就会知道错了？"

"他知不知道错那是我要处理的事，你明知道他会误会我们俩，还把你当作是那种包养小姑娘的老头子，你还冒出来干什么？"盛柠此时也有些生气，眼神指责地看着他，"嫌自己名声太好了是不是？"

温衍被她这副不识好歹还反过来指责他的样子给气得呼吸急促，急躁道："你被人误会成那种女人，我能不过来吗？"

"那你被人误会成那种男人你就很高兴吗！"

"你一个姑娘不担心自己的名声，管我做什么？我用你操心吗？"

"那你也不要过分操心我行吗？"盛柠咬牙切齿地说，"你突然对我这么好，我还不起的。"

温衍牢牢盯着她，那双深邃漂亮的眼睛里覆上了一层薄薄的冰霜。

他突然反问道："你怎么还不起？"

电梯到达，男人拉着她的胳膊大步跨进去，重重摁了两下关门键强行关上了电梯门。

他扣住她的下巴抬起来，指腹狠狠擦过她的唇角。

"我只接受你用这种方式还我，你还吗？"

图书在版编目（CIP）数据

你是不是想赖账 / 图样先森著 . -- 长沙：湖南文艺出版社，2023.6

ISBN 978-7-5726-1146-9

Ⅰ.①你… Ⅱ.①图… Ⅲ.①长篇小说—中国—当代 Ⅳ.①I247.5

中国国家版本馆 CIP 数据核字（2023）第 072848 号

上架建议：畅销·青春文学

NI SHIBUSHI XIANG LAIZHANG
你是不是想赖账

著　　者：图样先森
出 版 人：陈新文
责任编辑：刘雪琳
监　　制：毛闽峰
策划编辑：史振嫒
特约编辑：孙　鹤
营销编辑：刘　珣　焦亚楠
封面设计：费　且
版式设计：梁秋晨
插图绘制：小石头　我的宗介　阿　布　衿　夏
出　　版：湖南文艺出版社
　　　　　（长沙市雨花区东二环一段 508 号　邮编：410014）
网　　址：www.hnwy.net
印　　刷：北京天宇万达印刷有限公司
经　　销：新华书店
开　　本：680 mm × 955 mm　1/16
字　　数：323 千字
印　　张：24.5
版　　次：2023 年 6 月第 1 版
印　　次：2023 年 6 月第 1 次印刷
书　　号：ISBN 978-7-5726-1146-9
定　　价：52.80 元

若有质量问题，请致电质量监督电话：010-59096394
团购电话：010-59320018